NEVERMOOR

The Trials
of
Morrigan Crow

NEVERMOOR
ネバームーア
The Trials of Morrigan Crow
モリガン・クロウの挑戦

ジェシカ・タウンゼント
田辺千幸 訳

早川書房

NEVERMOOR

The Trials of Morrigan Crow

by

Jessica Townsend

Translated by

Chiyuki Tanabe

First published 2019 in Japan by

Hayakawa Publishing, Inc.

This book is published in Japan by

arrangement with

The Bent Agency

through Japan Uni Agency, Inc., Tokyo.

イラスト／まめふく

ホテル・デュカリオンのはじめての客であるサリーに

わたしにはなんでも――こんなことさえも――できると思わせてくれたティーナに

NEVERMOOR

もくじ

プロローグ　11

第一章　呪《のろ》われたクロウ　14

第二章　入札日《にゅうさつび》　37

第三章　夕食にやってきた死　60

第四章　煙《けむり》と影《かげ》のハンター　77

第五章　ネバームーアにようこそ　86

第六章　有明時《ありあけどき》　98

第七章　ホテル・デュカリオンのハッピー・アワー　111

第八章　興味深《きょうみぶか》い。役にたつ。いいこと。　134

第九章　輝《かがや》かしき歓迎会《かんげいかい》　156

第一〇章　違法《いほう》　182

第一一章　本の審査《しんさ》　191

第一二章　影《かげ》　211

第一三章　追跡審査《ついせきしんさ》　237

第一四章　最高《さいこう》にすばらしい生き物　261

第一五章　黒いパレード　275

第一六章　明かりを追って　292

第一七章　クリスマスイブの戦《たたか》い　323

第一八章　楽しくなるはずだった休暇《きゅうか》　345

第一九章〈クモの糸線〉　355

第二〇章　失踪《しっそう》　373

第二一章〈特技披露審査《とくぎひろうしんさ》〉381

第二二章　催眠術師《さいみんじゅつし》　397

第二三章　反則《はんそく》　405

第二四章　バトル・ストリート　422

第二五章　師匠《ししょう》と弟子《でし》　430

第二六章　W　447

訳者あとがき　459

NEVERMOOR

登場人物紹介

ジュピター・ノース

モリガンの後援者。〈輝かしき結社〉のメンバー。ホテル・デュカリオンのオーナー。

ジャック

ジュピターの甥。寄宿学校〈聡明な若者のためのグレイスマーク・スクール〉の生徒

モリガン・クロウ

11歳になる少女。ジャッカルファックス市に住む、呪われた子供の一人。不思議な街ネバームーアで〈輝かしき結社〉の入会審査にいどむ

ホーソーン・スウィフト

優秀なドラゴン乗り。〈輝かしき結社〉の入会審査にいどむ少年

フェネストラ

灰色の巨大な猫。ホテル・デュカリオンの客室清掃係の責任者

コーヴァス・クロウ　モリガンの父。ウィンターシー共和国グレート・ウルフエーカー州の大臣。ウィンターシー党の幹部

アイビー　モリガンの義理の母。コーヴァスの現在の妻

オーネリア　モリガンの祖母。コーヴァスの母

ミスター・ジョーンズ	スコール産業の広報担当。 エズラ・スコールの代理人
エズラ・スコール	スコール産業の代表。 ウィンターシー共和国の有力者
ケジャリー・バーンズ	ホテル・デュカリオンのコンシェルジュ
マーサ	ホテル・デュカリオンのメイド
フランク	ヴァンパイアの小人。ホテル・デュカリオンの お祭り騒ぎ担当
デイム・チャンダー・カーリー	ホテル・デュカリオンで暮らすソプラノ歌手。 〈森の歌い手団の指揮官〉。
ノエル・デヴロー	〈輝かしき結社〉の入会審査にいどむ少女
カデンス・ブラックバーン	〈輝かしき結社〉の入会審査にいどむ少女
バズ・チャールトン	ノエル・デヴローの後援者
ナンシー・ドーソン	元ドラゴン使いチャンピオン。 ホーソーン・スウィフトの後援者
グレゴリア・クイン	〈輝かしき結社〉長老評議会の長老
ヘリックス・ウォン	〈輝かしき結社〉長老評議会の長老
アリオス・サガ	〈輝かしき結社〉長老評議会の長老
ハロルド・フリントロック	ネバームーア警察の警視。
〈煙と影のハンター〉	呪われた子供たちを狩る者
〈ワンダー細工師〉	この世に存在するもっとも邪悪な男。 〈ネバームーアの殺戮者〉

プロローグ
一の春

棺《ひつぎ》よりも先に記者たちが到着《とうちゃく》した。まだ暗いうちからゲート前に集まりはじめ、日がのぼったときにはかなりの数になっていた。九時になるころには、あたりは人でいっぱいだった。

コーヴァス・クロウが玄関《げんかん》の先の長い私道《しどう》を歩き、記者たちの前に立ちはだかる背《せ》の高い鉄のゲートに姿《すがた》を見せたのは、正午近くだった。

「クロウ大臣《だいじん》、今回のことは再選《さいせん》の立候補《りっこうほ》に影響《えいきょう》しますか？」

「大臣《だいじん》、埋葬《まいそう》はいつになりますか？」

「首相からお悔《く》やみの言葉はありましたか？」

「今朝はどんな気分ですか？　ほっとしましたか、大臣《だいじん》？」

「待ってくれたまえ」コーヴァスは革《かわ》の手袋《てぶくろ》をした手をあげて、質問《しつもん》をさえぎった。「家族を代表して、声明を発表させてもらう」

コーヴァスは仕立てのいい黒いスーツのポケットから、一枚《いちまい》の紙を取り出した。

「偉大《いだい》なる共和国《きょうわこく》の国民《こくみん》のみなさんに、この一一年間の支援《しえん》を感謝《かんしゃ》したいと思います」コーヴァスは大臣《だいじん》として命令《めいれい》をくだしてきた歳月《さいげつ》でみがきをかけた、堂々《どうどう》としたよく通る声で読みあげた。「わたしたち家族にとっては辛《つら》いときでしたし、これからしばらくは悲しみがつづくことでしょう」

コーヴァスは咳払《せきばら》いをすると、静《しず》まり返った人々《ひとびと》をちらりと見た。カメラのレンズがずらりと並《なら》び、好奇心《こうきしん》をたたえたまなざしが彼《かれ》を見つめている。容赦《ようしゃ》なくフラッシュがたかれ、シャッター音がとぎれることなく響《ひび》いた。

「子供《こども》を失《うしな》うのは耐《た》え難《がた》いことです」コーヴァスは再《ふたた》び読みはじめた。「わたしたち家族だけでなく、ジャッカルファックスの市民《しみん》の方々《かたがた》もおなじように悲しんでくださっていることは承《しょう》知《うち》しています」少なくとも五〇人が眉《まゆ》を吊《つ》りあげ、何人かが気まずそうに咳《せき》をしてつかの間の沈黙《ちんもく》を破《やぶ》った。「ですが今朝、ウィンターシー共和国《きょうわこく》が第九紀元《きげん》を迎《むか》えると同時に、最悪《さいあく》のときは過去《かこ》のものになりました」

不意《ふい》に、頭上でカラスの大きな鳴き声がした。人々《ひとびと》は肩《かた》を丸め、顔をしかめたが、上を見あげたものはいなかった。朝からずっと何羽ものカラスが上空で円を描《えが》いていた。

「第八紀元《きげん》はわたしの愛《あい》する妻《つま》を奪《うば》い、そしていま、ただひとりの娘《むすめ》を奪《うば》っていきました」

再《ふたた》び、つんざくような鳴き声。記者のひとりがコーヴァスの顔に突《つ》きつけていたマイクを落とし、あわてて拾いあげた。顔を真っ赤にしてぼそぼそと謝罪《しゃざい》の言葉を口にしたが、コーヴァスは聞き流した。

「しかしながら、娘《むすめ》の短い人生を苦しめた危険《きけん》や疑念《ぎねん》や絶望《ぜつぼう》もまた、去っていったのです。わたしの大事なモリガンは――」コーヴァスは顔をゆがめた。「――ようやくやすらぎを得《え》ることができました。そしてそれはわたしたちにも言えることです。ジャッカルファックス市――のみならずグレート・ウルフエーカー州全体――が、安全を取り戻《もど》したのです。もうなにも恐《おそ》れるものはありません」

疑《うたが》わしげなざわめきがさざなみのように広がり、カメラのフラッシュの猛攻撃《もうこうげき》もいくらか弱まった。大臣《だいじん》は顔をあげ、目をしばたたいた。持っている紙がかすかな風に揺《ゆ》れた。あるいは手が震《ふる》えているのかもしれない。

「以上《いじょう》です。質問《しつもん》は受けつけません」

第一章

呪《のろ》われたクロウ　一一の冬（三日前）

キッチンの猫《ねこ》が死んだ。悪いのはあたし。いつ、どうして死んだのかはわからない。夜のあいだになにか食べてはいけないものを食べたのだろうと、モリガンは思った。狐《きつね》や犬に襲《おそ》われたような傷《きず》は見当たらない。口の端《はし》に乾《かわ》いた血が少しこびりついている以外《いがい》は眠《ねむ》っているように見えるけれど、からだは冷《つめ》たく、かたくなっていた。

弱々《よわよわ》しい冬の朝の光のなかに横たわるその猫《ねこ》を見つけたモリガンは、額《ひたい》にしわを寄《よ》せ、かたわらの土の上でしゃがみこんだ。頭のてっぺんからふさふさした尻尾《しっぽ》の先まで、黒い毛をなでた。

「ごめんね」

どこに埋《う》めてやるのが一番いいだろう？　くるんでやるための上等のリネンをおばあさんにもらおうか。やっぱりやめておくことにした。あたしの寝間着《ねまき》を使おう。

昨日《きのう》の残《のこ》りものを犬にやろうとして裏口《うらぐち》から出てきた料理人《りょうりにん》は、そこにいるモリガンに気づいてぎょっとし、持っていたバケツを落としそうになった。死んだ猫《ねこ》を見おろし、口を真一文字に結《むす》んだ。

「わたしでなかったことを感謝《かんしゃ》します、神さま」彼女《かのじょ》はつぶやくと、木のドア枠《わく》をこつんと叩《たた》き、首にかけていたペンダントにキスをした。横目でモリガンを見て言った。「その猫《ねこ》は好《す》きだったけどね」

「あたしも」モリガンは言った。

「たしかにそうみたいだね」その声には苦々《にがにが》しい響《ひび》きがあって、彼女《かのじょ》がじりじりとあとずさっていることにモリガンは気づいた。「さあ、なかに入って。書斎《しょさい》でみんなが待っているよ」

モリガンはあわてて家に入ったが、キッチンと廊下《ろうか》をつなぐドアの前でしばし足を止め、料《りょ》理人《うりにん》が黒板にチョークで〝キチンの猫《ねこ》——死亡《しぼう》〟と書くのをながめた。そこにはすでに長いリストがあって、最近《さいきん》になって〝くさた魚、トムじいさんのしんぞ発作《ほっさ》、ノースプロスパの洪水《こうずい》、一番上等のテブルクロスにグレービーのしみ〟といったものが加《くわ》えられていた。

「グレーター・ジャッカルファックス地域《ちいき》でしたら、優秀《ゆうしゅう》な児《じ》童《どう》心理学者を何人か推薦《すいせん》できます」

新しいケースワーカーは紅茶《こうちゃ》にもビスケットにも手をつけていなかった。彼女《かのじょ》は今朝、列車で二時間半、さらにしとしとと降《ふ》る雨のなかを駅から歩いて、首都からクロウの屋敷《やしき》までやってきた。濡《ぬ》れた髪《かみ》はべったりと頭に貼《は》りつき、コートはびしょ濡《ぬ》れだ。モリガンは、紅茶《こうちゃ》とビスケットよりもっとべつのものが必要《ひつよう》なんじゃないかと思ったが、彼女《かのじょ》は気にしていないようだった。

「紅茶《こうちゃ》をいれたのはあたしじゃありませんから」モリガンは言った。「それを心配しているのかもしれませんけど」

彼女《かのじょ》はモリガンの言葉を聞き流した。「フィールディング博士《はかせ》は呪《のろ》われた子供《こども》についての研究で有名です。名前を耳にされたことはあると思います。より穏《おだ》やかな、母親のような存在《そんざい》をお望《のぞ》みでしたら、ルウェリン博士《はかせ》も高く評価《ひょうか》されています」

モリガンの父親は落ち着かない様子で咳払《せきばら》いをした。「その必要《ひつよう》はない」

コーヴァスの左のまぶたがわずかにぴくぴくとひきつった。そうなるのは、出席《しゅっせき》が義務《ぎむ》となっている月例《げつれい》の会議《かいぎ》のときだけだったから、モリガンとおなじくらい心理学者を嫌《きら》っているのがわかった。真っ黒な髪《かみ》と曲がった鼻をのぞけば、父と娘《むすめ》の唯一《ゆいいつ》の共通点《きょうつうてん》だった。

「モリガンにカウンセリングの必要《ひつよう》はない。この子は充分《じゅうぶん》に分別《ふんべつ》がある。自分の置《お》かれている状況《じょうきょう》は理解《りかい》している」

ケースワーカーは、隣《となり》のソファに座《すわ》っているモリガンにちらりと目を向けた。モリガンはもぞもぞしたくなるのをこらえた。ケースワーカーとの話はいつも長引く。「大臣《だいじん》、失礼《しつれい》なことは言いたくないのですが……時間がありません。この紀元《きげん》の最後《さいご》の年がはじまったと、専門家《せんもんか》たちの意見は一致《いっち》しています。〈闇宵時《やみよいどき》〉前の最後《さいご》の年です」だれかがその言葉を口にしたときにいつもそうするように、モリガンは顔をそむけて窓《まど》の外をながめた。「いまが重大な移行《いこう》期《き》であることは――」

「リストはあるかね？」コーヴァスはいらだちを隠《かく》そうともせずにそう尋《たず》ねると、あてつけがましく書斎《しょさい》の壁《かべ》の時計に目を向けた。

「も、もちろんです」ケースワーカーはフォルダーから一枚《いちまい》の紙を取り出した。指先はほんの少し震《ふる》えているだけだったから、二度目の訪問《ほうもん》にしてはよくやっているとモリガンは思った。この前のケースワーカーはささやくような声しか出せなかったし、モリガンとおなじソファに座《すわ》るのは災厄《さいやく》への招待状《しょうたいじょう》だと考えているようなふしがあった。「わたしが読みましょうか？今月は短いです――よくやりましたね、ミス・クロウ」ケースワーカーはこわばった声で言った。

モリガンはなにも言えなかった。自分ではどうにもできないことをほめられても困《こま》る。

「補償《ほしょう》が必要《ひつよう》な事例《じれい》から読んでいきますね。ジャッカルファックス市議会《しぎかい》が、嵐《あらし》でひょうの被《ひ》害《がい》を受けた展望台《てんぼうだい》の修理費《しゅうりひ》用《よう》として、七〇〇クレド請求《せいきゅう》しています」

「異常気象《いじょうきしょう》による被害《ひがい》は、娘《むすめ》の責任《せきにん》とはしないということで同意したはずだが」コーヴァスが言った。「アルフでの森林火災《かさい》が放火だと判明《はんめい》したあとで。覚《おぼ》えているかね？」

「はい、大臣《だいじん》。ですが今回の場合、モリガンに責任《せきにん》があると指摘《してき》している証人《しょうにん》がいます」

「だれだね？」

「郵便局《ゆうびんきょく》で働《はたら》いている男性《だんせい》が、ジャッカルファックスは天気に恵《めぐ》まれているとミス・クロウがおばあさまに話しているのを聞いています」ケースワーカーはメモから顔をあげた。「ひょうはその四時間後にはじまりました」

コーヴァスは深々《ふかぶか》とため息をつき、いらだたしげにモリガンを見ながら椅子《いす》の背《せ》にもたれた。

「よろしい。つづけて」

モリガンは顔をしかめた。生まれてこのかた、〝ジャッカルファックスは天気に恵《めぐ》まれている〟などと言ったことはない。その日、郵便局《ゆうびんきょく》で祖母《そぼ》を振《ふ》り返って〝暑いね〟と言ったことは覚《おぼ》えているけれど、それとこれとはまったくちがう。

「地元のトーマス・ブラチェットという男性《だんせい》が心臓発作《しんぞうほっさ》で亡《な》くなりました。彼《かれ》は――」

「うちの庭師《にわし》だ。知っている」コーヴァスが口をはさんだ。「残念《ざんねん》だよ。アジサイが枯《か》れてしまった。モリガン、おまえはあの老人《ろうじん》になにをしたんだ？」

「なにも」

コーヴァスは疑《うたが》い深そうな目でモリガンを見た。「なにも？　なにひとつ？」

モリガンは考えてみた。「花壇《かだん》がきれいって言った」

「いつだ？」

「一年くらい前」

コーヴァスとケースワーカーは視線《しせん》を見かわした。ケースワーカーはそっとため息をついた。

「彼《かれ》の家族はとても寛大《かんだい》な提案《ていあん》をしています。求《もと》めているのは、葬儀費用《そうぎひよう》、孫《まご》たちの大学の学《がく》費《ひ》、そして彼《かれ》が気にかけていた慈善《じぜん》事業への寄付《きふ》だけです」

「孫《まご》は何人だ？」

「五人です」

「ふたり分だけ払《はら》うと伝《つた》えてくれ。つづけて」

「ジャッカルファックス中学校——きゃあ！」モリガンがクッキーを取ろうとして身をのりだすと、ケースワーカーは文字どおり飛《と》びあがったが、自分にさわろうとしたわけではないと気づくと、落ち着きを取り戻《もど》したようだった。「ええと……ジャッカルファックス中学校の校長は結局《けっきょく》、先日の火事の被害《ひがい》についての請求書《せいきゅうしょ》を送ってきました。二〇〇〇クレドで修復《しゅうふく》できるようです」

「給《きゅう》食《しょく》係の女の人がガスコンロをひと晩《ばん》じゅうつけっぱなしにしていたって、新聞に書いてあったのに」モリガンが言った。

「そのとおりです」ケースワーカーは目の前の紙を見つめたまま言った。「ですがその前日、クロウの屋敷《やしき》の前を通りかかり、庭にあなたがいるのを見たとも書いてありました」

「だから？」

「あなたと目が合ったと彼女《かのじょ》は言っています」

「そんなはずない」モリガンの頭に血がのぼった。あの火事はあたしのせいじゃない。モリガンは決してだれとも目を合わせなかった。それがルールであることは知っている。給《きゅう》食《しょく》係の女の人は、自分の責任《せきにん》をあたしになすりつけようとしてうそをついている。

「警察《けいさつ》の報告書《ほうこくしょ》に書かれています」

「その人はうそつきよ」モリガンは父親に向き直ったが、彼《かれ》がその視線《しせん》を受け止めることはなかった。パパは本当にあたしのせいだって思っているの？　給食係《きゅうしょくがかり》の女の人は、ガスコンロをつけっぱなしにしたことを認《みと》めたのに。あまりの不公平《ふこうへい》さにモリガンの胃《い》がきりきり痛《いた》んだ。

「その人、うそをついている。あたしは絶対《ぜったい》に――」

「もういい」コーヴァスがぴしゃりと言った。モリガンは胸《むね》の前で腕《うで》を組み、力なく椅子《いす》の背《せ》にもたれた。コーヴァスはまた咳払《せきばら》いをして、ケースワーカーに向かってうなずいた。「請求《せいきゅう》書《しょ》を送ってくれたまえ。リストを終わらせてくれ。会議《かいぎ》がたくさん待っているんだ」

「えーと、お金に関《かか》わるものはこれで終わりです」ケースワーカーは震《ふる》える指でメモをたどりながら答えた。「今月ミス・クロウが書かなければならない謝罪《しゃざい》の手紙は三通だけです。一通は、腰《こし》の骨《ほね》を折《お》った地元のミセス・カルプルニア・マルーフ――」

「アイススケートをするには年を取りすぎてる」モリガンはつぶやいた。

「もう一通は、ひと鍋分《なべぶん》のママレードがだめになったジャッカルファックス・ジャム協会《きょうかい》、最《さい》後《ご》が先週グレート・ウルフエーカー州のスペリングコンテストで負けた、ピップ・ギルクレストという少年です」

モリガンの目が二倍の大きさになった。「あたしは、がんばってって言っただけなのに！」

「そういうことです、ミス・クロウ」ケースワーカーはリストをコーヴァスに渡《わた》した。「もっと慎重《しんちょう》になるべきでしたね。大臣《だいじん》、新しい家庭教師《きょうし》をお探《さが》しになっているのでしょうね？」

コーヴァスはため息をついた。「秘《ひ》書《しょ》たちがジャッカルファックス全域《ぜんいき》と、さらには首都のいくつかのエージェントに問い合わせた。われわれの州は現在《げんざい》、家庭教師《きょうし》が非常《ひじょう》に不足《ふそく》しているようだ」

「前任者《ぜんにんしゃ》のミス……」ケースワーカーはノートに目を落とした。「リンフォードはどうしたんですか？　先日お話をうかがったときは、うまくいっているようでしたが」

「ひ弱な女性《じょせい》だ」コーヴァスはあざけるように言った。「一週間ともたなかった。ある日の午後出かけていって、そのまま帰ってこなかった。だれにも理由はわからない」

それは事実ではなかった。モリガンは理由を知っていた。

ミス・リンフォードは呪《のろ》いをおそれるあまり、モリガンとおなじ部屋に入ることを拒《こば》んだ。グロム語の動詞《どうし》の活用形をドアの向こうから叫《さけ》ぶのは、妙《みょう》だしみっともないとモリガンは思っていた。いらだちは日ごとに募《つの》り、ある日モリガンは壊《こわ》れたペンを鍵穴《かぎあな》に差《さ》しこむと、端《はし》から息を吹《ふ》きこんで、ミス・リンフォードの顔に黒インクをぶちまけた。正々堂々《せいせいどうどう》としたやり方じゃなかったことは自分でもわかっていた。

「登録所《とうろくじょ》には、呪《のろ》われた子供《こども》への対処《たいしょ》も可能《かのう》という家庭教師《きょうし》のリストがあります。ごく短いものですが」ケースワーカーは肩《かた》をすくめた。「ですが、きっとだれか――」

コーヴァスは片手《かたて》をあげて、彼女《かのじょ》の言葉をさえぎった。「必要《ひつよう》ない」

「なんですって？」

「〈闇宵時《やみよいどき》〉は近いと、ついさっき言っていたはずだ」

「それはそうですが……でもまだ一年は――」

「だとしてもだ。ここまで来たら、時間と金の無駄《むだ》だ。そうではないかね？」

モリガンは父親の言葉にショックを受けた。ケースワーカーですら、驚《おどろ》いた顔をしている。

「失礼《しつれい》ですが、大臣《だいじん》――〈呪《のろ》われた子供《こども》のための登録所《とうろくじょ》〉は、無駄だとは考えていません。子《こ》供《ども》時代のどの段階《だんかい》においても、教育は重要《じゅうよう》です」

コーヴァスは目を細くした。「だが、その子供《こども》時代が途中《とちゅう》で終わってしまうのなら、教育に金をかけるのは無駄《むだ》だ。そもそも最初《さいしょ》から必要《ひつよう》なかったのだと、わたし個人《こじん》としては考えている。それくらいならわたしの猟犬《りょうけん》を学校に通わせたほうがよっぽどいい。猟犬《りょうけん》のほうが余命《よめい》は長いし、ずっとわたしの役にたつ」

ものすごく大きなレンガをお腹《なか》に投げつけられたみたいに、モリガンは思わずうっと声を漏《も》らした。

そういうことだ。ずっと心の隅《すみ》に押《お》しやっていたこと、考えないようにしていたけれど、決して忘《わす》れられなかったこと。彼女《かのじょ》やほかの呪《のろ》われた子供《こども》たちの骨《ほね》の髄《ずい》までしみついていること。刺青《いれずみ》のように心臓《しんぞう》に刻《きざ》まれていること。わたしは〈闇宵時《やみよいどき》〉の夜に死ぬ。

「ウィンターシー党《とう》の友人たちもわたしとおなじ意見のはずだ」モリガンが受けたショックに気づくこともなく、コーヴァスはケースワーカーをにらみつけた。「きみの部署《ぶしょ》の予算を管理《かんり》している人間も」

長い沈黙《ちんもく》があった。ケースワーカーは横目でモリガンを見ると、荷物をまとめはじめた。モリガンはその顔にちらりと同情《どうじょう》の表情《ひょうじょう》がよぎったことに気づいて、彼女《かのじょ》が憎《にく》らしくなった。

「よろしいでしょう。〈呪《のろ》われた子供《こども》のための登録所《とうろくじょ》〉にそのように伝《つた》えておきます。ごきげんよう、大臣《だいじん》、ミス・クロウ」ケースワーカーは振《ふ》り返ることもなく、足早に書斎《しょさい》を出ていった。コーヴァスは机《つくえ》の上のブザーを鳴らして、秘書《ひしょ》を呼んだ。

モリガンは立ちあがった。父親に向かって叫《さけ》びたかったが、口から出てきたのはおずおずとした震《ふる》える言葉だった。「あたしは……？」

「好《す》きにしていればいい」コーヴァスは机《つくえ》の上の書類《しょるい》をめくりながら、そっけなく告《つ》げた。

「わたしをわずらわせるな」

親愛《しんあい》なるミセス・マルーフ

~~あなたがスケートが下手《へた》で残念《ざんねん》でした。~~

~~百万歳《ひゃくまんさい》になっているし、そよ風でも折《お》れてしまうようなもろい骨《ほね》しかないのに、スケートに行こうとあなたが思いたったのは残念《ざんねん》でした。~~

あなたの腰《こし》の骨《ほね》を折《お》ってしまってごめんなさい。

そんなつもりはありませんでした。

早く治《なお》ることを願《ねが》っています。
どうぞわたしの謝罪《しゃざい》を受け入れてください。

ミス・モリガン・クロウ

二番めの居間《いま》の床《ゆか》に寝《ね》そべって、モリガンはきれいな便箋《びんせん》にきちんとした字で手紙を書き直した。封筒《ふうとう》に入れたが、封《ふう》はせずにおいた。投函《とうかん》する前にコーヴァスが確認《かくにん》したがるだろうし、彼女《かのじょ》の唾《つば》がだれかの突然死《とつぜんし》や破産《はさん》を招《まね》くかもしれないからだ。

カツンカツンという足音が廊下《ろうか》から聞こえて、モリガンはからだをかたくした。壁《かべ》の時計を見た。正午。友人とお茶をしていたおばあさんが帰ってきたのかもしれない。それとも銀器《ぎんき》の傷《きず》やカーテンの裂《さ》け目を見つけた義理《ぎり》の母親のアイビーが、そのことで文句《もんく》を言う相手を探《さが》しているのだろうか。二番めの居間《いま》は、普段《ふだん》であれば隠《かく》れるにはうってつけの場所だ。太陽の光がほとんど入ってくることのない、この家で一番陰気《いんき》な部屋だった。みんなここを嫌《きら》っている。モリガン以外《いがい》は。

足音が遠ざかっていった。モリガンは止めていた息を吐《は》いた。ラジオに手を伸《の》ばし、がりがりという雑音《ざつおん》を聞きながら真鍮《しんちゅう》のつまみをまわして、ニュースを流している局に合わせた。

「今週もグレート・ウルフエーカーの北西部では、冬恒例《ふゆこうれい》のドラゴン退治《たいじ》がつづけられています。〈危険《きけん》野生生物根絶局《こんぜつきょく》〉は四〇匹以上《ぴきいじょう》の処分《しょぶん》を目標《もくひょう》にしています。人気の行楽地であるディープダウン・フォール・リゾート・アンド・スパ付近《ふきん》でドラゴンと遭遇《そうぐう》したという報告《ほうこく》がいくつも寄《よ》せられており……」モリガンは、キャスターの上流階級っぽい鼻にかかったゆったりした声をBGMに、次の手紙に取りかかった。

親愛《しんあい》なるピップ

~~あなたが、糖蜜《treacle》のつづりをcじゃなくてkにしていたことが残念《ざんねん》です。~~

~~あなたがばかで残念《ざんねん》です。~~

~~あなたがばかだったから、~~スペリングコンテストで勝てなくて残念《ざんねん》でした。

わたしのせいで起きた不都合《ふつごう》を申し訳《わけ》なく思っています。

~~あなたみたいな感謝《かんしゃ》の心を知らない人には~~二度とがんばってとは言いません。

モリガン・クロウ

ニュースではプロスパーの洪水《こうずい》で被害《ひがい》を受けた人たちが、家を失《うしな》ったことを嘆《なげ》いたり、川のようになった道路を流されていったペットや愛《あい》する人たちのことを涙《なみだ》ながらに語ったりしていた。モリガンは悲しみが心に突《つ》き刺《さ》さるのを覚《おぼ》え、この洪水《こうずい》は彼女《かのじょ》のせいではないと言った父の言葉が正しいことを祈《いの》った。

親愛《しんあい》なるジャッカルファックス・ジャム協会《きょうかい》

申し訳《わけ》ないと思います。~~でもだめになったママレードよりもひどいことが人生にはあると思いませんか？~~

「つぎのニュースです。〈闇宵時《やみよいどき》〉はわたしたちが考えているよりも近づいているのでしょうか？」キャスターの言葉に、モリガンの手が止まった。またこの言葉だ。「大部分の専門家《せんもんか》は現在《げんざい》の紀元《きげん》はあと一年以上《いじょう》つづくと考えていますが、〈闇宵時《やみよいどき》〉を祝《いわ》う夜はそれよりずっと早く来るだろうと信《しん》じている、ごく一部の年代学者がいます。彼《かれ》らは謎《なぞ》を解《と》き明かしたのか、それともただのいかれた理論《りろん》にすぎないのでしょうか？」首筋《くびすじ》を冷《つめ》たいものが駆《か》けあがったが、モリガンはそれを無視《むし》した。いかれた理論《りろん》に決まっていると、挑《いど》むように心のなかでつぶやいた。

「ワンダーの不足《ふそく》がつづいているといううわさがあることから、今日の首都では不安《ふあん》が広がっています」鼻声のキャスターが言葉をついだ。「今朝の記者会見で、スコール産業《さんぎょう》の広報担当《こうほうたんとう》がその懸念《けねん》に言及《げんきゅう》しました」

記者たちのざわめきのなか、穏《おだ》やかな口調の男性《だんせい》が言った。「スコール産業《さんぎょう》としましては、問題があるとは考えていません。共和国《きょうわこく》におけるエネルギー不足《ぶそく》のうわさは、まったくのデマです」

「もっと大きな声で！」だれかが叫《さけ》んだ。

男性《だんせい》の声はわずかに大きくなった。「現在《げんざい》の共和国《きょうわこく》は、これまでなかったほどワンダーがあふれています。わたしたちは引きつづき、この豊富《ほうふ》な天然資源《てんねんしげん》を採掘《さいくつ》していきます」

「ミスター・ジョーンズ」記者のひとりが呼《よ》びかけた。「サウスライト州とファー・イースト・サン州における広範囲《こうはんい》の停電《ていでん》とワンダー装置《そうち》の不具合《ふぐあい》についての報告書《ほうこくしょ》には、なんと返答するつもりですか？　エズラ・スコールはこれらの問題のことを承知《しょうち》していますか？　ずっと人前に姿《すがた》を見せていませんが、この件《けん》についてなにか発表する予定はありますか？」

ミスター・ジョーンズは咳払《せきばら》いをした。「どれもばかげたうわさ話にすぎません。われわれの最新式《さいしんしき》のモニタリング・システムによれば、ワンダーの不足《ふそく》もワンダー装置《そうち》の不具合《ふぐあい》も起きていません。国有鉄道も、送電網《そうでんもう》も、ワンダー医療《いりょう》サービスも完璧《かんぺき》に機能《きのう》しています。ワンダーの国内唯一《ゆいいつ》の供給会社《きょうきゅう》であるスコール産業《さんぎょう》に大きな責任《せきにん》があることは、ミスター・スコールも重々承知《じゅうじゅうしょうち》しています。われわれはこれまでどおり――」

「ミスター・ジョーンズ、ワンダー不足《ぶそく》は呪《のろ》われた子供《こども》たちとなんらかの関《かか》わりがあるのではないかと憶測《おくそく》する声がありますが、コメントをお願《ねが》いします」

モリガンの手からペンが落ちた。

「それは――その……なにを言われているのかよくわかりません」ミスター・ジョーンズは不《ふ》意《い》をつかれたのか、しどろもどろになった。

記者はさらに言った。「サウスライト州とファー・イースト・サン州では呪《のろ》われた子供《こども》が三人登録《とうろく》されています。一方プロスパー州には現在《げんざい》呪《のろ》われた子供《こども》はおらず、ワンダー不足《ふそく》には見《み》舞《ま》われていません。グレート・ウルフエーカーにも呪《のろ》われた子供《こども》がひとりいます。有名な政治《せいじ》家《か》であるコーヴァス・クロウ氏《し》のお嬢《じょう》さんです。つぎに危機《きき》に襲《おそ》われる州はわれわれになるのでしょうか?」

「くりかえしますが、危機《きき》などというものは――」

モリガンはうめきながらラジオを消した。今度は、まだ起きてもいないことで責《せ》められている。来月はいったい何通の謝罪《しゃざい》の手紙を書かなければいけないのだろう? 考えただけで手が痛《いた》くなった。

ため息をついて、ペンを手に取った。

親愛《しんあい》なるジャッカルファックス・ジャム協会《きょうかい》さま

ママレードは残念《ざんねん》でした。

M・クロウ

モリガンの父親は、ウィンターシー共和国《きょうわこく》の四つの州のうち、一番大きなグレート・ウルフエーカーの大臣《だいじん》だった。とても重要《じゅうよう》な地位《ちい》についている、とても忙《いそが》しい人で、家で夕食をとるめったにないときでも、たいていは仕事をしている。右側《みぎがわ》と左側《ひだりがわ》には、いつもコーヴァスのそばにいる〝右〟と〝左〟が座《すわ》っていた。コーヴァスはしょっちゅう秘書《ひしょ》たちを首にしては新しい人間を雇《やと》うので、名前を覚《おぼ》えることはとうの昔にやめていた。

「〝右〟、ウィルソン将軍《しょうぐん》に覚《おぼ》え書きを送ってくれ」その夜、モリガンが食卓《しょくたく》についたときには、コーヴァスはそう命じていた。モリガンの向かいには義理《ぎり》の母アイビーが、反対側《はんたいがわ》の端《はし》には祖《そ》母《ぼ》が座《すわ》っていた。だれもモリガンを見ようとはしない。「遅《おそ》くとも春のはじめまでには、新しい野戦《やせん》病院のための予算を提出《ていしゅつ》してもらわなければならん」

「承知《しょうち》しました、大臣《だいじん》」〝右〟はそう言うと、青い生地のサンプルを見せた。「大臣《だいじん》の事務所《じむしょ》の新しい椅子《いす》の生地ですが？」

「空色だな。その件《けん》については妻《つま》と話をしてくれ。妻《つま》はその手のことにくわしいんだ。そうだろう、ダーリン？」

アイビーはにこやかな笑《え》みを浮《う》かべた。「わすれな草色よ、あなた」そう言って、鈴《すず》を鳴らすような軽やかな笑《わら》い声をあげた。「あなたの目とおなじ色」

モリガンの義理《ぎり》の母親は、クロウの屋敷《やしき》の住人のようには見えなかった。金色の髪《かみ》と日に焼《や》けた肌《はだ》（プロスパーの南東にある美しい海岸で、〝ストレス解消《かいしょう》〟にひと夏を過《す》ごしたなごりだ）は、クロウ家の人間の漆黒《しっこく》の髪《かみ》と青白い肌《はだ》とはまったくちがう。クロウ家の人間は日光を浴《あ》びても、決して日焼《ひや》けしなかった。

父がアイビーを好《す》きなのはそれが理由なのかもしれないとモリガンは考えていた。アイビーはクロウ家の人間とはまったくちがう。陰鬱《いんうつ》な食堂《しょくどう》に座《すわ》っているアイビーは、コーヴァスが休暇先《かさき》から持って帰ってきた異国《いこく》の工芸品《こうげいひん》のように見えた。

「〝左〟、はしかの流行について、第一六収容所《しゅうようじょ》から報告《ほうこく》は？」

「流行は落ち着いたようですが、いまだに停電《ていでん》は起きています」

「頻度《ひんど》は？」

「週に一、二度です。州境《しゅうざかい》の市では不満《ふまん》の声があがっています」

「グレート・ウルフエーカーで？　まちがいないのか？」

「サウスライトのスラムのような暴動《ぼうどう》ではありません。ちょっとした騒《さわ》ぎにすぎません」

「ワンダー不足《ぶそく》のせいだと思われているのか？　ばかばかしい。ここではなんの問題もない。クロウの屋敷《やしき》はいたって順調《じゅんちょう》だ。あの照明《しょうめい》を見るがいい――昼間のように明るい。われわれの発電機《はつでんき》は満《まん》タンにちがいない」

「そのとおりです」〝左〟はどこか気まずそうに答えた。「人々《ひとびと》は……気づいているはずです」

「まったく、泣《な》き言ばかりなのね」テーブルの反対の端《はし》から、おばあさんがしわがれた声で言った。おばあさんは夕食のときはいつも、きちんとした装《よそお》いをしている。今夜は黒いロングドレスを着て、首と指に宝石《ほうせき》をつけていた。鉄灰色《てつはいいろ》のごわごわした髪《かみ》を頭の天辺《てっぺん》でお団子《だんご》に結《ゆ》っていた。「ワンダー不足《ぶそく》が起きているとは、わたしは思いませんね。エネルギー代を払《はら》っていない人がいるだけですよ。そんな人たちを切り捨《す》てたからと言って、わたしならエズラ・スコールを責《せ》めたりはしませんよ」おばあさんは話しながら、血の滴《したた》るステーキを小さく切った。「明日のスケジュールはキャンセルしてくれ」コーヴァスが秘書《ひしょ》たちに命じた。「州境《しゅうざかい》の市に行って、そこの人間と握手《あくしゅ》をしてくる。それで文句《もんく》も収《おさ》まるだろう」

おばあさんは意地悪そうに笑《わら》った。「握手《あくしゅ》じゃなくて、頭を揺《ゆ》すぶってやるといいんですよ。あなたには度胸《どきょう》があるでしょう、コーヴァス。どうしてそうしないの？」

コーヴァスは渋《しぶ》い顔をした。モリガンは笑《わら》いたくなるのをこらえた。いつだったか、メイドのひとりがおばあさんのことを〝レディの格好《かっこう》をした凶暴《きょうぼう》な老《お》いた猛禽《もうきん》〟と呼《よ》んでいるのを聞いたことがある。モリガンもおなじ意見だったが、おばあさんの凶暴《きょうぼう》さを愉快《ゆかい》だと思えるのはその狙《ねら》いが自分に向けられていないときだけだった。

「明日は──明日は入札日《にゅうさつび》です、大臣《だいじん》」〝左〟が言った。「対象《たいしょう》となる地元の子供《こども》たちのために、スピーチをすることになっています」

「ああ、そうだった。まったく、面倒《めんどう》だ。今年はキャンセルするわけにはいかないだろう。場所と時間は？」

「公会堂《こうかいどう》で正午です」〝右〟が答えた。「聖《せい》クリストファーズ学校、メアリー・ヘンライト・アカデミー、ジャッカルファックス中学校の子供《こども》たちが出席《しゅっせき》します」

「わかった」コーヴァスは不満《ふまん》そうにため息をついた。「だが、忘《わす》れずに『ザ・クロニクル』紙を呼《よ》んでおくように。必《かなら》ずその記事を書かせるんだ」

モリガンは口のなかのパンをのみこんだ。「入札日《にゅうさつび》ってなに？」

モリガンがなにかを言ったときにしばしばそうなるように、みんなが驚《おどろ》いた顔をモリガンに向けた。まるでランプからいきなり脚《あし》が生えて、部屋のなかでタップダンスをはじめたみたいに。

つかの間、あたりが静《しず》かになって、そして──

「慈善《じぜん》学校を公会堂《こうかいどう》に招待《しょうたい》してもいいかもしれない」コーヴァスは、モリガンの言葉が聞こえなかったかのように言った。「下の階級の人々《ひとびと》のために慈善《じぜん》を施《ほどこ》すのは、いい宣伝《せんでん》になる」

おばあさんがうめいた。「コーヴァス、どこかのばかな子供《こども》をひとり選《えら》んで写真を撮《と》ればいいことでしょう。候補《こうほ》は何百人もいるのだから、一番見栄《みば》えのいい子を選《えら》んで、握手《あくしゅ》をして、それで帰ってくればいいんですよ。なにもことを複雑《ふくざつ》にする必要《ひつよう》はありません」

「ふむ」コーヴァスはうなずいた。「たしかにそのとおりだ、母さん。塩《しお》を取ってくれないか、〝左〟?」

〝右〟がこわごわと咳払《せきばら》いをした。「ですが、大臣《だいじん》……あまり恵《めぐ》まれていない学校の生徒《せいと》を招《しょう》待《たい》するのは悪い考えではないと思います。新聞の一面にのるかもしれません」

「田舎《いなか》のほうでの支持率《しじりつ》をもう少しあげたいところですから」〝左〟が塩《しお》を取ろうとして立ちあがりながら言った。

「気をつかわなくてもいい」コーヴァスは片方《かたほう》の眉《まゆ》を吊《つ》りあげ、横目で娘《むすめ》を見た。「どこであれ、わたしの支持率《しじりつ》はもっとあげたい」

モリガンはほんの少しだけ、罪悪感《ざいあくかん》を覚《おぼ》えた。ひとり娘《むすめ》があらゆる不運《ふうん》をもたらすなかで、選挙権《せんきょけん》を持つ人々《ひとびと》からの支持《しじ》を失《うしな》わずにいることが、父親にとって最大《さいだい》の難問《なんもん》であることはわかっていた。これほどのハンディキャップがありながら、州の大臣《だいじん》として五年めを迎《むか》えているのは奇跡《きせき》のようなものだ。本当とは思えないこの幸運が翌年《よくとし》もつづくかどうかというのが、コーヴァスの悩《なや》みのたねだった。

「だが母さんの言うとおりだ。人をあふれさせるのはやめよう。一面にのるべつの方法《ほうほう》を考える」

「オークションなの?」モリガンが訊《き》いた。

「オークション?」コーヴァスは素《そ》っ気なく訊《き》き返した。「いったいなんの話だ?」

「ああ、そのことか」コーヴァスはいらいらしたようになると、書類《しょるい》に視線《しせん》を戻《もど》した。「アイビー、説明《せつめい》してやってくれ」

「入札日《にゅうさつび》というのはね」アイビーはもったいぶって背筋《せすじ》を伸《の》ばした。「小学校を終えた子供《こども》たちが、その後の教育を受けるための入札《にゅうさつ》を受ける日なの。運のいい子が入札《にゅうさつ》を受けるのよ」

「もしくは、お金持ちの家の子か」おばあさんが付《つ》け足した。

「そうね」アイビーはうなずいたが、邪魔《じゃま》をされたことにいささかむっとしたようだ。「とても頭がいいか、才能《さいのう》があるか、あるいはわいろを贈《おく》れるくらい両親がお金持ちだったら、どこかの学術機関《がくじゅつきかん》の代表の人がその子に入札《にゅうさつ》するの」

「みんな入札《にゅうさつ》されるの？」モリガンが訊《き》いた。

「まさか！」アイビーは、グレービーの深皿を運んできたメイドにちらりと目をやると、わざとらしいささやき声で言った「みんなが教育を受けたら、だれが使用人になるというの？」

「でもそれって不公平《ふこうへい》じゃない？」メイドが顔を赤くして食堂《しょくどう》から小走りに出ていくのを見て、モリガンは顔をしかめた。「それに、よくわからない。なんのために入札《にゅうさつ》なんてするの？」

「子供《こども》の教育を支援《しえん》するという名誉《めいよ》のためだ」コーヴァスはいらいらした様子で答えると、話はこれで終わりだというように顔の前で手を振《ふ》った。「明日を担《にな》う若者《わかもの》たちを育てるという誇《ほこ》りのためだ。質問《しつもん》は終わりだ。おまえには関係《かんけい》ない。〝左〟、農業委員会の委員長との木曜日の会合は何時からだ？」

「三時です、大臣《だいじん》」

「わたしも行っていい？」

コーヴァスは額《ひたい》に深いしわを寄《よ》せ、まばたきをくりかえした。

「どうしておまえがわたしの会合に――」

「入札日《にゅうさつび》のこと。明日の。公会堂《こうかいどう》での式典《しきてん》」

「あなたが？」義理《ぎり》の母親が言った。「入札日《にゅうさつび》の式典《しきてん》に？　なんのために？」

「それは――」モリガンは不意《ふい》にわからなくなって、口ごもった。「今週はわたしの誕生日《たんじょうび》でしょう？　誕生日《たんじょうび》プレゼントの代わりに」だれもがぽかんとした顔をしていたところを見ると、モリガンがひそかに疑《うたが》っていたとおり、あさってが彼女《かのじょ》の一一回めの誕生日《たんじょうび》だということを忘《わす》れていたらしい。「おもしろいかもしれないって思ったの……」モリガンはその先の言葉をのみこんだ。自分のお皿を見つめ、なにも言わなければよかったと心の底《そこ》から後悔《こうかい》した。

「これは遊びじゃない」コーヴァスが鼻であしらった。「政治《せいじ》だ。だめだ、おまえを連《つ》れていくわけにはいかない。問題外だ。まったくばかげている」

モリガンは椅子《いす》の上で小さくなった。しゅんとなった。なにを期待していたんだろう？　パパの言うとおりだ。ばかげた考えだった。

一家はぴりぴりした沈黙《ちんもく》のなかで食事をつづけたが、やがて――

「あの――大臣《だいじん》」〝右〟がためらいがちに切りだした。コーヴァスのナイフとフォークがお皿の上で音を立てた。コーヴァスはぎろりと秘書《ひしょ》をにらみつけた。

「なんだ？」

「ええ、その……もし──そうすべきだと言っているわけじゃありません──お嬢《じょう》さんをつれていけば、ええと、大臣《だいじん》のイメージがよくなるかもしれません。おおいに」

〝左〟が両手をもみ合わせた。「大臣《だいじん》、〝右〟の言うとおりだと思います」コーヴァスににらまれて、〝左〟は急いで言葉をついだ。「わ、わたしが言いたいのは、世論調査《よろんちょうさ》によると、グレート・ウルフエーカーの人々《ひとびと》は大臣《だいじん》のことを少しばかり……その、冷《つめ》たいと感じているようなんです」

「よそよそしいというか」〝右〟が言い添《そ》えた。

「大臣《だいじん》がまもなく……か、悲しみに打ちひしがれる父親になることを印象《いんしょう》づけるのは、支持率《しじりつ》にいい影響《えいきょう》を与《あた》えるはずです。記者としての観点《かんてん》から見れば、これはとても、えーと、興味《きょうみ》を引かれるところだと思います」

「どれくらい興味《きょうみ》を引かれる？」

「新聞の一面を飾《かざ》るくらいに」

コーヴァスはだまりこんだ。モリガンは、父親の左のまぶたがぴくぴくするのを見た気がした。

第二章
入札日《にゅうさつび》

「だれともなにも話すんじゃないぞ、モリガン」その朝コーヴァスは、モリガンがついていけないくらいの大股《おおまた》で公会堂《こうかいどう》の石造《いしづく》りの階段《かいだん》を急いであがりながら、一〇〇回めくらいに言った。「おまえは壇上《だんじょう》でわたしといっしょに座《すわ》ることになる。みんなから見られるんだ。わかるな？　なにごとも……起きないようにするんだぞ。だれかの腰《こし》の骨《ほね》を折《お》るとか、蜂《はち》の大群《たいぐん》をよこすとか、はしごから落ちるとか……」

「鮫《さめ》が襲《おそ》ってくるとか？」モリガンが言い添《そ》えた。

コーヴァスは顔を真っ赤にして、モリガンに向き直った。「冗談だと思っているのか？　おまえがなにをして、それがわたしにどう影響《えいきょう》するのかを、公会堂《こうかいどう》にいる人間全員が見ることになる。おまえはわざとわたしのキャリアを台無《だいな》しにするつもりか？」

「ううん」モリガンは顔にかかったコーヴァスの唾《つば》をぬぐいながら答えた。「わざとはしない」

モリガンは何度か公会堂《こうかいどう》に来たことがあった。たいていは、父親の支持率《しじりつ》ががくんと落ちて、家族に支《ささ》えられていることを人々《ひとびと》に知らしめる必要《ひつよう》があるときだ。両側《りょうがわ》に石柱が並《なら》ぶ公会堂《こうかいどう》は巨大《きょだい》な金属製《きんぞくせい》の時計塔《とけいとう》の影《かげ》になっていて、ジャッカルファックスのもっとも重要《じゅうよう》な建物《たてもの》であるにもかかわらず、陰鬱《いんうつ》で重苦しい雰囲気《ふんいき》を漂《ただよ》わせている。時計塔《とけいとう》のほうが――普段《ふだん》モリガンはできるだけ見ないようにしていたが――はるかに人目を引いた。

〈空模様《そらもよう》時計〉は普通《ふつう》の時計ではなかった。針《はり》も、時刻《じこく》を表す数字もない。丸いガラスのカバーと、紀元《きげん》の流れに合わせて色を変《か》えるそのなかの空があるだけだ。その空は、〈有明時《ありあけどき》〉のごく淡《あわ》い夜明けのピンク色から、〈日盛《ひざか》り時〉の鮮《あざ》やかな金色に、さらには〈紅空時《べにそらどき》〉の夕焼《ゆうや》けの色、そして〈薄暮時《はくぼどき》〉の濃《こ》い青色と徐々《じょじょ》に色を変《か》えていく。

今日は――今年はずっとそうだったように――〈薄暮時《はくぼどき》〉の色だった。それはつまり、周期《しゅうき》の一番最後《さいご》である五番めの色に変《か》わるときが、まもなくやってくることを意味している。〈闇宵時《やみよいどき》〉の星を散《ち》りばめたような黒。それが、この紀元《きげん》の最後《さいご》の日だった。

けれどそれは一年先だ。モリガンはそのことを考えないようにしながら、父親を追って階段《かいだん》をのぼった。

普段《ふだん》は声ばかりが反響《はんきょう》する陰気《いんき》な公会堂《こうかいどう》だが、今日はわくわくするような雰囲気《ふんいき》が漂《ただよ》っていた。ジャッカルファックス中から一番上等の服を着た七〇〇人あまりの子供《こども》が集まっている。髪《かみ》をなでつけた男の子たちも、おさげに結《ゆ》った髪《かみ》にリボンをつけたり帽子《ぼうし》をかぶったりしている女の子たちも、ウィンターシー大統領《だいとうりょう》の見慣《みな》れたいかめしいまなざしを受けながら、ずらりと並《なら》んだ背《せ》もたれのまっすぐな椅子《いす》に座《すわ》っていた。共和国《きょうわこく》のあらゆる家、店、政府《せいふ》の建物《たてもの》にはこの大統領《だいとうりょう》の肖像画《しょうぞうが》が飾《かざ》られていて、人々《ひとびと》の言動を見張《みは》っていた。

モリガンとコーヴァスが演壇《えんだん》のうしろのステージに作られた席《せき》につくと、騒々《そうぞう》しいほどににぎやかだった会場は、わずかにざわめくだけになった。すべての視線《しせん》がモリガンに向けられている。

父親らしい態度《たいど》を見せようとしてコーヴァスがぎこちない仕草でモリガンの肩《かた》に手をのせると、地元の新聞記者たちがいっせいに写真を撮《と》った。まちがいなく一面にのるだろうとモリガンは思った。不幸《ふこう》な娘《むすめ》とまもなく悲しみに暮《く》れることになる父親。これ以上《いじょう》はない悲劇《ひげき》のふたりだ。モリガンはいつも以上《いじょう》にしょんぼりしようとしたが、カメラのフラッシュでなにも見えなくなっていたから、なかなかに難《むずか》しかった。

ウィンターシー共和国国歌《きょうわこっか》（**進め！　上へ！　前へ！　フレー！**）斉唱《せいしょう》のあと、コーヴァスの退屈《たいくつ》きわまりない演説《えんぜつ》で式典《しきてん》がはじまった。いくつもの学校の校長先生や地元の実業家たちの演説《えんぜつ》がそれにつづき、その後、やっとジャッカルファックス市長がつややかな木の箱を運んできて、入札《にゅうさつ》の手紙を読みはじめた。どういうわけかモリガンまでわくわくして、座《すわ》ったまま背筋《せすじ》を伸《の》ばした。

「シルクランズ・バレエカンパニーのマダム・オノラ・サルヴィは」市長は取り出した一通めの封筒《ふうとう》の表書きを読みあげた。「モリー・ジェンキンズに入札《にゅうさつ》を提示《ていじ》しました」

三番めの列から歓喜《かんき》の声があがったかと思うと、モリー・ジェンキンズが勢《いきお》いよく立ちあがり、ステージに駆《か》けあがった。膝《ひざ》を曲げてお辞儀《じぎ》をすると、入札状《にゅうさつじょう》が入っている封筒《ふうとう》を受け取った。

「おめでとう、ミス・ジェンキンズ。式典《しきてん》が終わったら、会場の裏《うら》で係員と会いたまえ。面談室に案内《あんない》してくれる」

市長はつぎの封筒《ふうとう》を手に取った。「ポイズンウッド士官《しかん》学校のジェイコブ・ジャッカリー少《しょう》佐《さ》は、マイケル・サリスベリーへの入札《にゅうさつ》を提示《ていじ》しました」

友人たちと家族が歓声《かんせい》をあげるなか、マイケルは封筒《ふうとう》を受け取った。

「スニグルズ・スネーク商会のオーナー兼《けん》社長であるミスター・ヘンリー・スニグルズは、爬《は》虫両生類学《ちゅうりょうせいるいがく》の実習生としてアリス・カーターを入札《にゅうさつ》します――まったくすばらしい！」

入札《にゅうさつ》は一時間近くつづいた。新しい封筒《ふうとう》が箱から取り出されるのを、会場の子供《こども》たちはかたずをのんで見つめている。名前が読みあげられるたびに、本人と両親の喜《よろこ》びの歓声《かんせい》とそれ以外《いがい》の人々《ひとびと》の失望《しつぼう》のため息が会場を埋《う》めつくした。

モリガンは退屈《たいくつ》しはじめていた。入札日《にゅうさつび》のもの珍《めずら》しさは薄《うす》れてきている。もっとわくわくするものだと思っていた。決してモリガンのものになることがない輝《かがや》く未来《みらい》が入っている封筒《ふうとう》を、ひとりまたひとりと受け取る子供《こども》たちをながめていると、お腹《なか》の奥《おく》で嫉妬心《しっとしん》のようなものがもぞもぞとうごめいた。

コリー・ジェイムソンが、権威《けんい》のある国立学校ウィンターシー・アカデミーのミセス・ジニファー・オレリーの入札《にゅうさつ》を受けると、一番前の列から歓声《かんせい》があがった。コリーのふたつめの入《にゅう》札《さつ》だ。ひとつめは、プロスパーの地質学《ちしつがく》の学校だった。プロスパーは共和国《きょうわこく》でもっとも裕福《ゆうふく》な州で、ルビーとサファイヤがとれる。

「おやおや」コリーが二通めの封筒《ふうとう》を受け取って頭上でひらひらさせると、家族からいっそう大きな歓喜《かんき》の声があがり、市長はたっぷりしたお腹《なか》を叩《たた》いた。「入札《にゅうさつ》が二件《にけん》！　これはまた、予期せぬ展開《てんかい》だ。ジャッカルファックスでひとりが二か所から入札《にゅうさつ》を受けたのは、実に久《ひさ》しぶりだ。よくやった、よくやった。きみは大きな決断《けつだん》をくださなくてはならなくなったね。さてつぎは……匿名《とくめい》の入札《にゅうさつ》です。その……その……」

市長は言葉につまり、来賓席《らいひんせき》をちらりと見てから手元に視線《しせん》を戻《もど》した。咳払《せきばら》いをした。「ミス・モリガン・クロウに」

会場が静《しず》まりかえった。モリガンは目をぱちくりさせた。

これは空耳？　ううん、ちがう——コーヴァスがわずかに腰《こし》を浮《う》かせて、仕方がないというように肩《かた》をすくめた市長をにらみつけている。

「ミス・クロウ？」市長がモリガンを手招《てまね》きした。

驚《おどろ》いた鳥の群《む》れがいっせいに飛《と》びたつみたいに、会場中がどよめいた。まちがいに決まっている。入札《にゅうさつ》されたのは、ほかのだれかに決まっている。

モリガンはずらりと並《なら》ぶ子供《こども》たちのほうを見た。だれもがモリガンを指さし、にらみつけている。公会堂《こうかいどう》は突然《とつぜん》、二倍の大きさになった？　二倍の明るさに？　頭の上からスポットライトで照《て》らされているみたいな気がした市長が怒《おこ》ってイライラした様子で、再《ふたた》び手招《てまね》きした。モリガンは大きく息を吸《す》うと、なんとか立ちあがって歩きはじめた。一歩ごとに足音がおそろしいくらいに反響《はんきょう》した。震《ふる》える手で封《ふう》筒《とう》を受け取ったモリガンは、市長がいまにも声をあげて笑《わら》いだし、封筒《ふうとう》を取り返すにちがいないと思いながら、市長の顔を見た。これはきみのものじゃない！　けれど市長は眉間《みけん》に深いしわをよせて、モリガンを見つめ返しただけだった。

モリガンは心臓《しんぞう》をどきどきさせながら封筒《ふうとう》をひっくり返した。きれいな文字で、モリガンの名前が書かれていた。ミス・モリガン・クロウ。本当にあたしだ。どんどん張《は》りつめていく会場の空気のなかで、モリガンの心は逆《ぎゃく》に軽くなっていった。声にだして笑《わら》いたくなるのをこらえた。

「よくやった、ミス・クロウ」市長はあやふやな笑《え》みを浮《う》かべた。「いまは席《せき》に戻《もど》って、式典《しきてん》が終わったら会場の裏《うら》で係員に会うように」

「グレゴリー――」コーヴァスはなにか言いたげだった。市長はもう一度肩《かた》をすくめた。

「これは伝統《でんとう》だ、コーヴァス。いや、それ以上《いじょう》――法律《ほうりつ》だ」

式典《しきてん》はつづき、驚《おどろ》きも冷《さ》めやらぬモリガンはだまって座《すわ》っていた。封筒《ふうとう》を開こうともしなかった。父親はじっと座《すわ》ったまま、モリガンの手から奪《うば》い取って燃《も》やしてしまいたいと思っているような顔で、一秒ごとに象牙色《ぞうげいろ》の封筒《ふうとう》をちらちら見ていた。万一のことを考えて、モリガンはワンピースのポケットに封筒《ふうとう》を押《お》しこみ、さらに八人の子供《こども》が入札《にゅうさつ》されているあいだ、ぎゅっと握《にぎ》りしめたままでいた。早く式典《しきてん》が終わってほしかった。市長はなにもなかったみたいに堂々《どうどう》とした態度《たいど》で式典《しきてん》をつづけていたけれど、モリガンは数百人分の視線《しせん》が自分に突《つ》き刺《さ》さるのを感じていた。

「デヴェロー女子学校──聞いたことのない学校だ──のミセス・アーディス・アシャーは……その……その……」市長の声がとぎれた。ポケットからハンカチを出して、額《ひたい》の汗《あせ》をふいた。

「ミス・モリガン・クロウへの入札《にゅうさつ》を提示《ていじ》しました」

今回、人々《ひとびと》は息をのんだ。モリガンは夢《ゆめ》のなかにいるような足取りで、今日ふたつめの入札《にゅうさつ》を受け取った。表書きに自分の名前が書いてあるかどうかをたしかめようともせず、その封筒《ふうとう》を──ピンク色でいいにおいがした──をさっきと同じポケットに突《つ》っこんだ。

ほんの数分後、モリガンの名前が今日三度めに呼《よ》ばれた。モリガンは、できるかぎりの速さでハーモン陸軍士官《りくぐんしかん》学校のヴァン・レーウェンフク大佐《たいさ》からの入札《にゅうさつ》を受け取ると、席《せき》に戻《もど》り、ひたすら自分の靴《くつ》を見つめつづけた。お腹《なか》のなかでうれしそうにひらひらと羽をはためかせている蝶《ちょう》の大群《たいぐん》を無視《むし》しようとした。笑《わら》いたくなるのを必死《ひっし》でこらえた。

三番めの列の男性《だんせい》が立ちあがって叫《さけ》んだ。「だが彼女《かのじょ》は呪《のろ》われているじゃないか！　おかしいだろう」男性《だんせい》の妻《つま》が腕《うで》をひっぱってだまらせようとしたが、無駄《むだ》だった。「三件の入札《にゅうさつ》？そんなの聞いたこともないぞ！」そのとおりだというようなざわめきが広がった。

消えかけのガス灯《とう》みたいに、モリガンのなかからうれしさが薄《うす》れていった。あの男の人の言うとおりだ。あたしは呪《のろ》われている。呪《のろ》われた子供《こども》が三件も入札《にゅうさつ》を受けてなにができるというの？　受け取るわけにはいかない。

市長は静《しず》かにと言う代わりに、両手をあげた。「式典《しきてん》をつづけないと、一日中ここにいることになってしまいます。みなさん、どうぞ静粛《せいしゅく》に願《ねが》います。式典《しきてん》が終わったら、わたしがこの異常《いじょう》な事態《じたい》の原因《げんいん》を突《つ》きとめます」

これで人々《ひとびと》が落ち着きを取り戻《もど》すはずだと市長が考えていたなら、さぞがっかりしたことだろう。なぜなら、つぎに市長が手にした封筒《ふうとう》には——

「ジュピター・ノースは……まったく、信《しん》じられん……モリガン・クロウへの入札《にゅうさつ》を提示《ていじ》しました」

会場は怒鳴《どな》り声でいっぱいになった。子供《こども》と親たちが勢《いきお》いよく立ちあがり、濃淡《のうたん》もさまざまなピンク色や紫色《むらさきいろ》に顔を染《そ》めながら、このばかげた事態《じたい》はいったいどういうことなのかとわめいている。入札《にゅうさつ》が四件！　二件でも珍《めずら》しいし、三件となるとめったにない。それが四件？　前代未聞《ぜんだいみもん》だ！

その後は一二件《けん》の入札《にゅうさつ》があった。市長はあわただしく封筒《ふうとう》を読みあげていき、そこに書かれている名前がモリガンでないことがわかるたびに、汗《あせ》ばんだ顔にほっとした表情《ひょうじょう》を浮《う》かべた。そしてついに、箱のなかを探《さぐ》る手になにも触《ふ》れなくなった。空だ。

「さっきの入札《にゅうさつ》が最後《さいご》でした」市長は感謝《かんしゃ》のあまり目を閉《と》じた。声が震《ふる》えている。「入札《にゅうさつ》を受けた子供《こども》たちは、会場の裏《うら》に移動《いどう》してください。係員が面談室に案内《あんない》しますので、そこで後援《こうえん》者《しゃ》の方々《かたがた》と顔合わせをします。ほかのみなさんは……あなたたちは……わかっていることと思います。あなたたちに能力《のうりょく》がないとか……そういうことではありません」市長はだれにともなく手を振《ふ》り、それを合図に人々《ひとびと》は立ちあがった。

訴《うった》えてやる、市長の座《ざ》から引きずりおろしてやるとコーヴァスはわめいたが、慣習《かんしゅう》には従《したが》わなければいけないと市長はあくまでも言い張《は》った。モリガンが望《のぞ》むのなら、入札者《にゅうさつしゃ》と会うことを認《みと》めなければいけない。

モリガンはぜひとも会いたかった。

入札《にゅうさつ》を受けられないことは、もちろんモリガンにもわかっていた。入札者《にゅうさつしゃ》がどこのだれであれ、呪《のろ》われた子供《こども》に入札《にゅうさつ》したことがわかればすぐに取り消して、あっという間に逃《に》げだすだろう。けれど、会うだけは会わないと失礼《しつれい》だとモリガンは思った。だってわざわざここまで来てくれたんだから。

ごめんなさい。頭のなかで予行演習《えんしゅう》をした。あたしは呪《のろ》われた子供《こども》のリストにのっているんです。〈闇宵時《やみよいどき》〉に死ぬんです。入札《にゅうさつ》してくれてありがとうございました。

これでいい。丁寧《ていねい》だし、ちゃんと言いたいことも言えている。

モリガンは、壁《かべ》にはなにも飾《かざ》られておらず、両側《りょうがわ》に一脚ずつ椅子《いす》の置《お》かれた机《つくえ》があるだけの部屋に案内《あんない》された。まるで取調室みたいだ……ある意味、そうなのかもしれない。後援者《こうえんしゃ》と子《こ》供《ども》の顔合わせでは、子供《こども》は好《す》きなだけ質問《しつもん》をし、後援者《こうえんしゃ》は正直に答えなければいけないことになっている。今日のコーヴァスの退屈《たいくつ》な演説《えんぜつ》でモリガンが学んだ、数少ないことのひとつだった。

でもあたしは質問《しつもん》はしないと、モリガンは自分に言い聞かせた。入札《にゅうさつ》してくれてありがとうございました。頭のなかでくりかえした。

灰色《はいいろ》のスーツを着て、羽根飾《かざ》りのついた茶色い帽子《ぼうし》をかぶった男性《だんせい》が片方《かたほう》の椅子《いす》に座《すわ》り、小さな声でハミングしていた。鼻にのせた細いメタルフレームの眼鏡《めがね》をほっそりした白い指で押《お》しあげた。男性《だんせい》は穏《おだ》やかな笑《え》みを浮《う》かべて、モリガンが座《すわ》るのを待った。

「ミス・クロウ、わたしはミスター・ジョーンズだ。会ってくれてありがとう」男性《だんせい》はやさしいけれど、歯切れのいい口調で言った。どこかで聞いたことのある声だ。「わたしは雇《やと》い主の代理で来た。彼《かれ》はきみを弟子にしたいと考えている」

考えてきた言葉がモリガンの頭から抜《ぬ》け落ちた。お腹《なか》がまたもぞもぞしはじめた。希《き》望《ぼう》という名の小さな蝶《ちょう》が繭《まゆ》から顔をのぞかせた。「なんの……弟子ですか？」

ミスター・ジョーンズがほほ笑《え》んだ。表《ひょう》情豊《じょうゆた》かな黒い目の端《はし》にしわが寄《よ》った。「彼《かれ》の会社であるスコール産業《さんぎょう》の弟子だ」

「スコール産業《さんぎょう》?」モリガンは顔をしかめた。「それってつまり、あなたは――」

「エズラ・スコールの代理人ということだ。共和国《きょうわこく》でもっとも力がある人間だよ」ミスター・ジョーンズはテーブルに視《し》線《せん》を落とした。「二番めに力があるというべきだったな。偉《い》大《だい》なる大統領《だいとうりょう》のつぎに」

モリガンは不意《ふい》に、どこでこの声を聞いたのかを思いだした。ラジオでワンダー不足《ぶそく》についいて話していたのがこの人だ。

想像《そうぞう》どおりの人だった——真面目そうで、きちんとしている。品がいい。クモみたいな細くて白い手をからだの前でしっかりと組んでいた。肌《はだ》は透《す》き通るように白い。それほど若《わか》くはないけれど、年寄《としよ》りというわけでもない。乱暴《らんぼう》そうなところもないし、左の眉《まゆ》のちょうど真ん中を横切っている細くて白い傷《きず》とこめかみに生えているひとふさの銀色の毛をのぞけば、身なりも完璧《かんぺき》だ。必要《ひつよう》のない動きにエネルギーを注ぐつもりはないかのように、ひとつひとつの動作さえ、正確《せいかく》で繊細《せんさい》だった。自分をしっかりコントロールできている人だとモリガンは思った。

モリガンは目を細くして訊《き》いた。「共和国《きょうわこく》で二番めに力がある人が、あたしになんの用ですか？」

「ミスター・スコールがなにを考えているのかを、わたしが話すことはできない」ミスター・ジョーンズは組んでいた手を離《はな》して、また眼鏡《めがね》を押《お》しあげた。「わたしはただの秘書《ひしょ》だ。ミスター・スコールの希望《きぼう》どおりのことをする。いま彼《かれ》は、きみに自分の弟子になってもらいたいと思っているんだ、ミス・クロウ……そして後継者《こうけいしゃ》にも」

「後継者《こうけいしゃ》？　どういうことですか？」

「いずれ、スコール産業《さんぎょう》を彼《かれ》の代わりに運営《うんえい》してもらいたいということだ。想像《そうぞう》もできないくらい金持ちになって、権力《けんりょく》を持って、歴史上《れきし》もっとも偉大《いだい》でもっとも影響力《えいきょうりょく》がある人間になって、もっとも利益《りえき》をあげている組織《そしき》を率《ひき》いてもらいたいということだ」

モリガンは目をぱちくりさせた。「あたしは封筒《ふうとう》をなめるのもだめだって言われているのに」

ミスター・ジョーンズはおもしろそうな顔をした。「スコール産業《さんぎょう》でも封筒《ふうとう》はなめないと思うね」

「それじゃあ、なにをするんですか？」どうしてこんなことを訊《き》いたのか、自分でもわからなかった。なにを言うつもりだったのかを思い出そうとした。呪《のろ》われているとかそういうことだったはず……入札《にゅうさつ》してくれてありがとう……

「きみは帝国《ていこく》を運営《うんえい》していく方法《ほうほう》を学ぶことになる、ミス・クロウ。それも最高《さいこう》の人間から。ミスター・スコールは優秀《ゆうしゅう》で才能《さいのう》のある人だ。知っていることすべてを教えてくれるだろう。ほかのだれにも教えていないことを」

「あなたにもですか？」

ミスター・ジョーンズは静《しず》かに笑《わら》った。「特にわたしにはね。見習い期間が終わったときには、スコール産業《さんぎょう》の採掘《さいくつ》、工学、製造《せいぞう》、技術《ぎじゅつ》、すべての部門をきみが指揮《しき》することになる。共和国《きょうわこく》中の一〇万人を超《こ》える従業員《じゅうぎょういん》が、みんなきみの指示《しじ》をあおぐんだ」

モリガンは目を丸くした。

「この国のあらゆる人間がきみに感謝《かんしゃ》する。きみは彼《かれ》らの命綱《いのちづな》になる――食べもの、遊び、動力、温かさ――きみが与《あた》えるんだ。必要《ひつよう》とするすべてのもの……ワンダーによって、そしてスコール産業《さんぎょう》で働《はたら》く人々《ひとびと》によって生みだされているすべてのものを、きみが与《あた》えるんだよ」

ミスター・ジョーンズの声はどんどん小さくなって、ささやき声くらいになった。モリガンは顔を近づけた。

「エズラ・スコールはこの国のもっとも偉大《いだい》な英雄《えいゆう》だ。いや、それ以上《いじょう》だ――親切な神であり、人々《ひとびと》の幸せと慰《なぐさ》めの源《みなもと》だ。ワンダーを採掘《さいくつ》し、分け与《あた》え、命令《めいれい》をくだすことのできる唯一《ゆいいつ》の人間なんだ。わたしたちの国は彼《かれ》に頼《たよ》りきっているんだよ」

ミスター・ジョーンズの目には人を不安《ふあん》にさせるような熱狂的《ねっきょうてき》な光があった。モリガンはたじろいだ。ミスター・ジョーンズはエズラ・スコールのことが大好《だいす》きなのか、こわがっているのか、それとも彼《かれ》になりたがっているのか、どれだろう？　それともその全部かもしれない。

「想像《そうぞう》してごらん、ミス・クロウ。みんなから愛《あい》されるのがどういうものかを。みんなから尊《そん》敬《けい》されて、必要《ひつよう》とされるのがどういうものかを。いつの日か、きみが一生懸命《いっしょうけんめい》がんばって、ミスター・スコールの教えどおりのことをすれば……そうなれるんだ」

想像《そうぞう》できた。想像《そうぞう》したことがあった。こわがられるのではなくて、愛《あい》されるのはどんな感じだろうと、百回は想像《そうぞう》した。部屋にいる人が、入ってきたモリガンに気づいてぎくりとするのではなく笑顔《えがお》になるのを見たら、どんな気持ちがするだろう？　モリガンのお気に入りの空想のひとつだった。

結局《けっきょく》、そういうこと。モリガンは頭のなかのもやもやを振《ふ》り払《はら》った。空想にすぎない。しゃんと背筋《せすじ》を伸《の》ばして大きく息を吸《す》い、声が震《ふる》えないことを祈《いの》った。

「受け入れることはできません、ミスター・ジョーンズ。あたしは呪《のろ》われた子供《こども》のリストにのっているんです。あたしは……あたしは……知っていますよね？　入札《にゅうさつ》してくれてありが――

「それを開けて」ミスター・ジョーンズはモリガンが持っている封筒《ふうとう》を示《しめ》した。

「なんですか？」

「きみの契約書《けいやくしょ》だ」

モリガンはわけがわからなくて、首を振《ふ》った。「あたしの、なに？」

「それが決まったやり方なんだよ」ミスター・ジョーンズは片方《かたほう》の肩《かた》を小さくすくめた。「支《し》援《えん》を受けて勉強をはじめる子供《こども》はみんな、契約書《けいやくしょ》にサインしなきゃいけない。親か保護者《ほごしゃ》のサインも必要《ひつよう》だ」

そういうことね。「父は絶対《ぜったい》にサインしません」

「それはあとで考えよう」ミスター・ジョーンズは上着のポケットから銀のペンを取りだし、机《つくえ》に置《お》いた。「きみはここにサインすればいい。あとはミスター・スコールが全部取りはからってくれる」

「でも、わかっていないみたいですけど、あたしは――」

「よくわかっているとも、ミス・クロウ」ミスター・ジョーンズはモリガンをじっと見つめた。黒い瞳《ひとみ》が突《つ》き刺《さ》さってくるようだ。「だがきみは、呪《のろ》いとか、登録《とうろく》とか、〈闇宵時《やみよいどき》〉とかのことは心配しなくていいんだ。これからは、なにひとつ心配する必要《ひつよう》はない。エズラ・スコールといっしょにいるかぎり」

「でも――」

――」

「サインするんだ」ミスター・ジョーンズはペンを見ながらうなずいた。「サインしたら、きみに約束《やくそく》しよう。いつの日かきみは、きみを不愉快《ふゆかい》な目にあわせた人間すべてを好《す》きなように動かせるようになる」

ミスター・ジョーンズのきらきらする目と穏《おだ》やかで秘密《ひみつ》めいた笑《え》みを見て、彼《かれ》とエズラ・スコールにはモリガンが想像《そうぞう》したことすらないような未来《みらい》が見えているのかもしれないと——ほんの一瞬《いっしゅん》——モリガンは信《しん》じる気になった。

ペンに手を伸《の》ばしたところで、ためらった。まだ訊《き》いていないことがある。一番大事な質問《しつもん》が残《のこ》っていた。モリガンは顔をあげた。

「どうしてあたしなんですか？」

ドンドンとドアをノックする音がした。さっとドアが開いて、うろたえた顔の市長がよろめきながら入ってきた。

「大変《たいへん》、申し訳《わけ》なかった、ミス・クロウ」額《ひたい》にハンカチを押《お》し当てながら言った。スーツには汗《あせ》のしみが浮《う》き、残《のこ》っているわずかな髪《かみ》はさかだっている。「だれかがきみにひどいいたずらをしたようだ。わたしたち全員に」

「い、いたずら？」

市長のうしろから、口を一文字に結《むす》んだコーヴァスがあらわれた。「ここにいたのか。帰るぞ」モリガンの腕《うで》をつかみ、そのまま引きずるようにして部屋を出ていく。モリガンが座《すわ》っていた椅子《いす》が音を立てて倒《たお》れた。

「きみに入札《にゅうさつ》した人間はひとりもあらわれなかった」市長はぜいぜい言いながら、ふたりのあとについて廊下《ろうか》を進んだ。「わたしのせいだ。わかっているべきだった。ハーモン陸軍《りくぐん》なんとかだの、デヴェロー女子なんとかだの……だれも聞いたことがない名前だ。でっちあげだったんだ」市長はモリガンからコーヴァスに、そしてまたモリガンへとおびえた様子で視線《しせん》を移《うつ》した。「きみをこんなことに巻《ま》きこんでしまって、本当にすまなかった、コーヴァス。昔からの友だちじゃないか、気を悪くしてはいないだろう？」

コーヴァスは市長をにらみつけた。

「でも――」モリガンが口を開いた。

「わからないのか？」コーヴァスは怒《いか》りのこもった冷《つめ》たい声で言った。モリガンの手から封筒《ふうとう》を奪《うば》い取った。「わたしは笑《わら》いものにされたんだ。なにもかもだれかのいたずらだった。恥《はじ》をかかされたんだぞ！　わたしの選挙民《せんきょみん》に！」

モリガンは顔をしかめた。「わたしに入札《にゅうさつ》してくれた人は――」

市長は両手をもみ合わせた。「存在《そんざい》しない。だからだれもあらわれなかった。待たせてすまなかったね」

「でも、ひとり来たんです。ミスター・ジョーンズが代理で――」モリガンはそこまで言うと、急いで面談室に戻《もど》った。

椅子《いす》は空だった。ペンも契約書《けいやくしょ》もない。ミスター・ジョーンズは消えていた。モリガンはだれもいない部屋を茫然《ぼうぜん》とながめた。あたしたちが言い争《あらそ》っているあいだに、ミスター・ジョーンズはこっそり帰っちゃったの？　気が変《か》わった？　それともやっぱりあの人もいたずらをしていただけ？

お腹《なか》を思い切り蹴飛《けと》ばされたみたいに、すとんと納得《なっとく》した。いたずらに決まっている。共和国《きょうわこく》で一番力があって重要《じゅうよう》なビジネスマンが、どうしてあたしを弟子にしたがる？　自分の後継者《こうけいしゃ》に？　考えただけでばかばかしい。いまさらのように押《お》し寄《よ》せてきた恥《は》ずかしさの波にのみこまれて、モリガンは顔を赤くした。どうしてあっさり信《しん》じたりしたんだろう？

「たわごとはもうたくさんだ」コーヴァスは封筒《ふうとう》をびりびりに破《やぶ》いた。モリガンは、はらはらと雪のように舞《ま》う紙切れを悲しそうに見つめた。


モリガンとコーヴァスをのせたぴかぴかの黒い大きな馬車は、公会堂《こうかいどう》をあとにした。コーヴァスはなにも言わなかった。革《かわ》のケースにいつもぎっしりつまっている書類《しょるい》を手に取り、残《のこ》っている仕事を片付《かたづ》けようとしている。今朝のことなどなかったみたいに。

モリガンは、興奮《こうふん》した様子の子供《こども》と親たちが入札《にゅうさつ》の手紙をひらひらさせながら公会堂《こうかいどう》から通りへと出ていくのをながめた。うらやましさに心がちくりと痛《いた》んだ。

気にしない。涙《なみだ》がこみあげてきそうだったので、必死《ひっし》になってまばたきをした。全部いたずらだったんだから。気にしない。

人の波が途切《とぎ》れることはなかった。それどころか通りには人があふれていて、馬車は完全《かんぜん》に止まってしまった。人々《ひとびと》は空にあるなにかを見あげながら、公会堂《こうかいどう》のほうへと足早に進んでいく。

「ローリー」コーヴァスは天井《てんじょう》を叩《たた》いて、御者《ぎょしゃ》に呼《よ》びかけた。「なにごとだ？　邪魔《じゃま》な者たちはどかせろ」

「そうしようとしているんですが、大臣《だいじん》――」

「**来るぞ！**」だれかが叫《さけ》んだ。「**はじまるんだ！**」大勢《おおぜい》の声が応《おう》じた。モリガンはなにごとだろうと、首をのばして外を見た。人々《ひとびと》が抱《だ》きあっている。入札《にゅうさつ》に来ていた子供《こども》たちだけではなく、だれもかれもが口笛を吹《ふ》き、歓声《かんせい》をあげ、空に帽子《ぼうし》を投げあげていた。

「どうしてみんな……」モリガンは言いかけたところで、口をつぐんだ。「どうして鐘《かね》が鳴っているの？」

コーヴァスが妙《みょう》な顔でモリガンを見つめていた。手にしていた書類《しょるい》が滑《すべ》り落ちて床《ゆか》に散《ち》らばるのもかまわず、馬車のドアを開けて道路におり立った。モリガンもつづいておりると、人々《ひとびと》がそこを目指して走っているものを見あげた。

時計塔《とけいとう》。

〈空模様《そらもよう》時計〉が色を変《か》えようとしていた。夕方の空の青さからサファイヤ色に、さらには紺《こん》色《いろ》にと濃《こ》さを増《ま》していき、そしてついに真っ黒になった。まるで空にインクを流したみたいに。まるで世界をのみこもうとしているブラックホールみたいに。

鐘《かね》は〈闇宵時《やみよいどき》〉の訪《おとず》れを知らせるために鳴っていた。

その夜モリガンは、ベッドの上でじっと暗闇《くらやみ》を見つめていた。

鐘《かね》は夜中の一二時まで鳴りつづけ、不意《ふい》にやんだあとは押《お》しつぶされそうな沈黙《ちんもく》が広がった。あの鐘《かね》は、〈闇宵時《やみよいどき》〉がやってくることを人々《ひとびと》に知らせるための警告《けいこく》だったから、一二時がすぎたあとはもう鳴る必要《ひつよう》がなかった。〈闇宵時《やみよいどき》〉がやってきた。この紀元《きげん》の最後《さいご》の一日がはじまった。

こわがるべきだとわかっていた。悲しんで、不安《ふあん》になるべきだ。もちろんその全部を感じてはいたけれど、一番強く感じていたのは怒《いか》りだった。

だまされた。この紀元《きげん》は一二年あるはずだった。だれもが――コーヴァス、おばあさん、ケースワーカーたち、年代学者もみんな――そう言った。一二年の人生ですら短すぎるのに、それが一一年？

〈空模様時計《そらもようどけい》〉が黒になると、専門家《せんもんか》たちはみな、そうではないかとずっと思っていた、予兆《よちょう》に気づいていた、今年で――この冬で――この紀元《きげん》は終わる見こみだと発表しようとしていたところだったと、あわてて取り繕《つくろ》おうとした。

どうということはありませんと、彼《かれ》らは口をそろえて言った。この紀元《きげん》が一一年だっただけのことです。まちがいはだれにでもありますし、一年短くなったからといってなにも変《か》わりはありません。

けれどもちろん、変《か》わることはたくさんあった。

お誕生日《たんじょうび》おめでとう、あたし。モリガンはみじめな気持ちでつぶやいた。覚《おぼ》えているかぎりの昔から毎晩《まいばん》いっしょに寝《ね》ていたウサギのぬいぐるみのエメットをぎゅっと抱《だ》きしめ、眠《ねむ》ろうとした。

なにか音がした。音と言えないくらいの小さな音――かすかなささやき声のような、空気が流れていくような。ランプのスイッチを入れると、部屋がぱっと明るくなった。

だれもいない。心臓《しんぞう》がどきどきしていた。ベッドから飛《と》び出ると、部屋のなかを見まわし、ベッドの下をのぞきこみ、タンスを開けた――なにもない。

ううん、なにもないわけじゃない。

なにかある。

黒っぽい床板《ゆかいた》の上に小さな白い長方形のものがあった。だれかがドアの下から封筒《ふうとう》をすべりこませたのだ。モリガンは封筒《ふうとう》を拾いあげるとそっとドアを開け、廊下《ろうか》を見た。だれもいない。

封筒《ふうとう》には、きれいとは言えない字が黒いインクで書かれていた。

〈輝かしき結社《ワンダラス・ソサエティ》〉のジュピター・ノースはもう一度、
ミス・クロウに入札《にゅうさつ》を提示《ていじ》します。

「〈輝かしき結社《ワンダラス・ソサエティ》〉」モリガンはつぶやいた。

封《ふう》を切り、なかから二枚の紙を引っ張《ぱ》りだした。一枚は手紙で、もう一枚は契約書《けいやくしょ》だ。タイプで書かれたいかにも形式ばったもので、最後《さいご》にはふたつのサインがある。〝後援者《こうえんしゃ》〟のところには、大きな汚《きたな》い字でジュピター・ノースと書かれていた。〝親もしくは保護者《ほごしゃ》〟のところのサインはまったく読めなかった。コーヴァスのサインでないことはたしかだ。

三番め――〝候補者《こうほしゃ》〟――のところは空欄《くうらん》だった。

モリガンはまったくわけがわからないまま、手紙を読みはじめた。

親愛《しんあい》なるミス・クロウ

おめでとう！　あなたは〈輝かしき結社《ワンダラス・ソサエティ》〉に入会する候補者《こうほしゃ》のひとりとして、わたしたちのメンバーのひとりから選《えら》ばれました。

ただし、まだ入会が約束《やくそく》されたわけではありません。結社《けっしゃ》のメンバーになれるのは、ごく限《かぎ》られた人たちだけです。毎年、何百人という候補者《こうほしゃ》がその地位《ちい》をめぐって競《きそ》いあうのです。

結社《けっしゃ》への入会を希望《きぼう》するのであれば、同封《どうふう》した契約書《けいやくしょ》にサインをして、一一の冬の最後《さいご》の日までに後援者《こうえんしゃ》に渡《わた》してください。入会審査《しんさ》は春にはじまります。

幸運を祈《いの》ります。

G・クイン長老《ちょうろう》
〈プラウドフッド・ハウス〉
ネバームーア、FS

その手紙の最後《さいご》には、なぐり書きのような字で、短いけれどわくわくするメッセージが記されていた。

準備《じゅんび》して

J.N.

第三章
夕食にやってきた死

〈闇宵時《やみよいどき》〉の夜は、退屈《たいくつ》で地味なジャッカルファックスの街《まち》も活気づいていた。

石畳《いしだたみ》のエンパイア通りは、朝のうちは明るく陽気ににぎわっていただけだったが、真夜中の数時間前にはお祭り騒《さわ》ぎになっていた。あらゆる街角《まちかど》で素人《しろうと》バンドが競《きそ》うように演奏《えんそう》し、色とりどりの提灯《ちょうちん》は吹《ふ》き流しやストリングライトと押《お》し合いへしあいしている。あたりにはビールや、焦《こ》げた砂糖《さとう》や、肉を焼《や》くにおいが漂《ただよ》っていた。

真っ黒の〈空模様《そらもよう》時計〉がそんな騒《さわ》ぎを見おろしていた。真夜中には、その色は〈有明時《ありあけどき》〉の淡《あわ》いピンクに変わり、一の春が新たなはじまりのときを連《つ》れてくるのだ。今夜はめったにない夜で、そこには可能性《かのうせい》があふれていた。

可能性《かのうせい》。モリガン以外《いがい》のすべての人に。モリガンの夜にはひとつの可能性《かのうせい》しかなかった。一一年前の〈闇宵時《やみよいどき》〉に生まれたほかの子供《こども》たちとおなじように、今夜、真夜中の鐘《かね》が鳴ると同時に、モリガンは死ぬ——一一年という呪《のろ》われた短い人生が完結《かんけつ》する。モリガンの呪《のろ》いはようやく終わるのだ。

クロウ一家は祝《いわ》っていた。お祝《いわ》いらしいことをしていた。

丘《おか》の上の屋敷《やしき》には重苦しい空気が漂《ただよ》っていた。夕食のメニューはモリガンの好物だった――ラムチョップ、パースニップのロースト、ミントで香《かお》りづけした豆。コーヴァスはパースニップが大嫌《だいきら》いで、彼《かれ》が自宅《じたく》で食事をするときには決して食卓《しょくたく》にのぼらせようとはしないのに、今夜はメイドが自分の皿に山盛《やまも》りよそっても、苦い顔をするだけで文句《もんく》を言うことはなかった。それだけでもいまの状況《じょうきょう》がどれほど微妙《びみょう》であるかがよくわかると、モリガンは思った。

だれもがだまりこくっていて、ナイフとフォークがお皿に当たる音が聞こえるだけだった。モリガンはひと口ごとにたしかめるようにして、食べ物を口に運び、水をのんだ。壁《かべ》の時計が時を刻《きざ》む音が、マーチングバンドのドラムのように聞こえた。モリガンが存在《そんざい》をやめるそのときに向かって、行進しているみたいに。

苦痛《くつう》がないことを願《ねが》った。呪《のろ》われた子供《こども》はたいてい安らかに死んでいくと、どこかで読んだことがあった。まるで眠《ねむ》りに落ちるみたいに。そのあとはどうなるんだろうと考えた。料理人《りょうりにん》が話してくれたみたいに、天国に行くの？　神さまは本当にいる？　両手を広げて、あたしを迎《むか》えてくれる？　そうであることを願《ねが》った。べつの可能性《かのうせい》は考えるだけでも耐《た》えられない。最《さい》悪《あく》の場所にいるという邪悪《じゃあく》な存在《そんざい》の話を料理人《りょうりにん》から聞いたあと、モリガンは一週間も明かりなしでは眠《ねむ》れなかった。

死ぬ夜を祝《いわ》うなんて変《へん》な話だとモリガンは思った。誕生日《たんじょうび》のような感じは全然《ぜんぜん》しない。お祝《いわ》いしているような感じは全然《ぜんぜん》しない。また死んでいないのに、自分のお葬式《そうしき》をしているみたいな気がした。

だれかがあたしの話をするだろうかとモリガンが考えたちょうどそのとき、コーヴァスが咳《せき》払《ばら》いをした。モリガンとアイビーとおばあさんは、ラムと豆をのせたフォークを口に運ぼうとしていた手を止めてコーヴァスを見た。

「わたしは、えー、わたしが言いたいのは」コーヴァスは切りだしたが、それ以上勢《いじょういきお》いがつづかなかったらしい。「わたしが言いたいのは……」

アイビーの目がうるみ、勇気《ゆうき》づけるように夫《おっと》の手を握《にぎ》った。「つづけてちょうだい、あなた」

「わたしはただ……」コーヴァスは再《ふたた》び口を開いて、また咳払《せきばら》いをした。「わたしが言いたいのは……その、このラムはとてもおいしい。料理《りょうり》の仕方も完璧《かんぺき》だ。ちょうどよく焼《や》けている」

そのとおりだというつぶやきがいくつか聞こえたあとは、またナイフとフォークが食器《しょっき》に当たる音だけになった。これ以上望《いじょうのぞ》んでも仕方がないのだろうとモリガンは思った。それに、ラムはたしかにおいしい。

「それじゃあ、さしつかえがないようなら」アイビーがリネンのナプキンで上品に口を拭《ぬぐ》いながら言った。「わたしはこの家族の一員になってまだ日は浅《あさ》いけれど、今夜はひとこと言わせてもらってもいいと思うの」

モリガンは背筋《せすじ》を伸《の》ばした。きっとなにかいいことだ。パパとの結婚式《けっこんしき》の日、あのふりふりしてちくちくするシフォンのワンピースをあたしに着せたことを謝《あやま》るつもりかもしれない。それともここで暮《く》らすようになってからほんの一〇語くらいしか話したことはないけれど、実は本当の娘《むすめ》のようにあたしのことを愛《あい》していて、本当はもっといっしょの時間をすごしたかったし、あたしがいなくなったらきっとすごくさびしくて、お葬式《そうしき》ではわんわん泣《な》いてお化粧《けしょう》がぐちゃぐちゃになって、きれいな顔に汚《きたな》らしい黒い川みたいな筋《すじ》ができるだろうけれど、大好《だいす》きだったあたしのことで頭がいっぱいだから、自分がどれほどみにくくなっているかにも気づかないって言うのかもしれない。モリガンはつつましやかな表情《ひょうじょう》を作って待った。

「だまっていたほうがいいってコーヴァスには言われたんだけれど、でもモリガンはきっと気にしないと……」

「どうぞ」モリガンは言った。「かまわないから、話して」

アイビーはモリガンにほほえみかけると（はじめてのことだった）、勇気《ゆうき》づけられたのか立ちあがって言った。「コーヴァスとわたしに赤ちゃんができたの」

部屋が静《しず》まりかえった。戸口にいたメイドが落とした皿が、けたたましい音を立てた。コーヴァスは若《わか》い妻《つま》に笑《わら》いかけようとしたが、しかめ面にしかならなかった。

「そういうことよ。おめでとうって言ってくれないの？」

「アイビー」おばあさんは義理《ぎり》の娘《むすめ》に冷《ひや》やかな笑《え》みを向けた。「もう少しふさわしいときに話してくれたなら、喜《よろこ》んであげられたかもしれませんね。たとえば、わたしのたったひとりの孫《まご》がわずか一一歳《さい》でわたしたちのもとから去ったつぎの日とか」

不思議《ふしぎ》なことに、それを聞いてモリガンの気持ちはいくらか明るくなった。おばあさんからこれほど感傷的《かんしょうてき》な言葉を聞いたのははじめてだ。凶暴《きょうぼう》な老《お》いた猛禽《もうきん》に、不意《ふい》にぬくもりを感じた。

「だってこれはいいことだもの！　わからない？」アイビーは助けを求《もと》めてコーヴァスを見た。コーヴァスは頭痛《ずつう》を追い払《はら》おうとするかのように、鼻筋《はなすじ》を押《お》さえた。「これは……命の輪《わ》みたいなものよ。ひとつの命が消えて、べつの命がこの世に生まれてくる。これってまるで奇跡《きせき》だわ！」

おばあさんが小さくうめいた。

アイビーは執拗《しつよう》だった。「新しい孫《まご》ができるのよ、オーネリア。コーヴァスに新しい娘《むすめ》ができるの。息子かもしれない！　すてきじゃない？　息子よ、コーヴァス。男の子がほしかったっていつも言っていたでしょう？　父親とおそろいの小さな黒いスーツを着せられるわ」

父親がひどく苦々《にがにが》しい顔をしていたので、モリガンは笑《わら》いたくなるのをこらえた。

「そうだ。うれしいね」コーヴァスは心のこもっていない口調で応《おう》じた。「だが祝《いわ》うのは今度にしよう」

「でも……モリガンは気にしないわ。そうでしょう、モリガン？」

「なにを気にしないっていうの？　あと何時間かであたしがこの世に存在《そんざい》しなくなること？　あなたがあたしの代わりの赤ん坊《ぼう》に洋服をそろえること？　まったく気にしてないから」モリガンはパースニップをほおばった。

「まったくなんていうことでしょう」おばあさんはテーブルの向こう側《がわ》の息子をにらみつけた。

「不吉《ふきつ》な言葉は口にしないつもりだったのに」

「わたしじゃない」コーヴァスが反論《はんろん》した。

「あたしは〝死ぬ〟とは言ってないわよ、おばあさん」モリガンが言った。「この世に存在《そんざい》しなくなるっていったの」

「いいから、もうおやめなさい。お父さんが困《こま》るでしょう」

「アイビーは〝消える〟って言ったのよ。そっちのほうがずっと悪い」

「もうたくさん」

「わたしに子供《こども》ができたことを気にかける人はだれもいないの？」アイビーは足を踏《ふ》み鳴らした。

「あたしがもうすぐ死ぬことを気にかける人はだれもいないの？」モリガンはお返しに叫《さけ》んだ。

「お願《ねが》いだから、ほんのちょっとでいいからあたしのことを話してよ」

「その言葉を口にするなと言ったでしょう！」おばあさんが大声で命じた。

玄関《げんかん》のドアをだれかが三回ノックしたのはそのときだった。全員がだまりこんだ。

「こんな時間にいったいだれかしら？」アイビーがつぶやいた。「記者？　もう？」そう言いながら髪《かみ》をなでつけ、服のしわをのばすと、スプーンを鏡代《かがみ》わりにして自分の顔をたしかめた。

「はげたかが来たのね。いつだって特《とく》ダネをねらっているんだから」おばあさんはメイドに命じた。「これ以上《いじょう》ないくらいのさげすんだ顔で追い払《はら》いなさい」

やがて短いやりとりが聞こえたかと思うと、どっしりしたブーツの足音とそれを止めようとするメイドの気弱そうな声が廊下《ろうか》を近づいてきた。

モリガンの心臓《しんぞう》は足音に合わせて打っていた。来たの？　〝死〟があたしを迎《むか》えに来たの？　〝死〟はブーツをはいているの？

戸口に男性《だんせい》があらわれた。うしろからの光で輪郭《りんかく》だけが浮《う》かびあがっていた。背《せ》が高くて、すらりとしていて、肩幅《かたはば》が広い。厚手《あつで》のウールのスカーフで顔の下半分は隠《かく》れていたが、そばかすと油断《ゆだん》のなさそうな青い目と長くて大きな鼻が見えていた。

背《せ》は一八〇センチ以上《いじょう》あって、真珠貝《しんじゅがい》のボタンのついた細身のスーツと丈《たけ》の長い青いコートをまとっている。おしゃれだけれど、どこかゆがんで見えた。まるでちゃんとしたパーティーを抜《ぬ》けだして、家に帰る途中《とちゅう》で着替《きが》えようとしているみたいな。上着のラペルには小さな金色のWのバッジが留《と》められていた。

その男性《だんせい》は両手をズボンのポケットにつっこみ、人生の半分をそこですごしてきて、それ以上《じょう》くつろげる場所はないとでもいうように、なにげない様子で足を大きく開いてドア枠《わく》にもたれて立っていた。まるでクロウの屋敷《やしき》の主人は自分で、クロウ家の人間は夕食に呼《よ》ばれた客にすぎないみたいに。

男性《だんせい》の視線《しせん》がモリガンをとらえた。にっこりした。「やあ」

モリガンは答えなかった。壁《かべ》の時計の音だけが聞こえていた。

「遅《おく》れてすまなかった」スカーフのせいで、男性《だんせい》の声は少しこもって聞こえた。「ジェット・

ジャックス・ジェイダにある離島《りとう》のパーティーに行っていたんだ。おもしろい老人《ろうじん》と話しこんでしまってね。空中ブランコ乗りなんだが、慈善《じぜん》活動として活火山の上で空中ブランコをしたことがあるんだよ。そのせいで、時差《じさ》をすっかり忘《わす》れてしまってね。うっかりしていた。まあいい、いまここにいるんだから。準備《じゅんび》はできているかい？　すぐ前に止めてある。これはパースニップ？　おいしそうだ」

その男性《だんせい》がローストしたパースニップの大きなかたまりをお皿からつまみあげて口に放りこみ、おいしそうにその指をなめてもなにも言わなかったところをみると、おばあさんはあまりのことに茫然《ぼうぜん》としているらしい。それどころか、クロウ家の人間はみんな、言葉を失《うしな》っているようだった。もちろんモリガンも。

招《まね》かれざる客はその場でからだを揺《ゆ》らしながら待っていたが、やがてなにかに気づいたらしい。

「ぼくは帽子《ぼうし》をかぶったままだったかな？　なんてこった。これは失礼《しつれい》」あぜんとしているモリガンたちに向かって、片方《かたほう》の眉《まゆ》を吊《つ》りあげた。「驚《おどろ》かないでほしい。ぼくは赤毛なんだ」

帽子《ぼうし》を脱《ぬ》いだ男性《だんせい》を見て、モリガンは驚《おどろ》きを顔にださないようにしながら、赤毛という表現《ひょうげん》は控《ひか》えめすぎると考えていた。**今年一番の赤毛**とか、**赤毛の王**とか、**不治《ふじ》の赤毛のための赤毛基金《ききん》の赤毛代表**というほうが、ずっとふさわしい。ゆるやかに波打つ明るい赤銅色《しゃくどういろ》のふさふさした髪《かみ》は、賞《しょう》を取れそうだ。顔の下半分を隠《かく》していたスカーフを取ると、髪《かみ》よりはほんのわずかに色が淡《あわ》いだけのあごひげがあらわになった。

「あの」モリガンはかろうじて声をしぼりだした。「あなたはだれ？」

「ジュピターだ」男性《だんせい》は、これでわかっただろうと言いたげにみんなの顔を見まわした。「ジュピター・ノース。〈輝かしき結社《ワンダラス・ソサエティ》〉のジュピター・ノースだ。きみの後援者《こうえんしゃ》だよ」

あたしの後援者《こうえんしゃ》。ジュピター・ノース。あたしの後援者《こうえんしゃ》？　モリガンは信《しん》じられないというように首を振《ふ》った。これもいたずらなの？

モリガンは契約書《けいやくしょ》にサインをしていた。もちろん、サインした。これが全部本当だというふりをするのは――たとえほんの五分でも――心がわきたつことだったから。〈輝かしき結社《ワンダラス・ソサエティ》〉と呼《よ》ばれるなにかが本当に存在《そんざい》して、あたしを――だれでもない、モリガン・クロウを！――招待《しょうたい》している。明日からも生きて、春にはじまる謎《なぞ》めいた審査《しんさ》に参加《さんか》する。〈闇宵時《やみよいどき》〉の向こう側《がわ》に、わくわくするような未来《みらい》が待っている。

だからモリガンは、契約書《けいやくしょ》の一番下の空白のスペースにサインをした。ペンから落ちたインクのしみを隠《かく》すために、名前の横に小さな黒いカラスも書いた。

そのあとで、暖炉《だんろ》のなかで燃《も》やしてしまった。

これが本当だとは一瞬《いっしゅん》たりとも信《しん》じなかった。信《しん》じないと思いこんでいただけかもしれないけれど。

コーヴァスがようやく声を取り戻《もど》した。「なにをばかなことを！」

「それでは、失礼《しつれい》」ジュピターは食堂《しょくどう》から廊下《ろうか》へモリガンを連《つ》れ出そうとしながら言った。

「残念《ざんねん》だが、本当に急がなくてはいけないんだ、モリガン。スーツケースはいくつある？」

「スーツケース？」モリガンは間抜《まぬ》けになった気分で訊《き》き返した。

「おやおや。荷造《にづく》りはしてあるんだろう？　まあいい。向こうに着いたら、歯ブラシを手に入れよう。もうおわかれの挨拶《あいさつ》は終わっているとは思うが、出発前に急いでハグしたりキスしたりするくらいの時間はある」

ジュピターはとんでもないことを（クロウ家の人間にはそのどちらの習慣《しゅうかん》もなかった）切りだしたかと思うと、あわただしくテーブルをまわりながら、ひとりひとり順番《じゅんばん》に抱《だ》きしめていった。ジュピターが身をかがめ、コーヴァスの恐怖《きょうふ》におののいた顔に音をたててキスをしたときには、モリガンは笑《わら》うべきかそれとも逃《に》げだすべきか、どっちだろうと考えた。

「いいかげんにしろ！」コーヴァスが立ちあがった。〈闇宵時《やみよいどき》〉に見知らぬ男が突然《とつぜん》屋敷《やしき》を訪《おとず》れただけでも我慢《がまん》ならないのに、スキンシップを取るなどありえない。「おまえはだれの後援《こうえん》者《しゃ》でもない。いますぐにわたしの家から出ていけ。でないと、警察《けいさつ》を呼《よ》ぶぞ」

コーヴァスの脅《おど》し文句《もんく》がおかしかったのか、ジュピターはにやりとした。「ぼくは、だれかの後援者《こうえんしゃ》ですよ、クロウ大臣《だいじん》。ここにいるちょっとばかり動きは鈍《にぶ》いが、とても感じのいい子《こ》供《ども》の後援者《こうえんしゃ》だ。すべて合法《ごうほう》で公正だと断言《だんげん》できます。彼女《かのじょ》は契約書《けいやくしょ》にサインしたんです。ほら、ここにありますよ」

ジュピターはよれよれでしわくちゃの紙を見せた。モリガンはその紙に見覚《みおぼ》えがあった。ジュピターは、インクのしみを隠《かく》している小さな黒いカラスの絵の隣《となり》のモリガンのサインを指さした。

ありえない。

「だって、おかしい」モリガンは首を振《ふ》った。「燃《も》えるのを見たのに」

「これはワンダー契約書《けいやくしょ》だからね」ジュピターは慎重《しんちょう》とはほど遠い手つきで、契約書《けいやくしょ》をひらひらさせた。「きみがオリジナルにサインをすると同時に、まったくおなじコピーが作られた。端《はし》がこげている理由は説明《せつめい》できないけれどね」

「わたしはそんなものにサインしていない」コーヴァスが言った。

ジュピターは肩《かた》をすくめた。「お願《ねが》いしていませんから」

「わたしはこの子の父親だぞ！　契約書《けいやくしょ》にはわたしのサインが必要《ひつよう》なはずだ」

「実のところ、必要《ひつよう》なのは成年《せいねん》の保護者《ほごしゃ》のサインと――」

「ワンダー契約《けいやく》は違法《いほう》です」おばあさんがようやく声を取り戻《もど》したようだ。「ワンダーの悪用を禁止《きんし》する法令《ほうれい》があります。あなたを通報《つうほう》しないと」

「それなら急いだほうがいいですね。あと数分しかないんですよ」ジュピターは退屈《たいくつ》そうに言うと、腕時計《うでどけい》を見た。「モリガン、ぼくたちはもう行かないと。時間がない」

「時間がないことくらいわかってる」モリガンは言った。「これはなにかのまちがいよ、ミスター・ノース。あなたがあたしの後援者《こうえんしゃ》のはずがない。今日はあたしの誕生日《たんじょうび》なの」

「そうだった！　誕生日《たんじょうび》、おめでとう！」ジュピターは気もそぞろで言いながら、窓《まど》に近づいてカーテンのすきまから外を見た。「でもお祝《いわ》いはあとにしてもいいかな？　ずいぶん遅《おそ》くなったし――」

「だから、あなたはわかっていないんだって」モリガンがさえぎった。口が乾《かわ》いて、声が喉《のど》にからみついたけれど、なんとかしぼりだした。「あたしは呪《のろ》われた子供《こども》のリストにのっているの。今夜は〈闇宵時《やみよいどき》〉だから、あたしは夜の一二時に死ぬの」

「おやおや、きみはずいぶんと悲観的《ひかんてき》なんだね」

「だから契約書《けいやくしょ》を燃《も》やした。意味ないんだもの。悪いけれど」

ジュピターは眉間《みけん》にしわを寄《よ》せ、心配そうに窓《まど》の外をながめている。「だがきみは燃《も》やす前に、契約書《けいやくしょ》にサインをした」モリガンを見ずに、ジュピターは言った。「それに、きみが死ぬなんてだれが言ったんだい？　死にたくなければ、きみは死ななくてもいいんだ」

コーヴァスがテーブルにこぶしを叩《たた》きつけた。「もう我慢《がまん》ならん！　人の家にあがりこんで、わたしの家族にくだらないことを吹《ふ》きこむとは、いったいおまえはなにものだ？」

「それはもう言いましたよね」ジュピターは聞きわけのない子供《こども》に言い聞かせるように、辛抱《しんぼう》強《づよ》く告《つ》げた。「ぼくの名はジュピター・ノースです」

「わ、わたしはコーヴァス・クロウだ。グレート・ウルフエーカー州の大臣《だいじん》で、ウィンターシー党《とう》の幹部《かんぶ》でもある」コーヴァスは胸《むね》を張《は》った。勢《いきお》いづいてさらに言った。「いますぐに出ていってもらおう。わたしは静《しず》かに娘《むすめ》の死を悲しみたいんだ」

「**娘《むすめ》の死を悲しむ？**」ジュピターはゆっくりと二歩進んでコーヴァスにつめよった。目がぎらぎらしている。モリガンの腕《うで》のうぶ毛がさか立った。ジュピターの声は一オクターブほど低《ひく》くなって、ひそやかだけれど冷《つめ》たい怒《いか》りに満《み》ちていた。「それは、いまあなたの目の前に立っている娘《むすめ》のことを言っているんですか？　あきらかに、どう見ても、疑《うたが》いの余地《よち》なく生きている彼女《かのじょ》のことを？」

コーヴァスは怒《いか》りに震《ふる》える手で壁《かべ》の時計を指さした。「あと何時間かでそうなるんだ！」

モリガンは胸《むね》を絞《し》めつけられる気がした。理由はわからない。〈闇宵時《やみよいどき》〉の夜に死ぬのはわかっていたことだ。コーヴァスもおばあさんも隠《かく》そうとはしなかった。コーヴァスがモリガンの運命をあきらめているのは驚《おどろ》くことではないけれど、父にとって自分はすでに死んだも同然《どうぜん》であることにモリガンは不意《ふい》に気づいた。パパの心のなかでは、あたしはもうずっと前に死んでいたんだ。

「モリガン」それは、コーヴァスにかけたものとはまったくちがう声だった。「きみは生きたくないのかい？」

モリガンはたじろいだ。なんていうことを訊《き》くんだろう？　「あたしがどうしたいかなんて、意味がないことだもの」

「意味はある」ジュピターはきっぱりと告《つ》げた。「すごくすごく意味がある。いま意味がある唯一《ゆいいつ》のことだと言ってもいい」

モリガンはコーヴァスからおばあさん、そしてアイビーへと視線《しせん》を移《うつ》した。三人ともモリガンの顔をちゃんと見たのははじめてだとでもいうように、じっとこちらを見つめている。

「もちろん生きたい」モリガンは静《しず》かに答えた。口に出してそう言ったのははじめてだ。絞《し》めつけられていた胸《むね》が少しだけ楽になった。

「いい選択《せんたく》だ」ジュピターはにっこりした。さっき突然《とつぜん》その顔が険《けわ》しくなったときとおなじように、曇《くも》っていた顔がぱっと晴れやかになった。彼《かれ》は窓《まど》に向き直った。「死は退屈《たいくつ》だ。生きているほうがずっとおもしろい。人生にはいつもなにかが起きているからね。予想もしないことが。ものごとは予想できないものなんだ。だってなにごとも……予想外だから」ジュピターは窓《まど》からじりじりとあとずさると、外に目を向けたまま手を伸《の》ばしてモリガンの手を握《にぎ》った。「たとえば、三時間前にはいわゆる死というやつがここにやってくるとは、きみは予想していなかっただろう?」

モリガンはなにかがぱらぱらと顔に当たるのを感じた。顔をぬぐいながら天井《てんじょう》を見あげると、照明器具《しょうめいきぐ》が揺《ゆ》れて、しっくいにひびが入っているのが見えた。電球がまたたき、ジージーと音を立てている。窓《まど》ガラスががたがたと震《ふる》えはじめた。なにかが焦《こ》げるかすかなにおいがした。

「なに?」モリガンは思わずジュピターの手を強く握《にぎ》った。「なにが起きているの?」

ジュピターはモリガンの耳元でささやいた。「ぼくを信《しん》じるかい?」

モリガンはなにも考えることなく答えた。「うん」

「本当に?」

「本当に」

「わかった」ジュピターはモリガンの目を見つめた。足の下で床《ゆか》が震《ふる》えている。「これからあのカーテンをはずすけれど、そこでなにを見てもきみはこわがっちゃいけない。きみがこわがっていると、あいつらにはわかるんだ」

モリガンはごくりとつばを飲んだ。「あいつら？」

「ぼくの言うとおりにしていれば、大丈夫《だいじょうぶ》だ。いいね？　こわがらないことだ」

「こわがらない」モリガンはくりかえしたけれど、胃《い》のなかでは恐怖《きょうふ》がテントを広げて、お祭りをはじめていた。腸《ちょう》では恐怖《きょうふ》の観覧車《かんらんしゃ》がまわっている。腸管《ちょうかん》のどこかで恐怖《きょうふ》のサーカスの象《ぞう》がでんぐり返しをしていた。

「あなたたちはいったいなんの話をしているの？」おばあさんが言った。「この人はなにを言ったの、モリガン？　答えなさい――」

ジュピターは目にも止まらぬ速さでポケットからひとつかみの銀色の粉《こな》を取り出すと、星くずのキスのようにコーヴァスとアイビーとおばあさんに吹《ふ》きかけた。それからすばやく窓《まど》に近づいてカーテンをむしり取り、ぐるぐると丸めて部屋の真ん中に置《お》いた。

それから一歩うしろにさがってカーテンをながめながら、悲しそうにゆっくりと首を振《ふ》った。

「本当に残念《ざんねん》です。こんなに若《わか》いお嬢《じょう》さんを亡《な》くすとは、実に痛《いた》ましい」

コーヴァスは顔をしかめ、自信《じしん》なさげにまばたきをした。目がどんよりしている。「痛《いた》ましい？」

「ええ」ジュピターはコーヴァスの肩《かた》に腕《うで》をまわし、丸めたカーテンに歩みよった。「かわいそうなモリガン。元気いっぱいだったのに。これからできることがいっぱいあったのに。それなのに逝《い》ってしまった。こんなに早く逝《い》ってしまった」

「こんなに早く」コーヴァスは大きなショックを受けた様子でうなずいた。「あまりに早すぎる」

ジュピターはもう一方の手でアイビーを抱《だ》き寄《よ》せた。「自分を責《せ》めてはいけませんよ。そうしたければ、少しは責《せ》めてもいいですが」そう言いながらモリガンにウィンクをした。モリガンは喉元《のどもと》に笑《わら》いがこみあげてくるのを感じた。パパたちは本当にカーテンをあたしだと思っているの？　死んで床《ゆか》に倒《たお》れているって？　あたしはすぐ目の前に立っているのに！

「なんて小さいのかしら」アイビーはすすり泣《な》きながら、袖《そで》で鼻を押《お》さえた。「こんなに小さくて細いなんて」

「本当に」ジュピターが言った。「まるで……布《ぬの》でできているみたいだ」

モリガンは鼻を鳴らしたが、コーヴァスたちにはまったく聞こえていないようだった。

「必要《ひつよう》な手配はお願《ねが》いします。マスコミに発表する声明を準備《じゅんび》しなくてはいけませんね、大臣《だいじん》。ああ、ひとつだけ提案《ていあん》があります。お葬式《そうしき》では棺《ひつぎ》は閉《と》じたままにしてくださいね。蓋《ふた》の開いた棺《ひつぎ》は趣味《しゅみ》が悪いですから」

「そうね」おばあさんがカーテンのモリガンを見つめながらうなずいた。「たしかに、あれは趣味《しゅみ》が悪いわ」

「なにをしたの？」モリガンは小声でジュピターに聞いた。「あの銀の粉《こな》はなに？」

「あれは違法《いほう》なんだ。見なかったことにしてくれるかい？」

照明器具《しょうめいきぐ》が大きく揺《ゆ》れて、部屋に影《かげ》を作った。木が燃《も》えるまちがいようのないにおいがあたりに漂《ただよ》っている。床《ゆか》がまた震《ふる》え、激《はげ》しい雨のようでもあり、雷《かみなり》のようでもある音が遠くから聞こえてきた。それともあれは――ひづめの音？

窓《まど》に目を向けたモリガンは、刺《さ》すような熱《あつ》い恐怖《きょうふ》が背筋《せすじ》を駆《か》けおりるのを感じた。苦い胆汁《たんじゅう》みたいにパニックがこみあげてきた。

そこにいた。近づいてくる死が見えた。

第四章
煙《けむり》と影《かげ》のハンター

まばらな木のあいだと丘《おか》の頂上《ちょうじょう》の向こうから、形のない黒いなにかがクロウの屋敷《やしき》に近づいていた。

バッタの群《む》れか蝙蝠《こうもり》の大群《たいぐん》のようだったけれど、そのどちらにしても地面に近すぎたし、音が大きすぎた。その黒いなにかが近づいてくるにつれ、ひづめの音は耳をつんざくほどになった。黒いなかに何百もの炎《ほのお》のような赤い光があって、刻一刻《こくいっこく》とその色は鮮《あざ》やかさを増《ま》していた。

黒いなにかが形を取りはじめた。頭と顔と脚《あし》が見てとれる。モリガンはぞくりとした。赤い光は光なんかじゃない。目だ。人間の目。馬の目。猟犬《りょうけん》の目。

肉体を持つ生き物ではなかった。生きている影《かげ》に近いかもしれない。闇《やみ》だ——光がまったくない闇《やみ》。そしてその闇《やみ》には目的《もくてき》があった。

狩《か》りをしている。

モリガンは息ができなくなった。胸《むね》を大きく上下させ、必死《ひっし》になって肺《はい》に空気を吸《す》いこもうとした。「あれはなに？」

「話はあとだ」ジュピターが言った。「逃《に》げるんだ」

けれどモリガンの足は床《ゆか》に貼《は》りついたみたいに動かなかった。窓《まど》から目を離《はな》せない。ジュピターはモリガンの肩《かた》をつかみ、まっすぐに顔を見つめた。「こわがるのはあとだ」

「こわがらない。思い出して」そう言いながら、小さくモリガンを揺《ゆ》すった。

ジュピターはモリガンを廊下《ろうか》に連《つ》れ出そうとしたが、モリガンは戸口で立ちどまった。

「待って！　パパたちはどうするの？」振《ふ》り返ると、コーヴァスたちは床《ゆか》のカーテンを囲《かこ》んだまま立ちつくしていた。何百もの影《かげ》のようなハンターたちが屋敷《やしき》に迫《せま》ってきていることに、まったく気づいていないようだ。「放っておくわけには――」

「大丈夫《だいじょうぶ》だ。ハンターは彼《かれ》らにはさわれない。約束《やくそく》するよ。さあ、行こう」

「でも――」

ジュピターはモリガンの手を引っ張《ぱ》った。「あいつらはきみを狙《ねら》っているんだ、モリガン。家族を助けたいんだろう？　だったらこの家からできるかぎり遠くに行かなきゃいけない」

「それならどうして、上に行くの？」

ジュピターは答えなかった。三階まであがったところで、一番近くの窓《まど》に駆《か》け寄《よ》って大きく開き、顔をつき出した。「ここでいいだろう。いいかい？　あの明かり取りを目指すんだ」

モリガンは窓《まど》の外にあるこのうえなく奇妙《きみょう》な機械《きかい》を見つめた。

コーヴァスは州の大臣《だいじん》だったから、これまでさまざまな種類《しゅるい》の乗り物が迎《むか》えにきた。コーヴァス自身は昔ながらの馬車を好《この》んだけれど、ウィンターシー党《とう》は時々《ときどき》、轟音《ごうおん》をたてる機械《きかい》式エンジンのついた、窓《まど》の黒い高価《こうか》な乗り物をよこした。一度などは、操縦士《そうじゅうし》つきの飛行船《ひこうせん》が来たこともあった。屋根に着陸《ちゃくりく》するには特別《とくべつ》な許可《きょか》が必要《ひつよう》で、集まってきた近隣《きんりん》の人たちはあんぐりと口を開けて上を見あげ、写真を撮《と》っていた。

けれどモリガンが知るかぎり、巨大《きょだい》な金属《きんぞく》の蜘蛛《くも》みたいなひょろっとした八本の脚《あし》を持つ、二階分の高さのつやつや光る真鍮《しんちゅう》の繭《まゆ》にコーヴァスが乗っていたことはなかった。近所の人はこれを見たらどう思うだろう？　モリガンの目は真ん丸になった。

「あまり近くに止められなかった」ジュピターが言った。「しっかり跳《と》ばないといけない」

跳《と》ぶ？　まさか三階の窓《まど》からジャンプさせるつもりじゃないよね？

ジュピターは窓《まど》の外に身をのりだして敷居《しきい》に立ち、モリガンに手を差《さ》し伸《の》べた。「三つ数える。いいね？」

「だめ」モリガンは首を振《ふ》りながら、あとずさった。「よくない。全然《ぜんぜん》よくない」

「モリガン、きみの自衛本能《じえいほんのう》はすばらしいと思う。本当だ。だがちょっと振《ふ》り返ってみたら、きみの本能《ほんのう》は窓《まど》から跳《と》べと言うと思うよ」

モリガンは振《ふ》り返った。

真っ赤に燃《も》える赤い目をした狼《おおかみ》のような猟犬《りょうけん》が、牙《きば》をむきだし、低《ひく》くうなりながら階段《かいだん》をのぼりきろうとしているところだった。そのすぐうしろから群《む》れがゆっくりとついてきている。

少なくとも一ダースはいる。もっとかもしれない。おそろしげな牙《きば》をカチカチ言わせ、窓《まど》のところでからだを凍《こお》りつかせているモリガンに、押《お》し合うようにして近づいてきた。

「こ、こわくない」モリガンがつぶやくと、全身の細胞《さいぼう》が答えた。こわい。

「三つ数えるぞ」ジュピターはモリガンの手を引いて、敷居《しきい》にのぼらせた。「一……」

ふたつめの群《む》れがやってきて、さらに三つめの群《む》れまで合流した。どれも鋭《するど》く黄色い牙《きば》と燃《も》えるような目を持ち、渦巻《うずま》く毛皮はタールのように真っ黒だ。いっせいにうなる声にモリガンの全身が震《ふる》えた。

「二……」

モリガンは一歩あとずさったが、その足の下にはなにもなかったので思わずジュピターにしがみついた。ジュピターの両腕《りょううで》がからだに巻《ま》きついたかと思うと、そのまますしろに倒《たお》れていくのがわかった。猟犬《りょうけん》たちがモリガンに飛《と》びかかろうとした。

「三！」

冷《つめ》たい空気が耳の脇《わき》を流れていく。ガラスが割《わ》れるけたたましい音がして、ふたりは巨大《きょだい》な真鍮《しんちゅう》の蜘蛛《くも》の内側《うちがわ》の床《ゆか》にどさりと落ちた。ジュピターは自分のからだがクッションになるように、モリガンをかかえこんでいた。猟犬《りょうけん》たちの姿《すがた》は窓《まど》から消えていた。

「うう」ジュピターがうめいた。「明日になったら後悔《こうかい》しそうだ。おりてくれるかい？」

ジュピターはモリガンを床《ゆか》におろした。手のひらに割《わ》れたガラスのかけらがくいこんで、モリガンは顔をしかめた。

「犬はどこに行ったの？」

「わからない。だがまたすぐに戻《もど》ってくる。なにかにつかまって」ジュピターは前方の操縦室《そうじゅうしつ》に駆《か》けていくと、レバーを操作《そうさ》しはじめた。エンジンがかかり、蜘蛛《くも》はいきなりがくんと前進したので、モリガンはつんのめって壁《かべ》に顔をぶつけそうになった。胸《むね》がむかむかした。「動きはじめはいつもがたがたするんだ。あと止まるときも。でも心配いらない。まんなかは、すごくスムーズだから。ときどきはね。状況《じょうきょう》にもよるけれど」

モリガンは窮屈《きゅうくつ》な操縦室《そうじゅうしつ》によろめきながら入っていくと、ジュピターが座《すわ》っている古い革《かわ》の椅子《いす》の背《せ》につかまった。手のひらに刺《さ》さったガラスの破片《はへん》を抜《ぬ》いて、服で血をぬぐった。「あれはなんだったの？」

「〈煙《けむり》と影《かげ》のハンター〉だ」蜘蛛《くも》ががたがた揺《ゆ》れながら家から離《はな》れると、ジュピターは振《ふ》り返って答えた。

「煙《けむり》と……」ぴかぴか光るボタンやレバーに――もしくはジュピターの頭の上に――夕食をぶちまけまいとして、モリガンは手で口を押《お》さえた。荒《あ》れた海の上で小さなボートに乗っている気分だ。「それがあたしになんの用だったの？」

ジュピターは蜘蛛《くも》を操縦《そうじゅう》し、ギアを変《か》え、同時に椅子《いす》から落ちないようにすることに気を取られていた。「助手席《せき》に座《すわ》ってベルトをするんだ」左側《ひだりがわ》のぼろぼろの椅子《いす》を頭で示《しめ》しながら言った。モリガンはなんとかそこに腰《こし》をおろすと、カチリと音を立ててベルトを締《し》めた。「いいかい？　しっかりつかまって」

蜘蛛《くも》はクロウの屋敷《やしき》のゲートをふらつきながらも長い脚《あし》で乗りこえた。前方に森が見えたが、そちらではなく、ジャッカルファックスの中心部へと進んでいく。障害物《しょうがいぶつ》はなかったから、くだり坂で速度を増《ま》していく蜘蛛《くも》の動きはだんだんなめらかになっていった。

ジャッカルファックスの町は花火の光と音にあふれ、色づいた夜をながめる人々《ひとびと》でいっぱいだった。モリガンは、これほど大勢《おおぜい》の人が集まっているエンパイア通りを見たことがなかった。八本脚《あし》の機械《きかい》は、人ごみの脇《わき》を町の中心部に向けて走っていた。これ以上《いじょう》のタイミングはなかっただろう――空でくりひろげられるショーは、すばらしい目隠《めかく》しになってくれた。だれもが上ばかり見ていたし、花火以外《いがい》の音は聞こえない。

「町のなかじゃなくて、外に向かったほうがいいんじゃないの？」モリガンは訊《き》いた。

「近道をしているんだ」

ジュピターは一直線に公会堂《こうかいどう》をめざしていた。蜘蛛《くも》は金属《きんぞく》の関節《かんせつ》をぎしぎし言わせながら脚《あし》をぴんと伸《の》ばし、まるでつま先立って歩いているみたいに人ごみのなかを進んだ。

「これはなに？　この蜘蛛《くも》みたいなものは？」

「きみが失礼《しつれい》にも〝蜘蛛《くも》みたいなもの〟と呼《よ》んだこの乗り物は」ジュピターは鋭《するど》いまなざしをモリガンに向けた。「アナクニポッドだ。これまでに作られた最高《さいこう》にすばらしい乗り物だよ」

ひときわ大きな花火が夜空を彩《いろど》り、花の形の煙《けむり》を残《のこ》して消えた。群衆《ぐんしゅう》から歓声《かんせい》があがった。

「美しいだろう？　名前はオクタヴィア。たった二台しか作られなかったアナクニポッドのうちのひとつだ。ぼくは作った人間と知り合いだったんだ。その青いレバーを引いてくれるかい？　いや、それじゃない。あっちだ。そう、それ」

アナクニポッドはがたがた揺《ゆ》れながら止まった。ジュピターは顔をしかめた。立ちあがり、うしろまで走っていってドーム型《がた》のガラスの外を不安《ふあん》げにながめている。

「どうかした？」

「こういったおもしろい機械《きかい》は、いまでは時代遅《じだいおく》れだ」ジュピターはなにごともなかったみたいに、話をつづけた。「でもぼくはこれを絶対《ぜったい》に手放さない。オクタヴィアは本当に頼《たよ》りになるからね。飛行船《ひこうせん》や自動車はとても現代的《げんだいてき》で華《はな》やかだけれど、でもぼくがいつも言っているように、あれじゃあ山は越《こ》えられないし、水にももぐれない。オクタヴィアはほとんどどこへだっていけるんだ。いまみたいなときにはすごく便利だ。どうもぼくたちは追いつめられてしまったみたいだからね」

ジュピターは操縦室《そうじゅうしつ》に戻《もど》ってくると天井《てんじょう》に手を伸《の》ばし、スクリーンを引っぱりおろした。画面は四つにわかれていて、四方向の映像《えいぞう》が映《うつ》っていた。

〈煙《けむり》と影《かげ》のハンター〉が追いついてきている。馬に乗った男たちとその犬たちにふたりはぐるりと囲《かこ》まれていた。

「いまみたいなときに、どんなふうに役立ってくれるの？」モリガンの心臓《しんぞう》は早鐘《はやがね》のように打っていた。これまでだ。追いつめられた。これでおしまい。「山も水もないのに！」

「たしかに山はないね。でも、あれが……ある」

モリガンはジュピターの視線《しせん》をたどった。時計塔《とけいとう》のてっぺん。

「蜘蛛《くも》のすばらしいところは」ジュピターは運転席《せき》のベルトをしっかりと締《し》めながら言った。「歩き方なんだ。ベルトをしっかり締《し》めて、モリガン・クロウ。そしてなにがあっても、目をつぶってはいけないよ」

「目をつぶったらどうなるの？」

「いいところを見逃《みのが》してしまう」

ベルトをたしかめる間もないうちに、アナクニポッドはいきなりうしろに倒《たお》れこみ、モリガンは椅子《いす》の背《せ》に押《お》しつけられた。二本の長い金属《きんぞく》の脚《あし》が公会堂《こうかいどう》の軒《のき》をしっかりとつかみ、〈空《そら》模様《もよう》時計〉の漆黒《しっこく》の文字盤《もじばん》に向かって上へ上へとのぼっていく。

「理想的《てき》とは言えないが、即席《そくせき》に作った緊急《きんきゅう》の出入り口としてはなかなかのアイディアだったな」

ジュピターがなにを言っているのか、モリガンにはさっぱりわからなかった。「どこへの出入り口？」

「すぐにわかるさ」

モリガンはドーム型《がた》の窓《まど》を振《ふ》り返った。遠ざかっていく地面が見えたが、それだけではなかった——巨大《きょだい》な黒い煙《けむり》のハンターたちが馬をおり、塔《とう》をのぼってきている。

「追ってきている！」モリガンは悲鳴をあげた。

ジュピターは顔をしかめただけで、振《ふ》り返ろうとはしなかった。「大丈夫《だいじょうぶ》だ。ぼくたちが行くところには、あいつらはついてこられない」

「どこに行くの？」

花火が華々《はなばな》しいクライマックスを迎《むか》え、夜空が赤と金と青と紫《むらさき》に彩《いろど》られるのと同時に、アナクニポッドは塔《とう》のてっぺんにたどりついた。

「ぼくたちは家に帰るんだよ、モリガン・クロウ」

アナクニポッドは一本の長い脚《あし》を時計に突《つ》っこんだ。ガラスは割《わ》れなかった。ひびすら入らない。もう一方の脚《あし》がそれにつづくと、深く暗い湖の水面に小石を投げたみたいに、文字盤《もじばん》にさざなみが立った。モリガンはあんぐりと口を開けて、それをながめていた。ありえないことばかりの夜に、またありえないことが加《くわ》わった。

モリガンはまたうしろを見た。ハンターたちはすぐそこまで迫《せま》ってきていて、オクタヴィアのドーム型《がた》の窓《まど》が息で曇《くも》りそうなくらいだ。窓越《まどご》しにモリガンをつかんで死の世界に引きずりおろそうとしているのか、骸骨《がいこつ》のような腕《うで》を伸《の》ばしている。モリガンは目をつぶりたかった――けれど視線《しせん》をそらすことができなかった。

最後《さいご》にもう一度ぐいっと車体を持ちあげたかと思うと、アナクニポッドは文字盤《もじばん》のなかへと前向きに倒《たお》れこんだ。ぐるぐると回転しながら、未知《みち》のどこかへとモリガンを連《つ》れていく。

花火の音が消えた。あたりは静寂《せいじゃく》につつまれた。

第五章

ネバームーアにようこそ　一の春

アナクニポッドはどさりという音を立てて着地した。外は濃《こ》い白い霧《きり》につつまれている。なにもかもが静《しず》まりかえっていた。ジャッカルファックスの広場の騒動《そうどう》がなくなってしまったみたいに。モリガンは気分が悪くなった。

あたしはとうとう死んだの？　死んで、天国に来たの？　自分のからだの状態《じょうたい》をたしかめたモリガンは、そうではなさそうだと結論《けつろん》づけた。耳鳴りがしていたし、吐《は》き気があったし、血は止まってはいるものの、手のひらの傷《きず》はまだずきずきした。窓《まど》の外の霧《きり》に目をこらした。両手を広げて待っている神さまはいないし、天使の歌声も聞こえない。ここがどこであれ、天国ではない。

でも絶対《ぜったい》にジャッカルファックスじゃない。

かすかなうめき声が聞こえて振《ふ》り返ると、ジュピターが痛《いた》そうに顔をしかめながら運転席《せき》から立ちあがるところだった。「すまなかった。思っていたほど順調《じゅんちょう》な着地にならなかった。

大丈夫《だいじょうぶ》かい？」

「たぶん」モリガンは気持ちを落ち着かせようとして大きく息を吸《す》うと、〈煙《けむり》と影《かげ》のハンター〉のことを考えないようにしながらあたりを見まわした。「ここはどこ？　この霧《きり》はなに？」

ジュピターはぐるりと目をまわした。「大げさだろう？　入国審査《しんさ》だ」それでなにもかも説《せつ》明《めい》できるというように、申し訳《わけ》なさそうに答えた。

どういう意味かとモリガンは尋《たず》ねようとしたが、突然《とつぜん》、オクタヴィアの壁の内側に響《ひび》いたブーンという音に口をつぐんだ。

「名前と所属《しょぞく》を述《の》べなさい」どこにあるのかわからないスピーカーから、仰々《ぎょうぎょう》しい声が聞こえてきた。四方八方から聞こえてくるみたいだ。

ジュピターは操縦《そうじゅう》パネルから銀色の小さな装置《そうち》を手に取ると、それに向かって答えた。「やあ！　〈輝かしき結社《ワンダラス・ソサエティ》〉、〈探検者同盟《たんけんしゃどうめい》〉、および〈ネバームーア宿泊施設連盟《しゅくはくしせつれんめい》〉所属《しょぞく》のジュピター・ノース大佐《たいさ》と、ミス・モリガン・クロウだ……所属《しょぞく》はない」ジュピターがウィンクをしてきたので、モリガンは不安《ふあん》そうなかすかな笑《え》みを返した。

機械《きかい》がうなる音がして、長い金属《きんぞく》のアームの先に取りつけられた巨大《きょだい》な目――ジュピターのからだよりも大きい――が霧《きり》のなかからあらわれた。その目はまばたきをすると、左から右、上から下へとアナクニポッドの内側《うちがわ》をすみずみまで調べた。

「あなたがたはフリー・ステートの第七地区からフローリエン山通路を通って入国したことに、

まちがいありませんか？」姿のない声がとどろき、モリガンはぎくりとした。

「まちがいない」ジュピターは銀色のマイクに向かって言った。

「第七地区に行く許可《きょか》は持っていましたか？」

「もちろんだ。学術関連外交《がくじゅつかんれん》ビザだ」ジュピターは咳払《せきばら》いをすると、警告《けいこく》するようにモリガンをちらりと見た。「ミス・モリガンは第七地区のバークレイタウンの住人だ」

ミス・モリガンは第七地区のバークレイタウンなんて聞いたことすらないと、モリガンは心のなかでつぶやいた。

モリガンは不安《ふあん》を募《つの》らせながら、あっけにとられてジュピターをながめていた。フローリエン山通路？　学術関連外交《がくじゅつかんれん》ビザ？　なにもかもばかげている。自分の心臓《しんぞう》の音が大きく聞こえた。アナクニポッド中に響《ひび》きわたるくらいに。けれどジュピターは落ち着いていた。入国審査《しんさ》官《かん》の質問《しつもん》にも穏《おだ》やかな口調で丁寧《ていねい》に答え、楽しそうにうそをついた。

「第一地区に入る許可《きょか》を彼女《かのじょ》は持っていますか？」

「もちろんだ」ジュピターはすらすら答えた。「教育在住《ざいじゅう》ビザ」

「書類《しょるい》を見せてください」

「書類《しょるい》？」ジュピターの自信《じしん》たっぷりの顔が揺《ゆ》らいだ。「そうか、そうだな。書類《しょるい》ね。忘《わす》れていたよ……書類《しょるい》……ちょっと待ってくれ。どこかにあったはずだ……なにか……」

モリガンは息をつめ、ジュピターが操縦室《そうじゅうしつ》のあちこちの引き出しをごそごそと探《さが》しまわり、ようやくチョコレートバーの包《つつ》み紙と汚《よご》れたティッシュペーパーを取りだすのをながめた。ジユピターは穏《おだ》やかにほほ笑《え》むと、巨大《きょだい》な目から見えるように、ガラスにそのふたつを押《お》しつけた。本当に頭がおかしくなったみたいに。

沈黙《ちんもく》がつづき、モリガンはいまにもサイレンやクラクションが鳴り響《ひび》き、武器《ぶき》を持った警備《けいび》員《いん》たちがアナクニポッドのドアを蹴破《けやぶ》って突入《とつにゅう》してくるのではないかと身構《みがま》えた。

マイクがザーザーと音をたてた。長いため息とつぶやくような声が聞こえてきた。「まったくきみときたら……」

「すまない。これしか見つからなかったんだ」ジュピターは巨大《きょだい》な目を見つめながらおなじような小声で応《おう》じ、申し訳《わけ》なさそうに肩《かた》をすくめた。

やがて、その声が言った。「進んでください」

「よし、いいぞ」ジュピターは再《ふた》び古い革《かわ》の椅子《いす》のベルトを締《し》めた。モリガンは止めていた息を吐《は》き出した。「ありがとう、フィル」

「おいおい、頼《たの》むよ」こもったような音とハウリングの音がスピーカーから聞こえた。マイクを落としたのかもしれない。そしてささやくような声で相手が言った。「ノース、仕事中は下の名前で呼《よ》ぶなって言ったじゃないか」

「悪かった。メイジーによろしく伝《つた》えてくれ」

「来週にでもうちに食事に来てくれ。そのときに自分で言えばいいさ」

「そうしよう。それじゃあ！」ジュピターは銀色のマイクを元の場所に戻《もど》し、モリガンに向き直った。

「ネバームーアにようこそ」

霧《きり》は晴れ、巨大《きょだい》な石のアーチとコンロの火のようにちらちら光る銀色のゲートが見えてきた。

ネバームーア。モリガンはその言葉を頭のなかでくりかえした。〈輝《ワンダラス・ソサエティ》かしき結社〉からの入《にゅう》札《さつ》の手紙のなかで、一度だけ見た言葉。そのときはなんの意味も持たない、ただの言葉だった。

「ネバームーア」声に出して言ってみた。

その響《ひび》きが気に入った。自分だけの秘密《ひみつ》の言葉みたいだ。

ジュピターはスクリーンに映《うつ》しだされた表示《ひょうじ》を読みあげながら、オクタヴィアのギアを入れた。「現地《げんち》時間6：13a・m・、貴族支配《きぞくしはい》第三紀元《きげん》、一の春、〈有明時《ありあけどき》〉初日《しょにち》。天候《てんこう》：肌寒《はださむ》いが快晴《かいせい》。町の状態《じょうたい》：楽観的《らっかんてき》、眠《ねむ》い、やや酔《よ》っている」

ゲートがきしみながら開き、アナクニポッドががたがたと動きはじめた。モリガンは深々《ふかぶか》と息を吸《す》った。これまで一度もジャッカルファックスの外に出たことはなかったから、ゲートの向こうになにが待っているのか、想像《そうぞう》すらできなかった。

ジャッカルファックスではなにもかもがきちんとしていて、整然《せいぜん》としていて、そして……普《ふ》通《つう》だった。まっすぐ伸《の》びたきれいな道路にまったくおなじ形のレンガの家が並《なら》んでいる。一五〇年前にジャッカルファックスの最初《さいしょ》の区画が作られると、その後はまったくおなじではないにしろ、似《に》たような街並《まちな》みがつぎつぎと作られていった。ジャッカルファックスを空から見たら、自分の人生に絶望《ぜつぼう》している孤独《こどく》でみじめな建築家《けんちくか》が設計《せっけい》したと思ったかもしれない。

ネバームーアはジャッカルファックスとはちがっていた。

「ここは南部なんだ」ジュピターは操縦《そうじゅう》パネルの画面に映《うつ》しだされたネバームーアの地図を指さした。アナクニポッドは車体をさげ、ほとんど人気《ひとけ》のない暗い通りを、あちこちで通行人にぶつかりながら進んだ。

〈闇宵時《やみよいどき》〉を祝《いわ》ったなごりがそこここに残《のこ》っていた。風船や吹《ふ》き流しが庭に散《ち》らばったり、街灯《がいとう》にからまったりしていて、早朝の街路清掃人《がいろせいそうにん》が大きな金属《きんぞく》のごみ箱に捨《す》てられた瓶《びん》を集めていた。夜明け前の青みがかった光のなかで、まだ騒《さわ》いでいる人たちがいた。『有明時《ありあけどき》のリフレイン』を思い入れたっぷりに歌いながら、若者《わかもの》たちのグループがよろめく足でパブから出てきた。

「おお、元気をだせ〜〜〜、わが〜〜友よ〜〜」

「時の〜〜流れを〜〜旅して〜〜——ピート、音が低《ひく》いぞ——いいから、歌うのをやめろって。低《ひく》いんだ——」

「新たな紀元《きげん》が〜〜ぼくらを迎《むか》える〜」

「過《す》ぎ去った紀元《きげん》と〜〜おなじように——いや、違《ちが》うって——最後《さいご》はさがるんだ。あがるんじゃない——」

オクタヴィアは速度をあげて、石畳《いしだたみ》の道から細い路地、広い並木道《なみきみち》へと進んでいった。古めかしいきちんとした通りがあるかと思えば、きらびやかでごちゃごちゃしたところもあった。オグデン・オン・ジュロという区画はまるで水の下に沈《しず》んでいるようだった。水路が道路代わりで、人々《ひとびと》は渦巻《うずま》く霧《きり》のなかを小さなボートに乗って進んでいた。

緑あふれる公園や教会の小さな庭や墓地《ぼち》や噴水《ふんすい》や彫像《ちょうぞう》が、ガス灯《とう》の温かそうな黄色い光や時《とき》折《おり》あがる花火に照《て》らされていた。

モリガンは立ちあがり、すべてを覚《おぼ》えておきたくて、窓《まど》から窓《まど》へと移動《いどう》してはガラスに顔を押《お》しつけて外をながめた。カメラを持っていればよかったのに。アナクニポッドから飛《と》びおりて、道路を走れたらよかったのに。

「画面を見てくれるかい？」ジュピターがごみごみした裏通《うらどお》りにアナクニポッドを進めながら言った。「夜明けは何時？」

「ええと……六時三六分」

「遅《おく》れているな。オクタヴィア、もう少しスピードをあげてくれ」ジュピターが言うと、アナクニポッドのエンジンがうなった。

「ここはどこなの？」モリガンが訊《き》いた。

ジュピターは笑《わら》った。「きみは寝《ね》ていたの？　ネバームーアだよ」

「それはわかったけど、ネバームーアはどこにあるの？」

「フリー・ステートだ」

モリガンは眉間《みけん》にしわを寄《よ》せた。「フリー・ステート？」共和国《きょうわこく》には四つの州がある。サウスライト、プロスパー、ファー・イースト・サン、そしてもちろん、モリガンがその外に一度も出たことがないグレート・ウルフエーカー。

「ここ」ジュピターはオクタヴィアを操作《そうさ》して横道に入った。「フリー・ステートは自由の州だ。実際《じっさい》に自由なんだよ。五番目の州で、学校でも教わることはない。先生もここの存在《そんざい》を知らないからだ。厳密《げんみつ》に言えば、ぼくたちは共和国《きょうわこく》の一部じゃないんだ」ジュピターは眉毛《まゆげ》をぴくぴくさせた。

「招待《しょうたい》されなければ、ここには入れない」

「だから〈煙《けむり》と影《かげ》のハンター〉は、時計塔《とけいとう》までしか追いかけてこなかったの？」モリガンは助手席《じょしゅせき》に戻《もど》った。「招待《しょうたい》されていないから？」

「そうだ」ジュピターは少しあいだを置《お》いてから付《つ》け足した。「基本的《きほんてき》には」

モリガンはじっとジュピターの顔を見つめた。「ハンターは……ここまで追いかけてこられるの？」

「きみは安全だよ、モリガン」ジュピターは道路を見つめたまま答えた。「約束《やくそく》する」

浮《う》き立っていたモリガンの気持ちがしぼんだ。たったいまジュピターが入国審査官《しんさかん》にすらすらとうそをつくのを見たばかりだったし、訊《き》いたことにきちんと答えてくれていないことにも気づいていた。けれど今夜は奇妙《きみょう》なことばかりで、筋《すじ》が通っていることはほとんどない。頭のなかには訊《き》きたいことが渦《うず》を巻《ま》いていて、いまのモリガンにできるのは、かろうじてそのしっぽをつかむことだけだった。

「どうして――その……」モリガンはまばたきをした。「わからないの。あたしは〈闇宵時《やみよいどき》〉の夜に死ぬはずだったのに」

「それはちがう。正確《せいかく》に言えば、きみは〈闇宵時《やみよいどき》〉の夜中の一二時に死ぬはずだった」ジュピターはブレーキを踏《ふ》み、猫《ねこ》が通りを横断《おうだん》するのを待ってまたアクセルをぐいっと踏《ふ》みこんだ。

モリガンは指が白くなるくらい、椅子《いす》の脇《わき》を強く握《にぎ》りしめた。「だが〈闇宵時《やみよいどき》〉の夜に一二時は来なかった。きみにとっては。ネバームーアはジャッカルファックスより九時間ほど進んでいる。つまりきみは夜中の一二時を飛《と》びこえたっていうことだ――ひとつの時間帯《じかんたい》を抜《ぬ》けて、べつの時間帯《じかんたい》にやってきた。きみは死を出し抜《ぬ》いたんだよ。よくやった。お腹《なか》はすいている？」

モリガンは首を振《ふ》った。「〈煙《けむり》と影《かげ》のハンター〉は――どうしてわたしたちを追ってきたの？」

「ぼくたちを追ってきたんじゃない。きみを追ってきたんだ。それに追ってきただけじゃない。きみを狩《か》っていたんだよ。あいつらは呪《のろ》われた子供《こども》たちを狩《か》る。呪《のろ》われた子供《こども》たちが死ぬのはそういうわけだ。ああ、ぼくは腹《はら》ペコだよ。朝食をとれる時間があればよかったんだが」

モリガンの口のなかがからからになった。「子供《こども》を狩《か》るの？」

「呪われた子供《こども》を狩《か》るんだ。スペシャリストと呼《よ》んでもいいね」

「でも、どうして？」頭のなかの渦《うず》巻《ま》きがスピードを増《ま》していく。「いったいだれがハンターをよこしたの？　それにあたしは真夜中に死ぬことになっていたなら――」

「ベーコン・サンドイッチをやっつけられそうな気分だ」

「――ハンターはどうして早く来たの？」

「見当もつかないな」ジュピターは軽い口調で言ったが、表情《ひょうじょう》は不安《ふあん》そうだった。ギアを変《か》えて、細い石畳《いしだたみ》の道へとオクタヴィアを進めた。「行きたいパーティーでもあったのかもしれない。〈闇宵時《やみよいどき》〉に働《はたら》かなきゃいけないなんて、さぞうんざりだろうな」

「きみがなにを考えているかはわかっている」ジュピターは個人用《こじんよう》の駐車場《ちゅうしゃじょう》にオクタヴィアを止めて、ロックした。チェーンを引っ張《ぱ》って、大きなシャッターを閉《し》めた。空気はいてつくように冷《つめ》たく、ふたりの吐《は》く息は真っ白だ。「ネバームーアがそんなにすばらしいところなら、どうして聞いたことがないのか不思議《ふしぎ》なんだろう？　ここはね、モリガン、〈名前なき王国〉のなかでも一番の——最高の——場所なんだよ」

ジュピターは足を止めて注文仕立ての青いオーバーを脱《ぬ》ぐと、モリガンの肩《かた》にかけた。長すぎたし、袖《そで》から手が出なかったけれど、モリガンはしっかりとからだに巻《ま》きつけた。温かい。ジュピターはぼさぼさになった赤い髪《かみ》を片手《かたて》でかきあげ、もう一方の手でモリガンの手を取ると、空が白みはじめるなか、ひんやりした通りを歩きはじめた。

「ここには見事な建築物《けんちくぶつ》がある。おいしいレストランに、そこそこ信頼《しんらい》できる公共《こうきょう》交通機関《きかん》もある。天候《てんこう》はすばらしい——冬は寒く、冬じゃないときは寒くない。期待どおりだろう？　そうだ、それにビーチ！　ビーチか」ジュピターは考えこんだ。「実をいえば、ビーチはひどいんだが、まあ万事めでたしというわけにはいかないからね」

モリガンはついていくのに必死《ひっし》だった。ジュピターのまくしたてるようなひとりごとだけでなく、ハムディンガー・アベニューと案内標識《あんないひょうしき》が立っている通りを半分スキップのような、半分走っているような足取りで進んでいく、彼《かれ》の細くて長い脚《あし》になかなか追いつけない。

「ちょっと待って」ふくらはぎがけいれんしはじめて、モリガンは脚《あし》をひきずっていた。「もうちょっと……スピードを……ゆるめてもらえない？」

「だめだ。もう時間なんだ」

「時間……なんの？」

「すぐにわかるさ。なんの話をしていたっけ？　そうか、ひどいビーチの話だった。気晴らしをしたいのなら、トロル競技場《きょうぎじょう》がある。きっと気に入るよ。格闘技《かくとうぎ》が好《す》きなら。毎週土曜日にはトロルのレスリングがある。木曜の夜はケンタウルスのローラー・ダービーで、第二金曜日にはゾンビのペイントボール、クリスマスはユニコーンの馬上槍試合《ばじょうやりじあい》だ。六月にはドラゴン乗りたちのトーナメントもあるしね」

モリガンは頭がくらくらした。ファー・イースト・サンにケンタウルスがごくわずか生息しているという話は聞いたことがあったし、野生のドラゴンがいることも知っている。でももものすごく獰猛《どうもう》なはず――だれがドラゴンに乗るっていうの？　そのうえトロルにゾンビにユニコーン？　ジュピターが真面目なのか冗談《じょうだん》を言っているのか、モリガンにはわからなかった。

ふたりはキャディスフライ・アレーという道路を曲がった。曲がりくねった迷路《めいろ》のような裏《うら》通《どお》りを全速力で駆《か》けていく。永遠《えいえん》に終わらないのかとモリガンが思いはじめたところで、ジュピターはようやく曲線を描《えが》く木のドアの前で足を止めた。そこには、色あせた金色で〈ホテル・デュカリオン〉と小さく書かれていた。

「あなたは……ホテルで……暮《く》らしているの？」モリガンはぜいぜい言いながら尋《たず》ねた。

ジュピターは聞いていなかった。真鍮《しんちゅう》のキーリングを取り出してごそごそやっていると、不《ふ》意《い》にドアが開き、モリガンはあやうくうしろに倒《たお》れそうになった。

ドア口に立っていたのは猫《ねこ》だった。ただの猫《ねこ》ではない。巨大《きょだい》な猫《ねこ》だ。モリガンがこれまで見たこともないほど、大きくて、おそろしくて、歯が目立っていて、毛むくじゃらな猫《ねこ》。ぺたんと座《すわ》っているのに、それでもドア枠《わく》に入りきらないくらいの大きさだった。壁《かべ》にぶつかったみたいに顔はぺしゃんこにつぶれて、しわが寄《よ》っている。クロウの屋《や》敷《しき》で飼《か》っていた猫《ねこ》とおなじように鼻をふんふん言わせていた。まるで、あの猫《ねこ》の先史《せんし》時代の巨大《きょだい》な祖《そ》先《せん》みたいに。

見ただけであぜんとしたモリガンだったが、その猫《ねこ》が大きな灰色《はいいろ》の顔をジュピターに向けてしゃべるのを聞いたときの衝撃《しょうげき》は、それよりはるかに大きかった。

「あたしの朝食を持ってきてくれたんだね」

第六章
有明時《ありあけどき》

こぶしくらいの大きさの琥珀色《こはくいろ》の目で猫《ねこ》がじろじろと自分をながめているあいだ、モリガンはじっと息を止めていた。ようやく猫《ねこ》は向きを変《か》えると、建物《たてもの》のなかに引っこんだ。モリガンはあとずさりしようとしたが、ジュピターがなかに入るようにとうながした。モリガンはうろたえてジュピターの顔を見た。これは罠《わな》？　ジュピターは巨大《きょだい》な猫《ねこ》の餌《えさ》にするために、あたしを〈煙《けむり》と影《かげ》のハンター〉から助けたの？

「おもしろい冗談《じょうだん》だ」ジュピターは、狭《せま》くて長くて薄暗《うすぐら》い廊下《ろうか》を先に立って進んでいく猫《ねこ》の大きな背中《せなか》に向かって言った。「きみがぼくの朝食を用意してくれているとうれしいね、もじゃもじゃの年寄猫《としよりねこ》さん。どれくらい時間がある？」

「六分半」猫《ねこ》が答えた。「いつものごとく、ばかみたいにぎりぎりだね。ロビーに泥《どろ》の足跡《あしあと》をつける前に、そのみっともないブーツを脱《ぬ》いでおくれ」

ジュピターはモリガンの肩《かた》に手を置《お》いて、まっすぐ進むようにうながした。壁《かべ》のガスランプ

の明かりは暗くてあまりよく見えなかったけれど、絨毯《じゅうたん》はすり切れてぼろぼろだったし、壁紙《かべがみ》はところどころはがれている。じっとりと湿《しめ》ったにおいがした。廊下《ろうか》の先には急な木の階段《かいだん》があって、モリガンたちはそこをのぼりはじめた。

「ここは従業員用《じゅうぎょういんよう》の入り口だ。たしかにひどい――手を入れる必要《ひつよう》があるね」ジュピターが自分に話していることに気づいて、モリガンは驚《おどろ》いた。どうしてあたしが考えていることがわかるの？　「フェン、なにかメッセージは？」

階段《かいだん》をあがりきったところにつやつやした黒い両開きのドアがあって、猫《ねこ》はその前で振《ふ》り返った。ぐるりと目をまわしたのをたしかに見たとモリガンは思った。「どうしてあたしに訊《き》くんだい？　あたしはあんたの秘書《ひしょ》じゃないんだからね。ブーツを脱《ぬ》げって言ったじゃないか」猫《ねこ》はその大きな灰色《はいいろ》の頭でドアをぐいっと押《お》し開けた。そこはモリガンがこれまで見たこともないほど美しい場所だった。

ホテル・デュカリオンのロビーは広々《ひろびろ》として明るかった――薄暗《うすぐら》くてみすぼらしい従業員《じゅうぎょういん》用《よう》入り口を見たあとだったから、モリガンは目を丸くした（とはいえ、巨大《きょだい》な話す猫《ねこ》に出迎《でむか》えられたときほどではなかったけれど）。床《ゆか》は黒と白の大理石の市松模様《いちまつもよう》で、天井《てんじょう》からは帆船《はんせん》の形をした巨大《きょだい》なバラ色のシャンデリアが吊《つ》るされている。クリスタルが温かな光を投げかけていた。壁沿《かべぞ》いの大きな階段《かいだん》は目がまわるようなならせんを描《えが》きながら、一三階まで（モリガンはひとつずつ数えた）つづいていた。

「ぼくに命令《めいれい》しないでほしいね。きみの給料《きゅうりょう》を払《はら》っているのはぼくなんだから！」ジュピターは文句《もんく》を言ったが、それでも旅行用のブーツを脱《ぬ》いだ。若《わか》い男性《だんせい》がそれを受け取り、ぴかぴかに磨《みが》いてある黒い靴《くつ》を持ってきた。ジュピターはしぶしぶそれを履《は》いた。

ピンクと金色の制服《せいふく》を着た従業員《じゅうぎょういん》が、〝いい〈有明時《ありあけどき》〉を、サー〟とか〝新しい紀元《きげん》おめでとうございます、ノース大佐《たいさ》〟とか言いながら通りすぎていく。

「新しい紀元《きげん》おめでとう、マーサ」ジュピターが応《おう》じた。「新しい紀元《きげん》おめでとう、チャーリー。いい〈有明時《ありあけどき》〉を、みんな！　さあ、みんな屋上においで。でないと見逃《みのが》すぞ。きみたち三人──いや四人だ──はエレベーターに乗るといい。そう、きみもだ、マーサ、じゅうぶん乗れるんだから」

何人かの従業員《じゅうぎょういん》が広々《ひろびろ》としたロビーをおとなしくついてくるのを見て、ジュピターはこのホテルで暮《く》らしているだけじゃなく、ここのオーナーなんだとモリガンは気づいた。ここにあるすべて──大理石の床《ゆか》にシャンデリア、つややかなコンシェルジュの机《つくえ》、隅《すみ》に置《お》かれているグランドピアノ、華《はな》やかな階段《かいだん》──が、ジュピターのものだ。ここにいる人たちは、ジュピターを叱《しか》りつけ、にらみつけたあの巨大《きょだい》な猫《ねこ》も含《ふく》めて、彼《かれ》の従業員《じゅうぎょういん》だ。モリガンはおじけづくまいとした。

「先に上に行っている」猫《ねこ》は曲線を描《えが》く階段《かいだん》に飛《と》び乗った。「ぐずぐずしてるんじゃないよ」

四段跳《だんと》びで駆《か》けあがっていく。

ジュピターはモリガンに言った。「きみがなにを考えているかはわかっている」その日、二度めのせりふだった。「どうしてマニフィキャットに命令《めいれい》させているんだって訊《き》きたいんだろう？　答えは簡単《かんたん》──」

「あれはマニフィキャットじゃない」

　ジュピターはひゅっと息を吸《す》うと、らせん階段《かいだん》を上へ上へとのぼっていく猫《ねこ》を見た。声が聞こえないくらい離《はな》れていることをたしかめてから、モリガンに向き直って小声で訊《き》いた。「マニフィキャットじゃないって、どういう意味だ？　もちろん彼女《かのじょ》はマニフィキャットだ」

「新聞でマニフィキャットの写真を見たことがあるけど、まったくあんなふうじゃなかったもの。ウィンターシー大統領《だいとうりょう》は六匹《ぴき》飼《か》っていて、車を引かせているの。みんな黒くてつやつやしていて──」ジュピターはモリガンをだまらせようとして自分の唇《くちびる》に指を当てながら、もう一度不安《ふあん》そうに階段《かいだん》を見あげた。モリガンはかまわず言った。「飾《かざ》りのついた首輪《くびわ》と大きな鼻輪《はなわ》をしていた。それに、絶対《ぜったい》しゃべったりしない」

「フェネストラに聞かれないようにしないと」

「フェネストラ？」

「そうさ！」ジュピターは憤然《ふんぜん》として言った。「もちろん彼女《かのじょ》には名前がある。気を悪くしないでほしいんだが、きみが描《えが》いているマニフィキャットのイメージはずいぶんとゆがんでいるね。それに、きれいなシーツがほしいなら、いまの話は二度と口にしないほうがいい。フェンは客室清掃係《せいそうがかり》の責任者《せきにんしゃ》なんだ」

　モリガンはまじまじとジュピターを見つめた。頭のおかしな人とホテルで暮《く》らすために、時計を通って奇妙《きみょう》な町にやってきたのは本当に正しいことだったんだろうか？

「猫《ねこ》が客室清掃係《せいそうがかり》?」

「きみが考えていることはわかっている」ジュピターはまた言った。ふたりは、金とガラスでできた円形のエレベーターの前にやってきた。ジュピターは〝屋上〟のボタンを押《お》した。「猫《ねこ》の指はものをつかむようにはできていない。どうやって箒《ほうき》を使うんだろう? 実を言えば、ぼくもおなじ疑問《ぎもん》を持ったよ。でも、そんなことをひと晩中《ばんちゅう》思い悩《なや》んだりはしない。きみもそうしたほうがいいと思うね。おや、ケジャリーじゃないか」

かくしゃくとした真っ白な髪《かみ》の老人《ろうじん》が走ってきたのと、エレベーターのドアが開いたのが同時だった。バラ色のタータンチェックのズボンに灰色《はいいろ》のジャケットを着て、胸《むね》ポケットからはHDと金色で刺《し》しゅうしてあるピンクのハンカチがのぞいている。

「モリガン、彼《かれ》はミスター・ケジャリー・バーンズだ。ここのコンシェルジュだよ。ホテルのなかで迷子《まいご》になったら——きっと迷子《まいご》になるだろうからね——ケジャリーを呼《よ》ぶといい。彼《かれ》はぼくよりもここのことをよく知っているんだ。なにかメッセージは? しばらく連絡《れんらく》のつかないところにいたものだから」ジュピターが全員をエレベーターに乗せたところで、ドアが閉《し》まった。

ケジャリーがメモの束《たば》を差《さ》しだした。「これです、サー——同盟《どうめい》から一六通、結社《けっしゃ》から四通、市長の事務所《じむしょ》から一通です」

「よろしい。なにもかも順調《じゅんちょう》かな?」

「申し分なく、サー」コンシェルジュは強いアイルランドなまりで答えた。「五階で起きているちょっとした怪奇現象《かいきげんしょう》を調べるため、〈超常現象部局《ちょうじょうげんしょうぶきょく》〉の担当者《たんとうしゃ》たちが木曜日に来ました。請求書《せいきゅうしょ》は経理部《けいりぶ》に送っておきました。〈ネバームーア交通局〉から昨日《きのう》連絡《れんらく》があって、〈クモの糸線〉の残響《ざんきょう》について、あなたの助言に従《したが》うことにしたそうです。ああ、それから温室にだれかが四頭のアルパカを置《お》いていきました。アナウンスするようにフロントに言っておきますか？」

「アルパカ！　なんとまあ。居心地《いごこち》よくしているかい？」

「こうしているいまも、温室の蘭《らん》を食べていますよ」

「それなら、そっちは終わってからにしよう」（なにが終わってから？　とモリガンは考えた）「部屋の準備《じゅんび》はできている？」

「もちろんです、サー。掃除《そうじ》はしましたし、家具もみがいてあります。ぴかぴかですよ」

エレベーターがあがっていき、階数の数字が増《ふ》えるにつれ、ガラスの壁《かべ》の外でロビーが小さくなっていく。モリガンはお尻《しり》がむずむずした。ガラスに手を当てて気持ちを落ち着けようとした。ジュピターが声をかけたメイドのマーサが、安心させるようにモリガンにほほ笑《え》みかけた。まだ若《わか》いけれど有能《ゆうのう》そうだ。くすんだ茶色の髪《かみ》をきっちりとお団子《だんご》にまとめていたし、制《せい》服《ふく》はしわひとつない。

「最初《さいしょ》はそんなふうに感じるのよ」やさしくモリガンにささやいた。ハシバミ色の大きな目まで笑《え》みが広がった。「すぐに慣《な》れるわ」

「傘《かさ》の準備《じゅんび》は？」ジュピターが尋《たず》ねると、全員がごそごそと傘《かさ》を取り出してみせた。「そうだ！　忘《わす》れるところだった。誕生日《たんじょうび》おめでとう、モリガン」

ジュピターはモリガンの肩《かた》にかけたままの青いオーバーのどこからか、長くて平べったい茶色い紙の包《つつ》みを出してきた。モリガンがそっと包《つつ》み紙を開けると、そこには取っ手に銀の線細工がほどこされた、黒いオイルスキンの傘《かさ》が入っていた。先端《せんたん》はオパールを削《けず》りだした小鳥だ。モリガンは言葉もなく、虹色《にじいろ》の小さな羽を指でなぞった。こんなに美しいものをもらったのははじめてだ。

取っ手には小さな紙がくくりつけられていた。

これが必要《ひつよう》になる

J．N．

「あ、ありがとう」喉《のど》になにかかたまりがつかえて、モリガンは口ごもった。「こんな――いままでだれも――」

モリガンが言い終える前にエレベーターのドアが開き、とたんに騒々《そうぞう》しいざわめきと笑《わら》いの渦《うず》が襲《おそ》ってきた。まるで、色とりどりの台風の目のなかに放りこまれたみたいだ。

広々《ひろびろ》とした屋上にはパーティーの招待客《しょうたいきゃく》が何百人もいて、ずらりと並《なら》んだたいまつやストリングライトに照《て》らされながら楽しそうに甲高《かんだか》い声をあげたり、くすくす笑《わら》ったり、派手《はで》にダンスをしたりしていた。大きなドラゴンの人形を一〇人以上《いじょう》の人間が下から操《あやつ》って踊《おど》らせている。そのおそろしいほどの高さの舞台《ぶたい》で、衣装《いしょう》をつけた曲芸師《きょくげいし》たちがくるくるとまわっている。その頭上では魔法《まほう》で吊《つ》るされているらしいミラーボールがきらめきながら回転していて、あらゆるところに万華鏡《まんげきょう》のような光を投げかけていた。踊《おど》るドラゴンを追いかけて、年かさの少年が笑《わら》いながらモリガンの脇《わき》を駆《か》けぬけていった。

屋上の真ん中には泡立《あわだ》つピンクのシャンパンの噴水《ふんすい》と、白いジャケットを着たミュージシャンたちがスイング・ミュージックを演奏《えんそう》している野外ステージがあった。（そのうちのひとりは、アップライト・ベースを弾《ひ》いている鮮《あざ》やかな緑色の大きなとかげだったけれど、疲《つか》れすぎて幻覚《げんかく》を見ているのだろうとモリガンは思った）マニフィキャットのフェネストラですら楽しんでいるようで、ミラーボールにじゃれついたり、近くによってきた踊《おど》る人たちをにらみつけたりしていた。

モリガンは目を丸くしてその場に立ちつくした。耳がわんわんする。彼女《かのじょ》と呪《のろ》いがやってきたことで、このパーティーが見舞《みま》われるかもしれない災難《さいなん》がつぎつぎと浮《う》かんできた。明日の新聞の見出しを想像《そうぞう》した。〝曲芸師《きょくげいし》が舞台《ぶたい》から落下して首の骨《ほね》を折《お》る：呪《のろ》われた子供《こども》に責任《せきにん》〟

〝シャンパンの噴水《ふんすい》が毒《どく》に変《か》わり、数百人が犠牲《ぎせい》に〟

頭がパンクしそうだった。はじめは〈煙《けむり》と影《かげ》のハンター〉で、つぎが巨大《きょだい》な機械《きかい》の蜘蛛《くも》、霧《きり》に覆《おお》われた不思議《ふしぎ》な国境《こっきょう》、そして今度が……このばかげたパーティー。ホテルの屋上で。聞いたこともない乱雑《らんざつ》な秘密《ひみつ》の町で。頭のおかしな赤毛の男と大きな猫《ねこ》といっしょに。たとえそれがモリガンではないにしろ、今夜は絶対《ぜったい》にだれかの死で終わる。

「ジュピター！」だれかが叫《さけ》んだ。「見て――ジュピター・ノースよ！　来てる！」

驚《おどろ》いたようなサキソフォンの調子っぱずれの音と共《とも》に、音楽が不意《ふい》にやんだ。人々《ひとびと》がざわめいた。

「乾杯《かんぱい》を！」女性《じょせい》の声が響《ひび》いた。

だれかがその言葉をくりかえし、歓声《かんせい》や口笛や足を踏《ふ》み鳴らす音がつづいた。太陽のほうを向くひまわりのように、何百もの期待に満《み》ちた顔がいっせいにジュピターを見た。

「新しい紀元《きげん》に乾杯《かんぱい》を、ノース大佐《たいさ》！」

ジュピターは野外ステージに跳《と》び乗ると片手《かたて》をあげ、もう一方の手でウェイターが持つトレイからシャンパングラスをさっと取った。あたりが静《しず》まりかえった。

「友人たち、お客さま、そしてデュカリオンのぼくの大事な家族」すがすがしい早朝の空気のなかに、ジュピターの声が響《ひび》きわたった。「ぼくたちは踊《おど》り、食べ、存分《ぞんぶん》に飲んだ。古い紀元《きげん》にやさしく、そして誇《ほこ》らしげにわかれを告《つ》げた。いまぼくたちは新しい紀元《きげん》に向かって、果敢《かかん》に踏《ふ》み出さなくてはいけない。新しい紀元《きげん》が幸せなものになりますように。思いがけない冒険《ぼうけん》を連《つ》れてきてくれますように」

「思いがけない冒険《ぼうけん》」パーティーの客たちは声をそろえてくりかえすと、ピンクのシャンパンを飲みほした。

ジュピターは人ごみの向こうからモリガンに笑《わら》いかけ、モリガンは傘《かさ》をしっかりと握《にぎ》りしめながら笑《え》みを返した。今夜はなにもかもが思いがけない冒険《ぼうけん》だ。

「さあ、きみたちに勇気《ゆうき》があるのなら、デュカリオンの昔ながらの〈有明時《ありあけどき》〉の伝統《でんとう》をいっしょに楽しもう」ジュピターは東を指さした。はるかかなたの地平線が、きらきら光る金色の光に染《そ》まりはじめている。「たいまつを消して。夜が明ける。朝の光に自分たちの姿《すがた》を見よう」

ひとつ、またひとつとたいまつが消された。ストリングライトの明かりが消えた。ジュピターに手招《てまね》きされて、モリガンは彼《かれ》のあとについて屋上の端《はし》まで歩いた。

ネバームーアはあらゆる方向に数キロにわたって広がっていた。モリガンは、建物《たてもの》と道路と人々《ひとびと》、そして命《いのち》が満《み》ちた海を行く船に乗っているのだと想像《そうぞう》した。

首筋《くびすじ》がぞくりとして、鳥肌《とりはだ》が立った。あたしは生きている。モリガンはそう思い、その考えがあまりにばかばかしくて、あまりにすばらしかったので、思わず笑《わら》い声がもれた。静《しず》けさのなかにその声が響《ひび》いたけれど、気にならなかった。晴れ晴れとした気分だったし、死を出し抜《ぬ》いたときにだけ得《え》られる新たな喜《よろこ》びと大胆《だいたん》さが、からだの内側《うちがわ》からむくむくとあふれ出していた。

新しい紀元《きげん》。モリガンは信《しん》じられない思いでつぶやいた。それなのにあたしは生きている。

モリガンの左側《ひだりがわ》にいた女性《じょせい》が手すりに立った。ひらひらする長いシルクのドレスの裾《すそ》を持ち、頭の上で傘《かさ》を開いた。ほかの人たちもそれにつづいた。すぐに手すりは、高く傘《かさ》をかかげて太陽を見あげている人々《ひとびと》でいっぱいになった。

「果敢《かかん》に踏《ふ》み出す！」シルクのドレスの女性《じょせい》はそう叫《さけ》ぶと、なんのためらいもなく屋根から飛《と》びおり、ふわりと落ちていった。下へ、下へ。一三階下へ。モリガンは驚《おどろ》いてジュピターを振《ふ》り返ったが、彼《かれ》はいたって平然《へいぜん》としていた。悲鳴か地面にぶつかる音を覚悟《かくご》したけれど、どちらも聞こえてこなかった。その女性《じょせい》は少しだけよろめきながらも地面におり立ち、勝ちほこったように叫《さけ》んだ。

ありえない。

「果敢《かかん》に踏《ふ》み出す！」べつの客が声をあげ、コンシェルジュのケジャリーが、メイドのマーサが——「果敢《かかん》に踏《ふ》み出す！」——さらにべつの客、さらにまたひとりが叫《さけ》び、屋上はその言葉のコーラスであふれた。彼《かれ》らはつぎつぎと手すりから飛《と》びおりていき、あたりはまるで傘《かさ》の海のようになった。

ジュピターがうしろをちらりとも振《ふ》りかえることなく手すりに立つと、傘《かさ》を開いた。モリガンがさっき見かけた少年がジュピターの向こう側《がわ》に立った。ふたりは声を合わせて「果敢《かかん》に踏《ふ》み出す！」と叫《さけ》ぶと、宙《ちゅう》へと身をおどらせた。

モリガンはふたりがふわりと落ちていくのを見つめていた。地面に着くまで永遠《えいえん》にも思える時間がたったあと、ジュピターと少年は無事《ぶじ》に着地し、笑《わら》いあい、抱《だ》きあい、背中《せなか》を叩《たた》きあった。やがてジュピターはモリガンを見あげた。

ジュピターがなにか言うのを待ったけれど、彼《かれ》はなにも言わなかった。勇気《ゆうき》づけるようなことは言わなかった。説得《せっとく》も約束《やくそく》もしなかった。ただモリガンを見つめていた。モリガンがどうするのかをながめていた。

モリガンはパニックと同時に気持ちがたかぶるのを感じた。これはあたしの二度目のチャンスだ。夢《ゆめ》にも思わなかった新しい人生のはじまりだ。それなのにわざわざ両足を折《お》って、台無《だいな》しにするの？　それどころか――地面にぶつかってぐちゃぐちゃになるかもしれない。〈闇宵《やみよい》時《どき》〉で死を出し抜《ぬ》いたのは、〈有明時《ありあけどき》〉にあっさりと手放すため？

答えを知る方法《ほうほう》はひとつしかない。

モリガンはジュピターのオーバーを足元に落とした。手すりにのぼり、もらったばかりのオイルスキンの傘《かさ》をふるえる手で開いた。下を見ない下を見ない下を見ない。空気が薄《うす》くなった気がした。

「果敢《かかん》に踏《ふ》み出す」小声でつぶやいた。

目をつぶった。

そして飛《と》んだ。

風がその腕《うで》でモリガンを抱《だ》きしめた。モリガンは落ちていきながら、からだのなかをアドレナリンが勢《いきお》いよく駆《か》けめぐるのを感じていた。冷《つめ》たい空気が顔のまわりに髪《かみ》をはためかせ、そしてようやく両足が地面に着いた。衝撃《しょうげき》が脚《あし》を駆《か》けあがり、よろめいたけれど、かろうじて――奇跡的《きせきてき》に――転ばなかった。

目を開けた。パーティーの客たちは重力に勝利《しょうり》したお祝《いわ》いに、派手《はで》な水しぶきを立てながら大きな大理石の噴水《ふんすい》に飛《と》びこんで、パーティー用の服をびしょぬれにしている。ジュピターだけはじっとそこにいて、誇《ほこ》りと安堵《あんど》と感嘆《かんたん》の入りまじった顔でモリガンを見ていた。世界中のだれひとりとして、そんなふうにモリガンを見た人はいなかった。

モリガンは抱《だ》きついたほうがいいのか、それとも噴水《ふんすい》に突《つ》き落としたほうがいいのかわからないまま、ジュピターに歩み寄《よ》った。結局《けっきょく》、そのどちらもしなかった。

「新しい紀元《きげん》、おめでとう」それがモリガンの口から出た言葉だった。

けれど心のなかでつぶやいていたのはこうだ。あたしは生きている。

第七章

ホテル・デュカリオンのハッピー・アワー

暗闇《くらやみ》に落ちていく夢《ゆめ》のあとで目がさめると、日の光と目玉焼《や》きとトーストとメモがのったトレイが待っていた。

朝食が終わったら、ぼくの書斎《しょさい》においで。
三階の音楽室からふたつめのドアだ。

J.N.

矢印《やじるし》で方向を示《しめ》した簡単《かんたん》な地図がその裏《うら》に描《えが》かれていた。壁《かべ》の時計は午後一時をさしている。

朝食の時間はとっくにすぎていた。このメモはいつからここに置《お》いてあったんだろう？　トレイを見ているうちに、クロウの屋敷《やしき》でラムチョップの誕生日《たんじょうび》のごちそうを食べたあと、なにも口にしていないことを思いだした。あれはいつだった？　一〇〇年前？　モリガンは卵《たまご》をふたつとバターを塗《ぬ》った厚《あつ》いトーストとカップ半分のぬるくなったミルクティーをがつがつと口につめこみながら、部屋のなかを見まわした。

金縁《きんぶち》の鏡《かがみ》や油絵や豪華《ごうか》な絨毯《じゅうたん》や、生き生きとした植物やクリスタルのシャンデリアに飾《かざ》られたホテルのロビーにくらべると、モリガンの寝室《しんしつ》は驚《おどろ》くほど……普通《ふつう》だった。申し分のない部屋だ。けれど、当たり前の部屋だった。シングルベッドと木の椅子《いす》がひとつと小さな四角い窓《まど》と、小さなバスルームに通じるドア。サイドテーブルにジュピターからのメモがなかったら、ヘッドボードに銀の取っ手の傘《かさ》がひっかけられていなかったら、デュカリオンもネバームーアもそれ以外《いがい》のなにもかもが夢《ゆめ》だったと思ったかもしれない。

ミルクティーの最後《さいご》のひと口を急いで飲み干《ほ》すと、モリガンは清潔《せいけつ》な青いワンピース（タンスに吊《つ》るされていたのがそれだけだった）に着替《きが》え、メモの指示《しじ》どおりに三階のジュピターの書斎《しょさい》まで走っていった。足を止めて息を整えてからノックをした。

「どうぞ」ジュピターが応《おう》じた。ドアを開けるとそこは、暖炉《だんろ》があって使い古した革《かわ》のひじ掛《か》け椅子《いす》がふたつ置《お》かれている、使いやすそうなこじんまりした部屋だった。ジュピターは木の机《つくえ》の向こう側《がわ》に立ち、書類《しょるい》や地図の山をながめていた。顔をあげて、にこやかにほほえんだ。

「やあ！　来たね。よかった。案内《あんない》しようと思っていたんだ。よく眠《ねむ》れたかい？」

「ええ、ありがとう」モリガンは急にはずかしくなった。ジュピターはずっとこんなふうに笑《わら》っている。なんだか変《へん》だ。

「部屋は問題ない？」

「え、ええ。もちろん」モリガンは口ごもった。「出てきたときは、問題なかった」

ジュピターはとまどったように眉《まゆ》を寄《よ》せてモリガンを見つめた。やがて目を閉《と》じると、モリガンがなにかとてもおかしなことを言ったみたいに笑《わら》いだした。「いや――いや、そうじゃなくて……気に入った？　不満《ふまん》はない？」

「あら」モリガンの頰《ほお》が熱《あつ》くなった。「ええ、とてもすてきな部屋。ありがとう」

ジュピターは顔から笑《わら》いを消すだけの礼儀《れいぎ》はわきまえていた。「あそこはその……ちょっとばかり退屈《たいくつ》だ。でもきみと会ったばかりだからね。じきに知り合いになるよ。変《か》わっていくから」

「そう」ジュピターがなにを言っているのか、モリガンはさっぱり理解《りかい》できなかった。「わかった」

ジュピターの書斎《しょさい》の壁《かべ》には本棚《ほんだな》が並《なら》び、写真が飾《かざ》られていた。そのほとんどが、変《か》わった景《け》色《しき》のなかにいる人間の写真だ。ジュピター――いまより若《わか》くて、もっと髪《かみ》が赤くて、もっと細くて、もっとひげが少ない――が写っているのはほんの数枚《すうまい》だった。飛《ひ》行《こう》中の複葉機《ふくようき》の翼《つばさ》に立っているジュピター。熊《くま》の肩《かた》にまたがって両手の親指を立てているジュピター。きれいな女性《じょせい》と、そしてどういうわけかミーアキャットといっしょに船の甲板《かんぱん》で踊《おど》っているジュピター。

机《つくえ》の上の一番いい場所を占《し》めているのは、ふたりそろっておなじように足を机《つくえ》にのせ、腕《うで》を組み、満面《まんめん》の笑《え》みを浮《う》かべて座《すわ》っているジュピターと少年の写真だった。少年はまっすぐで真っ白な歯と茶色い肌《はだ》の持ち主で、左の眼《め》に黒い眼帯《がんたい》をしていた。

見覚《みおぼ》えがあった――〈闇宵時《やみよいどき》〉のパーティーで見かけた少年だ。踊《おど》るドラゴンを追いかけ、ジュピターと並《なら》んで屋上から飛《と》びおりていた。パーティーでは眼帯《がんたい》に気づかなかった。でもあのときは、あっという間にモリガンの横を駆《か》けぬけていったのだし、トカゲのミュージシャンや巨大《きょだい》な猫《ねこ》やそのほかもろもろについて考えるのに忙《いそが》しかったからだろうとモリガンは思った。

「これはだれ？」

「ぼくの甥《おい》っ子だ。ジャック。ここにもいるよ――ほら。去年、学校で撮《と》ったものだ」ジュピターはおなじような年格好《としかっこう》の少年が並《なら》んで立っている写真を指差《ゆびさ》した。その下にはこう書かれていた。聡明《そうめい》な若者《わかもの》のためのグレイスマーク・スクール。一一の冬。南の影響《えいきょう》の紀元《きげん》。少年たちは黒いモーニングスーツに白いシャツ、蝶《ちょう》ネクタイという装《よそお》いだった。

モリガンは写真の下に書かれている名前を読んでいった。「名前がジョンになっているけれど」

「ふむ、ジョン・アルジュナ・コラパティ。ぼくたちはジャックと呼《よ》んでいる」

モリガンは眼帯《がんたい》のことを訊《き》こうとしたけれど、ジュピターがさえぎって言った。

「それは自分で訊《き》いたほうがいい。春休みまで待たなければいけないかもしれないけれどね。最初《さいしょ》の学期はあまり帰ってこないと思うんだ。今日きみを会わせたかったんだが、残念《ざんねん》ながら

か？」

みがジャックに悪い影響《えいきょう》を与《あた》えてくれるといいんだけれどね。さあ、〈煙《けむり》の応接室《おうせつしつ》〉に行こう

生徒《せいと》は忙《いそが》しいんだよ」ジュピターはモリガンを廊下《ろうか》に連《つ》れだすと、書斎《しょさい》のドアを閉《し》めた。「き

に残《のこ》って、最初《さいしょ》の試験《しけん》にそなえて勉強をしているとジャックは言っている。グレイスマークの

めがはじまったばかりなんだが、クラスメートたちはみんな〈闇宵時《やみよいどき》〉の休みのあいだも学校

ジュピターは全身でため息をついた。「ぼくたちのジャックはそうじゃないみたいだ。三年

「今日はお休みじゃないの？」

学校に戻《もど》らなくてはいけなかったんだよ」

「ふむ」エレベーターを待っているあいだ、ジュピターはポケットに両手をつっこんでゆらゆらとからだを揺《ゆ》らしていた。「モリガン……モリガン」

「はい？」ジュピターはようやく、〈輝かしき結社《ワンダラス・ソサエティ》〉のことを説明《せつめい》してくれる気になったの？

ジュピターは顔をあげた。「え？　ああ、モリガンをどうすればいいのか、考えていたんだ。

ほら、ニックネームだよ。モリー、モロー……だめだ、モズ。モッツァ。モジーはどう？」

チャイムが鳴って、エレベーターのドアが開いた。ジュピターはモリガンを先に乗せると、

九階のボタンを押《お》した。

「絶対《ぜったい》いや」モリガンはきっぱりと断《ことわ》った。「ニックネームなんていらない」

「もちろんいるさ。だれだってニックネームは――」エレベーターの隅《すみ》に取りつけられている角《つの》の形のスピーカーからがりがりという雑音《ざつおん》と咳払《せきばら》いが流れてきて、ジュピターは口をつぐんだ。

「紳士淑女《しんししゅくじょ》のみなさん、ワンダー生物のみなさん、おはようございます。温室に四頭のアルパカをつれてきた方は、できるだけ早く引き取っていただけますでしょうか？　お手伝《てつだ》いが必要《ひつよう》でしたら、ケジャリーにご連絡《れんらく》ください」

「だれだってニックネームは必要《ひつよう》だ」ジュピターはアナウンスが終わるのを待って言った。「たとえばぼくのニックネームは、偉大《いだい》で高潔《こうけつ》なサー・ジュピター・アマンティウス・ノース大佐殿《たいさどの》だ」

「それって自分でつけたの？」

「一部はね」

「ニックネームには長すぎる。ニックネームっていうのは、ジムとかラスティとかよ。偉大《いだい》で高潔《こうけつ》なサーなんとかかんとかは、呼《よ》ぶまでに一年かかっちゃう」

「だからみんなぼくをジュピターって呼《よ》ぶのさ」エレベーターはがたがた揺《ゆ》れながら止まり、ふたりはおりた。「きみの言うとおりだ。普通《ふつう》は短いほうがいい。そうだな……モー。モア……モグ。モグ！」

「モグ？」モリガンは鼻にしわを寄《よ》せた。

「モグはすばらしいニックネームだ」ジュピターは長い廊下《ろうか》を歩きながら、口のなかでその言葉をくりかえした。「モグ。モガーズ。ザ・モグスター。うん、いろいろ使えていいね」

モリガンは顔をしかめた。「それって動物が吐《は》いたものみたい。〈輝かしき結社《ワンダラス・ソサエティ》〉のことを教えてくれるの？」

「すぐにね、モグ。でもいまは――」

「モリガン」

「まずは、ホテルを案内《あんない》するよ」

〈煙《けむり》の応接室《おうせつしつ》〉はパイプや葉巻《はまき》を吸《す》うための部屋ではなかったので、モリガンはほっとした。壁《かべ》から直接吐《ちょくせつは》き出されているらしい色とにおいのついた煙《けむり》が、部屋のなかに渦巻《うずま》いている。いまはくすんだセージグリーンの煙《けむり》（哲学《てつがく》の芸術《げいじゅつ》を促進《そくしん》するためだとジュピターは言った）だけれど、夕方にはスイカズラ色に（ロマンスのために）、夜にはラベンダー色に（よく眠《ねむ》れるように）変《か》わると、ドアに貼《は》られたスケジュール表に書かれていた。

全身黒の服を着たとても小柄《こがら》でとても色の白い男性《だんせい》が、ベルベットのマントにくるまってふたりがけのソファにだらしなく寝《ね》そべっていた。黒いアイシャドーを塗《ぬ》った目を閉《と》じ、口をへの字に結《むす》んでいるその姿《すがた》には、ゴシック小説《しょうせつ》のような悲劇的《ひげきてき》な雰囲気《ふんいき》が漂《ただよ》っていて、モリガンはひと目で彼《かれ》のことが気に入った。

「やあ、フランク」

「ああ、ジョーヴ」小柄《こがら》な男は悲しみをたたえた目を片方開《かたほう》けた。「死について考えていたところだよ」

「そうだろうとも」ジュピターはさらりと応《おう》じた。

「それから、今年のハロウィーンのパーティーで歌う何曲かの歌のことを」

「まだ一年近く先の話だ。それに一曲なら歌っていいと言ったんだ。何曲もじゃない」

「それから、わたしの部屋に清潔《せいけつ》なタオルが足りないことを」

「毎朝、清潔《せいけつ》なタオルが届《とど》いているはずだが」

「だがわたしは毎朝、清潔《せいけつ》なタオルが二枚《にまい》欲《ほ》しいんだ」フランクは不機嫌《ふきげん》そうに言った。「髪《かみ》をふくためにもう一枚必要《いちまいひつよう》だ」

モリガンは笑《わら》いたくなるのをこらえた。

「フェネストラに話すといい。ところで、ゆうべはすばらしかったよ——最高《さいこう》の〈闇宵時《やみよいどき》〉だった」ジュピターは身をかがめて、モリガンにささやいた。「フランクはぼくのパーティーの計画を立ててくれている。お祭り騒《さわ》ぎ担当責任者《たんとうせきにんしゃ》なんだ。業界一だよ。でも、彼《かれ》にそう言っちゃだめだよ。でないと、どこかもっとおもしろいところに転職《てんしょく》してしまうからね」

フランクは眠《ねむ》たそうににやりとした。「わたしが業界一なことはわかっているさ、ジョーヴ。それでもここにいるのは、ここよりおもしろいところがないからだ——わたしの才能《さいのう》に予算の枠《わく》をつけないホテル経営者《けいえいしゃ》は、フリー・ステートではきみだけだ」

「ぼくは予算の枠《わく》をつけているぞ、フランク。だがきみはいつだって無視《むし》するじゃないか。予算といえば、だれが『イグアナラマ』を呼《よ》んでいいと言った？」

「きみだ」

「いいや、ぼくは『リザマニア』を予約《よやく》しろと言ったんだ。『イグアナラマ』の曲を演奏《えんそう》しているバンドだ。出演料《しゅつえんりょう》は四分の一ですんだ」

「たしかに。だが才能《さいのう》も四分の一だ」フランクはむっとした様子だった。「ところで、なにをしに来た？　わたしが休憩《きゅうけい》しているのがわからないのか？」

「特別《とくべつ》な人をきみに会わせようと思ってね。彼女《かのじょ》が――」ジュピターはモリガンの肩《かた》に手をのせた。「――モリガン・クロウだ」

　フランクはいきなりからだを起こし、目を細くしてモリガンを見た。「そうか。贈《おく》りものを持ってきてくれたんだな。若《わか》い血。いいね」フランクはカチカチと歯を鳴らした。モリガンは笑《わら》いたくなるのを我慢《がまん》した。あたしを脅《おど》かそうとしたんだろうけど、見せびらかしているみたい。

「そうじゃない、フランク」ジュピターは鼻柱をつまんだ。「いいかい、きみもフェンもだが……彼女《かのじょ》にかみつくのはだめだ。デュカリオンのだれにもかみつくのはだめだ。この話はすんだはずだろう？」

　フランクは目を閉《と》じ、むっつりした顔でソファにもたれた。「それなら、どうしてわたしの邪魔《じゃま》をする？」

「ぼくの候補《こうほ》者《しゃ》に会いたいかと思ってね」

「なんの候補者《こうほしゃ》だ？」フランクはあくびまじりに尋《たず》ねた。

「〈輝かしき結社《ワンダラス・ソサエティ》〉さ」

フランクの目がぱっと開いた。姿勢《しせい》を正し、改《あらた》めてモリガンをまじまじとながめる。「ほお。いったいどういう風のふきまわしだ？　一生、後援者《こうえんしゃ》にはならないと誓《ちか》っていたジュピター・ノースが、ついに候補者《こうほしゃ》を引き受けたとはね」フランクはうれしそうに両手をこすりあわせた。

「さぞうわさになるだろうな」

「みんなうわさ好《ず》きだからね」

モリガンはジュピターからフランクを、そしてまたジュピターを見た。「なんのうわさ？」

ジュピターは答えなかった。

ジュピターは本当にだれの後援者《こうえんしゃ》にもならないって誓《ちか》っていたの？　モリガンはうれしくなった。だれからも愛《あい》され、尊敬《そんけい》されているらしいジュピター・ノースが、はじめての候補者《こうほしゃ》としてあたしを選《えら》んでくれた。モリガンはその理由が知りたかった。

フランクはなにか疑《うたが》っているように、うさんくさそうにモリガンを見つめている。「モリガン、ひとつ訊《き》いてもいいかな？」

ジュピターが割《わ》って入った。「だめだ」

「いいじゃないか、ジョーヴ。ひとつだけだ」

「だめだ」

「モリガン、きみの――」

「それ以上《いじょう》言ったら、明日から清潔《せいけつ》なタオルは一枚《いちまい》もないぞ」

「だがわたしは知りたいだけ――」

「横になって煙《けむり》を楽しむといい、フランク」壁《かべ》は緑色の新しい煙《けむり》を吐《は》きだしはじめた。「マーサがじきにお茶のカートを運んでくるから」

フランクはわざとらしく咳払《せきばら》いをすると、ふたりに背《せ》を向け、ふたりがけソファにむっつりとしてもたれた。

ジュピターは、モリガンをつれて霧《きり》のなかをドアへと歩きながら、静《しず》かな声で言った。「フランクは少しばかり大げさだが、いいやつだ。ネバームーアにいるただひとりの小人ヴァンパイアなんだよ」その声には自慢《じまん》めいた響《ひび》きがあった。モリガンはいくらか不安《ふあん》を覚《おぼ》えながら、緑がかった煙《けむり》の向こうにいるフランクを振《ふ》りかえった――あたしは今、本当にヴァンパイアと話をしたの？「悲しいことに彼《かれ》は、小人社会でもヴァンパイア社会でも人気がない。おそらく――」

「ヴァンパイアの小人だ」部屋の向こうからフランクが言い直した。「おなじじゃないんだぞ。これからもホテルを運営《うんえい》するつもりなら、もう少し気配りを覚《おぼ》えたほうがいい」

「おそらく、怒《おこ》りっぽいからだろうな。ほかのヴァンパイアに囲《かこ》まれた不機嫌《ふきげん》な彼《かれ》を想像《そうぞう》してみるといい」ジュピターは小声でそう言ってから、肩越《かたご》しに叫《さけ》んだ。「損《そん》をしているのはあいつらのほうだよ、フランク。あいつらのほうだ」

〈煙《けむり》の応接室《おうせつしつ》〉を出たところで、お茶の道具やおいしそうなお菓子《かし》がいっぱいのったカートを押《お》したメイドのマーサが通りかかった。マーサはウィンクをすると、ピンクのアイシングをしたケーキをすれちがいざま、モリガンの手にすべりこませた。ジュピターは、わざとらしく気づいていないふりをした。

モリガンが大きくひと口ほおばったところで、御者《ぎょしゃ》の制服《せいふく》を着て帽子《ぼうし》をかぶった若《わか》い男性《だんせい》がエレベーターから飛《と》びだしてきた。肌《はだ》は濃《こ》い茶色で、不安《ふあん》そうな大きな目をしている。

「ノース大佐《たいさ》！」御者《ぎょしゃ》は廊下《ろうか》を駆《か》け寄《よ》ってきた。モリガンはからだをこわばらせた。呪《のろ》いと共に生きてきたおかげで、悪い知らせがどんなふうに飛《と》びこんでくるのかは知っている。「ケジャリーに言われてきました。交通局からまた連絡《れんらく》があったんです。すぐに来てほしいそうです」御者《ぎょしゃ》は帽子《ぼうし》を脱《ぬ》ぐと、落ち着かない様子でその縁《ふち》をなでた。

マーサはカートを放り出して、おびえた顔でこちらに走ってきた。「ワンダー地下鉄でまた事故《じこ》じゃないですよね？」

「また――」ジュピターは首を振《ふ》りながら、訊《き》き返した。「どういう意味だ？　またというのは？」

「今朝のニュースで言っていました」マーサが答えた。〈ベッドタイム線〉が夜明けの直後に脱線《だっせん》して、トンネルの壁《かべ》にぶつかったんです」

「どこで？」

「ブラックストック駅とフォックス・ストリート駅のあいだのどこかです。けが人が何十人も出ているそうです」マーサは喉《のど》を押《お》さえながら、その場にじっと立っていた。「幸い、死者はいません」

モリガンはからだの真ん中でなにかがねじれるのを感じた。やっぱりだ――予期していた大《だい》惨事《さんじ》。こんにちは、ネバームーア。心のなかでつぶやいて、唇《くちびる》をかんだ。モリガン・クロウが来たよ。きっとジュピターに責《せ》められるだろうと思った。疑《うたぐ》り深い目で見られることを覚悟《かくご》した。

けれどジュピターは顔をしかめただけだった。「ワンダー地下鉄は脱線《だっせん》しない。これまで一度も脱線《だっせん》したことがないんだ」

「マーサの言うとおりです、サー」御者《ぎょしゃ》が言った。「新聞はその記事だらけです。ラジオも。一部の人は……これはきっと――」ごくりと唾《つば》を飲み、ささやくような声で言った。「〈ワンダー細工師《さいくし》〉のしわざかもしれないって言っています。でも……でもそんなことって……」

「ばかばかしい」

「そう言っている人がいるんです、サー。あんまりひどい事故《じこ》なんで、そんなふうに考える人がいても――」

「本当に〈ワンダー細工師《さいくし》〉なんでしょうか？」マーサの顔から血の気が引いた。

ジュピターは鼻で笑《わら》った。「彼《かれ》がいなくなって一〇〇年以上《いじょう》がたっているんだ、マーサ。ぼくはそうは思わないね。デマに惑《まど》わされてはだめだ」

「〈ワンダー細工師《さいくし》〉ってなに？」モリガンが訊《き》いた。責《せ》められる人がほかにいるんだろうか？　あたし以外《いがい》に？　そう考えて、気持ちが明るくなった自分が恥《は》ずかしかった。

「おとぎ話であり、迷信《めいしん》だ」ジュピターは毅然《きぜん》としてうなずくと、御者《ぎょしゃ》に向き直った。「ワンダー地下鉄は自動で動き、自動で補修《ほしゅう》する。あれはワンダーで動いているんだぞ。ワンダーに事故《じこ》は起きない」

チャーリーもおなじくらい途方《とほう》に暮《く》れたような顔で片方《かたほう》の肩《かた》をすくめた。「わかっています。交通局は、あなたを呼《よ》んだ理由は言いませんでしたが、車に燃料《ねんりょう》を入れておくように命じておきました。四分後には出発できます」

ジュピターはがっかりしたようだ。「わかった」チャーリーが駆《か》けだしていくと、ジュピターはモリガンに言った。「ごめんよ、モグ。ひどいタイミングだ。カモの池も〈保存瓶《ほぞんびん》の部屋〉も、まだきみに見せていないのに」

「〈保存瓶《ほぞんびん》の部屋〉って？」

「ぼくのものをすべて瓶《びん》に入れて保存《ほぞん》しているところだ」

「〈輝かしき結社《ワンダラス・ソサエティ》〉のことを話してくれるはずだったのに……」

「そうだったね。話すよ。でも少し待ってもらわなくてはだめみたいだ。マーサ」ジュピターはメイドを手招《てまね》きした。「モリガンにホテルを案内《あんない》してやってくれないか？　主なところだけでいい」

マーサは顔を輝《かがや》かせた。「もちろんです、サー。デイム・チャンダー・カーリーに会いに行きますね。音楽室でリハーサルをしていますから」マーサはモリガンの肩《かた》に手をまわすと、ぎゅっと力をこめた。「それからうまやに行って、ポニーを見てきます。どうですか？」

「完璧《かんぺき》だ！」ジュピターは力強く言うと、チャーリーがドアを押《お》さえているエレベーターへと走っていった。「マーサ、きみはすばらしいよ。モグ、またあとで」

そしてエレベーターのドアが閉《し》まり、ジュピターは行ってしまった。

デイム・チャンダー・カーリーはすぐにわかった。音楽室の天井《てんじょう》に反響《はんきょう》する力強いソプラノを聞いたからではない。赤みがかった深い茶色い肌《はだ》や、背中《せなか》に波打つ銀色の斑点《はんてん》のあるつややかな黒髪《くろかみ》を見たからでもない。デイム・チャンダー・カーリーだとわかったのは、その長いシルクのドレスのせいだ。鮮《あざ》やかなピンクとオレンジで、全体にきらきら光るビーズが散《ち》りばめられている。屋上のパーティーで見た女性《じょせい》が着ていた、紫《むらさき》のシルクのドレスとデザインがそっくりだった。〈有明時《ありあけどき》〉を祝《いわ》って手すりから最初《さいしょ》に跳《と》びおりた勇敢《ゆうかん》な女性《じょせい》が、デイム・チャンダー・カーリーだったことにモリガンは気づいた。

いま彼女《かのじょ》は音楽室の中央に立ち、意外な観客《かんきゃく》に歌声を披露《ひろう》していた。二ダースほどのツグミ、二匹の子ギツネを連《つ》れた母ギツネ、しっぽがふさふさした数匹《すうひき》のアカリス。どれも、開け放した窓《まど》からふらりと入ってきて、うっとりとデイム・チャンダー・カーリーの歌声に聞きほれているようだ。

「デイム・チャンダーは有名なソプラノ歌手で、〈森の歌い手団《てだん》の指揮官《しきかん》〉なのよ」マーサが、音楽と鳥の声に負けじと大きな声でささやいた。ドレスのビーズの合間に、ジュピターとおなじような金のWのピンが留《と》められていることにモリガンは気づいた。「彼女《かのじょ》も〈輝《ワンダラス》かしき結社《・ソサエティ》〉のメンバーで、このホテルで暮《く》らしているの。フリー・ステートのすべてのオペラハウスで歌ってきたんだけれど、こういった観客《かんきゃく》が来るのをあまり喜《よろこ》ばないところもあるのよ——ひどく散《ち》らかすことがあるから」マーサは、デイム・チャンダーの歌声にすっかり引きこまれている森の住人たちを示《しめ》した。

歌が終わり、マーサとモリガンは手が痛《いた》くなるほど拍手《はくしゅ》をした。デイム・チャンダーはお辞《じ》儀《ぎ》をすると、温かい笑《え》みを浮《う》かべながら、動物たちを窓《まど》から外に追いやった。「マーサ、あなたにわたしの紹介《しょうかい》をやってもらうんだったわ。いつも、とてもすばらしいんですもの」

マーサは顔を赤くした。「デイム・チャンダー、こちらはモリガン・クロウです。彼女《かのじょ》は——

——」

「ジュピターの候補者《こうほしゃ》ね。ええ、聞いているわ」デイム・チャンダー・カーリーはきらきら輝《かがや》くまなざしをモリガンに向けた。まるで、灯台《とうだい》の光に照《て》らされているみたいだ。王家の人に話しかけられた気分だった。「デュカリオンではうわさはあっという間に伝《つた》わるのよ。みんながあなたの話をしているわ、ミス・クロウ。本当なのね？　あなたは審査《しんさ》を受けるの？」

モリガンはワンピースのすそをもてあそびながらうなずいた。これほどすばらしい人の前に立つと、自分がストリート・チルドレンになったみたいな気がした。

〈輝かしき結社《ワンダラス・ソサエティ》〉のメンバーはみんなこんなふうなんだ。デイム・チャンダーのように美しくて堂々《どうどう》としているか、ジュピターのようにおもしろくて尊敬《そんけい》されているか。みんなはあたしのことをどう思っただろう？　マーサやデイム・チャンダー・カーリーやフェネストラやフランクは？　ジュピターはひどい子を選《えら》んだって、もうそんなうわさが飛《と》びかっているんだろうか？

「本当に驚《おどろ》いたわ」デイム・チャンダー・カーリーが言った。「われらがジュピターが、ついに後援者《こうえんしゃ》になるなんて！　あなたと会えてうれしいわ、ミス・モリガン。あなたはとても才能《さいのう》があるんでしょうからね。最初《さいしょ》の審査《しんさ》のことを心配している？」

「ええ、まあ」モリガンはよくわからずにうそをついた。

「でもその前に、〈輝《かがや》かしき歓迎会《かんげいかい》〉があるものね。ジュピターは仮縫《かりぬ》いの手配をしてくれた？」

モリガンはぽかんとしてデイム・チャンダーを見た。〈輝《かがや》かしき歓迎会《かんげいかい》〉ってなんだろう？

「仮縫《かりぬ》い？」

「彼《かれ》の仕立て屋と約束《やくそく》していないの？　新しい服が必要《ひつよう》よ。第一印象《いんしょう》は大事なの」デイム・チャンダーは一度言葉を切った。「わたしの衣装係《いしょうがかり》にまかせたほうがいいかもしれないわね」

マーサは、まるでこれが最高《さいこう》の栄誉《えいよ》であるかのように目を丸くしてモリガンにほほえみかけた。

「ジュピターの……興味深い趣味《しゅみ》の服は、彼《かれ》が着ている分には問題ないのよ。だってあれほどハンサムだから。でもあなたに押《お》しつけられるのは困《こま》るわ。これほど重大なイベントなんだから。〈輝《かがや》かしき歓迎会《かんげいかい》〉はただのガーデンパーティーじゃないのよ、ミス・モリガン。そこに集まった人々《ひとびと》があなたを上から下までながめるの。ほかの候補者《こうほしゃ》と後援者《こうえんしゃ》たちが、競争相手《きょうそう》としてあなたの品定めをするのよ。とてもぴりぴりした雰囲気《ふんいき》よ」

モリガンはちぢみあがった。競争相手《きょうそう》？　品定め？　ジュピターの手紙にはたしかに、結社《けっしゃ》への入会は保証《ほしょう》されていない、入会審査《しんさ》を通らなければならないと書いてあった。けれど……ネバームーアに来るまでにさまざまな困難《こんなん》――〈煙《けむり》と影《かげ》のハンター〉から逃《に》げ、入国審査《しんさ》をくぐり抜《ぬ》け、そして死を出し抜《ぬ》いた――を切り抜《ぬ》けてきたから、最大《さいだい》の難所《なんしょ》はもう超《こ》えたのだと、モリガンは心のどこかで思っていた。とてもぴりぴりした雰囲気《ふんいき》のガーデンパーティーのことなど、だれも教えてくれなかった。（モリガンは、マルハナバチに刺《さ》されたり、花粉症《かふんしょう》でくしゃみが止まらなくなったりすること以外《いがい》にも、自分の呪《のろ》いのせいでガーデンパーティーに降《ふ》りかかる災難《さいなん》を少なくとも一二個《こ》は数えあげることができた）

デイム・チャンダーは、自分の言葉がモリガンを不安《ふあん》にさせたことに気づいたらしい。ハエを追い払《はら》うみたいに手を振《ふ》って、気まずい雰囲気《ふんいき》を追い払《はら》った。「あら、心配ないのよ、ダーリン。いつもどおりにしていればいいの。ねえ、訊《き》いてもいいかしら……わたしたちみんな、知りたくてたまらないのよ」デイム・チャンダーは目をきらきらさせながら顔を寄《よ》せ、モリガンの耳元でささやいた。「あなたの天賦《てんぷ》の才はなんなの？　どんなすばらしい才能《さいのう》をあなたは持っているの？」

モリガンは目をぱちくりさせた。「あたしのなんですか？」

「天賦《てんぷ》の才よ。あなたの特技《とくぎ》。才能《さいのう》」

モリガンはなにを言えばいいのかわからなかった。

「ジュピターはきっと、ドラマチックに発表するつもりなんでしょうね。ちがう？」デイム・チャンダーはモリガンの鼻に指で触《ふ》れながら言った。「なにも言わないで、ダーリン。なにも言わないで」

「あれはどういう意味？」音楽室を出て、らせん階段《かいだん》をロビーへとおりていきながらモリガンはマーサに聞いた。「あたしには……天賦《てんぷ》の才も才能《さいのう》もなにもない」

マーサの笑《わら》いには少しも意地の悪いところはなかった「もちろんあるわよ。あなたは〈輝かしき結社《ワンダラス・ソサエティ》〉の候補者《こうほしゃ》なんだもの。ジュ、ピ、タ、ー・ノ、ー、スの候補者《こうほしゃ》なのよ。天賦《てんぷ》の才があるって確信《かくしん》がないかぎり、ジュピターはあなたに入札《にゅうさつ》できない」

「そうなの？」初耳《はつみみ》だった。「でもあたしは――」

「あるのよ。ただ、まだ知らないだけ」

モリガンはなにも言わなかった。

前夜のことを考えた。ジュピターがクロウの屋敷《やしき》にやってきたあのすばらしい瞬間《しゅんかん》。ホテル

・デュカリオンの前庭に無事《ぶじ》に着地した夜明けに感じた喜《よろこ》び。まったく新しい世界が自分の前に開けたと思った。けれどいまは、割《わ》れないガラスごしに新しい世界を見ているような気分だった。

なにかの才能がなければいけないのなら、どうしてあたしが〈輝《ワンダラス・ソサエティ》かしき結社〉に入れるだろう？

「ジュピターはこれまで一度もだれかの後援者《こうえんしゃ》になったことはないの」マーサは静《しず》かに告《つ》げた。「とっくにそうしてなきゃいけなかったのに。みんなそうするのよ、ある年齢《ねんれい》になったら。かわいいわが子を選《えら》んでほしいって、お金を積《つ》んだり、おいしい話を持ってきたりした親が山ほどいたんだから。入札日《にゅうさつび》にこのあたりをうろうろしていた人たちを見せたかったわ。でもジュピターはずっと断《ことわ》ってきた。そこまで特別《とくべつ》な人はいなかったの」マーサはにこやかな笑《え》みを浮《う》かべると、手を伸ばしてモリガンの顔にかかっていた髪《かみ》を耳にかけた。「これまでは」

「あたしは全然特別《ぜんぜんとくべつ》じゃないのに」モリガンは言ったが、それはうそだった。自分が特別《とくべつ》なことは知っている。ジャッカルファックスの人々《ひとびと》が、彼女《かのじょ》を見ると道路の反対側《はんたいがわ》にわたっていたのはそれが理由だ。ジュピターが機械《きかい》の蜘蛛《くも》でやってきてネバームーアに連《つ》れてきてくれていなければ、〈闇宵時《やみよいどき》〉に死ぬはずだったのとおなじ理由だ。

呪《のろ》いのせいで、モリガンは特別《とくべつ》だった。

呪《のろ》われていることが才能《さいのう》なの？　だからジュピターはあたしを入札《にゅうさつ》したの？　なにもかもを台無《だいな》しにする天賦の才があるから？　モリガンは苦々《にがにが》しい顔になった。うんざりした。

「ノース大佐《たいさ》はちょっと変《か》わっているの。でも決してばかじゃない。彼《かれ》には人の本当の姿《すがた》が見えるのよ。彼《かれ》があなたを選《えら》んだのなら、それは――」

モリガンはそのつづきを聞くことができなかった。耳をつんざくような衝突音《しょうとつおん》とガラスのくだける音にさえぎられたからだ。ぞっとするような悲鳴が階段《かいだん》の上まで響《ひび》いてきた。

残《のこ》りの階段《かいだん》をロビーまで駆《か》けおりたマーサとモリガンは、恐《おそ》ろしい光景《こうけい》を目にした。ピンクの帆船《はんせん》のシャンデリアが、黒と白の市松模様《いちまつもよう》の床《ゆか》に落ちていた。くだけたガラスとクリスタルが、大理石の上できらきら光っている。天井《てんじょう》からぶらさがるワイヤーが、死骸《しがい》の内臓《ないぞう》のように見えた。

客も従業員《じゅうぎょういん》もあんぐりと口を開けてその場に立ちつくし、くだけたシャンデリアを見つめていた。

マーサは両手で自分の頬《ほお》を押《お》さえた。「まあ……ノース大佐《たいさ》はひどくがっかりするでしょうね。あの帆船《はんせん》はずっと前からあそこにあって、彼《かれ》のお気に入りだったんだもの。どうしてこんなことに？」

「理解《りかい》できない」コンシェルジュのデスクからケジャリーがあらわれた。「つい先週、点検《てんけん》したばかりなのに。まったく問題なかったんだ」

「それもよりによって、〈有明時《ありあけどき》〉にこんなことになるなんて」マーサが叫《さけ》んだ。「なんて運が悪い」

「いや、とてつもなく運がよかったんだと思うね」ケジャリーが言った。「ロビーにこれだけの人がいるのに、ひとりとして怪我《けが》をしていないんだぞ？　幸運に感謝《かんしゃ》しないと」

けれどモリガンはひそかに、マーサの言うとおりだと考えていた。運が悪い。わかっているべきだったのに。それがあたしの才能《さいのう》。

マーサは従業員《じゅうぎょういん》を集めて、片付《かたづ》けるように指示《しじ》している。ケジャリーは客たちに話しかけながら、その場から巧《たく》みに遠ざけていた。

「みなさん、大変《たいへん》おそろしい思いをされたことと思います。デュカリオンを代表して謝罪《しゃざい》いたします。六階のカクテルバー〈ゴールデン・ランタン〉までお運びいただければ、いまから特《とく》別《べつ》ハッピー・アワーとさせていただきます。今夜はこのあと、すべてのお飲み物を無料《むりょう》といたします。楽しい夜をおすごしください」

シャンデリアの落下を目撃《もくげき》した十数人の客はのんびりと階段《かいだん》をあがっていく。無料《むりょう》の飲み物と引き換《か》えに、いまのできごとを喜《よろこ》んで忘《わす》れようというのだろう。けれどケジャリーとマーサ、そしてほかの従業員《じゅうぎょういん》は、モリガンとおなじくらい不安《ふあん》そうだった。

モリガンはシャンデリアの残骸《ざんがい》のまわりをそろそろと歩いた。「あたしも手伝《てつだ》わせて」

「いやいや、あなたの手をわずらわせることはありませんよ、ミス・モリガン」ケジャリーはモリガンをその場から遠ざけようとした。「あなたも上に行ったほうがいいと思います——切れたワイヤーや割《わ》れたクリスタルには近づかないでください。怪我《けが》をしてほしくはないですからね」

「怪我《けが》なんてしない。気をつけるから」

「〈煙《けむり》の応接室《おうせつしつ》〉に行ってはどうですか？　気持ちを落ち着かせるカモミールの煙《けむり》を出すように、連絡《れんらく》しておきますよ。さぞ驚《おどろ》いたでしょう？　さあ、行ってください」

モリガンは踊《おど》り場で足を止め、ケジャリーやマーサ、ほかの従業員《じゅうぎょういん》がせわしげにシャンデリアの残骸《ざんがい》を集めて、きらきら光るローズ色のごみの山を作っているのをながめた。

だれもモリガンをにらみつけたり、呪《のろ》われた子供《こども》を責《せ》めるようなことをつぶやいたりはしていない。どうしてこんなおそろしいことが起きたのか、だれも知らないのだ。

でもあたしは知っている。

ワンダー地下鉄で列車が脱線《だっせん》したわけも。

呪《のろ》いはあたしについてきた。あたしは死を出し抜《ぬ》いて、生き延《の》びたけれど……ネバームーアまで呪《のろ》いをつれてきただけだった。国境《こっきょう》を越《こ》えて、ここホテル・デュカリオンまで。

呪《のろ》いはきっと、すべてをめちゃめちゃにする。

第八章
興味深《きょうみぶか》い。役にたつ。いいこと。

モリガンは夜中にふと目がさめた。音——翼《つばさ》をはためかせるような、ページをめくるような。もう一度聞こえるのを待ったけれど、そのあとはなんの音もしなかった。鳥か本の夢《ゆめ》を見ていただけかもしれない。

目を閉《と》じて、夢《ゆめ》も見ないくらい深い眠《ねむ》りが訪《おとず》れるのを待ったけれど、眠《ねむ》りはやってこなかった。窓《まど》から見える空の色は真っ黒から夜明け前の濃《こ》い青に変《か》わり、星はひとつ、またひとつと消えていった。

市松模様《いちまつもよう》の床《ゆか》でくだけて、その明かりが永遠《えいえん》に消えたピンクの帆船《はんせん》のことを考えた。ジュピターのお気に入りだとマーサは言っていた。モリガンがベッドに入ったとき、ジュピターは交通局からまだ戻《もど》っていなかった。お気に入りがあったところにぽっかりと穴《あな》があいているのを見たら、ジュピターはなんて言うだろう？

巨大《きょだい》な照明器具《しょうめいきぐ》がきらめきながら息絶《た》えたのは自分の責任《せきにん》じゃないと、理屈《りくつ》ではわかっていた──そのとき、あそこにはいなかったのだから。それでも、おかした罪《つみ》から逃《に》げているという思いをぬぐい去ることはできなかった。

でもこのホテルは一〇〇年以上《いじょう》前に建《た》てられているはず。モリガンはごろりと向きを変《か》えると、自分を責《せ》めている自分を叱《しか》りつけながら、ぼすぼすと枕《まくら》を叩《たた》いてふくらませた。古いものはこわれるの！　あのシャンデリアのワイヤーはすり減《へ》って切れたのか、それとも天井《てんじょう》のしっくいがはがれたに決まっている！

モリガンはいきなりベッドの上でからだを起こし、毛布《もうふ》をはねのけた。どうなっているのか見てこよう。あれがあたしのせいじゃないって、自分の目でたしかめよう。それからまた眠《ねむ》って、それからいつまでも幸せに暮《く》らすの。おしまい。

もちろん、シャンデリアの明かりのないロビーは暗かった。コンシェルジュのデスクは空っぽだ。夜明け前のこんな時間にひとりでここにいるのは、気味が悪かった。足音だけがむなしく響《ひび》いた。

ばかだった。モリガンはつかの間、後悔《こうかい》した。ばかな考えだった。シャンデリアの残骸《ざんがい》はきれいに片《かた》づけられていたし、ロビーはひどく暗くて、モリガンの立っているところからでは天《てん》井《じょう》の穴《あな》はただのぼんやりした黒いししみにしか見えない。すりきれたワイヤーをたしかめるどころか、そんなものがあるのかどうかすら定かではなかった。

あきらめて部屋に戻《もど》ろうとしたところで、なにか聞こえた。

音楽。ハミング？

そう――だれかがあそこにいる。暗がりで、ハミングしている。

奇妙《きみょう》なメロディだった。どこかで聞いたことがある気がした……童謡《どうよう》か、ラジオで聞いた歌かもしれない。脈《みゃく》が速くなった。

「だれ？」モリガンは小さな声で訊《き》いた――そのつもりだったけれど、声は壁《かべ》に当たって大きく響《ひび》いた。「そこにいるのはだれ？」

「こわがらなくていい」

モリガンは声のしたほうに顔を向けた。男の人――脚《あし》を組み、きちんとたたんだコートを膝《ひざ》に置《お》いて、半分影《はんぶんかげ》のなかに座《すわ》っている。モリガンは顔をよく見ようとして近づいた。その姿《すがた》は闇《やみ》につつまれてしまっている。

「フロントが開くのを待っているだけだ。列車が遅《おく》れたせいで、チェックインできなかった。おどかしたなら、ごめんよ」

この声は聞いたことがある。やさしげで、でもきびきびしていて、くっきりしたTと鋭《するど》いSの発音。

「どこかで会ったことがある？」モリガンは訊《き》いた。

「それはないね。わたしはここの人間じゃない」彼《かれ》は身をのりだして、じっとモリガンを見つめた。ひと筋《すじ》の月の光がその顔を照《て》らした。

「ミスター・ジョーンズ？」彼《かれ》の姿《すがた》に印象《いんしょう》に残《のこ》るところはなかった——灰色《はいいろ》がかった茶色い髪《かみ》に灰色《はいいろ》のスーツ。けれどその声には覚《おぼ》えがあったし、近くによると、黒い目と片方《かたほう》の眉《まゆ》に走る細い傷《きず》が見えた。「エズラ・スコールの秘書《ひしょ》の人ね」

「わたしは——そうだが、どうして——**ミス・クロウ？**」彼《かれ》は立ちあがり、驚《おどろ》きにあんぐりと口を開けたまま、足早に二歩近づいた。「本当にきみなのかい？　わたしはてっきり——きみは……」彼《かれ》は気まずそうに、そのあとの言葉をのみこんだ。「いったいフリー・ステートでなにをしているんだ？」

おっと。「あたしは……その……なんていうか……」モリガンは自分を蹴飛《けと》ばしたくなった。どう言えば説明《せつめい》できる？　彼《かれ》は家族に話すだろうか？　必死《ひっし》になって言葉を探《さが》していると、ふと妙《みょう》なことに気づいた。「ちょっと待って……あなたは**どうして**フリー・ステートのことを知っているの？」

ミスター・ジョーンズはちょっと恥《は》ずかしそうな顔をした。「一本取られたね。きみはわたしのことを秘密《ひみつ》にする、わたしはきみの秘密《ひみつ》を守る。どうだい？」

「いいわ」モリガンはほっとしてため息をついた。

「ミス・クロウ、きみがどうやってここに来たのか、それどころか、共和国《きょうわこく》中の昨日《きのう》の新聞にきみの死がのっているのに、どうしてまだ生きているのか、わたしにはわからない」モリガンは視線《しせん》をそらした。ミスター・ジョーンズはモリガンが気まずい思いをしていることに気づいたらしく、言葉を選《えら》びながら言い直した。「まあきみの……状況《じょうきょう》がどうであれ……わたしの雇《やと》い主の申し出はいまも有効《ゆうこう》だよ。ミスター・スコールは、きみを弟子にできなかったことをそれはそれは悲しんでいたんだ。本当にがっかりしていた」

「まあ。ありがとう。でもあたしにはすでに後援者《こうえんしゃ》がいるの。実はあたし……あなたがいたずらをしたんだと思っていた。入札日《にゅうさつび》のことよ。あなたはいなくなってしまったし――」

「いたずら？」ミスター・ジョーンズは驚《おどろ》くと同時に、少し気を悪くしたようだ。「とんでもない。ミスター・スコールはいたずらなんてしない。彼《かれ》の申し出は本当だ」

モリガンは戸惑《とまど》った。「でも、あたしが振《ふ》り返ったとき、あなたはいなくなっていた」

「ああ、そうだったね。そのことについては謝《あやま》らないと」彼《かれ》は心底《しんそこ》申し訳《わけ》なさそうな顔をした。「許《ゆる》してほしい。ミスター・スコールのことを考えたんだ。もし彼《かれ》が弟子を取ろうとしているなんていううわさが広まったら、ぜひうちの子をと言って親たちが押《お》しかけてくるだろう。だから彼《かれ》は匿名《とくめい》で入札《にゅうさつ》したんだ。引き返してきみと話をするつもりだったんだが、突然《とつぜん》の〈闇宵《やみよい》時《どき》〉にびっくりしてね」

「あたしも」

「今回はわたしのやり方がまずかった。きみに後援者《こうえんしゃ》ができてよかったと思うよ。だが……きみが考え直してくれるのなら、ミスター・スコールはとても喜《よろこ》ぶだろうね」

「ええと」モリガンはどう答えればいいのかわからなかった。「それは……親切ね」

ミスター・ジョーンズは笑顔《えがお》で両手をあげた。「押《お》しつけるつもりはないよ。きみがいま満《まん》足《ぞく》しているなら、ミスター・スコールだって無理強《むりじ》いはしない。ただ、扉《とびら》はいつも開いていることだけ覚《おぼ》えておいてほしい」ミスター・ジョーンズはコートを片方《かたほう》の腕《うで》でかかえ、再《ふた》びひじ掛《か》け椅子《いす》に腰《こし》をおろした。「さてと、それじゃあ訊《き》いてもいいかな――きみはどうしてこんな時間にホテル・デュカリオンのロビーをうろついているんだい？」

ミスター・ジョーンズには、どこか信頼《しんらい》できそうななじみやすい雰囲気《ふんいき》があったから、モリガンは作り話をするのではなく、本当のことを話そうと決めた。「シャンデリアを見に来たの」天井《てんじょう》を指さした。「シャンデリアがあったところを」

「なんとまあ」ミスター・ジョーンズは帆船《はんせん》があった場所を見あげて、目を丸くした。「なにか変《へん》だとは思ったんだ。いつだい？」

「昨日《きのう》。落ちたの」

「落ちた？」ミスター・ジョーンズは舌《した》を鳴らした。「シャンデリアは落ちたりしないよ。とりわけ、このホテルでは」

「でも落ちたの」モリガンはごくりと唾《つば》をのみ、ミスター・ジョーンズの反応《はんのう》をたしかめようとして横目で彼《かれ》を見た。期待に満《み》ちた声にならないようにしながら言った。「それって――だれかがわざとやったっていうこと？　たとえば……だれかがワイヤーを切ったとか――」

「いいや、そうじゃない。成長《せいちょう》して抜《ぬ》けたんだ」

モリガンは目をぱちくりさせた。「抜《ぬ》けた？」

「そう。歯みたいに。見えるかい？」モリガンはミスター・ジョーンズの示《しめ》す先に目をこらした。「あそこ――小さな光が見える？　あれが大きくなって、なにか新しいものに生まれ変《か》わるんだよ」

見えた。暗がりのなかに、ごく小さな光の点がある。さっきまでは気づかなかったけれど、天井《てんじょう》から下に伸《の》びるクリスタルと光の細い筋《すじ》がたしかにあった。モリガンの胸《むね》は高鳴った。

「おなじものができるの？」

「そうは思わないね」ミスター・ジョーンズはどこか悲しげだった。「わたしはホテル・デュカリオンの内部についてくわしいわけじゃない。でもここには何年も前から来ているんだ。彼《かの》女《じょ》がおなじ装《よそお》いをしていたことは一度もなかったはずだよ」

数分間、ふたりはだまったまま、ピンク色の健康《けんこう》な歯茎《はぐき》から永久歯《えいきゅうし》がはえてくるみたいに、天井《てんじょう》という安全な繭《まゆ》からゆっくりと顔を出している新しいシャンデリアをながめていた。この調子だと、あの巨大《きょだい》な帆船《はんせん》とおなじ大きさになるには数週間か数か月かかるだろう。けれどモリガンはいくらでも待てる気分だった。今度はどんなふうになるんだろう？　帆船《はんせん》よりもっとすてきかしら？　ひょっとしたらアナクニポッドかもしれない！

モリガンの気を悪くするかもしれないとでも思っているのか、ためらいがちにミスター・ジョーンズが切りだした。「きみの後援者《こうえんしゃ》だが……その人はきみを〈輝かしき結社《ワンダラス・ソサエティ》〉に入れようとしているんだろう？」

「どうして知っているの？」

「知識《ちしき》に基《もと》づく推測《すいそく》というやつさ。わざわざウィンターシー共和国《きょうわこく》からネバームーアまで子供《こども》をつれてくる理由は、ほかにはあまりないからね。ぶしつけなことを訊《き》いてもいいかな、ミス

・クロウ？」

モリガンは肩《かた》に力が入るのを感じた。なにを訊《き》かれるのかはわかっている。

「あたしの天賦《てんぷ》の才がなにかは知らない」静《しず》かに答えた。「あるのかどうかもわからない」

ミスター・ジョーンズはけげんそうに眉間《みけん》にしわをよせた。「だが……〈輝《ワンダラス・ソサエティ》かしき結社〉に入るには――」

「知ってる」

「きみの後援者《こうえんしゃ》は――」

「いいえ」

ミスター・ジョーンズはきゅっと唇《くちびる》を結《むす》んだ。「それって変《へん》だと思わないかい？」

モリガンは天井《てんじょう》を見あげた。小さな冷《つめ》たい光を長いあいだ見つめたあとで、答えた。

「ええ、思う」

その日の朝、やってきたジュピターがノックする間もなく、モリガンの寝室《しんしつ》のドアが勢《いきお》いよく開いた。

「あたしの天賦《てんぷ》の才ってなに？」

「おはよう、モリガン」

「おはよう」モリガンはジュピターが部屋に入れるように、脇《わき》に寄《よ》った。ミスター・ジョーンズとの会話を頭のなかでくりかえしながら、部屋を行ったり来たりしてずっと待っていたのだ。

カーテンは大きく開け放たれて、朝の光がさんさんとふりそそいでいた。小さな正方形だった窓《まど》が、夜のあいだに床《ゆか》から天井《てんじょう》まであるアーチ型《がた》の窓《まど》に変《か》わっていた。そのこと自体も妙《みょう》だったけれど、いまはそれよりもっと重大なことがあった。「あたしの天賦《てんぷ》の才ってなに？」

「ペストリーをひとつつまんでもいいかな？　腹《はら》ペコなんだ」

マーサが一〇分前に運んできた朝食のトレイが、手つかずのまま隅《すみ》に置《お》かれていた。「どうぞ。あたしの天賦《てんぷ》の才ってなに？」

ジュピターがペストリーをほおばるのを、モリガンはいらいらしながらながめた。「あたしにはないんでしょう？　あなたはまちがった人をつれてきた。あたしをだれかほかの人、すごい才能《さいのう》のある人だと思った――そうだよね？　そうじゃなきゃ、〈輝かしき結社《ワンダラス・ソサエティ》〉には入れない。デイム・チャンダーみたいに才能《さいのう》がなければ。なにかの天賦《てんぷ》の才が必要《ひつよう》なのよね。あなたはあたしにそれがあると思った。でもいまになって、ないことに気づいた。そうでしょう？　ちがう？」

ジュピターは口のなかのものを飲みこんだ。「忘《わす》れる前に言っておくよ――朝のうちに、ぼくの仕立て屋がきみの新しい服の仮縫《かりぬ》いに来る。きみの好《す》きな色はなに？」

「黒。あたしの言ったことは合ってる？」

「黒は色じゃないよ」

モリガンはうめいた。「ジュピター！」

「わかった、わかった」ジュピターは壁《かべ》にもたれると、そのままずるずると座《すわ》りこみ、長い脚《あし》を絨毯《じゅうたん》に投げだした。「きみが退屈《たいくつ》な話をしたいなら、退屈《たいくつ》な話をしよう」

太陽の光を受けてところどころ金色に見える長く赤いジュピターの髪《かみ》は、少しもつれてぼさぼさしていた。こんなにだらしない格好《かっこう》の彼《かれ》を見たのははじめてだ。はだしで、青いズボンからはみ出た白いシャツはしわだらけだし、サスペンダーはだらりと腰《こし》に垂《た》れている。昨日《きのう》着ていたものとおなじ服だとモリガンは気づいた。このまま寝《ね》たんだろうか？　それともまったく寝《ね》ていない？　ジュピターは日光を浴《あ》びながら目を閉《と》じ、一日中でもこうしていたいみたいに、ぬくもりを全身で受け止めている。

「こういうことだ。聞いているかい？」

やっとだと、モリガンは思った。安堵《あんど》と恐怖《きょうふ》がないまぜになった不思議《ふしぎ》な気持ちで、木の椅《い》子《す》の端《はし》に腰《こし》かけた。ようやく答えがもらえる。たとえそれがつらいものだとしても。「聞いてる」

「よし。それじゃあ、口をはさむんじゃないよ」ジュピターはしぶしぶ背《せ》筋《すじ》を伸《の》ばすと、咳払《せきばら》いをした。「〈輝かしき結社《ワンダラス・ソサエティ》〉は毎年、新しく加《くわ》わる子供《こども》たちを選《えら》ぶ。その年の最初《さいしょ》の日に一歳《さい》になっていれば――きみはかろうじて、すべりこんだというわけだ――フリー・ステートの子《こ》供《ども》はだれでも応募《おうぼ》できるんだ。もちろん、後援者《こうえんしゃ》に選《えら》ばれていなくてはいけないけれどね。問題は……だれでも後援者《こうえんしゃ》になれるわけじゃないってことだ。金さえあれば頭がなくても教育を受けられるようなほかの学校とはちがう。後援者《こうえんしゃ》は〈輝かしき結社《ワンダラス・ソサエティ》〉のメンバーでなくてはいけない。長老《ちょうろう》たちはこの点については決してゆずらない」

「どうして?」

「お高くとまった嫌《いや》なやつらだからさ。口をはさまないで。さてと、正直に言おう、モグ——」

「モリガン」

「——ぼくはきみを候補者《こうほしゃ》に選《えら》んだわけだが、これははじまりにすぎない。きみは入会テスト——ぼくたちは審査《しんさ》と呼《よ》んでいる——を受けなきゃならない。一年かけて四回の審査《しんさ》をするんだ。結社《けっしゃ》にふさわしい候補者《こうほしゃ》を、それほど……ふさわしくない候補者《こうほしゃ》からえり分けていく形式だ。エリート主義《しゅぎ》で競争《きょうそう》をあおるみたいだが、それが伝統《でんとう》なんだ。だからきみも受けなきゃならない」

「どんな審査《しんさ》なの?」モリガンは爪《つめ》をかみながら訊《き》いた。

「いまから話すところだ。口をはさまないで」ジュピターは立ちあがり、行ったり来たりしはじめた。「最初《さいしょ》の三つは毎年ちがう。いろいろな審査《しんさ》があるし、長老《ちょうろう》たちはおもしろいものにしようとして入れ替《か》える。発表されるまで、どんなものになるかはわからない。悪くない審査《しんさ》もあるよ——たとえば、スピーチ審査《しんさ》は比較的単純《ひかくてきたんじゅん》だ。観客《かんきゃく》の前でスピーチをするだけだからね」

モリガンはごくりとつばを飲んだ。最悪《さいあく》だ。そんなことをするくらいなら、もう一度〈煙《けむり》と影《かげ》のハンター〉に襲《おそ》われるほうがましだ。

「……それに宝探《たからさが》し審査《しんさ》はおもしろい。でも――実を言えば、なかにはぞっとするようなものもあるんだ。だが、二紀元前《きげん》に〈恐怖の審査《きょうふのしんさ》〉を廃止《はいし》したことは喜《よろこ》んでいい」ジュピターは身ぶるいした。「あれは〈神経衰弱審査《しんけいすいじゃくしんさ》〉と呼《よ》ぶべきだろうね――そのまま回復《かいふく》しなかった候補《こうほ》者《しゃ》もいる。

でも、大事なのは四番めの審査《しんさ》だ。きみが心配しているのは、これだね。〈特技披露審査《とくぎひろうしんさ》〉って呼《よ》ばれているが、実際《じっさい》のところ、とても単純《たんじゅん》なんだ。毎年おなじだよ。最初《さいしょ》の三つの審査《しんさ》をくぐり抜《ぬ》けた候補者《こうほしゃ》は、長老評議会《ちょうろうひょうぎかい》の前でなにかを発表するんだ」

モリガンは顔をしかめた。「なにかって……？」

「なにかおもしろいことさ。そして役にたつこと。いいこと」

「おもしろくて、役に立ついいこと……才能《さいのう》っていうこと？」モリガンは覚悟《かくご》を決めた。「才《さい》能《のう》を見るのね」

ジュピターは肩《かた》をすくめた。「才能《さいのう》、技術《ぎじゅつ》、ユニークな長所……なんとでも好《す》きなように呼《よ》べばいい。ぼくたちは天賦《てんぷ》の才って呼《よ》んでいる。〈輝かしき結社《ワンダラス・ソサエティ》〉のばかばかしい言葉づかいだよ。ユニークですばらしい才能《さいのう》のことを意味しているにすぎない。フリー・ステートでもっとも権威《けんい》ある精鋭《せいえい》たちの団体《だんたい》の一員となれるくらい特別《とくべつ》だと、長老《ちょうろう》たちが考えればそれでいいんだ。それだけのことだ」ジュピターは、魅力的《みりょくてき》だと自分で考えているらしい赤いあごひげに埋《う》もれた顔でにやりとした。

「それだけのこと？」モリガンはひきつった笑《わら》い声をあげた。「あたしにはそんなものはないんだから――」

「きみが知っているかぎりではね」

「それじゃあ、あなたはなにを知っているっていうの？」モリガンの声が険《けわ》しくなった。ジュピターはなにを隠《かく》しているの？

「ぼくはいろいろなことを知っている。とても賢《かしこ》いからね」まわりくどいジュピターの口ぶりが、ひどく腹立《はらだ》たしかった。「いいかい、モグ――」

「モリガン」

「――きみは心配しなくていい。最初《さいしょ》の三つの審査《しんさ》を切り抜《ぬ》ければいいんだ。〈特技《とくぎ》披露《ひろう》審査《しんさ》〉はぼくが心配することだ。ぼくがなんとかする」

なにもかもが……ありえないことだと思えた。モリガンはぐったりと座《すわ》りこむと、期待していたよりはるかに少ないものしか手に入れられなかった人間らしい、不満《ふまん》そうなため息をついた。横目でジュピターを見ながら訊《き》いた。「あたしがもう結社《けっしゃ》に入りたくないって言ったら、どうなるの？　あたしの気が変《か》わったら？」

ジュピターがショックを受けるか怒《おこ》りだすだろうと思ったのに、彼《かれ》はただうなずいただけだった。まるでモリガンがなにを言うのかをわかっていたみたいに。「こわいのはわかるよ、モグ。結社《けっしゃ》はたくさんのことを要求《ようきゅう》する。審査《しんさ》は厳《きび》しいし、それをくぐり抜《ぬ》けてもまだはじまりにすぎないからね」

なんてすばらしい。もっと悪くなるなんて。「審査《しんさ》が終わったらどうなるの？」

ジュピターは大きく息を吸《す》った。「結社《けっしゃ》はふつうの学校とはちがう。〈輝《ワンダラス・ソサエティ》かしき結社〉の一員になったからといって、のほほんとはしていられないんだ。この小さな金色のピン――」ジュピターは襟《えり》につけたWのピンを叩《たた》いた。「――を手に入れれば、なにもしなくても世界のほうが勝手に開けてくると、人々《ひとびと》は考えている。目の前には楽で簡単《かんたん》な道がつづいていると。ある意味でそれは正しい――人々《ひとびと》はドアを開けてくれるだろう。尊敬《そんけい》。冒険《ぼうけん》。名声。ワンダー地下鉄の指定席《せき》。ピンの特権《とっけん》、とみんなは呼《よ》んでいるよ」ジュピターは天をあおいだ。「だが結《けっ》社《しゃ》の壁《かべ》の内側《うちがわ》では、その特権《とっけん》は自分の力で得《え》るものだと考えられている。審査《しんさ》だけじゃない。一度だけじゃない。何度も何度も、死ぬまでずっと、自分にはそれだけの価値《かち》があることを証《しょう》明《めい》しなくてはいけない。自分が特別《とくべつ》であることを」

ジュピターは真剣《しんけん》なまなざしをモリガンに向けた。「それが〈輝《ワンダラス・ソサエティ》かしき結社〉と普通《ふつう》の学校とのちがいだ。勉強が終わったあともきみは結社《けっしゃ》の一員で、それがきみの一部になる。永遠にだよ、モグ。きみが学生じゃなくなって大人になったあとも、それからもずっと、長老《ちょうろう》たちはきみの責任《せきにん》を問いつづける」

どれもこれも全然魅力的《ぜんぜんみりょくてき》に聞こえないとモリガンの顔に書いてあったのか、ジュピターはあわてて言い添《そ》えた。「いま言ったのは悪いほうの一面だよ、モグ。きみには全体像《ぜんたいぞう》をつかんでほしいからね。

いいかい、〈輝《ワンダラス・ソサエティ》かしき結社〉はただの学校じゃない。家族だ。生涯《しょうがい》にわたってきみの面倒《めんどう》を見て、きみにさまざまなものを与《あた》えてくれる。すばらしい教育を受けられるし、〈輝《ワンダラス・ソサエ》かしき結社《ティ》〉以外《いがい》の人間には想像《そうぞう》もできないような機会《きかい》やつながりを手に入れることができる。でもそれ以上《いじょう》に大切なことは——きみのユニットができるということだ。

きみといっしょに四つの審査《しんさ》を受けて、勝利《しょうり》を勝ち取った候補者《こうほしゃ》たちは、きみの兄弟姉妹になる。死ぬまで、きみを支援《しえん》してくれる。絶対《ぜったい》に裏切《うらぎ》らないし、きみが彼《かれ》らを大切に思うのとおなじくらい、きみを大切に思ってくれる。きみのために、命を差《さ》し出してくれる」ジュピターは激《はげ》しくまばたきをすると、視線《しせん》をそらしながら顔の横をこぶしでぬぐった。涙《なみだ》をこらえているのだと気づいて、モリガンは仰天《ぎょうてん》した。

友人に対してこれほど思い入れのある人に会ったことはなかった。モリガンには友人がひとりもいないからかもしれない。本当の友人は。（ぬいぐるみのエメットは数には入らない）

家族。一生裏切《うらぎ》らない兄弟姉妹。

納得《なっとく》できた。ジュピターの振《ふ》る舞《ま》いは、まるで王さまみたいだ。見えない泡《あわ》に包《つつ》まれていて、あらゆる悪いことから守られているみたいに見える。この世界に——そのどこかに——自分を愛《あい》している人がいることを、ジュピターは知っているのだ。これからもずっと愛《あい》してくれる人がいることを。なにがあろうと。

ジュピターが提供《ていきょう》しているのが、それだ。お腹《なか》をすかせた貧《まず》しい人に湯気の立つ肉入りシチューを差《さ》し出すみたいに、モリガンがもっとも求《もと》めているものを与《あた》えようとしている。

モリガンの渇望《かつぼう》に不意《ふい》に火がついた。結社《けっしゃ》に入りたくなった。兄弟姉妹がほしくなった。これほどなにかを求《もと》めたことはないくらいに。

「どうすれば勝てるの？」
「ぼくを信《しん》じていればいい。ぼくを信《しん》じる？」ジュピターの顔は真剣《しんけん》だったし、なにも隠《かく》していないと思えた。モリガンはためらうことなくうなずいた。「それなら、〈特技披露審査《とくぎひろうしんさ》〉のことはぼくにまかせるんだ。考えなきゃいけないときがきたら、ぼくがそう言うから。約束《やくそく》する」

ほんの二日前に会ったばかりの人間を信用《しんよう》するのは不思議《ふしぎ》な気持ちだった。けれど、ジュピターを信用《しんよう》せずにいるのは難《むずか》しい。（だってあたしの命を助けてくれたわけだし）

モリガンはこわくてたまらない質問《しつもん》を口にする前に、自分を勇気《ゆうき》づけるように息を吸《す》った。

「ジュピター、あたしの才能《さいのう》は……天賦《てんぷ》の才は……あれと……関係《かんけい》あると思う？」

ジュピターは顔をしかめた。「なんだい？」

「呪《のろ》われていることがあたしの才能《さいのう》？　あたしには、物事を悪い方向に向かわせる天賦《てんぷ》の才能《さいのう》があるの？」

ジュピターはなにか言おうとして、思い直したようにその口をつぐんだ。それから三〇秒間、頭のなかでなにか議論《ぎろん》をしているようだった。

「きみの質問《しつもん》に答える前に――ちゃんと答えるから、天をあおぐんじゃないよ――ぼ、ぼくの才能《さいのう》がなにかを教えておくよ」ようやくジュピターは切りだした。「ぼくには、物事が見えるという天賦《てんぷ》の才がある」

「どんな物事？」

「真実《しんじつ》だ」ジュピターは肩《かた》をすくめた。「起きたこと、いま起きていること。感情《かんじょう》。危険《きけん》。〈クモの糸〉のなかで生きているもの」

「〈クモの糸〉ってなに？」

「ああ、そうだったね」モリガンがこの世界についてほとんど知らないことを思い出したのか、言わなければよかったと考えているのがよくわかった。急いで説明《せつめい》した。「〈クモの糸〉っていうのは、形のないネットワークで……うーむ。蜘蛛《くも》の巣《す》を想像《そうぞう》してごらん。現実《げんじつ》すべてを覆《おお》っている、とても大きくて繊細《せんさい》な蜘蛛《くも》の巣《す》。いや、いい、〈クモの糸〉のことは忘《わす》れて。ただ、ぼくにはほかの人間には見えないものが見えるということを知っていてくれればいいんだ」

「秘密《ひみつ》も？」

ジュピターはにやりとした。「ときどき」

「未来《みらい》は？」

「いいや。ぼくは占《うらな》い師《し》じゃないからね。ぼくは〈目撃者《もくげきしゃ》〉だ。そう呼《よ》ばれている。物事がこれからどうなるのかは見えない。いまどうなっているかだけだ」

モリガンは疑《うたが》わしそうな顔になった。「それなら、だれにだって見えているんじゃないの？」

「聞いたら驚《おどろ》くよ」ジュピターはひょろりとした長い脚《あし》で四歩歩いて部屋の隅《すみ》まで行くと、朝食のトレイからまだ温かいティーポットを手に取った。「これのことを説明《せつめい》してごらん」

「ティーポット」

「そうじゃなくて、このティーポットについて、見てわかるすべてのことを言ってみて」

モリガンは顔をしかめた。「それは緑色のティーポット」ジュピターはつづけてというようにうなずいた。「ミントグリーンのティーポットで、全体に白い葉の模様《もよう》がある。持ち手は大きくて、注ぎ口は曲がっている」ジュピターは片方《かたほう》の眉《まゆ》を吊《つ》りあげた。「おそろいのティーカップとソーサーがあって……」

「そうだ」ジュピターはふたつのカップに紅茶《こうちゃ》とミルクをそそぎ、ひとつをモリガンに渡《わた》した。「よくできた。きみはわかるかぎりのことを説明《せつめい》してくれたけれど、実際《じっさい》のところなにも言っていないのとおなじだ。今度はぼくがやってみようか？」

「どうぞ」モリガンは角砂糖《かくざとう》をカップに入れた。

ジュピターはトレイにティーポットを置《お》いた。「このティーポットはダスティ・ジャンクションにある工場で作られた──これはすぐにわかるね。フリー・ステートの陶器《とうき》のほとんどはダスティ・ジャンクションで作られているから、たいして意味はない。まあそれでも、その工場がにじみ出ているのがぼくには見える。最初《さいしょ》の持ち主は七六年、いや七七年前にネバームーアの市場地区にある店でこれを買っている。最初《さいしょ》のころのできごとはほとんど薄《うす》れてしまっているが、工場と市場の女性《じょせい》の記憶《きおく》がティーポットに残《のこ》っている」

モリガンは顔をしかめた。「ティーポットにどうして記憶があるの？」

「きみやぼくの記憶《きおく》とはちょっとちがう。もっと……どう言えばいいかな。人や物にくっつくできごとや過去《かこ》の瞬間《しゅんかん》があるんだ。そういったものはほかに行き場所がないから、時がたってもそのままくっついている。最後《さいご》には薄《うす》くなるか、はがれてしまうか、死んでしまうことが多いんだが、なかには決して死なないものもある。とてもいい記憶《きおく》やとても悪い記憶《きおく》は、永遠《えいえん》にそこに残《のこ》るんだ。

このティーポットにはいくつかのいい記憶《きおく》がある。持ち主だった老婦人《ろうふじん》は、妹が訪《たず》ねてきた午後には必《かなら》ずこれで紅茶《こうちゃ》をいれた。姉妹は互《たが》いをとても大切に思っていたんだ。そういった記《き》憶《おく》が薄《うす》れてしまうことはめったにないんだよ」

モリガンの顔に浮《う》かんだ疑《うたが》いの色はそのままだった。「見るだけでそんなことがわかるはずない。その老婦人《ろうふじん》のことを知っていたんでしょう?」

ジュピターは気を悪くしたふりをした。「ぼくが何歳《なんさい》だと思っているんだい? まあいい、まだ終わりじゃないから、よく聞いて。今朝このティーポットには、四人が手を触《ふ》れている——紅茶《こうちゃ》をいれただれか、トレイに置《お》いただれか、きみの部屋まで運んできただれか、そして……そう、もちろんぼくだ。紅茶《こうちゃ》をいれただれかはなにかに怒《おこ》っていた。これを運んできただれかは、歌を歌っていた。きれいな声だ。ビブラートが見える」

そのとおりだった——マーサは『有明時《ありあけどき》のリフレイン』を歌っていた。でも、ジュピターはどこかでマーサを見かけたのかもしれない。モリガンは肩《かた》をすくめ、紅茶《こうちゃ》を飲んだ。「作り話だってできる。そうじゃないって、あたしにはわからないもの」

「そうだね、そのとおりだ。というわけで、ぼく自身の話に戻《もど》ってくるわけだ」ジュピターはモリガンの前に膝《ひざ》をつき、目の高さを合わせた。「きみのことを話そう、モリガン・クロウ」

ジュピターの視線《しせん》がモリガンの顔の上をあちらこちらにさまよった。まるで荒野《こうや》で迷子《まいご》になって、モリガンの顔が家に帰る道を教えてくれる地図であるかのように、熱心《ねっしん》にながめている。

「なに？」モリガンはからだを反らした。「どうしてそんなに見るの？」

「きみの髪型《かみがた》」ジュピターはにやりとした。「去年、きみの義理《ぎり》のお母さんがさせた髪型《かみがた》」

「どうしてそれを――」

「きみは大嫌《だいきら》いだった。そうだね？　短すぎたし、現代的《げんだいてき》すぎた。すぐに伸《の》ばして髪型《かみがた》を変《か》えたけれど……きみは心の底《そこ》から嫌《いや》がっていたから、いまでもその気持ちがそこに残《のこ》っている。ぼくには見える」

モリガンは髪《かみ》をなでた。その髪型《かみがた》は退屈《たいくつ》でだらしなくて流行遅《りゅうこうおく》れで〝恥《は》ずかしい〟とアイビーに言われて無理《むり》やりやらされた、前髪《まえがみ》がぎざぎざで、左右が非対称《ひたいしょう》のピクシーカットがジュピターに見えるはずがない。あの髪型《かみがた》は大嫌《だいきら》いだったけれど、もうすっかり伸《の》びている。肩《かた》の下まで伸《の》びた髪《かみ》は、また退屈《たいくつ》でだらしなくなっていた。

「ほかになにが見えると思う？」ジュピターは笑《わら》いながらモリガンの手を取ると、小さくゆすった。「その仕返しに義理《ぎり》のお母さんのドレスを切り刻《きざ》んで、端切《はぎ》れを縫《ぬ》い合わせて居間《いま》のカーテンを作ったときに、指を針《はり》で刺《さ》したね」ジュピターは目を閉《と》じた。こらえきれない笑《わら》いが胸《むね》の奥《おく》から沸《わ》き起こった。「すばらしい出来栄《ば》えだね」

モリガンの顔に思わず笑《え》みが浮《う》かんだ。あのカーテンには満足《まんぞく》していた。「わかった。信《しん》じる。あなたには物事が見える」

「きみが見えているよ、モリガン・クロウ」ジュピターは顔を近づけた。「これは言っておくけれど、きみの義理《ぎり》のお母さんはまちがっていた」

「なにが？」答えはわかっていたけれど、モリガンは訊《き》いた。お腹《なか》がきゅっとよじれた気がした。

「きみは呪《のろ》いだと彼女《かのじょ》は言ったね」ジュピターはそう言って首を振《ふ》った。「怒《おこ》って言ったことだ。本気じゃない」

「もちろん本気だった」

ジュピターはしばし考えた。「そうかもしれない。だが、だからといってそれが本当だというわけじゃない。彼女《かのじょ》の言葉が正しいわけじゃない」

モリガンは頬《ほお》が赤くなるのを感じて、視線《しせん》をそらした。なにげなさそうに朝食のトレイからペストリーを手に取って、端《はし》を小さくちぎったけれど、食べようとはしなかった。「もう忘《わす》れて」

「きみが忘《わす》れるんだ。いまこの瞬間《しゅんかん》から。わかるかい？　きみは呪《のろ》いなんかじゃない」

「そうよね、わかった」モリガンは天をあおいで、顔をそむけようとしたけれど、ジュピターが両手でしっかりと顔をはさんでそうさせなかった。

「いいかい、よく聞くんだ」ジュピターの大きな青い目がモリガンの黒い目をじっと見つめた。夏の歩道からたちのぼる熱気《ねっき》のように、彼《かれ》から正義《せいぎ》の怒《いか》りが放たれていた。「きみの才能《さいのう》は呪《のろ》われていることなのかと、ぼくに訊《き》いたね？　物事を悪い方向に向かわせることがきみの天賦《てんぷ》の才なのかって。ぼくの言うことをよく聞くんだ。きみはだれにとっても呪《のろ》いなんかじゃない、モリガン・クロウ。そうだったことなんて一度もない。きみもずっとそう思っていたはずだ」

目の裏《うら》が熱《あつ》くなった。モリガンは覚悟《かくご》を決めて最後《さいご》の質問《しつもん》を口にした。「もしわたしが入れなかったら？」

「入るよ」

「もしもの話」モリガンは言い張《は》った。「そうしたらどうなるの？　共和国《きょうわこく》に帰らなきゃいけないの？　あそこであたしを……待っている？」家族のことではなく〈煙《けむり》と影《かげ》のハンター〉のことを言っているのだと、ジュピターが理解《りかい》してくれていることはわかっていた。目を閉《と》じれば、いまでも見える――暗闇《くらやみ》に光る燃《も》えるような赤い目と渦《うず》を巻《ま》く闇《やみ》。

「きみは〈輝かしき結社《ワンダラス・ソサエティ》〉の一員になるんだよ、モグ」ジュピターがささやくように言った。「ぼくがそうなるようにする。約束《やくそく》するよ。それから、そのばかげた呪《のろ》いの話は二度と聞きたくない。約束《やくそく》してくれるかい？」

モリガンは約束《やくそく》した。

ジュピターを信《しん》じた。

彼《かれ》が必《かなら》ず味方になってくれると思うと、勇敢《ゆうかん》になれた。

それでも。あとになってジュピターが答えをはぐらかした質問《しつもん》を数えてみたら、一〇本の指では足りなかった。

第九章　輝《かがや》かしき歓迎会《かんげいかい》

「さあ、来たぞ。飛《と》び移《うつ》る準備《じゅんび》をして」

モリガンの誕生日《たんじょうび》プレゼントを試《ため》すために、ガーデン・パーティーには〈ブロリー・レール〉で行くことになった。問題は、〈ブロリー・レール〉は乗客をのせるために止まってくれないことだ。速度を落としてすらくれない。ぐるりと町を囲《かこ》むようにケーブルが張《は》られていて、そこに吊《つ》るされた丸い金属《きんぞく》の枠《わく》が止まることなく動いている。その枠《わく》が風を切ってプラットホームを通り過《す》ぎる瞬間《しゅんかん》に、ぶらさがっている金属《きんぞく》の輪《わ》に傘《かさ》をひっかけて、目的《もくてき》地につくまで脚《あし》をぶらぶらさせたまま、必死《ひっし》でしがみついていなければならないのだ。

「いいかい、モグ」ジュピターは、円形の枠《わく》が近づいてくるのを見ながら言った。「おりるときはレバーを引くんだ。そうすれば傘《かさ》がはずれる。ああ、それから着地するときは、できるだけ柔《やわ》らかいところを狙《ねら》うんだよ」モリガンの不安《ふあん》に気づいたのか、ジュピターは言い添《そ》えた。

「大丈夫《だいじょうぶ》さ。一度、脚《あし》を折《お》る程度《ていど》だ。せいぜい二度かな。さあ……いまだ！」

ふたりはジャンプした。モリガンは、折《お》れるのではないかと思うくらい強く傘《かさ》を握《にぎ》りしめた。枠《わく》が近づいてくるのを待っていたときの骨《ほね》の髄《ずい》まで凍《こお》るような恐怖《きょうふ》は、アドレナリンが洗《あら》い流してくれた。無事《ぶじ》に輪《わ》にぶらさがったモリガンは、勝ち誇《ほこ》ったような歓声《かんせい》をあげた。ジュピターはにっこりほほえむと、気持ちよさそうに空を見あげた。ふたりはデュカリオンの近辺《きんぺん》を通りすぎ、オールド・タウンの石畳《いしだたみ》の通りの上にやってきた。すがすがしい春の空気がモリガンの顔をなぶり、目がつんとした。そしてようやく目的地《もくてきち》に着いて、飛《と》びおりた――ふたりとも奇跡《きせき》のように両足でおり立った。どちらの脚《あし》も折《お》れていなかった。

〈輝かしき結社《ワンダラス・ソサエティ》〉のキャンパスは高いレンガの壁《かべ》に囲《かこ》まれていた。いかめしい顔の警備員《けいびいん》がいて、やってきた人々《ひとびと》の名前をリストと照《て》らし合わせていたけれど、ジュピターに気づくと、笑《え》顔《がお》で手を振《ふ》ってそのままふたりを通した。

ゲートをくぐったとたん、なにかが変《か》わったことにモリガンは気づいた。空気そのものが変《か》わったみたいに、なにもかもが少しずつちがっている。大きく息を吸《す》った。空気はスイカズラとバラのにおいがしたし、肌《はだ》に当たる太陽の光はさっきより温かい。妙《みょう》な気がした。ゲートの外では空はこれほど青くなかったし、花はまだ小さなつぼみで、春の訪《おとず》れはまだ感じられなかった。

「結社《けっしゃ》のキャンパスの内側《うちがわ》では、天気は少し……余計《よけい》にあるんだ」ジュピターが説明《せつめい》した。

「なにが余計《よけい》にあるの？」

「全部だよ。ネバームーアのほかのところとおなじで、なんであれ余計《よけい》にある。ここだけべつの気候《きこう》の泡《あわ》のなかにあると思えばいい。今日は、少しだけ余計《よけい》に暖《あたた》かくて、少しだけ余計《よけい》に日が射《さ》していて、少しだけ余計《よけい》に春めいている。ついているね」ジュピターは通りすがりの桜《さくら》の木から小枝《こえだ》を折《お》ると、ボタンホールに差《さ》した。「でも両刃《りょうば》の剣《つるぎ》でもある。冬になると、少しだけ余計《よけい》に風が吹《ふ》くし、少しだけ余計《よけい》に寒いし、少しだけ余計《よけい》に憂鬱《ゆううつ》だ」

本館につづく私道《しどう》には、キャンパスの気候《きこう》とは無縁《むえん》の枯《か》れて真っ黒になった並木《なみき》とガス灯《とう》が並《なら》んでいた。色とりどりの花壇《かだん》とピンク色の桜《さくら》のなかで、ひどく場ちがいに見える。

「あれはなに?」モリガンが訊《き》いた。

「ああ、あれはもうずっと花をつけていないんだ。火の花の木だよ。とても美しい花だったんだが、種《しゅ》が絶滅《ぜつめつ》してしまってね。でも切り倒《たお》すこともできない。庭師《にわし》は頭を痛《いた》めているから、なにも言っちゃいけないよ。ぼくたちはみんな、あれはとても醜《みにく》い像《ぞう》だっていうふりをしている」

後援者《こうえんしゃ》と候補《こうほ》者《しゃ》たちは誕生《たんじょう》パーティーに行くみたいにおしゃべりしたり、笑《わら》ったりしながら足早に歩いている。一方のモリガンは不安《ふあん》に押《お》しつぶされそうだった。

自分だけが月の上を歩いているみたいに、ほかの候補《こうほ》者《しゃ》たちからは遠いところにいる気がした。

〈プラウドフッド・ハウス〉と看板《かんばん》のある本館は、明るい感じの五階建《だ》てのレンガ造《づく》りの建物《たてもの》で、びっしりと蔦《つた》に覆《おお》われていた。候補《こうほ》者《しゃ》たちがそのなかに入ることは許《ゆる》されていなかったけれど、庭園はそれはそれは見事だった。薄手《うすで》のリネンのスーツやパステルカラーのドレスに身を包《つつ》んだ人たちでいっぱいの春の午後を描《えが》いた絵画のようだ。ジュピターはモリガンに服を選《えら》ばせてくれた――銀のボタンがついた黒のワンピース。〝すてきだけれど、目を引くとは言えないわね〟というのがデイム・チャンダーの感想だった。ジュピターのレモンイエローのスーツとラベンダー色の靴《くつ》が、ふたり分、目を引いているからちょうどいいとモリガンは思った。

芝生《しばふ》の上に作られた弧《こ》を描《えが》くテラスの階段《かいだん》で、弦楽四重奏団《げんがくしじゅうそうだん》が演奏《えんそう》していた。白いテントの下には、クリームケーキやパイやぷるぷる震《ふる》える大きなゼリーがずらりと並《なら》んだテーブルがあったが、モリガンはなにかを食べる気にはなれなかった。胃《い》の内側《うちがわ》をネズミにかじられている気分だ。

人ごみを縫《ぬ》うようにして進んでいるうちに、モリガンはみんなが自分たちを見ていることに気づいた。その表《ひょう》情《じょう》は、礼儀《れいぎ》を失《うしな》わない程度《ていど》に意外そうなものから、あんぐりと口を開けた驚《おどろ》きの顔までさまざまだ。

「どうしてみんなあたしたちを見ているの？」

「きみを見ているのは、ぼくといっしょにいるからだ」ジュピターは、こちらを見つめているふたりの女性《じょせい》に楽しげに手を振《ふ》りながら答えた。「ぼくを見ているのは、ぼくがすごくハンサムだからだ」

候補者《こうほしゃ》たちのほとんどはグループになってかたまっている。モリガンはジュピターににじりよった。

「だれもかみついたりはしないよ」モリガンの心を読んだかのようにジュピターが言った。

「ふむ、ほとんどはかまない。あの木のそばにいる、犬の顔をした少年は避《さ》けたほうがいいな。まだ注射《ちゅうしゃ》が全部終わっていないかもしれない」

芝生《しばふ》のところどころに大きなシダがあって、その一本の近くに、たしかに犬の顔をした少年がいた。普通《ふつう》の倍ほどの長さの腕《うで》を持つ少年もいたし、つやつや光る何メートルもの長い髪《かみ》を三つ編《あ》みにして、小さなワゴンにのせて引っ張《ぱ》っている少女もいた。

「今年は、おもしろい肉体的《てき》な特徴《とくちょう》のある子はあまりいないようだな。残念《ざんねん》だが」ジュピターがつぶやいた。「数年前にいたハンマーの手を持った少女には、だれも対抗《たいこう》できないな。彼女《かのじょ》が卒業《そつぎょう》したあとは、修繕費《しゅうぜんひ》が大変《たいへん》だった。たしかいまはプロのレスラーになっているはずだ」

ジュピターはモリガンをつれて、庭園のなかの散歩《さんぽ》道を進んだ。

バズ・チャールトンのそばに数人の少女が立っていた。そのなかのきらきらする青いワンピースを着た濃《こ》い栗色《くりいろ》の髪《かみ》の少女がモリガンに気づいて、ほかの少女たちになにかを言った。少女たちが振《ふ》り返った。第一印象《いんしょう》が大事だといったデイム・チャンダーの言葉を思い出して、モリガンが無理《むり》やり笑顔《えがお》を作ると、少女たちは声を立てて笑《わら》った。これって、いい兆候《ちょうこう》なの？

「バズ・チャールトン」革《かわ》のズボンとしわだらけの上着を着た長髪《ちょうはつ》の男性《だんせい》をこっそりと示《しめ》しながら彼《かれ》が言った。「いやな男だ。病原菌《びょうげんきん》だと思って近づかないことだ」

ジュピターが、通りかかったウェイターから紫《むらさきいろ》色のパンチが入ったグラスをふたつ受け取り、ひとつをモリガンに渡《わた》した。グラスのなかをのぞいてみると、ピンク色のなにかが浮《う》かんでいる。そうじゃない——くねくねと動いている。紫《むらさきいろ》色のパンチのなかに、くねくね動くピンク色のなにかが入っていた。

「くねくねしているものなんだ」ぞっとしたようなモリガンの顔に気づいてジュピターが言った。「くねくねしているほうがおいしいんだよ」

モリガンはおそるおそる飲んでみた。おいしい――甘《あま》いバラ色の光が口のなかで爆発《ばくはつ》したみたいだ。そう言おうとしたところで、革《かわ》のズボンの男性《だんせい》が近づいてきた。彼《かれ》はジュピターの背《せ》中《なか》をぱしんと叩《たた》いてから、太い腕《うで》を肩《かた》にまわした。

「ノース！　ノース、わがよき友よ」ろれつがよくまわっていない。「方向転換《てんかん》したんだって、ノース？　入札《にゅうさつ》したって、あそこにいるハミッシュから聞いたぞ。〈探検者同盟《たんけんしゃどうめい》〉はあまり金を払《はら》ってくれないのか？　それとも、もうコンパスは捨《す》てて、冒険《ぼうけん》はほかのだれかにまかせるつもりか？　これからは静《しず》かに暮《く》らすのか？」

彼《かれ》は手にしたブランデーに向かってばか笑《わら》いした。ジュピターは不愉快《ふゆかい》そうに鼻にしわをよせた。

「やあ、バズ」礼儀《れいぎ》らしきものをかろうじてとどめた口調でジュピターが挨拶《あいさつ》した。

「これが例《れい》の子か？」バズ・チャールトンは目を細くしてモリガンをながめた。「有名なジュピター・ノースのはじめての候補《こうほ》者《しゃ》。タブロイド紙はさぞそわそわしているだろうな」

彼《かれ》はジュピターが自分を紹介《しょうかい》するのを待ったが、ジュピターにそのつもりはないらしかった。

「チャールトンだ。バズ・チャールトン」彼《かれ》はとうとう自分から名乗った。もったいぶった身《み》振《ぶ》りで、知っているという表情《ひょうじょう》がモリガンの顔に浮《う》かぶのを待っている。モリガンの表情《ひょうじょう》が変《か》わらないのを見て、渋《しぶ》い顔になった。「きみの名前は？」

モリガンはジュピターの顔を見た。ジュピターがうなずいたので、答えた。「モリガン・クロウ」

「言わせてもらうが、なんともみすぼらしい子じゃないか、ノース」ミスター・チャールトンは、モリガンのことなどすっかり無視《むし》してジュピターの耳元で大声で言った。モリガンの頭に血がのぼった。あたしはこのまま笑《わら》って歩いていなきゃいけないの？　ばかみたいに？「外国の子か？　どこで見つけた？」

「オセワだ」

「オセワ？　聞いたことがないな」バズは目を光らせながらジュピターに顔を近づけ、秘密《ひみつ》めかしてささやいた。「それは共和国《きょうわこく》にあるんだろう？　密入国《みつにゅうこく》させたんだな、そうだろう？　話せよ、古い友だちじゃないか」

「そうだ」ジュピターは答えた。「オオキナオセワという町だ。キミノシッタコトカ共和国《きょうわこく》にある」

バズ・チャールトンはがっかりした様子で、おもしろくなさそうにくすくす笑《わら》った。「なるほどね。それで、彼女《かのじょ》の天賦《てんぷ》の才はなんだ？」

「それも大きなお世話だ」ジュピターは男の手からするりと逃《のが》れながら言った。

「またいつもの手か？　まあ、いいさ。結果《けっか》が変《か》わるわけじゃない。おれは無理強《むりじ》いはしないからな」彼《かれ》はじろじろとモリガンをながめた。「ダンサーか？　ちがうな、脚《あし》の長さが足りない。ぼんやりした目を見るかぎり、頭脳派《ずのうは》でもなさそうだ」そう言いながら、モリガンの顔の前で手を振《ふ》った。モリガンはその手をぴしゃりと叩《たた》きたくなるのをこらえた。「不思議《ふしぎ》な力があるのかな。魔女《まじょ》？　巫女《みこ》？」

「結果《けっか》が変《か》わるわけじゃないと、たったいまきみが言ったはずだが」ジュピターは退屈《たいくつ》そうに応《おう》じた。「きみの候補者《こうほしゃ》たちはどこだ？　今年も大勢《おおぜい》なのか？」

「たったの八人だよ、ノース。たった八人。三人が女の子だ」ミスター・チャールトンはさっきモリガンを笑《わら》った少女たちのグループを示《しめ》した。鼻をすすってから、ブランデーをごくりとひと口飲んだ。「男の子たちはどこかそのへんにいる。少ない人数だが、意気地のないやつはいないぞ。今年はあまりいい子がいなくてね。だがひとりだけ、すばらしい子がいる。ノエル・デヴロー。あまりばらしたくはないが——**天使の歌声**だよ。あれほどの候補者《こうほしゃ》ははじめてだ。きっとトップで通過《つうか》する。おれの言葉を覚《おぼ》えておくんだな」

モリガンはその少女と友人たちをながめた。きれいな服を着たかわいいノエルはひたすらしゃべりつづけていて、ほかの少女たちは熱心《ねっしん》に耳を傾《かたむ》けている。彼女《かのじょ》は落ち着いていて、自信《じしん》に満ちていて、おだやかな笑《え》みを浮《う》かべていた。モリガンは嫉妬《しっと》心《しん》が沸《わ》き起こるのを感じた。〈輝かしき結社《ワンダラス・ソサエティ》〉が、ノエル・デヴローみたいな子を欲《ほ》しがらないわけがない。

「おめでとう」ジュピターはおざなりに言った。

「だがノース、この子は」ミスター・チャールトンはモリガンに向かって手をひらひらさせた。「おれにはわからない。どこがいいんだ？　ほら、たとえばあの目。あのいやな黒い目。長老《ちょうろう》たちは意地悪そうな子は選《えら》ばないぞ。この子はあっという間にきみを――」

ジュピターの鋭《するど》いまなざしに、彼《かれ》はその先の言葉をのみこんだ。あんぐりと口が開いている。

「言葉はよく考えて使いたまえ、ミスター・チャールトン」〈闇宵時《やみよいどき》〉の夜、クロウの屋敷《やしき》で一度だけ聞いた、低《ひく》く冷《つめ》たい声でジュピターが言った。モリガンは身震《みぶる》いした。

バズ・チャールトンは口を閉《と》じた。ジュピターは横へ移動《いどう》して、視線《しせん》を逸《そ》らした。ミスター・チャールトンはよろめきながらその場を離《はな》れていった。ジュピターは黄色いスーツのしわを伸《の》ばすと、モリガンの肩《かた》を軽くつかんだ。「言っただろう？　いやな男だ。取り合わないことだ」

モリガンはパンチを飲んだが、ミスター・チャールトンの言葉が耳から離《はな》れなかった。長老《ちょうろう》たちは意地悪そうな子は選《えら》ばないぞ。

「バズはスパゲッティ後援者《こうえんしゃ》と呼《よ》ばれているんだ」ジュピターが説明《せつめい》した。あちらこちらにいる人に手を振《ふ》りながら、モリガンをつれて庭園を進んでいく。「毎年、フリー・ステート中をまわって可能性《かのうせい》のある候補者《こうほしゃ》を探《さが》しては、審査《しんさ》に一〇数人送りこむ。本当に彼《かれ》らの準備《じゅんび》ができているかどうかはおかまいなしで、ただ確率《かくりつ》をあげるためだけに。壁《かべ》にスパゲッティの束《たば》を投げて、一本くらいは貼《は》りついていることを祈《いの》るようなものだ」

「それでうまくいくの？」

「腹立《はらだ》たしくなるくらい、たびたびね」ジュピターは、彼《かれ》の注意を引こうとしている騒々《そうぞう》しいティーンエージャーのグループを避《さ》けるために、モリガンを左のほうへといざなった。「おや、ナンだ」

肩幅《かたはば》の広い長身の女性《じょせい》が手を振《ふ》りながら近づいてきた。「ノース大佐《たいさ》、本物じゃないの！　候補者《こうほしゃ》を引き受けたってうわさを聞いたけれど、信《しん》じていなかったのよ。ジュピター・ノース――ありえないって。でも、本当だったのね。こんにちは」彼女《かのじょ》はそう言って、モリガンに笑《わら》いかけた。

「ナンシー・ドーソン、彼女《かのじょ》はモリガン・クロウだ」ジュピターはモリガンにうなずき、モリガンはナンが差《さ》し出した手を握《にぎ》った。ナンはジュピターより若《わか》くて、体格《たいかく》はがっしりしているけれど、えくぼのある温かい笑《え》みのおかげでそれほどおそろしくは見えない。

「会えてうれしいわ、ミス・クロウ。わたしの候補者《こうほしゃ》のホーソーンを紹介《しょうかい》したいんだけれど、ここに着いたとたんにどこかに消えてしまったのよ。きっとなにかに火をつけているのね」ナンはぐるりと目をまわしたけれど、その顔はどこかうれしそうだ。「彼《かれ》の天賦《てんぷ》の才はいたずらすることじゃないんだけれど、そう言ってもいいかもしれない」

「本当の天賦《てんぷ》の才はなんですか？」モリガンはそう訊《き》いてから、こちらに向けたジュピターの目が少しだけ細くなっていることに気づいて、ぼそぼそと尋《たず》ねた。「なに？　これって失礼《しつれい》な質問《しつもん》なの？」

ナンはくすりと笑《わら》った。「いいのよ。わたしはばかばかしい秘《ひ》密主義者《みつしゅぎしゃ》じゃないから」しゃんと背筋《せすじ》を伸《の》ばして言った。「ホーソーン・スウィフトはネバームーアのジュニアリーグで最《さい》高《こう》のドラゴン乗りだと、誇《ほこ》りを持って言えるわ」

「もちろんそうだろうとも」ジュピターはにやりとした。「それ以外《いがい》のなにがある？　フリー・ステートのドラゴン使いチャンピオンの座《ざ》に五回も輝《かがや》いた人間が選《えら》んだ候補者《こうほしゃ》なんだから」

ほんの半秒ほど、ナンの笑《え》みが揺《ゆ》らいだ。「元チャンピオンよ」ナンが自分の右脚《みぎあし》を叩《たた》くと、硬《かた》い音がしたのでモリガンは驚《おどろ》いた。「こんなものをつけているようじゃ、もう乗れないわね」

「それって、偽物《にせもの》の脚《あし》なの？」モリガンは、手を伸《の》ばしてその脚《あし》を叩《たた》いてみたくなるのをぐっとこらえた。ジュピターがわざとらしく咳払《せきばら》いをしたが、ナンは気にしていないようだ。

「そうよ。現代《げんだい》医学と工学の奇跡《きせき》ね。ヒマヤラスギとワンダーと金属《きんぞく》でできているの」ナンはズボンを持ちあげて、本物の脚《あし》の筋肉《きんにく》と腱《けん》とおなじように動いたり曲がったりする、木と金属《きんぞく》でできた脚《あし》を見せた。それはまるで、木が生きているみたいだった。「昔ながらのすばらしい発明品よ、ミス・クロウ。輝《かがや》かしき結社《けっしゃ》病院でどんなことができるかを知ったら、驚《おどろ》くわよ。本当に奇跡《きせき》を起こすの」

「本物の脚《あし》はどうしたの？」

「二年前の夏、一年に一度のトーナメントで対戦《たいせん》相手のドラゴンにかみ切られて、食べられたの。卑劣《ひれつ》でいやな男だったわ」ナンはくねくねするパンチを飲んだ。「乗っていたドラゴンも凶暴《きょうぼう》だったしね」

モリガンとジュピターは笑《わら》った。

「でも、文句《もんく》を言っちゃいけないわね」ナンは心からの明るい笑《え》みを浮《う》かべた。「いまはジュニアリーグでフルタイムで教えているの。安定した仕事だし、スウィフトほど優秀《ゆうしゅう》な生徒《せいと》はいないわ。あの子は歩けるようになってすぐからドラゴンに乗っているのよ。トーナメントに出られる年になったら、必《かなら》ず一流のドラゴン使いになるでしょうね。死ぬまでばかをするっていう決心を改《あらた》めればの話だけれど」

あたりの後援者《こうえんしゃ》たちが一斉《いっせい》にグラスの縁《ふち》をはじき、鈴《すず》のような音を響《ひび》かせた。弦楽四重奏団《げんがくしじゅうそうだん》が演奏《えんそう》の手を止めた。三人――正確《せいかく》に言えば、男性《だんせい》ひとり、女性《じょせい》ひとり、ベストを着た毛むくじゃらの牡牛《おうし》が一頭だった――がバルコニーにあらわれた。

「あれが新しい長老評議会《ちょうろうひょうぎかい》だよ」ジュピターが小声で言った。「紀元《きげん》ごとの終わりに、つぎの紀元《きげん》のあいだぼくたちを導《みちび》き、統治《とうち》する三人のメンバーを結社《けっしゃ》が選《えら》ぶんだ。ぼくたちのなかでも一番すぐれていて、もっともすばらしい人たちだ」

「そうなんだ。でもどうして牛が――」

「しーっ。聞いて」

長老《ちょうろう》のひとりがマイクの前に立つと、ぴんと張《は》りつめた沈黙《ちんもく》が広がった。白い髪《かみ》をした背中《せなか》の曲がったやせた女性《じょせい》で、頭にのせた大きすぎる帽子《ぼうし》のせいでふらふらしている。バルコニーに顔から倒《たお》れるのでないかと、モリガンは心配になった。もうひとりの長老《ちょうろう》が支《ささ》えようとして前に出てきたけれど、彼女《かのじょ》はその手をぴしゃりとはたき、えらそうに咳払《せきばら》いをした。

「多くの人がご存知《ぞんじ》でしょうが、わたくしはグレゴリア・クイン長老《ちょうろう》です。それからこちらがヘリックス・ウォン長老《ちょうろう》とアリオス・サガ長老《ちょうろう》」そう言いながら、男性《だんせい》と牛を順番《じゅんばん》に示《しめ》した。

「わたくしたち長老評議会《ちょうろうひょうぎかい》は、この大切な日に〈プラウドフッド・ハウス〉に集まったあなたがたを歓迎《かんげい》します。あなたがたが本当の意味で〈輝かしき結社《ワンダラス・ソサエティ》〉に触《ふ》れたのは、今日がはじめてだと思います。そしてほとんどの人にとって、これが最後《さいご》になるでしょう」

その厳《きび》しい言葉に顔をしかめたのはモリガンだけではなかった。まわりにいる候補者《こうほしゃ》たちも、不安《ふあん》そうに長老《ちょうろう》を見あげている。みんな、あたしとおなじくらい心配している？　これがあたしにとっての最後《さいご》だったらどうする？　もしも審査《しんさ》に落ちたらどうなるのか、ジュピターはまだ教えてくれていない。

「わたくしは尊敬《そんけい》すべき同僚《どうりょう》たちと共《とも》に、あなたがたの勇気《ゆうき》、楽観主義《らっかんしゅぎ》、そして信頼《しんらい》に感謝《かんしゃ》します。〈輝かしき結社《ワンダラス・ソサエティ》〉への切符《きっぷ》を手に入れられる保証《ほしょう》はないにもかかわらず、大変《たいへん》な度胸《どきょう》を必要《ひつよう》とする難関《なんかん》に挑《いど》もうとしているあなたがたを、わたくしたちは心から賞賛《しょうさん》します」

クイン長老《ちょうろう》は言葉を切って観客《かんきゃく》たちに笑《わら》いかけ、腕《うで》と首に色鮮《あざ》やかな入れ墨《ずみ》をほどこした白いひげのウォン長老《ちょうろう》と共《とも》に、心からの拍手《はくしゅ》を送った。牡牛《おうし》のサガ長老《ちょうろう》はひづめを踏《ふ》み鳴らした。

モリガンは口のなかがからからになったので、パンチを飲んだ。

「今年の候補者《こうほしゃ》は五〇〇人を超《こ》えていると聞きました。これほど多くの才能豊《さいのうゆた》かな若者《わかもの》がいるのですから、わたくしたちが感動し、誇《ほこ》りに思い、知り合いになれたことを生涯《しょうがい》うれしく思える九人の新たな結社《けっしゃ》のメンバーを、必《かなら》ずや見つけることができるでしょう」

モリガンは思わずジュピターの顔を見たが、彼《かれ》は長老《ちょうろう》の演説《えんぜつ》に熱心《ねっしん》に耳を傾《かたむ》けていた。

九人？　たった九人しか入れないの？　五〇〇人以上の候補者《こうほしゃ》のなかから？　ジュピターは

そういったくわしいことは、まったく話してくれなかった。

　モリガンの心は沈《しず》んだ。とても無理《むり》だ。天使の声を持つノエルや、歩けるようになったときからドラゴンに乗っているホーソーンと競《きそ》えるはずもない。犬の顔の少年のほうが、あたしよりはまだチャンスがある。少なくとも彼《かれ》には、特技《とくぎ》がある！　あたしにどんな天賦《てんぷ》の才があるのか知らないけれど、きっとすごくくだらないことに決まっている。

「春に行われる〈本の審査《しんさ》〉を皮切りに、あなたがたは今後数か月のあいだに試験《しけん》を――肉体的《てき》なものと精神的《せいしんてき》なものとの両方の――受けることになります」クイン長老《ちょうろう》は眼鏡《めがね》ごしに、厳《きび》しい視線《しせん》を観客《かんきゃく》に向けた。「これからは、新しい友人を作ったり、ほかの候補者《こうほしゃ》たちと親しくなるだけでなく、今後待ち受けるもののために心を鍛《きた》えることをおすすめします。〈輝かしき結社《ワンダラス・ソサエティ》〉のメンバーになることは、ごく限《かぎ》られた特別《とくべつ》な人間にだけ与《あた》えられた特権《とっけん》です。メンバーのなかにはフリー・ステートのすぐれた思想家や、指導者《しどうしゃ》や、演奏者《えんそうしゃ》や、探検家《たんけんか》や、発明家や、科学者や、魔術師《まじゅつし》や、芸術家《げいじゅつか》や、スポーツ選手《せんしゅ》がいます。わたくしたちは特別《とくべつ》なのです。偉大《いだい》なのです。大義《たいぎ》のために、わたくしたちに害《がい》をなそうとする者からこの七つの地区を守るために、わたくしたちの一部が呼《よ》ばれたことがありました。わたくしたちの自由を、命を奪《うば》おうとする者に対抗《たいこう》するために」

　人々《ひとびと》のあいだにざわめきが走った。近くにいた少年がつぶやいた。「〈ワンダー細工師《さいくし》〉」その声が聞こえたひとにぎりの子供《こども》たちは、ぞっとしたような顔になった。

　また〈ワンダー細工師《さいくし》〉だとモリガンは思った。それがだれであれ、〈ワンダー細工師《さいくし》〉に対する恐怖《きょうふ》はネバームーア中に広がっていて、名前を言わなくても人々《ひとびと》を震《ふる》えあがらせることができるようだ。なんだかばかみたいだとモリガンが感じるのは、きっとフリー・ステートの人間ではないからだろう。ジュピターから、もう一〇〇年以上《いじょう》も彼《かれ》の姿《すがた》は目撃《もくげき》されていないと聞いていたせいもある。

「ですが」クイン長老《ちょうろう》は明るい調子で言葉をついだ。「わたくしたちの一員になることの利点《りてん》は、困難《こんなん》に挑《いど》む辛《つら》さを上まわるにちがいありません」庭園にもっともだというような笑《わら》い声が広がった。クイン長老《ちょうろう》はざわめきがおさまるのを待って言った。「候補者《こうほしゃ》のみなさん、あなたがたの後援者《こうえんしゃ》を見てください。〈輝かしき結社《ワンダラス・ソサエティ》〉のメンバーを、ほかの候補者《こうほしゃ》たちを見てください。

あなたがたにはひとつの共通点《きょうつうてん》があります。あなたがたをほかの人たちからへだてるものがあります。仲間《なかま》たちや友人たち、家族とすらもちがう存在《そんざい》にしている贈《おく》りものをあなたたちは持っているのです」

モリガンはごくりと唾《つば》をのんだ。クイン長老《ちょうろう》の一言一句《いっく》にじっと耳を傾《かたむ》けている人間が何百人といるのに、どういうわけか、彼女《かのじょ》が自分だけに話しているような気がした。

「わたくしのこれまでの経験《けいけん》から、それが孤独《こどく》な道のりであることはわかっています。あなたがたひとりひとりを、わたくしたちの保護《ほご》のもとに置《お》くことができればどんなにいいでしょう。けれども、一年の終わりにわたくしたちの一員となる九人には約束《やくそく》しましょう。あなたのいるべき場所ができるのだと。家族を、生涯《しょうがい》つづく友情《ゆうじょう》を手に入れられるのだと。

今日以降《いこう》あなたがたは、〈輝《ワンダラス》かしき結社《・ソサエティ》〉のユニット九一九の審査《しんさ》の正式な候補者《こうほしゃ》となります。道は長く険《けわ》しいものですが、きっと——そう、きっと——その先にはすばらしいものがあなたがたを待っているでしょう。幸運を祈《いの》ります」

モリガンはほかの人たちといっしょになって思いっきり拍手《はくしゅ》をした。**家族**。**いるべき場所**。**生涯《しょうがい》つづく友情《ゆうじょう》**。クイン長老《ちょうろう》とジュピターはおなじパンフレットを読んでいたの？　それともあたしの心をのぞいて、あることすら知らなかったほしいもののリストを読みあげたの？

ひとしきり拍手《はくしゅ》がつづいたあと、ほとんどの後援者《こうえんしゃ》と候補者《こうほしゃ》たちはデザート・ビュッフェに〈輝《ワンダラス》かしき結社《・ソサエティ》〉がはじめて現実《げんじつ》として感じられた。

戻《もど》っていった。ジュピターはその場に残《のこ》り、モリガンの耳元で言った。

「ぼくは旧友《きゅうゆう》たちに会ってくるよ。きみは新しい友だちを作っておいで」

ジュピターはモリガンの向きを変《か》えると、〈プラウドフッド・ハウス〉の反対側《はんたいがわ》をうろうろしている子供《こども》たちのほうに向かって、そっと背中《せなか》を押《お》した。

そうよ、大丈夫《だいじょうぶ》。クイン長老《ちょうろう》の約束《やくそく》の言葉に、モリガンは勇気《ゆうき》づけられていた。**家族**。**いるべき場所**。**友情《ゆうじょう》**。

モリガンはつんと顎《あご》をあげて、頭のなかで言うべき言葉を練習しながらほかの子供《こども》たちのほうへと向かった。まずはジョークからはじめたほうがいい？　それとももっとずばりと言うべき？　シンプルに〝わたしはモリガン。友だちになってくれる？〟とか？　みんなはそうやっているの？

〈プラウドフッド・ハウス〉の正面の階段《かいだん》に、子供《こども》たちが集まっていた。バズ・チャールトンの候補者《こうほしゃ》のノエルが、赤い頰《ほお》のかわいらしいぽっちゃりした少女に話しかけている。

「じゃあ、あなたは修道女《しゅうどうじょ》なの、アンナ？」

「ちがう。あたしは修道女《しゅうどうじょ》じゃない。修道女《しゅうどうじょ》――〈静穏《せいおん》のシスター〉――たちといっしょに住んでいるだけ」少女の頰《ほお》がさらに赤みを増《ま》した。「それからあたしはアナだから。アンナじゃない」

ノエルはくすくす笑《わら》いながら友人たちを振《ふ》りかえった。「本物の修道女《しゅうどうじょ》？　ペンギンみたいな服を着ているの？」

「そうじゃない」アナが首を振《ふ》ると金色の巻《ま》き毛が顔のまわりでおどり、ふわりと肩《かた》に落ちた。

ノエルの顔がひきつった。つやのある長い髪《かみ》にあわてて手をやり、くるくると指に巻《ま》きつけはじめた。「普段《ふだん》はふつうの服を着ているの。黒と白のを着るのは、日曜日の礼拝《れいはい》のときだけ」

「ああ、ペンギンみたいな格好《かっこう》をするのは日曜日だけなのね」ノエルは自分以外《いがい》のだれがおもしろがっているかをたしかめるように、笑《わら》いながらあたりを見まわした。何人かが笑《わら》いだしたが、隣《となり》に立っていた長身で細身の黒い肌《はだ》の少女が一番おもしろがっているようだ。両手で口を押《お》さえ、からだをふたつ折《お》りにして笑《わら》っている。長く黒いおさげ髪《かみ》が片方《かたほう》の肩《かた》の上で揺《ゆ》れていた。「それ以外《いがい》の日は、安くてみっともない服を着ているの？　あなたみたいに？　あなたが修道女《しゅうどうじょ》になったら、ペンギンがああいう服をくれるわけ？」

アナの頰《ほお》の赤みが顔全体に広がった。モリガンは彼女《かのじょ》が気の毒《どく》でたまらなかった。アナも友だちを作ろうとしたの？　モリガンがそうしようとしたみたいにノエルに近づいていったら、みんなの前でからかわれたの？　友だちを作るのって、危《あぶ》ない橋を渡《わた》るみたいなものなの？「あたしは修道女《しゅうどうじょ》じゃない」アナのあごが震《ふる》えているのがわかった。「それに、修道女《しゅうどうじょ》だからって、なにが悪いの？」

ノエルは小首をかしげ、いかにも気の毒《どく》そうな表情《ひょうじょう》を作った。「あら、それって修道女《しゅうどうじょ》が言いそうなことよね？」

「いいかげんにしたら」モリガンが鋭《するど》い声で言った。

全員が、驚《おどろ》いたように振《ふ》りかえった。モリガン自身も驚《おどろ》いていた。

ノエルの上唇《うわくちびる》が反った。「なんて言ったの？」

「聞こえたでしょう」モリガンは少し声を張《は》りあげた。「彼女《かのじょ》にかまわないで」

「あなたも修道院《しゅうどういん》から来たの？」モリガンの黒いワンピースを見て、ノエルは眉毛《まゆげ》を吊《つ》りあげた。「ペンギンに門限《もんげん》はないの？　どうしてよたよたと歩いていないの？」ノエルの友人たちは、品のない仕草で鼻を鳴らした。

モリガンはジャッカルファックスにいたころのことがなつかしく思えてきた。あたしがそこにいるだけで、みんなびくびくしていたのに。ジュピターのことを思い浮《う》かべ、肩《かた》をそびやかすと、できるだけ低《ひく》くて冷《ひ》ややかな声で言った。「言葉はよく考えて使うのね」

沈黙《ちんもく》。そして――

「ぷっ！」ノエルがふきだし、ほかの少女たちもまわりにいる候補者《こうほしゃ》たちみんなもおなじようにふきだした。彼女《かのじょ》たちがさもおかしそうに笑《わら》うのを見て、モリガンは自分の口調が全然《ぜんぜん》おそろしくなかったことを知った。喜《よろこ》ぶべき？　それともがっかりしたほうがいい？

笑《わら》い声が途切《とぎ》れた。ノエルがモリガンをにらんでいる。アナはその隙《すき》を逃《のが》さず、まるで天が救《すく》いの手を差《さ》しのべてくれたかのように、その場を離《はな》れていった。どういたしまして。モリガンはむっとした。

「盗《ぬす》み聞きするなんてどうかと思うわ」ノエルは腰《こし》に両手を当てた。「でも、不法《ふほう》入国者にちゃんとしたマナーを期待するほうが無理《むり》よね」

「え？」

「あなたの後援者《こうえんしゃ》はフリー・ステートにあなたを密入国《みつにゅうこく》させたんだって聞いた。だれもあなたのことを知らなかったから、共和国《きょうわこく》から来たにちがいないってわたしの後援者《こうえんしゃ》が言っていたわ。それって違法《いほう》だって知っている？　あなたは刑務所《けいむしょ》に入るのよ」

モリガンは顔をしかめた。あたしはフリー・ステートに不正《ふせい》に入国したの？　モリガンはばかではない……入国審査《しんさ》でジュピターがおかしなことをしたのはわかっていた。チョコレートのつつみ紙とティッシュペーパーを〝書類《しょるい》〟として見せたのは、どう考えても通常《つうじょう》の手続《てつづ》きとは言えない。

でも、だからといってあたしが密入国《みつにゅうこく》したことにはならないでしょう？　あたしたちは犯罪者《はんざいしゃ》なの？

「あなたは、自分がなにを言っているのかわかっていないのよ」モリガンは自信《じしん》に満《み》ちた薄笑《うすわら》いを浮《う》かべた。「それに、あなたの後援者《こうえんしゃ》はいやな人よ」

ノエルは一瞬《いっしゅん》、ためらったようにまばたきをした。「それがあなたの天賦《てんぷ》の才？　大きな口をきくことが？　てっきりひどい格好《かっこう》をすることか、どぶねずみみたいに醜《みにく》いことがそうなのかと思ったわ。そのどちらもすごく得意《とくい》みたいだから――きゃあ！」

巨大《きょだい》な緑のゼリーが空から落ちてきて、ノエルの頭にぺしゃりと当たった。べたべたした緑色のゼリーが顔や髪《かみ》やきらきらするドレスを伝《つた》って、ノエルはまるで放射能《ほうしゃのう》を帯《お》びた下水につかったみたいになった。

「デザートはどうだい、ノエル？」頭上から声がした。少年が片手《かたて》で窓《まど》にぶらさがっている。もう一方の手に持った空《から》のお皿を、下にいる子供《こども》たちにうれしそうに振《ふ》っていた。

ノエルは怒《いか》りにからだを震《ふる》わせた。大きく胸《むね》を上下させながら、あえぐように息をしている。

「あなた――わたしは――絶対《ぜったい》に――こんなこと――もう！　ミスター・チャールトン！」ノエルは階段《かいだん》を駆《か》けおりて後援者《こうえんしゃ》を探《さが》しに行き、ほかの子供《こども》たちもそのすぐあとにつづいた。三つ編《あ》みの少女はまだ笑《わら》いつづけていた。

少年はどさりと音を立てて、モリガンの横に着地した。さっと頭をあげ、ふさふさした癖《くせ》のある茶色い髪《かみ》を顔からはらうと、大きすぎるセーターの位置《いち》を整えた。胸《むね》のところにきらきら光る猫《ねこ》の絵がある、たっぷりした青いセーター。猫《ねこ》の頭にはピンクのリボンが縫《ぬ》いつけられていて、首輪《くびわ》には音の出る銀の鈴《すず》がついている。いったいなんだってこんなものを着る気になったんだろうとモリガンは不思議《ふしぎ》に思った。

「きみのやったこと、気に入ったよ。ほら、〝言葉はよく考えて使うのね〟ってやつさ」少年はモリガンの低《ひく》い怒《おこ》った声をまねして言った。「でも世の中には、いきなりのデザート攻撃《こうげき》みたいな言葉しか理《り》解《かい》できない人間がいるんだ」

少年の変《か》わったアドバイスになんと答えればいいのかわからなかったから、モリガンはだまったままでいた。少年はもの知り顔でうなずき、ふたりはしばらく静《しず》かにその場に立っていた。モリガンは気がつけば、少年のセーターをじっとながめていた。

「気に入った？」少年は自分の胸《むね》を見おろした。「今日ぼくがこれを着ないほうに母さんは賭《か》けたんだ。母さんが通信販売《つうしんはんばい》で買ったんだよ。山ほどぼくに買ってくれるんだ。〈醜《みにく》いセーター社〉っていうんだ。母さんは変《へん》なんだよ」

「なにをもらったの？」

「なにって？」

「賭《か》けに買ったんでしょう？」

「このセーターを着ることさ」少年は眉間《みけん》にしわをよせ、つかの間、困惑《こんわく》したような表情《ひょうじょう》を見せていたが、やがてなにかを思いついたのか、ぱっと顔を輝《かがや》かせた。「ねえ――ちょっと手《て》伝《つだ》ってもらえるかい？」

二〇分後、ふたりは重たい木の樽《たる》をかついでガーデンパーティーに戻《もど》ってきた。〈プラウドフッド・ハウス〉をぐるりとまわった裏庭《うらにわ》の隅《すみ》っこにあったものを、わざわざ運んできたのだ。

ひょろっとしているわりには、少年はかなり力が強かった。脚《あし》は骨《ほね》ばっているし、腕《うで》もがりがりなのに、樽《たる》の重さをほとんどひとりで引き受けていた。

「たしかにここはきれいだよ」少年は息を切らしながら言った。「花もいっぱいだし、像《ぞう》やほかの飾《かざ》りもあるし。でも教えてあげるけど――害獣《がいじゅう》が多くて大変《たいへん》らしいよ。ぼくの後援者《こうえんしゃ》が庭《にわ》師《し》と知り合いなんだ。ありとあらゆるものがいるって聞いた。ネズミとか蛇《へび》とか。つい最近《さいきん》は、ヒキガエルが大発生したらしい。魔法省《まほうしょう》が一週間かかってようやく使いきれるくらいの数だったんだって」

「あたしは気にしない」木の樽《たる》をかついで階段《かいだん》をあがり、おもしろそうな顔をしている弦楽四重奏団員《げんがくしじゅうそうだんいん》の横を通りすぎたときには、モリガンはぜいぜいあえいでいた。「〈プラウドフッド・ハウス〉は、あたしがこれまで見たなかで最高《さいこう》にすてきな場所よ。デュカリオン以外《いがい》では」

「絶対《ぜったい》にぼくを呼《よ》んでよ」少年は熱《ねつ》のこもった声で言った。モリガンがホテルに住んでいると聞いて、ずいぶんと興奮《こうふん》している。「毎日、ルームサービスを頼《たの》むの？　ぼくなら毎日頼《たの》むな。朝食にはロブスター、夕食にはケーキ。枕《まくら》にチョコレートが置《お》いてある？　おしゃれなホテルでは、枕《まくら》にチョコレートが置《お》いてあるものだって父さんが言っていたんだ。〈煙《けむり》の応接室《おうせつしつ》〉があるって本当？　それから小人のヴァンパイアがいるんだって？」

「ヴァンパイアの小人よ」モリガンが言い直した。

「わお。この週末《しゅうまつ》、行ってもいいかな？」

「ジュピターに訊《き》いておく。ところで、このなかにはなにが入っているの？　すごく重いんだけど」

ふたりは階段《かいだん》をあがりきると、目的地《もくてき》――バルコニーの手すり――に樽《たる》を置《お》いた。

少年は目にかかった髪《かみ》をはらうとにやりと笑《わら》い、なにも言わずに樽《たる》のふたを開けて、バルコニーの上で傾《かたむ》けた。薄気味悪《うすきみわる》い滝《たき》のように、何十匹というぬるぬるした茶色いヒキガエルが流れ出した。ヒキガエルはみるみるうちに敷石《しきいし》の上で広がっていき、ゲロゲロ鳴きながら、悲鳴をあげるパーティー客の足元でぴょんぴょんと飛《と》びまわりはじめた。

「言っただろう？　害獣《がいじゅう》の問題があるって」

モリガンは目を見開いた。ガーデンパーティーにヒキガエルの集団《しゅうだん》を放す手助けをしてしまったのだ。どこかひきつったような笑《わら》いがもれた。デイム・チャンダーが考えていた第一印象《いんしょう》は、こういうものじゃないはずだ。

庭園は大混乱《だいこんらん》だった。ヒキガエルから必死《ひっし》になって逃《に》げようとする人々《ひとびと》が、からまりあって倒《たお》れている。だれかが大声で使用人を呼《よ》んだ。テーブルが倒《たお》れ、パンチのボウルが地面に落ちて砕《くだ》け、紫色《むらさきいろ》の液体《えきたい》がこぼれてウォン長老《ちょうろう》にかかった。

モリガンと少年は犯罪現場《はんざいげんば》からこっそり離《はな》れると、駆《か》けだした。バルコニーの階段《かいだん》をおり、〈プラウドフッド・ハウス〉の横手までやってきたところで、ようやくお腹《なか》をかかえ、息も絶《た》え絶《だ》えになるくらい笑《わら》った。

「あれって――」モリガンは息を切らしながら、痛《いた》む横腹《よこばら》を手で押《お》さえた。「あれって――」

「傑作《けっさく》だったね。ところで、きみの名前はなんていうの？」

「モリガン」モリガンは手を差《さ》しだしながら言った。「あなたは――」

「楽しんでいるかい？」穏《おだ》やかな笑《え》みを浮《う》かべたジュピターが、網《あみ》とほうきを手に慌《あわ》てて駆《か》けていく大勢《おおぜい》の使用人たちを気にも留《と》めず、のんびりした足取りで近づいてきた。

モリガンはうしろめたそうに、口の内側《うちがわ》をかんだ。「ええ、まあ」

ナン・ドーソンがジュピターのうしろから駆《か》けよってきた。「ノース大佐《たいさ》、あの子を見かけ――」笑《わら》いの止まらないモリガンの新しい友人に気づいて、ナンはその先の言葉をのみこんだ。顔が真っ赤に染《そ》まる。「**ホーソーン・スウィフト！**」

少年はきまり悪そうな笑《え》みを浮《う》かべた。

「ごめんよ、ナン」少年は少しも悪いと思っていないことがはっきりわかる口調で言った。「あんな見事なヒキガエルの樽《たる》をむだになんてできなかったんだ」

ジュピターとモリガンは帰りは馬車を使った。どちらもだまったままだったが、ハムディンガー・アベニューに差《さ》しかかったところで、ようやくジュピターが口を開いた。

「友だちができたんだね」

「そうみたい」

「ほかになにかおもしろかったことは？」

モリガンはちょっと考えてから答えた。「敵《てき》も作ったと思う」

「ぼくは一二歳《さい》になるまで、本当の敵《てき》はできなかったよ」ジュピターは感心したように言った。

「それがあたしの天賦《てんぷ》の才？」

ジュピターはくすくす笑《わら》った。

馬車はホテル・デュカリオンの立派《りっぱ》な前庭ではなく、キャディスフライ・アレーの入り口で止まった。ジュピターは御者《ぎょしゃ》に料金《りょうきん》を払《はら》い、ふたりはくねくねした細い裏通《うらどお》りを歩いて、従《じゅう》業員用入り口《ぎょういんよう》の質素《しっそ》な木のドアまでやってきた。モリガンは、ドアを開けようとしたジュピターの腕《うで》に手をのせて訊《き》いた。

「あたしがここにいるのは違法《いほう》なの？」

ジュピターは口の内側《うちがわ》をかんだ。「少しね」

「つまり……あたしにはビザがない」

「ないかもしれない」

「ないかもしれないの？　それともまったくないの？」

「まったくない」

「そうなんだ」モリガンはしばし口をつぐみ、訊《き》きたいことをどんな言葉にすれば一番いいだろうと考えた。「もしあたしが……あの人たちがあたしを――ほら、〈輝かしき結社《ワンダラス・ソサエティ》〉に……

……」

「なんだい？」

モリガンは大きく息を吸《す》った。「そうなったら、あたしはここにいられる？　あなたといっしょにデュカリオンに？」ジュピターがなにも言わなかったので、モリガンはさらに言った。「客としてじゃなくて！　あたし、働《はたら》くから。お給料《きゅうりょう》なんて払《はら》ってくれなくていいの。ケジャリーのために雑用《ざつよう》をするとか、フェンの下で銀器《ぎんき》を磨《みが》くとか――」

ジュピターは大声で笑《わら》いながらアーチを描《えが》く木のドアをくぐり、かすかに湿《しめ》ったにおいのする、ガス灯に照《て》らされた廊下《ろうか》へと入った。「あの怒《おこ》りっぽいフェンばあさんと働《はたら》くのは、さぞ楽しいだろうな。だがネバームーア宿泊施設連盟《しゅくはくしせつれんめい》は、子供《こども》を働《はたら》かせるのは賛成《さんせい》しないと思うぞ」

「なにか考えるって約束《やくそく》してくれる？」

「きみが、結社《けっしゃ》に入らないときのことを考えるのをやめると約束《やくそく》すればね」

「でも、もし入れなかったら――」

「そのときは、あの橋を吹《ふ》き飛《と》ばしてしまおう」

モリガンはため息をついた。ちゃんと答えてよ。モリガンは心のなかでつぶやいたけれど、声に出しては言わなかった。

ジュピターはモリガンのあとについて廊下《ろうか》を進みながら訊《き》いた。「きみの機知《きち》に富《と》んだ新しい友だちのことを教えてくれるかい？　いったい第七地区のどこで、ヒキガエルでいっぱいの樽《たる》を見つけたんだ？」

第一〇章
違法《いほう》

四階の八五号室は、少しずつモリガンの寝室《しんしつ》になっていった。数日ごとに、ひと目で大好《だいす》きになる新しいものが増《ふ》えていく。たとえば、ある日、本棚《ほんだな》にあらわれた人魚の形のブックエンドや、そこで本を読んでいると、その脚《あし》を彼女《かのじょ》に巻《ま》きつけてくるタコの形の黒い革《かわ》の肘掛《ひじか》け椅《い》子《す》のような。

数週間前のある夜には、シンプルな白いヘッドボードのベッドが、眠《ねむ》っているあいだに錬鉄《れんてつ》のフレームのおしゃれなものに変《か》わっていたことがあった。けれどデュカリオンはすぐにそれがまちがいだったことに気づいたらしく、二日後の朝目覚《めざ》めたときには、モリガンはハンモックのなかにいた。

そのなかでもモリガンの一番のお気に入りは、トイレの上にかかっている鮮《あざ》やかな緑色のゼリーの像《ぞう》の絵だった。

はじめのうちモリガンは、ジュピターかフェンが彼女《かのじょ》がどれほどだまされやすいかを試《ため》すために、こっそり変《か》えているのだと思っていた。ある日の夜中、水を飲みたくなってバスルームに入っていき、バスタブからかぎ爪《づめ》の形の四本の足がにょきにょきと生えてきているのを見るまでは。

もっとも奇妙《きみょう》なのは、部屋の大きさと形が変《か》わることだった。正方形の小さな窓《まど》がひとつあったところには、いまではアーチ形の窓《まど》が三つある。バスルームが舞踏場《ぶとうじょう》くらいの広さで、バスタブがプールみたいだった日があるかと思えば、翌日《よくじつ》にはクローゼットほどの大きさに縮《ちぢ》まっていることもあった。

じきに部屋には、赤い花が植わった植木箱が並《なら》び、モリガンのサイズの灰色《はいいろ》のフェドーラ帽《ぼう》をかぶった骸骨《がいこつ》の形の帽子《ぼうし》掛《か》けがあらわれ、濃《こ》いツタが半分からまった石の暖炉《だんろ》が作られた——モリガン・クロウは生まれてはじめて、いるべき場所にいると感じていた。

春もなかばを過《す》ぎたころ、泥《どろ》の色の制服《せいふく》を着た男性《だんせい》がホテル・デュカリオンにやってきた。口ひげの先は頬骨《ほおぼね》のあたりまでくるりと反りかえり、胸《むね》の銀のバッジがきらりと光っていた。両手を腰《こし》のうしろで組んでコンシェルジュの机《つくえ》の前に立ち、あからさまな軽蔑《けいべつ》のまなざしでホテルのロビーをながめている。

ケジャリーが、〈煙《けむり》の応接室《おうせつしつ》〉にいたジュピターとモリガンを呼《よ》びに来た。ふたりは、深緑色の煙《けむり》（頭をさえさせるローズマリーの煙《けむり》だ）のなかでトランプをしていた。どちらもルールがよくわかっていなかったが、フランクがモリガンの耳元で指示《しじ》をだし、デイム・チャンダーがジュピターにアドバイスを送った。ときおりだれかが〝やった！〟と叫《さけ》び、ほかの者たちは顔をしかめたり、なにかを投げたりする。そんなこんなで、こうやって午後を過《す》ごすのも悪くないとモリガンは考えていた。

すぐにロビーに来るようにとケジャリーに言われ、ジュピターもモリガンも少し機嫌《きげん》が悪かった。口ひげの男が、まだ成長途中《せいちょうとちゅう》の小さくて不格好《ぶかっこう》なシャンデリアをばかにするように鼻で笑《わら》っているのを見て、モリガンはますます不愉快《ふゆかい》になった。

なんて失礼《しつれい》なの！　まだできていないのに。

シャンデリアは日ごとに形を取り戻《もど》していたが、完成《かんせい》まではほど遠い。いまの段階《だんかい》では、どんな形になるのかはわからなかった。フェネストラは賭《か》けをはじめていた。華麗《かれい》なクジャクに決まっているとフランクは断言《だんげん》していたが、モリガンはジュピターが大好《だいす》きだった、以前《いぜん》とおなじピンク色の帆船《はんせん》になればいいと、いまも思っていた。

「〈カメムシ〉がここでなにをしているんだ？」ジュピターがつぶやき、ケジャリーは肩《かた》をすくめながらコンシェルジュの机《つくえ》の向こう側《がわ》に戻《もど》っていった。

「〈カメムシ〉ってなに？」モリガンが小声で訊《き》いた。

「おっと――ふむ、ネバームーア警察《けいさつ》のことだ」ジュピターが押《お》し殺《ころ》した声で答えた。「〈カメムシ〉なんて――呼《よ》んじゃいけなかったな。面と向かってはだめだ。いいかい、話はぼくがするからね」

ジュピターは男性《だんせい》に近づき、愛想《あいそう》よく握手《あくしゅ》をかわした。「ごきげんよう、おまわりさん。ホテル・デュカリオンにようこそ。チェックインですか？」

男性《だんせい》はせせら笑《わら》った。「とんでもない。きみが経営者《けいえいしゃ》かね？」

「ジュピター・ノースです。はじめまして」

「ジュピター・アマンティウス・ノース大佐《たいさ》」男性《だんせい》はメモ帳を見ながら言った。「〈輝かしき《ワンダラス・ソ》結社《サエティ》〉と〈探検者同盟《たんけんしゃどうめい》〉と〈ネバームーア宿泊施設連盟《しゅくはくしせつれんめい》〉の名誉《めいよ》あるメンバー。〈ワンダー動物の権利《けんり》委員会〉の局長、〈ゴブリン図書館〉の本の戦士《せんし》をボランティアで務《つと》め、〈廃棄《はいき》されたロボット執事《しつじ》のための慈善信託《じぜんしんたく》〉の責任者《せきにんしゃ》でもある。それまで登録《とうろく》されていなかった一七の領土《りょうど》を発見し、『格好《かっこう》いい男のための雑誌《ざっし》』の格好《かっこう》いい男コンテストで四年連続優勝《れんぞくゆうしょう》している。たいしたものだ、大佐《たいさ》。なにか抜《ぬ》かしたものはあったかね？」

「恵《めぐ》まれないチンピラたちにタップダンスを教えているし、〈精神《せいしん》に異常《いじょう》のある犯罪者《はんざいしゃ》のためのネバームーア最重警備矯正施設《さいじゅうけいびきょうせいしせつ》〉で行われる、ブラックベリーパイのコンテストで審査員《しんさいん》をしていますよ」

冗談《じょうだん》かどうかはわからなかったけれど、モリガンは思わず声をあげて笑《わら》った。

「あなたって聖人《せいじん》なの？」

「パイ目当てで行くだけさ」ジュピターはウィンクした。

警察官《けいさつかん》は冷《ひ》ややかな笑《え》みを浮《う》かべた。「自分をおもしろい人間だと思っているのかね？」

「ええ、ちょくちょくそう思っていますよ。ところで、どういったご用件《ようけん》でしょう、警視《けいし》？」

モリガンはジュピターの視線《しせん》をたどり、男性《だんせい》のバッジを見た。ハロルド・フリントロック警視《けいし》。フリントロック警視《けいし》は太鼓腹《たいこばら》を引っこめて、ジュピターをさげすんだ目で見ようとしたけれど、ジュピターのほうがかなり背《せ》が高かったからあまりうまくいかなかった。「匿名《とくめい》の通報《つうほう》があったのだ。不法難民《ふほうなんみん》をかくまっていると、〈輝かしき結社《ワンダラス・ソサエティ》〉の友人がきみを密告《みっこく》したのだよ、ノース。これは大きな問題だ」

ジュピターはおだやかにほほえんだ。「それは大問題ですね。本当だとすれば」

「きみは今年、〈輝かしき結社《ワンダラス・ソサエティ》〉に候補者《こうほしゃ》を立てた。まちがいないね？」

「そのとおりです」

「そしてここにいるのが、その候補者《こうほしゃ》？」

「モリガン・クロウといいます」

フリントロック警視《けいし》は目を細くしてモリガンをながめ、ぐいっと顔を寄《よ》せた。「で、きみはどこから来たんだね、モリガン・クロウ？」

「オセワ」モリガンは答えた。

ジュピターはこらえきれなかった笑《わら》いを、咳《せき》でごまかそうとした。「フリー・ステートの第七地区って言ったんですよ、警視《けいし》。彼女《かのじょ》はちょっと……発音がおかしくて」

モリガンはジュピターをちらりと見た。ネバームーアに来た最初《さいしょ》の日に入国審査官《しんさかん》と話をしていたときとおなじ、落ち着いて自信《じしん》に満《み》ちた態度《たいど》だ。

フリントロック警視《けいし》は自分の手のひらにメモ帳をぴしゃりと打ちつけた。「よく聞きたまえ、ノース。フリー・ステートには入国に関《かん》する厳《きび》しい法律《ほうりつ》がある。もしきみが不法《ふほう》入国者をかくまっているとしたら、そのうちの二八の法律《ほうりつ》をおかしていることになる。かなり困《こま》ったことになるだろうな。不法《ふほう》入国者は災厄《さいやく》だ。フリー・ステートに逃《に》げこもうとする共和国《きょうわこく》のくずどもから、ネバームーアの国境《こっきょう》とこの国の住人を守るのがわしの仕事だ。」

ジュピターの顔が真剣《しんけん》になった。「高潔《こうけつ》ですばらしい仕事ですね」静《しず》かに告《つ》げる。「フリー・ステートを、その助けをもっとも必要《ひつよう》としている人たちから守るのは」

フリントロックは鼻で笑《わら》い、脂《あぶら》ぎった口ひげをなでた。「きみのようなタイプの人間なら知っている。情《じょう》に流されすぎるのだ。それが許《ゆる》されるなら、きみはだれだって受け入れてしまうだろう。だが、ここにいる汚《けが》らわしい不法《ふほう》入国者も、結局《けっきょく》はお荷物になるだけだといずれきみも気づくはずだ」

ジュピターはまっすぐにフリントロックの目を見つめた。「彼女《かのじょ》をそんなふうに呼《よ》ばないでもらおう」

モリガンの背筋《せすじ》がぞくりとした。ジュピターの声には冷《つめ》たい怒《いか》りが感じられたし、青い目には氷のような光が浮《う》かんでいる。けれどフリントロックはそれに気づかないくらい鈍感《どんかん》だった。

「そのとおりに呼《よ》んでいるだけだ。汚《きたな》らしい鼻つまみ者の、最低《さいてい》の不法《ふほう》入国者とね。わしをごまかそうったってそうはいかないぞ、ノース。彼女《かのじょ》の書類《しょるい》——市民権《しみんけん》を証明《しょうめい》する正式な書類《しょるい》だ——を提出《ていしゅつ》するか、きみ自身が出頭するんだな。そして、この卑劣《ひれつ》な不法《ふほう》入国者は即座《そくざ》に国外追放だ！」

警視《けいし》の声がロビーに響《ひび》きわたり、高い天井《てんじょう》に反響《はんきょう》した。その声に反応《はんのう》して、何人かの従業員《じゅうぎょういん》が近づいてきた。

「なにか問題ですか、ノース大佐《たいさ》?」ケジャリーがコンシェルジュの机《つくえ》を離《はな》れ、マーサといっしょにやってきた。

「ひどい騒《さわ》ぎだこと」デイム・チャンダーはモリガンの肩《かた》に手をまわし、フリントロックをにらみつけた。

「だれか、警備員《けいびいん》を呼《よ》んだかい?」フェネストラは食事の準備《じゅんび》でもするかのように、階段《かいだん》の上で大きな爪《つめ》をなにげなさそうに研いでいる。

「膝《ひざ》こぞうをかんでやろうか、ジョーヴ?」ヴァンパイアの小人がジュピターの脚《あし》のあいだから顔を突《つ》きだした。

「その必要《ひつよう》はないよ。なにも問題はない、ありがとう。みんな帰ってくれて大丈夫《だいじょうぶ》だ」その場を動こうとしないフェン以外《いがい》の全員がしぶしぶ戻《もど》っていった。フリントロックはマニフィキャットのほうを不安《ふあん》そうにながめていたが、ジュピターはだまったままだった。

しばらくしてジュピターが再《ふたた》び口を開いたとき、その声は落ち着いていた。「〈輝かしき結社《ワンダラス・ソサエティ》〉の管轄下《かんかつか》にある人間に、書類《しょるい》の提出《ていしゅつ》を求《もと》める権利《けんり》はきみにはないよ、フリントロック。法律《りつ》に違反《いはん》した者は、ぼくたちが自分で対処《たいしょ》する」

「彼女《かのじょ》は〈輝かしき結社《ワンダラス・ソサエティ》〉の一員では——」

「きみはワンダー法《ほう》の手引きをもう一度勉強しなおす必要《ひつよう》があるね、フリントロック。第《だい》九七条《じょう》F項《エフこう》〝〈輝《ワンダラス・ソサエティ》かしき結社〉の入会審査《しんさ》に登録《とうろく》している子供《こども》は、当該審査《とうがいしんさ》の期間中、もしくは彼《かれ》または彼女《かのじょ》が審査《しんさ》の過程《かてい》から除外《じょがい》されるまでは、あらゆる法律上《ほうりつじょう》において〈輝《ワンダラス・ソサエティ》かしき結社〉の一員とみなされる〟。あらゆる法律上《ほうりつじょう》だ。つまり、彼女《かのじょ》はすでにぼくたちの一員ということだ」

モリガンは大きな安堵感《あんどかん》につつまれた。すでにぼくたちの一員。〈輝《ワンダラス・ソサエティ》かしき結社〉の法律《ほうりつ》が自分の味方だということを知って勇気《ゆうき》づけられ、フリントロックをにらみつけた。

フリントロックの怒《いか》りにゆがんだ顔が真っ赤になり、やがて紫色《むらさきいろ》になり、最後《さいご》は白くなった。口ひげがふるえている。「いまだけだ。いまは見逃《みのが》してやろう、ノース。だが彼女《かのじょ》が審査《しんさ》に落ちたらすぐに、書類《しょるい》を見せてもらうからな」フリントロックは口ひげをなでると、泥色《どろいろ》の制服《せいふく》のしわを伸《の》ばし、靴《くつ》の底《そこ》にこびりついた汚《きたな》いものを見るような目でモリガンを見おろした。

「いずれきみが〝お願《ねが》いです、警視《けいし》、お慈悲《じひ》を〟と言うより早く、彼女《かのじょ》は汚《けが》らわしい共和国《きょうわこく》に送り返されているだろうな。そしてきみは、あの結社《けっしゃ》でもどうにもできないくらいの窮地《きゅうち》に陥《おちい》ることになるわけだ」

フリントロックはつかつかとデュカリオンのロビーを出ていき、前庭の階段《かいだん》をおりて帰っていった。モリガンが振《ふ》り返ると、ジュピターはこれまで見たことがないくらい引き締《し》まった顔をしていた。

「あの人たちは本当にあたしを追放できるの？」喉《のど》になにかがつまったような気分だった。暗《くら》闇《やみ》から迫《せま》ってくる、形のない〈煙《けむり》と影《かげ》のハンター〉の黒い姿《すがた》を思いだした。うなじがぞくりとした。「ネバームーアを出ていかなきゃいけなくなったら、あたしはどうなるの？」

「ばかなことを言うんじゃないよ、モグ」ジュピターは元気づけるように言った。「そんなことには絶対《ぜったい》にならない」

ジュピターは振《ふ》り返ろうともせずにロビーを出ていった。

その夜モリガンが眠《ねむ》りにつこうとしたときには、ハンモックは脚《あし》に星と月の彫刻《ちょうこく》がある木の枠《わく》のベッドに変《か》わっていた。眠《ねむ》りは浅《あさ》く、〈特技披露審査《とくぎひろうしんさ》〉の夢《ゆめ》を見た。夢《ゆめ》のなかでモリガンはなにも言えずにだまって長老《ちょうろう》たちの前に立ちつくし、最後《さいご》には〈カメムシ〉にその場から引きずりだされて、観客《かんきゃく》がヤジを飛《と》ばすなか、〈煙《けむり》と影《かげ》のハンター〉に引き渡《わた》されるのだった。

朝になってみると、ベッドは布団《ふとん》になっていた。デュカリオンもモリガンについてはまだ心を決めかねているのかもしれなかった。

第一一章
本《ほん》の審査《しんさ》

「できみのてんぷのさいはなんだたの？」チーズサンドイッチを口いっぱいにほおばったまま、ホーソーンが訊《き》いた。

ジュピターは、近々《ちかぢか》行われる〈本の審査《しんさ》〉の勉強をいっしょにするという条件《じょうけん》で、新しい友人がホテル・デュカリオンを訪《おとず》れることを許《ゆる》してくれた。いまのところデュカリオンのなかを探検《たんけん》しただけで、まだなにも勉強していなかったけれど。ホーソーンは〈煙《けむり》の応接室《おうせつしつ》〉（今日の午後は、〝満足《まんぞく》感を高める〟チョコレート色の煙《けむり》だった）と、〈雨の部屋〉（彼《かれ》は雨靴《あまぐつ》を持ってきていなかったので、ズボンは膝《ひざ》までぐっしょり濡《ぬ》れた）と、劇場《げきじょう》がとりわけ気に入ったらしかった。実を言えば、劇場《げきじょう》そのものではなく、舞台裏《ぶたいうら》の衣装《いしょう》部屋に興味《きょうみ》を引かれたらしい。壁《かべ》ぎわにはずらりと衣装《いしょう》が並《なら》び、それぞれに何十年たっても色あせないアクセントとおかしな歩き方がくっついていた。ホーソーンは、『ゴルディロックスと三匹《さんびき》のくま』のゴルディロックスの衣装《いしょう》を脱《ぬ》いで三〇分たったあとも、廊下《ろうか》をスキップしていた。

ふたりはいま、湯気と騒音《そうおん》がたちこめ、料理人《りょうりにん》たちがせわしなく働《はたら》いているホテル・デュカリオンのあわただしいキッチンで、隅《すみ》のテーブルに座《すわ》っていた。審査《しんさ》の勉強をするのにふさわしい場所ではないとモリガンは思ったけれど、フェネストラは書斎《しょさい》で昼食をとるのを許《ゆる》してくれなかったし、追って知らせがあるまで食堂《しょくどう》の重力は一時停止《ていし》すると、ケジャリーがしばらく前に宣言《せんげん》していた。

「あたしの天賦《てんぷ》の才?」モリガンはその質問《しつもん》にはいいかげんうんざりしていた。「わからない」

ホーソーンは口のなかのものをごくりと飲みくだしながらうなずいた。「言わなくてもいいんだよ。秘密《ひみつ》にしている候補者《こうほしゃ》は大勢《おおぜい》いる。〈特技披露審査《とくぎひろうしんさ》〉で有利《ゆうり》になるからね」

「そういうことじゃないの」モリガンは急いで言った。「あたしに天賦《てんぷ》の才はないと思う」

「あるよ」ホーソーンはグラス半分の牛乳《ぎゅうにゅう》を一気飲みしながら顔をしかめた。「天賦《てんぷ》の才がなければ、後援者《こうえんしゃ》はきみに審査《しんさ》を受けさせられない。それが規則《きそく》なんだ」

ある考えが、いまもモリガンの心の奥《おく》をちくちくと刺《さ》していた。あたしの天賦《てんぷ》の才は、呪《のろ》いと関係《かんけい》があるの？　ホーソーンの意見を聞きたくてたまらなかったけれど、呪《のろ》いについて口にするわけにはいかない。それがジュピターとの約束《やくそく》だ。

「もしあるなら、自分でわかるはずじゃない?」モリガンはサンドイッチを手に取ったけれど、食欲《しょくよく》はなくなっていた。たとえ五分間でも友だちができたのは楽しかったと、みじめな思いで考えた。友だちになるのなら、犬の顔の少年よりホーソーンのほうがずっとよかった。

「そうかもしれないね」ホーソーンは肩《かた》をすくめた。サンドイッチの最後《さいご》のひと切れをたいらげると、モリガンがジュピターの書斎《しょさい》から借《か》りてきた教科書の一冊《いっさつ》を開いた。「世界大戦《たいせん》からはじめる？」

モリガンは顔をあげた。「え？」

「それとも、もっと退屈《たいくつ》なところからにしようか？」

モリガンは驚《おどろ》きが顔に出ないように、できるだけ明るい口調で言った。「それじゃあ……いまでもあたしと友だちでいてくれるの？」

「え？　そうだよ、当たり前じゃないか」ホーソーンは顔をしかめた。モリガンは口元がゆるむのを感じた。ホーソーンはそれがなんでもないことのように、友情《ゆうじょう》を差《さ》しだしてくれている。それがどれほどの意味を持つことなのか、想像《そうぞう》もできないのだろう。

「でもあたしたちは……役に立つ仲間《なかま》を作らなきゃいけないのに。あとは、〈輝《かがや》かしき歓迎《かんげい》会《かい》〉で言われたようなこととか」モリガンは、湯気のたつムラサキガイの器《うつわ》を持って急ぎ足で通りすぎていく副料理長《ふくりょうりちょう》をかろうじてかわし、空になったお皿をシンクに運んだ。言っておかなければならない気がしていた。「あたしは、役に立つ仲間《なかま》じゃないと思う」

「だから？」ホーソーンは笑《わら》いながら言うと、本に視線《しせん》を戻《もど》した。モリガンは肩《かた》の荷がおりたような気分で、再《ふたた》び腰《こし》をおろした。「世界大戦《たいせん》からはじめるのがいいと思うんだ。争《あらそ》いごとがいっぱい出てくるからね。第一問。ハイランドで行われた〈哀歌《あいか》の要塞《ようさい》の戦《たたか》い〉では、何人の首がはねられたか？」

「わからない」

ホーソーンは指を一本立てた。「ひっかけ問題だ。ハイランドの部族は、戦《たたか》いで首をはねない。胴体《どうたい》を切ってさかさまにして吊《つ》るし、内臓《ないぞう》が落ちてくるまでゆするんだよ」

「感動的《てき》ね」モリガンは言った。フリー・ステートはやっぱり共和国《きょうわこく》とは全然《ぜんぜん》ちがう。ホーソーンは目を輝《かがや》かせ、両手をこすり合わせた。本題はこれからだ。

「つぎの問題。〈黒い崖《がけ》の戦《たたか》い〉で、敵《てき》のドラゴンにかりかりに焼《や》かれた〈空中部隊《ぶたい》〉の有名なパイロットはだれか？　それから――これは、ボーナス問題だな。転落死した仲間《なかま》の遺体《いたい》を食べる、崖《がけ》で暮《く》らす未開《みかい》の部族はなにか？」


一週間後、モリガンはやっぱり走って逃《に》げたくなる気持ちをぐっとこらえながら、〈プラウドフッド・ハウス〉につづく長い私道《しどう》を歩いていた。黒い幹《みき》の枯《か》れた並木《なみき》が今日はいっそうおそろしく感じられた。淡《あわ》い空を背景《はいけい》にすると、その細長い枝《えだ》はいまにも獲物《えもの》に飛《と》びかかろうとしている蜘蛛《くも》のように見えた。

「緊張《きんちょう》している？」ジュピターが訊《き》いた。

モリガンは答える代わりに、片方《かたほう》の眉《まゆ》をあげた。

「そうだな。もちろん緊張《きんちょう》するよね。緊張《きんちょう》しなきゃいけない。緊張《きんちょう》する日なんだから」

「ありがとう。ぐっと気が楽になった」

「本当に？」

「ううん」

ジュピターは笑《わら》いながら、木の枝《えだ》の合間にのぞく灰色《はいいろ》の空を見あげた。「いい意味で言ったんだよ。きみの人生は変《か》わろうとしているんだ、モグ」

「モリガン」

「数時間後には、きみは小さな金のピンに一歩近づいている。ピンを手にしたときには、世界がきみの前に開けるんだ」

モリガンは、ジュピターの自信《じしん》をひとかけらでもいいからわけてもらいたかった。ちゃんとやれると信《しん》じたくてたまらなかった。彼女《かのじょ》に対するジュピターの信頼《しんらい》にちゃんとした理由があるなら、夏までに月を植民地《しょくみんち》化して、この世界の病気をすべて治《なお》すことだってできそうだ。けれどそれは意味のないことだった。ジュピターが正気なのかどうか、いまだに確信《かくしん》が持てていないのだから。

「筆記のほうが難《むずか》しい」ジュピターが言った。「問題は三つ。だれもなにも言わない。鉛筆《えんぴつ》と紙と机《つくえ》があるだけだ。時間をかけていいんだよ、モグ。そして正直に答えるんだ」

「正しく、でしょう？」モリガンは面食らった。ジュピターは彼女《かのじょ》の言葉を聞いていないみたいに、さらに言った。

「そのあと、口頭試験《しけん》がある。こっちはなにも心配ない――ちょっとしたクイズみたいなものだ。というより、会話と言ったほうがいいかな。そっちも、**時間をかけていい**。長老《ちょうろう》たちを待たせても気にしないことだ。彼《かれ》らはきみがどんな人間かを見たいんだ。いつもの魅力的《みりょくてき》なきみでいれば、大丈夫《だいじょうぶ》だ」

魅力的《みりょくてき》なあたしってどういう意味？　ジュピターがどこかべつの場所で会った、べつのモリガン・クロウにちがいないと思ったけれど、それをたしかめる時間はなかった。そこはもう〈プラウドフッド・ハウス〉の前で、後援者《こうえんしゃ》は試験《しけん》会場に入ることを許《ゆる》されていなかった。ここから先はひとりだ。

「幸運を祈《いの》るよ、モグ」ジュピターはモリガンの腕《うで》を軽く叩《たた》いた。モリガンは大理石の階段《かいだん》をのぼる候補者《こうほしゃ》たちの波にまざった。足が鉛《なまり》のようだ。「行って、やっつけておいで」

試験《しけん》会場は、モリガンが見たこともないほど広かった。長方形の机《つくえ》と背《せ》もたれのまっすぐな木の椅子《いす》が何列も何列も延々《えんえん》とつづいている。何百人もの候補者《こうほしゃ》たちがつぎつぎと入ってきては、〈輝かしき結社《ワンダラス・ソサエティ》〉の係員から薄《うす》い冊子《さっし》と鉛筆《えんぴつ》を受け取り、だまって座《すわ》っていく。モリガンは首を伸《の》ばしてホーソーンの姿《すがた》を探《さが》したけれど、見つからなかった――机《つくえ》はアルファベット順《じゅん》に並《なら》べられていたから、ずっとうしろのSのグループにいるのだろう。モリガンはあきらめて、冊子《さっし》の表紙を見た。

輝かしき結社《ワンダラス・ソサエティ》
入会試験《しけん》

本の審査《しんさ》

一の春
貴族支配《きぞくしはい》の第三紀元《きげん》

候補者《こうほしゃ》：モリガン・オデール・クロウ
後援者《こうえんしゃ》：ジュピター・アマンティウス・ノース大佐

候補者《こうほしゃ》全員に試験冊子《しけんさっし》が配られると、会場の前にいる係員がガラスの鐘《かね》を鳴らした。かさかさという音と共《とも》に、みんなが一斉《いっせい》に冊子《さっし》を開いた。モリガンは深呼吸《しんこきゅう》をすると、ページをめくった。

真っ白だ。二枚《にまい》めも三枚《さんまい》めも。冊子《さっし》の最後《さいご》のページまでめくってみたけれど、どこにも問題は書かれていなかった。

モリガンは手をあげて、問題用紙が白紙だと係員に訴《うった》えようとしたけれど、会場の前方に立つ女性は気づかなかった。

モリガンは最初《さいしょ》のページをもう一度見た。文字があらわれた。

あなたはここの人間ではありませんね。

それなのに、どうして〈輝《ワンダラス・ソサエティ》かしき結社〉に入りたいのですか？

モリガンはまわりを見渡《みわた》し、ほかの候補者《こうほしゃ》たちの冊子《さっし》にも脳《のう》みそがあって、偉《えら》そうな質問《しつもん》をしているのかどうかをたしかめようとした。けれど、たとえそうだとしても、だれも驚《おどろ》いている様子はなかった。後援者《こうえんしゃ》からあらかじめ聞いていたのだろう。

モリガンはジュピターが言ったことを思い出した——時間をかけていいんだよ、モグ。そして正直に答えるんだ。モリガンはため息をつきながら鉛筆《えんぴつ》を握《にぎ》り、書き始めた。

わたしは〈輝《ワンダラス・ソサエティ》かしき結社〉の重要《じゅうよう》で役にたつメンバーになりたい——

書き終えるより早く、見えないペンのようなもので字が消されはじめた。モリガンは息をのんだ。

くだらない。本当はどうして〈輝《ワンダラス・ソサエティ》かしき結社〉に入りたいのですか？

モリガンは唇《くちびる》をかんだ。

小さな金のWのピンがほしいから。

書いた文字がまた消えた。ページの隅《すみ》が黒くなって、丸まりはじめた。

ちがう。

焦《こ》げたページの隅《すみ》から細い煙《けむり》がたちのぼった。モリガンは手で叩《たた》いて消そうとしたけれど、煙《けむり》は止まらない。どこかに水はないかとモリガンは必死《ひっし》になってあたりを見まわした。それとも、だれかが手を貸《か》してくれるかもしれない。けれど動揺《どうよう》している係員はひとりもいなかった。それどころか、モリガンだけではなく、ほかの数人の候補者《こうほしゃ》の冊子《さっし》が焦《こ》げたり、燃《も》えたりしているのを見ても平然《へいぜん》としている。

ひとりの少年の冊子《さっし》は炎《ほのお》をあげて燃《も》えはじめ、机《つくえ》の上にはひとにぎりの灰《はい》が残《のこ》るだけになった。係員は少年の肩《かた》を叩《たた》き、出ていくようにとうながした。少年はがっくりとうなだれて試験《しけん》会場を出ていった。

正直な答えを書かなきゃいけない。モリガンは鉛筆《えんぴつ》をにぎり直し、急いで書いた。みんなにあたしを好《す》きになってもらいたいから。

自分を焼《や》きつくそうとしていた冊子《さっし》の進行が止まった。本当ならボッと火がついてもおかしくない状態《じょうたい》のまま、待っている。

つづけて。

モリガンの手がふるえた。

あたしは自分の居場所《いばしょ》がほしい。

それから？　冊子《さっし》がさらにうながした。

モリガンは大きく息を吸《す》い、〈闇宵時《やみよいどき》〉のつぎの日にジュピターとかわした会話を思いだそうとした。

なにがあろうと永遠《えいえん》にあたしの味方をしてくれる兄弟姉妹がほしい。

焦《こ》げていたところがゆっくりと元の状態《じょうたい》に戻《もど》っていき、新しい白いページになった。モリガンはほっと息を吐《は》いて、痛《いた》いほど鉛筆《えんぴつ》を握《にぎ》りしめていた手の力を抜《ぬ》いた。すぐに、つぎの質問《しつもん》があらわれた。

あなたが一番おそろしいものは？

考える必要《ひつよう》もなかった。簡単《かんたん》だ。

イルカが陸《りく》を歩くことを覚《おぼ》えて、潮吹《しおふ》き穴《あな》から酸《さん》を吐《は》きだすこと。

文字は勢《いきお》いよく消えていき、ページがまた焦《こ》げはじめた。冊子《さっし》が炎《ほのお》に包《つつ》まれたのか、近くにいた少女が悲鳴をあげた。眉毛《まゆげ》を焦《こ》がした少女は会場を出ていった。

冊子《さっし》の隅《すみ》が灰《はい》になるのを見ながら、モリガンは必死《ひっし》になって考えた。本当のことを書いたのに！　酸《さん》を吐《は》き、陸《りく》で暮《く》らすイルカは、ずっと前から彼女《かのじょ》の一番おそろしいものだった。ただし――ううん、ちがう。それが一番おそろしいと、言っていいただけ。最大《さいだい》の恐怖《きょうふ》、本当の恐怖《きょうふ》は、あまりにおそろしすぎて口にできなかったから。モリガンは唇《くちびる》をかみ、新しい答えを書いた。

死ぬこと。

冊子《さっし》は煙《けむり》をあげつづけている。

死ぬこと。もう一度書いた。死ぬこと！　死ぬことに決まっている！

そして、ひらめいた――

〈煙《けむり》と影《かげ》のハンター〉

けれど冊子《さっし》は燃《も》えつづけた。モリガンは指を焼《や》かれる熱《あつ》さに顔をしかめながら冊子《さっし》をつかみ、残《のこ》った最後《さいご》の白い空間に書いた。

忘《わす》れられること。

冊子《さっし》の白い部分が少しだけ増《ふ》えた。

つづけて。

だれもあたしを覚《おぼ》えていてくれないこと。あたしが存在《そんざい》していたことすら忘《わす》れようとして、煙《けむり》をあげるページの上でモリガンの手が止まった――

家族があたしを思いだしてくれないこと。

冊子《さっし》の煙《けむり》が止まり、焦《こ》げて丸まっていた角が白くなって元通りになり、再《ふたた》び新しいページがあらわれた。モリガンは三番めにして最後《さいご》の質問《しつもん》を辛抱強《しんぼうづよ》く待った。会場を見まわすと、四分の一くらいの机《つくえ》が空で、そこには灰《はい》が残《のこ》るだけになっていた。

それでは、どうやってみんなにあなたのことを覚《おぼ》えておいてもらうつもりですか？

モリガンは長いあいだ考えていた。椅子《いす》の背《せ》にもたれ、あちらこちらから小さな炎《ほのお》があがり、さらに数十人の候補者《こうほしゃ》が会場から出ていくあいだ、じっと冊子《さっし》をながめていた。やがて、いま考えられるもっとも正直な答えを書いた。

わからない。

つかの間、ためらってから、さらに書き添《そ》えた。

いまはまだ。

三つの質問《しつもん》と答えが一瞬《いっしゅん》のうちに消え、大きな緑色の文字が取って替《か》わった。

合格《ごうかく》。

モリガンは、〈プラウドフッド・ハウス〉の控《ひか》えの間を行ったり来たりしていた。候補者《こうほしゃ》の約三分の一が筆記試験《しけん》に落ちた。残《のこ》った者たちは小さなグループに分けられ、つぎの審査《しんさ》を待つためにそれぞれの部屋へと案内《あんない》された。

モリガンのグループは、膝《ひざ》をかかえて座《すわ》り、からだを前後に揺《ゆ》らしている少年、矢継《やつ》ぎ早に質問《しつもん》を出し合っては、勢《いきお》いよくハイタッチをくりかえしている元気いっぱいの双子《ふたご》、そして腕《うで》を組んで椅子《いす》にぐったりと座《すわ》りこんでいる少女だった。

少女には見覚《みおぼ》えがあった。〈輝《かがや》かしき歓迎会《かんげいかい》〉で見かけたノエルの友だちだ。ノエルがおもしろくなさすぎて、笑《わら》いをこらえられなくなった少女。黒い髪《かみ》を三つ編《あ》みにして、頭のうしろでお団子《だんご》にまとめている。腫《は》れぼったい茶色い目で双子《ふたご》をじっと見つめていた。

「アッパー・ジーランドの三つの主な輸出品《ゆしゅつひん》は？」双子《ふたご》のかたわれが大声で訊《き》いた。

「ヒスイ、ドラゴンのうろこ、ウール！」もうひとりが答え、ふたりはハイタッチした。ノエルの友だちは顔をしかめた。

クリップボードを手にした女性《じょせい》が部屋に入ってきた。木の床《ゆか》にコツコツとヒールの音を響《ひび》かせながら、せわしない足取りで近づいてくる。「フィッツウィリアム？　フランシス・ジョン

・フィッツウィリアム？」リストを読みあげた。隅《すみ》にいた少年が彼女《かのじょ》の顔を見て、ごくりと唾《つば》をのんだ。眉毛《まゆげ》に汗《あせ》がたまっている。よろめきながら立ちあがると、太腿《ふともも》を指で叩《たた》きながら、足元を見つめたまま彼女《かのじょ》について部屋を出ていった。

「月を歩いた最初《さいしょ》のネバームーアの人間は？」双子《ふたご》のひとりが訊《き》いた。

「エリザベス・フォン・キーリング中将《ちゅうじょう》！」もうひとりが答え、ふたりはハイタッチした。

三つ編《あ》みの少女はいらだたしげに鼻から息を吐《は》いた。

　モリガンは目を閉《と》じ、ネバームーアの二七の区の名前をあげていくことに意識《いしき》を集中させた。

「オールド・タウン、ウィック、ブロクサム、ベテルギウス、マクアイヤー……」

大丈夫《だいじょうぶ》。ちゃんと準備《じゅんび》してきた。手に入るすべての歴史《れきし》と地理の本を読んだし、ゆうべはケジャリーにいろいろなクイズを出してもらった。アッパー・ジーランド（それがどこにあるのであれ）の輸出品《ゆしゅつひん》のことは知らなくても、つぎの審査《しんさ》に進めるくらいにはネバームーアとフリー・ステートのことはわかっているという確信《かくしん》があった。

「デルフィア」モリガンは天井《てんじょう》を見あげながらつづけた。「グローヴス・アンド・オールデン、ディアリング、ハイウォール……」

「区のことなんて訊《き》かれないから」ノエルの友だちが言った。その声を聞いてモリガンは驚《おどろ》いた。思っていたよりずっと低《ひく》くて、ハスキーだ。〈輝《かがや》かしき歓迎会《かんげいかい》〉では、軽薄《けいはく》なハイエナみたいな声だったのに。「どんなばかだって、区の名前くらい知っているもの。そんなこと、保《ほ》育園《いくえん》で習うんだから」

モリガンは彼女《かのじょ》を無視《むし》した。「ポコック、ファーナム・アンド・バーンズ、ローズ・ヴィレッジ、テンターフィールド……」

「あなたって耳が悪いの？　それともばかなの？」

「〈名前のない王国〉の時間帯《じかんたい》はどこで交差《こうさ》している？」双子《ふたご》のひとりが大声で訊《き》いた。

「フリー・ステートの第五地区、ジーヴ・フォレストの中心だ！」もうひとりが答え、ふたりはハイタッチした。

モリガンはぎゅっと目をつぶり、再《ふた》び歩きだした。「ブラックストック……えーと……ベラミー」

なにか柔《やわ》らかいものにぶつかった。驚《おどろ》いて目を開けると、クリップボードを持った女性《じょせい》が彼《かの》女《じょ》を見おろしていた。「クロウ？」

モリガンは重々《おもおも》しくうなずくと、ワンピースのしわを伸《の》ばし、肩《かた》をそびやかした。女性《じょせい》のあとについて、面接室《めんせつしつ》へと向かった。途中《とちゅう》で振《ふ》り向くと、ノエルの友だちが双子《ふたご》に話しかけているところだった。

「あなたたちは落ちるわね」しわがれた声で彼女《かのじょ》が言った。「全然準備《ぜんぜんじゅんび》ができていないもの。きっとなにひとつ答えられないわよ。絶対《ぜったい》に〈輝かしき結社《ワンダラス・ソサエティ》〉には入れない。いまのうちに、帰ったほうがいいんじゃない？」

少女になにか言うだろうかと思いながら、モリガンは女性《じょせい》の顔を見たが、まるでなにひとつ聞こえなかったみたいに、そこにはなんの表《ひょう》情《じょう》も浮《う》かんでいなかった。

「さあ」女性《じょせい》はモリガンを軽く押《お》した。

「長老《ちょうろう》たちが待っているわ。十字のところに立つのよ」

長老評議会《ちょうろうひょうぎかい》の面々《めんめん》は、がらんとしたホールの中央に置《お》かれたテーブルについていた。モリガンが近づいていくあいだ、三人はなにか言葉をかわしたり、水を飲んだり、書類《しょるい》をながめたりしていた。

「ミス・クロウ」かすみのような髪《かみ》のひょろりとしたクイン長老《ちょうろう》が、眼鏡《めがね》の位置《いち》を直しながら切りだした。「フリー・ステートの指導者《しどうしゃ》はだれですか？」

「ギデオン・スティード首相です」

「誤《あやま》りです。フリー・ステートの指導者《しどうしゃ》は、革新《かくしん》と勤勉《きんべん》と知識《ちしき》への渇望《かつぼう》です」

階段《かいだん》を踏《ふ》みはずしたみたいに、モリガンの気持ちは落ちこんだ。長老《ちょうろう》たちが考えている面接《めんせつ》に対する準備《じゅんび》がまったくできていないことを悟《さと》った。さっきまで感じていたはずのわずかな自《じ》信《しん》はどこかへ消えて、不意《ふい》に恐怖《きょうふ》に襲《おそ》われた。

「ギデオン・スティードとはだれだね？」牡牛《おうし》のアリオス・サガ長老《ちょうろう》が訊《き》いた。

モリガンは口ごもった。「彼《かれ》は……彼《かれ》は、し、首相です。ちがいますか？」

「誤《あやま》りだ」サガ長老《ちょうろう》がとどろくような声で言った。「ギデオン・スティード首相は民主的《みんしゅてき》に選《せん》出《しゅつ》されたフリー・ステートの世話役であり、われわれが大切にしている価値《かち》と基準《きじゅん》と自由を守るために、人々《ひとびと》から指名された見張《みは》り番だ」

「でも、首相じゃないですか」モリガンは言い張《は》った。そんなのずるい。あたしはちゃんと正しい答えを言ったのに。「いま、そう言いましたよね」

長老《ちょうろう》たちはモリガンの抗議《こうぎ》に耳を貸《か》さなかった。

「本物の発火力のある植物とただ火をつけられただけの木を、どうやって区別《くべつ》する?」ヘリックス・ウォン長老《ちょうろう》が訊《き》いた。

その答えならわかる。「発火力のある木があげる炎《ほのお》は、煙《けむり》をだしません」

「誤《あやま》りだ」ウォン長老《ちょうろう》が告《つ》げた。「発火力のある植物は絶滅《ぜつめつ》した。発火力のある植物に見える木は、ただ火をつけられたにすぎない。ただちに消火しなければならない」

モリガンは心のなかでうめいた。そういう答えが返ってくるのはわかっていたはずなのに。火の花は絶滅《ぜつめつ》したって、ジュピターが話してくれたのに! それに『ネバームーアの植物の歴史《れきし》』に、もう一〇〇年以上《いじょう》だれも火の花が燃《も》えるところを見ていないって、書いてあった。ひっかけ問題にまんまと引っかかった自分に腹《はら》が立った。

「偉大《いだい》なるネバームーアの町ができたのはいつですか?」クイン長老《ちょうろう》が訊《き》いた。

「ネバームーアは一八九一年前、第二の鳥の紀元《きげん》に作られました」

「誤《あやま》りです。ネバームーアは星とおなじくらい古く、粉雪《こなゆき》とおなじくらい新しく、雷《かみなり》とおなじくらい強大です」

「そんな答えってありえません。あたしはどう答えれば——」

「〈勇気《ゆうき》の広場の大虐殺《だいぎゃくさつ》〉はいつ起きましたか?」クイン長老《ちょうろう》が訊《き》いた。

答えようとしたところで(東風の紀元《きげん》の九の冬)、ふと思いついたことがあった。口をつぐみ、時間をかけて答えを考えてみた。長老《ちょうろう》たちは期待をこめてモリガンを見つめている。長老《ちょうろう》たちを待たせても気にしないことだ。

「〈勇気《ゆうき》の広場の大虐殺《だいぎゃくさつ》〉が起きたのは……」モリガンはためらいながら口を開いた。「暗い日でした」

長老《ちょうろう》たちはだまって聞いている。

「ネバームーアの歴史《れきし》のなかでもっとも暗い日のひとつです。その日は……」脳《のう》みそが懸命《けんめい》に言葉を探《さが》していた。「魔性《ましょう》がよきものに勝利《しょうり》をおさめた日です。悪がネバームーアを支配《しはい》して……そして……内臓《ないぞう》が落ちてくるまでゆすった日です」

長老《ちょうろう》たちはモリガンを見つめつづけている。モリガンは自分の心臓《しんぞう》の鼓動《こどう》が聞こえる気がした。これ以上《いじょう》、なにを言えばいいの？

「決してくりかえされてはならない日です」モリガンはようやくそう言った。もうこれ以上《いじょう》、なにも考えつかない。

クイン長老《ちょうろう》はほほえんだ。ほんのかすかな笑《え》みだったけれど、まちがいない。それはまるで、絶望《ぜつぼう》の雑草《ざっそう》のなかに咲《さ》く小さな小さな花のようだった。

背中《せなか》の丸い小柄《こがら》な長老《ちょうろう》がまだなにかを尋《たず》ねようとしているように見えて、モリガンは急におそろしくなった。実を言えば、〈勇気《ゆうき》の広場の大虐殺《だいぎゃくさつ》〉のことはあまり知らない。ホーソーンとふたりで『ネバームーアの蛮行《ばんこう》百科事典《じてん》』のその章を読んでいたとき、おやつで中断《ちゅうだん》し、それっきりになったからだ。

息を止め、それ以上《いじょう》なにも訊《き》かれないことを祈《いの》った。クイン長老《ちょうろう》がちらりと目をやると、ほかのふたりの長老《ちょうろう》は小さくうなずいて書類《しょるい》に視線《しせん》を戻《もど》した。

「ありがとう、ミス・クロウ。これで終わりです」

建物《たてもの》から外に出たモリガンは、まぶしい光に目をしばたたいた。ぼうっとしながら〈プラウドフッド・ハウス〉の階段《かいだん》をおり、待っているジュピターに近づいていく。

「どうだった？」

「奇妙《きみょう》だった」

「当然《とうぜん》だ」奇妙《きみょう》なことが〈輝かしき結社《ワンダラス・ソサエティ》〉の標準《ひょうじゅん》であることくらいわかっているはずだと言いたいのか、ジュピターは肩《かた》をすくめた。「ところで、きみのヒキガエルの友人はもう出てきたよ。つぎの審査《しんさ》に進めることになったと言っていた。きみも通っているといいねとも。それからナン・ドーソンといっしょに、ドラゴン乗りの訓練《くんれん》に急いで向かった。ぼくは、ドラゴンに乗れる一一歳《さい》の少年に嫉妬《しっと》なんて感じていないふりをしなきゃいけなかった。それで、きみは……通ったのかい？」ジュピターはなにげなさそうに尋《たず》ねた。

モリガンはいまでもまだ信《しん》じられずに、もらった手紙を見せた。

「〝合格《ごうかく》おめでとう〟」ジュピターが声にだして読んだ。「〝あなたは正直さと、論理的《ろんりてき》思考能力《のうりょく》と、すばやい判断力《はんだんりょく》を持ちあわせていることを証明《しょうめい》しました。ユニット九一九のつぎの審査《しんさ》に進むことができます。〈追跡審査《ついせきしんさ》〉は一の夏の最後《さいご》の土曜日、正午から行われます。詳細《しょうさい》は追って連絡《れんらく》があります〟　言っただろう？　きみは大丈夫《だいじょうぶ》だって。よくやった、モグ。うれしいよ」

モリガンは聞いていなかった。ハイタッチをしていた双子《ふたご》が〈プラウドフッド・ハウス〉から出てくるのが見えたからだ。ふたりは泣《な》きながら、後援者《こうえんしゃ》に駆《か》けよった。

「だ、だめだった！」ひとりが訴《うった》えた。「ぼくたち、ぜ、ぜんぜんだめだった！」

「な、なにひとつ、答えられなかった！」

モリガンは合格《ごうかく》してほっとした気分だったけれど、双子《ふたご》が気の毒《どく》になった。ノエルの友だちのあの不愉快《ふゆかい》な少女は、双子《ふたご》の耳に余計《よけい》なことを吹《ふ》きこんで、自信《じしん》をぐらつかせたのだ。長老《ちょうろう》たちがなにを求《もと》めていたのか、ヒントになるようなことをふたりに教えたかったけれど、ジュピターはすでに〈プラウドフッド・ハウス〉に背《せ》を向けて歩きはじめていた。

太陽が顔をのぞかせていたので、枯《か》れた黒い並木《なみき》は朝よりもいくらか邪悪《じゃあく》さが薄《うす》まって見えた。モリガンは顔をあげて、太陽のぬくもりを受け止めた。私道《しどう》を歩きながら、なにげなく枯《かれ》木《き》の一本に手を触《ふ》れた。小さな紫《むらさき》の光がはじけ、焼《や》けつくような熱《あつ》さを指先に感じて、モリガンはさっと手を引いた。

「熱《あつ》い！」

「なんだ？」ジュピターが立ちどまった。「どうかした？」

「あの木が熱《あつ》かったの」

ジュピターは一瞬《いっしゅん》、モリガンを見つめたが、やがてくすくす笑《わら》った。「おもしろいね、モグ。言っただろう? 火の花は絶滅《ぜつめつ》したんだ」

ジュピターは先に立って歩いていき、モリガンはなんの傷《きず》もない指を見つめた。おそるおそる手を伸《の》ばし、もう一度、木に触《ふ》れてみた。なにも起きない。

モリガンは首を振《ふ》り、とまどったように小さく笑《わら》った。あたしの想像力《そうぞうりょく》はけっこうくだらないことをするらしい。

第一二章 影《かげ》

一の夏

最初《さいしょ》の審査《しんさ》は無事に終わり、つぎの審査《しんさ》は数か月先だったから、モリガンはホテル・デュカリオンの夏を心ゆくまで楽しんだ。昼間は太陽のふりそそぐ〈ジャスミンの中庭〉のプールで遊び、気持ちのいい夜は社交ダンスのレッスンを受けたり、バーベキュー・ディナーを楽しんだり、〈煙《けむり》の応接室《おうせつしつ》〉のバニラ色の煙《けむり》（五感を落ち着かせ、幸せな夢《ゆめ》を見させる）のなかでゆったりとくつろいだりした。クロウの屋敷《やしき》を思い出すことがあるとしたら、夏のあいだはおばあさんが少しだけいつもよりやさしかったとか、アイビーはもう赤ちゃんを産《う》んだのだろうかということだったけれど、馬の手入れをしようとチャーリーに誘《さそ》われたり、フランクのつぎのパーティーの料理《りょうり》の味見をしたりしているうちに、そんな思いもどこかへ消えた。

ときには、六人の崇拝者《すうはいしゃ》（〝日曜日以外《いがい》、それぞれの曜日にひとり〟と彼女《かのじょ》は平然《へいぜん》と説明《せつめい》した）がいることで知られるデイム・チャンダーといっしょに、その夜の彼女《かのじょ》の装《よそお》いを選《えら》ぶこともあった。ふたりして、何千着もの美しいドレスや靴《くつ》や宝石《ほうせき》でいっぱいの衣装《いしょう》部屋（ホテルのロビーとおなじくらい広かった）に突入《とつにゅう》し、ジュピターが〝ムッシュー・月曜日〟とニックネームをつけた男性《だんせい》とのディナーとダンスや、〝サー・週の真ん中の水曜日〟と公園を散歩《さんぽ》したり、〝木曜日伯爵《はくしゃく》〟とお芝居《しばい》を見にいったりするのにふさわしい組み合わせを選《えら》ぶのだ。

デュカリオンでの暮《く》らしは、毎日新しい刺激《しげき》を与《あた》えてくれた――たとえば、五階をうろついているしつこい幽霊《ゆうれい》を追い払《はら》うために、ケジャリーが〈超常現象《ちょうじょうげんしょう》サービス〉の人間を雇《やと》ったときのような。迷惑《めいわく》をかけなければ、べつに幽霊《ゆうれい》がいてもかまわないのだとケジャリーは言った。けれどこの幽霊《ゆうれい》はしつこくて、何度追い払《はら》っても戻《もど》ってくる――〈超常現象《ちょうじょうげんしょう》サービス〉を呼《よ》ぶのはこれが三回めだった――らしい。ケジャリー自身は幽霊《ゆうれい》を見たことはないけれど、うわさ話があまりにおそろしいものだったので、客をほかの階に移《うつ》さなくてはならないことが何度かあったという。モリガンは幽霊払《ゆうれいばら》いを見させてもらったけれど、思っていたほどおもしろくはなかった。本物の幽霊《ゆうれい》が建物《たてもの》からふわふわと飛《と》んで出ていくところを期待していたのに、〈超常現象《ちょうじょうげんしょう》サービス〉の人たちは山ほどのセージを燃《も》やして奇妙《きみょう》な踊《おど》りをしただけで、ケジャリーに四五〇クレドの請求書《せいきゅうしょ》を渡《わた》して帰っていった。

夏のあいだ、一番がっかりしたのは――幽霊払《ゆうれいばら》いよりもずっとがっかりした――ジュピターになかなか会えないことだった。彼《かれ》は〈探検者同盟《たんけんしゃどうめい》〉の仕事や、際限《さいげん》ない会議《かいぎ》やディナーやパーティーにいつもいつも呼《よ》びだされていた。

「悪い知らせだ、モグ」ある木曜日の午後、ジュピターは曲線を描《えが》く大理石の手すりをすべりおりてくると、モリガンとマーサがナプキンで白鳥を折《お》っていたロビーに着地した。マーサの白鳥はいまにも群《む》れを作って飛《と》んでいきそうに見えるのに、モリガンのは酔《よ》っぱらったみにくい鳩《はと》のようだ。「明日の夜、きみとホーソーンをバザールに連れていけなくなった。用事ができた」

「また？」

ジュピターは鮮《あざ》やかな赤い髪《かみ》を片手《かたて》でかきあげると、シャツの裾《すそ》を急いでズボンに押《お》しこみ、サスペンダーを肩《かた》にかけた。「残念《ざんねん》だけど、そうなんだ。ネバームーア交通局が――」

「また？」モリガンはくりかえした。ネバームーア交通局は夏のあいだ中《じゅう》、何度も何度もジュピターを呼《よ》びつけていた。普段《ふだん》ならジュピターの協力《きょうりょく》を必要《ひつよう》とするのは〝〈クモの糸線〉の残響《ざんきょう》〟――それがなにかは知らないけれど――だけなのに、三週間前にまた脱線事故《だっせんじこ》が起きて、今回は死者が二人出た。それから一週間、その事故《じこ》はずっと新聞の一面を飾《かざ》り、それがだれの責任《せきにん》で、これからなにが起きるのかについてのうわさが、デュカリオンを駆《か》けめぐった。従業員《じゅうぎょういん》のなかにはパニックを起こした者もいて、〈ワンダー細工師《さいくし》〉という言葉を口にすることをジュピターが禁止《きんし》したほどだった。

「わたしがモリガンを連《つ》れていきましょうか」マーサが申し出た。「明日の夜はお休みなんです。チャーリーがわたしを――その、ミスター・マカリスターとわたしは――えーと、彼《かれ》がバザールに行くんで――いっしょに行こうかと思って」マーサの顔が真っ赤になった。彼女《かのじょ》とホテルの御者《ぎょしゃ》であるチャーリー・マカリスターがお互《たが》いに好意《こうい》を持っていることは、ホテルのだれもが知っていた。秘密《ひみつ》だと思っているのは、当のふたりだけだった。

「いや、いいよ、マーサ。きみとチャーリーは、ほかに考えることがいっぱいあるだろう？」ジュピターはにやりとした。「近いうちに行こう、モグ――約束《やくそく》だ」

モリガンはがっかりしているのを気づかれまいとした。ネバームーア・バザールは、夏のあいだ毎週金曜日の夜に開かれる有名な市場だ。七地区中から大勢《おおぜい》の人がやってきて、そのほとんどがホテル・デュカリオンに泊《と》まる。金曜日の夕方には、興奮《こうふん》に顔を輝《かがや》かせた客たちが馬車か列車で出かけていき、土曜日の朝にはブランチをとりながら写真や戦利品《せんりひん》を見せ合っては自慢話《じまんばなし》を繰《く》り広げるのだ。けれど、夏はもう半分すぎているというのに、モリガンはまだ行っていなかった。「来週は？」モリガンは期待をこめて訊《き》いた。

「来週行こう。絶対《ぜったい》だ」ジュピターは青いコートをつかむと、正面玄関《げんかん》のドアを勢《いきお》いよく開けたが、そこで足を止めて振《ふ》り返った。「いや――来週はだめだ。フロックスⅡの通路に行くことになっている。ひどいところだよ。フロックスⅠのありとあらゆる吸血昆虫《きゅうけつこんちゅう》が飛《と》びまわっているんだから」ジュピターは赤いひげをなでながら、弱々《よわよわ》しく笑《わら》った。「また、考えよう。そうだ、今度の週末《しゅうまつ》にはジャックがオーケストラ・キャンプから帰ってくる。夏のあいだ、ここにいることになっている。だから、みんなで行こう。三人で。いや四人だな――ホーソーンもいっしょに」

寄宿《きしゅく》学校が休みのあいだは、ジュピターの甥《おい》がデュカリオンにいることをモリガンはすっかり忘《わす》れていた。週末《しゅうまつ》にときどき帰ってくるとマーサが言っていたけれど、これまで見かけたことはなかった。

ジュピターは傘《かさ》を取りに戻《もど》ってきたかと思うと、妙《みょう》な顔でモリガンを見た。「悪い夢《ゆめ》を見ているのかい?」

「え?　いいえ」モリガンはマーサを横目で見ながら、あわてて答えた。マーサは急にせっせと白鳥を数えはじめ、聞こえなかったふりをした。

ジュピターは、目に見えないハエを追い払《はら》うみたいに、モリガンの頭のまわりで手を振《ふ》った。「いや、見ているね。きみのまわりに漂《ただよ》っている。なんの夢《ゆめ》だ?」

「なんでもない」モリガンはうそをついた。

「〈特技披露審査《とくぎひろうしんさ》〉かな?　心配しなくていいって言っただろう?」

「心配なんてしていない」うそだった。

「わかった」ジュピターはゆっくりうなずくと、モリガンが座《すわ》っている椅子《いす》に顔を寄《よ》せて言った。「バザールのことは本当にごめんよ、モガース」

「モリガン」モリガンはジュピターの曲がっている襟《えり》を直しながら訂正《ていせい》した。「大丈夫《だいじょうぶ》。ホーソーンとなにかほかのことをするから」

ジュピターはうなずくと、モリガンの腕《うで》に軽いパンチを食らわせてから出ていった。

翌朝《よくあさ》、モリガンの朝食のテーブルに少年が座《すわ》っていた。モリガンの椅子《いす》に座《すわ》って、モリガンのトーストを食べていた。

モリガンよりも背《せ》が高くて、年上――一二歳《さい》か一三歳《さい》だろう――で、顔のほとんどは『センチネル』紙で隠《かく》れていたけれど、新聞の題字の上から濃《こ》い黒髪《くろかみ》が見えていた。新聞をめくりながら、ブラッドオレンジのジュースを飲んでいる。自分がここの主みたいに、椅子《いす》の上でふんぞりかえっていた。

　モリガンは小さく咳《せき》をした。少年は顔をあげない。しばらく待ってから、今度はもう少し大きく咳《せき》をしてみた。

「病気なら、あっちへ行け」少年はそう言って、つぎのページをめくった。ほっそりした茶色い手が伸《の》びてトーストをつかんだかと思うと、また新聞の陰《かげ》に隠《かく》れた。

「病気じゃない」モリガンは少年の無礼《ぶれい》さにあっけに取られていた。「宿泊客《しゅくはくきゃく》はここには来ちゃいけないのよ。迷《まよ》ったの？」

　少年はそれを無視《むし》した。「うつる病気じゃないならここにいてもいい。でも、ぼくが読んでいるあいだは、話しかけないでもらいたいね」

「もちろんあたしはここにいるから」モリガンは背《せ》が高く見えるように、背筋《せすじ》を伸《の》ばした。

「あたしはここに住んでいるの。あなたはあたしの椅子《いす》に座《すわ》っているんだけど」

　それを聞いて、少年はようやく――のろのろと――新聞をおろし、茶色い肌《はだ》の長い顔をのぞかせた。ひどく不愉快《ふゆかい》そうな表情《ひょうじょう》でモリガンの顔をじろじろとながめると、片方《かたほう》の眉《まゆ》をくいっと持ちあげ、苦々《にがにが》しげに口をゆがめた。

　はじめて会った人のこういう反応《はんのう》には慣《な》れていたから、モリガンはその態度《たいど》よりも彼《かれ》の左目の黒い革の眼帯に驚いた。ジュピターの書斎にあった学校の写真に写っていた人物だと、すぐにわかった。ジョン・アルジュナ・コラパティ。

それじゃあ、彼《かれ》がジャックなのね。

彼《かれ》は新聞をたたんで、膝《ひざ》にのせた。「き、い、い、きみの椅子《いす》？　ここに五分住んだだけで、これが自分のものだって言うのかい？　ぼくは五年前からここに住んでいる。ぼくはこの椅子《いす》で朝食をとっていたんだ」

「あなたはジュピターの甥《おい》ね」

「きみはジュピターの候補者《こうほしゃ》だな」

「ジュピターから聞いたの？」

「もちろんだ」彼《かれ》は新聞を開き、またその陰《かげ》に顔を隠《かく》した。

「つぎの週末《しゅうまつ》まで帰ってこないんだと思っていた」

「それはまちがいだ」

「ジュピターは留守《るす》よ」

「知っている」

「どうして早く帰ってきたの？」

ジャックは深々《ふかぶか》とため息をつき、新聞をおろした。「ジョーヴおじさんは、きみの天賦《てんぷ》の才がなにかを話してくれなかったが、新聞を読もうとしているときに邪魔《じゃま》をする才能《さいのう》はありそうだな」

モリガンは彼《かれ》の向かいに腰《こし》をおろした。「あなたは〈頭のいい少年のためのグレイパンツ・スクール〉に通っているんでしょう?」

「〈聡明《そうめい》な若者《わかもの》のためのグレイスマーク・スクール〉だ」

モリガンはにやりとした。正しい名前は知っている。「どんなところ?」

「最高《さいこう》だよ」

「どうしてあなたは〈輝《ワンダラス・》かしき結社《ソサエティ》〉に入っていないの? ジュピターみたいに? 試《ため》してみた?」

「いいや」ジャックは再《ふた》び新聞をたたむと、トーストを口に押《お》しこみ、中身が半分残《のこ》ったティーカップを持って足音も荒《あら》く食堂《しょくどう》を出ていき、階段《かいだん》をあがっていった。

ジャックの寝室《しんしつ》はどこにあってどんなふうになっているんだろう、彼《かれ》の両親はどこに住んでいるんだろう、あの日はどうしたんだろう、どうして〈輝《ワンダラス・》かしき結社《ソサエティ》〉の審査《しんさ》を受けなかったんだろう、あまり愉快《ゆかい》とは言えない人と残《のこ》りの夏をどうやって過《す》ごせばいいんだろうと、モリガンは考えた。

お気に入りの椅子《いす》とトーストを取り戻《もど》したところで、明日はジャックより早く起きてここに来ようと心を決めた。

「きっとだれかが熱《あつ》い火かき棒《ぼう》でえぐり出したんだよ」その夜、〈煙《けむり》の応接室《おうせつしつ》〉〈今夜は〝やさしい気分にさせる〟かすみがかったピンク色のバラの煙《けむり》だった）でボードゲームの箱を引っ張《ぱ》り出しながら、ホーソーンが言った。「それともレター・オープナーを突《つ》き刺《さ》したとか。あ、肉食の虫をまぶたの下に入れて、目玉を食べさせたのかもしれないな。きっとなにかそんなことだよ」

「おえっ」モリガンは身震《みぶる》いした。「だれがそんなことをするの？」

「彼《かれ》のことがきらいなだれかだろうね」

「それなら、彼《かれ》と会った人みんなね」

ホーソーンはにやりと笑《わら》うと、うんざりしたような顔で箱のなかをのぞきこんだ。「本当に、こんなものをするわけじゃないだろう？」

「するの」モリガンは色鮮《あざ》やかな箱を取り出した。今夜は楽しい夜にすると決めている。そうすればジュピターに訊《き》かれたとき、ネバームーア・バザールに連れていくという約束《やくそく》を五週つづけて破《やぶ》られたことなんて、まったく気にしていないと心から答えることができる。これっぽっちも。

「〈幸せな奥《おく》さん〉？　やめようよ……こんなの一〇歳のころからやっていないよ」

モリガンはホーソーンを無視《むし》して、ゲームの準備《じゅんび》をはじめた。「あたしはミセス・ファドルダンプになる。やさしいおばあさんよ。あなたはミズ・フィアースフェイスになって。不満《ふまん》だらけのキャリアウーマン。あんまり現代的《げんだいてき》じゃないわね。まず、あたしからね」

モリガンはさいころを振《ふ》り、コマを進め、中央の山からカードを一枚引いた。「〝フラワー

・アレンジメントの大会で優勝《ゆうしょう》する。賞品《しょうひん》は刺《し》しゅうのあるエプロン。仕事熱心《ねっしん》な夫《おっと》のために料理《りょうり》をするときに最適《さいてき》。夫《おっと》が帰宅《きたく》する前に、口紅《くちべに》を塗《ぬ》りなおして、髪型《かみがた》を整えるのを忘《わす》れないこと〟」モリガンはすぐにカードを置《お》いて、ゲームを片付《かたづ》けはじめた。「それじゃあ、あなたはなにがしたいの？」

「どう思う？　もちろん、ネバームーア・バザールに行きたいよ。ホーマー兄さんが友だちと行っているんだ。兄さんのことを知らないふりをするって約束《やくそく》したら、ぼくたちも連《つ》れていってくれると思うよ」

「だめよ。あたしはジュピターといっしょじゃなきゃ、ホテルから出ちゃいけないことになっているんだもの」

「それってルール？　ジュピターがそう言ったの？　ルールだって言ったんじゃなかったら……ひょっとしたらそれは、ただの提案《ていあん》かもしれない」

モリガンはため息をついた。「ルールは三つあるの。覚《おぼ》えなきゃいけなかった。ひとつ、ドアに鍵《かぎ》がかかっていて、そこを開ける鍵《かぎ》を持っていないのなら、入ってはいけない。ふたつ、ジュピターなしでデュカリオンの外に出てはいけない。三つ……三つめは忘《わす》れた。なにか南の棟《とう》のことだった。とにかく、あたしは行けない」

ホーソーンはなにかを考えているようだった。「ひとつめのルールだけど、ドアに鍵《かぎ》がかかっていなければ、きみは入ってもいいっていうこと？」

「そうだと思う」

ホーソーンは眉《まゆ》を吊《つ》りあげた。「いいね」

ふたりはそれから一時間、ドアノブをかたっぱしからがちゃがちゃいわせながら、六階までの階の廊下《ろうか》を走りまわった。鍵《かぎ》のかかっていないドアは、これまでに一〇〇万回も入ったことのある部屋ばかりだった。けれど西棟《にしとう》の七階までやってきたところで、モリガンはようやくあるものを目にした。

「これ、見たことがある」モリガンは鍵《かぎ》のかかったドアのノブをゆすった。この階にあるほかのドアとはちがっている。ドアノブが真鍮《しんちゅう》ではなく銀の線細工でできていて、羽を広げた小さなオパールの鳥がその上にのっていた。「これってまるで……そうだ！　ちょっと待っていて」

モリガンは急いで四階までおりると、誇《ほこ》らしげに傘《かさ》を持って、息を切らしながら戻《もど》ってきた。

ホーソーンは首をかしげた。「雨が降《ふ》ると思うの？」

銀の先端《せんたん》は鍵穴《かぎあな》にぴったりとはまった。モリガンはオイルスキンの傘《かさ》をまわし、それからドアノブをひねった。かちゃりという音と共《とも》にドアが開き、モリガンはにっこりした。「だと思った」

「どうして――」

「ジュピターがあたしの誕生日《たんじょうび》にこれをくれたの」説明《せつめい》しているうちに、わくわくしてきた。「こうなることがジュピターにはわかっていたんだと思う？　きっと、あたしに気づかせるつもりだったんだ！」

「そうだね」ホーソーンはとまどったような顔をした。「ジュピターはそういうばかげたことをするからね」

その部屋は広くて、音が響《ひび》いて、床《ゆか》の中央にガラスのランタンが置《お》かれている以外《いがい》は、なにもなかった。ランタンのろうそくには火がついていて、温かな金色の光で暗い部屋を照《て》らしていた。

「変《へん》だね」ホーソーンがぼそりと言った。

ずいぶんと控《ひか》えめな言葉だとモリガンは思った。七階にあるだれもいない鍵《かぎ》のかかった部屋で、ランタンに火が入っているはずがない。火事になる可能性《かのうせい》があるし、そもそも不気味《ぶきみ》だ。

ランタンに近づくにつれ、その明かりが作るふたりの影《かげ》は大きな怪物《かいぶつ》のようになっていった。ホーソーンは背中《せなか》を丸めてゾンビみたいに歩きながら、感じをだそうとしてうめいてみせた。さらに近づいていくと、うしろの壁《かべ》に映《うつ》る影《かげ》は巨大《きょだい》なゾンビになった。

すると、奇妙《きみょう》なことが起きた。ホーソーンは足を止めたのに、影《かげ》は動きつづけている。勝手にゾンビのように歩きつづけ、命がある生き物みたいに向こう側《がわ》の壁《かべ》まで移動《いどう》すると、光の届《とど》かない部屋の隅《すみ》の闇《やみ》に溶《と》けて消えた。

「気味が悪い」モリガンはつぶやいた。

「すごく気味が悪いね」

「あたしもやってみる」モリガンは腕《うで》で蛇《へび》の形の影《かげ》を作った。するとその影《かげ》はモリガンから離《はな》れて壁《かべ》をのたくっていき、ぴょんぴょんとはねてくるホーソーンが作った影《かげ》のウサギに、怒《おこ》ったように襲《おそ》いかかった。

モリガンのいくらか不格好《ぶかっこう》な猫《ねこ》はライオンになり、そっと忍《しの》び寄《よ》ってウサギを全部食べてしまった。ホーソーンが鳥を作ると蝙蝠《こうもり》に変《か》わり、まるで目をひっかこうとするかのように、彼《かれ》の影《かげ》に向かって急降下《きゅうこうか》した。

互《たが》いをこわがらせようとしてふたりが作る影《かげ》は、だんだん複雑《ふくざつ》なものになっていった。それほど苦労《くろう》はしなかった——影《かげ》そのものが、できるかぎりおそろしくなろうとしているようだったからだ。魚は鮫《さめ》になり、ぐるぐると部屋をまわる鮫《さめ》の群《む》れになり、やがてホーソーンとモリガンの影《かげ》を中心にした巨大《きょだい》な鮫《さめ》のハリケーンになった。おそろしくて、ぞくぞくして、そして、すごくすごくいかしていた。

「ぼくが……これから作るのは……」ホーソーンは舌《した》をぺろりと口の横に突《つ》き出しながら、指を曲げて複雑《ふくざつ》な形を作ろうとしている。「……ドラゴンだ」

ぼんやりした形の影《かげ》が、いきなり大きな爬虫類《はちゅうるい》の怪物《かいぶつ》になった。黒い翼《つばさ》を激《はげ》しくはためかせながら壁《かべ》の上を滑空《かっくう》し、ふたりの影《かげ》に向かって舞《ま》いおり、そのおそろしい口のあいだから黒い影《かげ》の炎《ほのお》を吐《は》いた。ホーソーンが影《かげ》の馬を作ると、ドラゴンはカリカリに焼《や》いてから、三回でかみくだいて飲みこんだ。

急降下《きゅうこうか》してきたドラゴンが鋭《するど》い爪《つめ》でホーソーンの影《かげ》をつかみ、遠くへ運び去っていくのをモリガンとホーソーンは悲鳴をあげながらながめていたが、影《かげ》のホーソーンが黒い手足をばたつかせているのを見ると、悲鳴は笑《わら》い声に変《か》わった。

「ぼくの勝ちだな」ホーソーンは得意《とくい》そうに言った。

「あら、これって競争《きょうそう》じゃないし、それに――あたしの勝ちだから」

ふたりはランタンをはさんで床《ゆか》に座《すわ》り、モリガンは両手の指を曲げた。ジャッカルファックスで一番こわがられている人間をこわがらせることができるとホーソーンが思っているなら、大きなまちがいだから。「お話してあげる」

モリガンは両手で人間に見えなくもない形を作った。「昔々《むかしむかし》、男の子がひとりで森を歩いていました」

背《せ》の高いゆらゆら揺《ゆ》れる木を作ると、影《かげ》の少年はそのなかをおとなしく歩きはじめた。

「男の子の母親はいつも、決して森をひとりで歩いてはいけないと言っていました。そこには魔女《まじょ》が住んでいて、切り刻《きざ》んだ小さな男の子をトーストにのせて食べるのが大好《だいす》きだったからです。けれど、その森にはえるベリーを摘《つ》むのが好《す》きだった男の子は言うことを聞きませんでした」

モリガンは指をかぎ爪《つめ》のような形に曲げ、魔女《まじょ》らしく見えるように背中《せなか》を丸めた。あとは影《かげ》がやってくれて、いぼのあるかぎ鼻にとがった帽子《ぼうし》の薄気味悪《うすきみわる》い老女《ろうじょ》があらわれた。影《かげ》の魔女《まじょ》は少年のあとについて森のなかを進んでいった。

「男の子は森のことは知っていると思っていましたが迷《まよ》ってしまい、帰り道がわからなくなりました。何時間も歩きつづけました。やがて日が落ちて、森のなかは暗くなってきました」

モリガンが作ったフクロウはいきなり飛《と》びたち、木の枝《えだ》を揺《ゆ》らした。影《かげ》の少年は振《ふ》り返って、身震《みぶる》いした。ホーソーンもおなじようにからだを震《ふる》わせた。

「突然《とつぜん》、うしろからしわがれた声が聞こえてきました。〝わたしの森を歩いているのはだれだ？　わたしのベリーを摘《つ》んだのはだれだ？〟

男の子は逃《に》げようとしましたが、魔女《まじょ》は男の子の首筋《くびすじ》をつかむと家へとつれていき、まな板にのせました。そのあいだ中《じゅう》ずっと、おそろしい笑《わら》い声が響《ひび》いていました。（モリガンは、魔《ま》女《じょ》のような笑《わら》い声をうまく出せたと思って得意《とくい》になった）魔女《まじょ》が包丁《ほうちょう》を大きく振《ふ》りかぶったそのとき、鋭《するど》くほえる声がしました」

モリガンが影《かげ》の犬を作ると、それは狼《おおかみ》になり、やがて狼《おおかみ》の群《む》れになった。狼《おおかみ》たちはうなりながら魔女《まじょ》と少年を取り囲《かこ》んだ。こんなにたくさん狼《おおかみ》を作るつもりなんてなかったのに。影《かげ》には影《かげ》の考えがあるみたいで、こういうことがすごく上手だ。物語が勝手に動きだす前に、自分の手に取り戻《もど》す必要《ひつよう》があった。

「ようやく助けが来たのです」モリガンは急いで物語をしめくくろうとした。「男の子を呼《よ》ぶ母親の声が遠くから聞こえてきました。頼《たよ》りになる老馬《ろうば》クロップ軍曹《ぐんそう》にまたがった母親が、男の子を助けに来たのでした。丘《おか》を越《こ》えてこちらに駆《か》けてくる母親と馬を見た男の子は、喜《よろこ》びの声をあげました！」

モリガンの影《かげ》の馬が少年と魔女《まじょ》と狼《おおかみ》に向かって駆《か》けてきた。けれどその背中《せなか》には勇敢《ゆうかん》な母親は乗っていなかった。そこにいたのは、長く黒いライフルを持った骸骨《がいこつ》のような男だった。影《かげ》に物

「あたし、こんなの作ってないのに」冷《つめ》たい恐怖《きょうふ》がモリガンの喉《のど》をはいあがってきた。

語を乗っ取られたらしい。

最初《さいしょ》の馬のうしろから、騎馬部隊《きばぶたい》があらわれた。どれにも幽霊《ゆうれい》のようなハンターが乗っている。影《かげ》の魔女《まじょ》と少年は暗がりのなかに消えて、モリガンとホーソーンを取り囲《かこ》む狼《おおかみ》たちの姿《すがた》がどんどん大きくなっていった。

モリガンは悲鳴をあげた。

ドアに向かって走った。ホーソーンがすぐあとをついてくる。廊下《ろうか》の明るい光のなかに出たところで、狼《おおかみ》たちが追いかけてきていないことにようやく気づいた。

「どうかした？」ホーソーンが訊《き》いた。「おもしろくなってきていたのに」

モリガンは震《ふる》えながら首を振《ふ》った。「あんなことになるはずじゃなかった。〈煙《けむり》と影《かげ》のハンター〉は物語に出てくるはずじゃなかった」

「煙《けむり》と――なに？」

モリガンは震《ふる》えながら息を吸《す》うと、一一回めの誕生日《たんじょうび》のことを話した。一度話しだすと、止まらなかった――〈闇宵時《やみよいどき》〉の呪《のろ》いのこと、死ぬはずだったのにジュピターが助けてくれたこと、〈煙《けむり》と影《かげ》のハンター〉に追いかけられて、時計をくぐってホテル・デュカリオンにやってきたこと、モリガンには本当に、本当に天賦《てんぷ》の才などなくて、そもそも自分がここでなにをしているのかすらわかっていないこと。なによりもおそろしくて、耐《た》えられないくらいつらいことも話した。フリントロック警視《けいし》。もしも〈輝かしき結社《ワンダラス・ソサエティ》〉に入れなかったら、あたしはネバームーアを出ていかなきゃならない。そうしたら、また〈煙《けむり》と影《かげ》のハンター〉に襲《おそ》われる。

モリガンが話し終えるまで、そして話し終えてからしばらくのあいだ、ホーソーンはなにも言わなかった。茫然《ぼうぜん》として見えた。モリガンは唇《くちびる》をかみながら彼《かれ》を見つめ、しゃべりすぎただろうかと考えた。共和国《きょうわこく》から来たことや、ネバームーアに不法《ふほう》に滞在《たいざい》していることはだまっているべきだったかもしれない。それから呪《のろ》いのことも。ほかのことも全部。

「気を悪くしないでほしいんだけど」やがてホーソーンが切りだした。「いまの話は、さっきの男の子の話よりずっといいね」

モリガンは止めていた息を音を立てて吐《は》いた。モリガンの奇妙《きみょう》な身の上話をさらりと受け流すのは、いかにもホーソーンらしい。とはいえ、モリガンは心の底《そこ》から安堵《あんど》した。

「ホーソーン、いまの話は秘密《ひみつ》にしてね。本当は、だれにも言っちゃいけなかったの。もしだれかに気づかれたら──もしフリントロック警視《けいし》が──」

ホーソーンは右手の小指を見せた。「モリガン・クロウ」真面目くさった声で言う。「ぼくはきみの秘密《ひみつ》を守り、絶対《ぜったい》にだれにも言わないことを小指に誓《ちか》う」

モリガンは片方《かたほう》の眉《まゆ》を吊《つ》りあげた。「小指に？」

「小指の誓《ちか》いだ」ホーソーンは小指をモリガンの顔に近づけた。「ぼくはこれまで、小指の誓《ちか》いを破《やぶ》ったことはないんだ。一、一度も」

モリガンはその指に自分の小指をからませ、ふたりはうなずき合った。

「さてと」ホーソーンが眉間《みけん》にしわを寄《よ》せて言った。「銃《じゅう》を持ったハンターたちに追いかけられながら、大きな蜘蛛《くも》を操縦《そうじゅう》して時計をくぐったところをもう少し聞かせてほしいな」

けれどその話をすることはできなかった。モリガンが不意《ふい》にふたつのことに気づいたからだ。

1. 〈奇妙《きみょう》な部屋〉のドアを開けっぱなしにしていたこと
2. 影《かげ》の狼《おおかみ》の一頭が部屋から出てきて、廊下《ろうか》を逃《に》げていったこと

「消えたんじゃないかな」キッチンを三度めに探《さが》しながら、ホーソーンは言った。ふたりはホテル中を探《さが》したけれど、影《かげ》の狼《おおかみ》は見つからなかった。「ほかは全部、消えたんだし」

「でも消えていなかったら？　ホテルのお客さんの前にあらわれたらどうする？　心臓《しんぞう》が止まるくらいびっくりして、きっとデュカリオンを訴《うった》える。そうしたらあたしはジュピターに殺《ころ》される。だれかに見られる前に、見つけないと」たとえ見つけたとしても、どうやって消せばいいのかはわからないけれど、いまはまず見つけることだ。

「だれになにを見られるって？」

いま、一番聞きたくない声だった。ジャックがキッチンの隅《すみ》で、グラスに牛乳《ぎゅうにゅう》を注いでいた。

「なんでもない」モリガンはあわてて答えた。「あなたに関係《かんけい》ないことだから」

ジャックはいいほうの目で天井《てんじょう》をあおいだ。「だれかの心臓《しんぞう》を止めるくらい恐《おそ》ろしいなにか

がうろついているなら、ぼくにも関係《かんけい》があるね。自分の部屋に戻《もど》るときに、死体につまづいて転びたくはないからね。なんなんだ？」

「話しても信《しん》じないと思う」

「話してみろよ」

ふたりは話した。ジャックは聞きながら、しだいにいらだちを募《つの》らせていった。「なんてこった！〈影《かげ》の広間〉に殺人狼《さつじんおおかみ》の群《む》れを残《のこ》してくるのなら、ドアくらい閉《し》めておくんだな。あそこに鍵《かぎ》がかかっているのには理由があるんだ。いったいどうやって入った？」

「あたし……あたしたち……その、知らなくて――」

「もういい！」ジャックは手をあげてモリガンをだまらせた。「ぼくを共犯者《きょうはんしゃ》にしないでくれ。ジュピターはものすごく怒《おこ》るぞ」

そうとは認《みと》めたくなかったけれど、ここにジャックがいたのは幸運だった。このホテルのことは、モリガンよりはるかにくわしかったからだ。ジャックは保守《ほしゅ》・修繕《しゅうぜん》道具の入ったクローゼットにふたりを連《つ》れていくと、三本の懐中電灯《かいちゅうでんとう》を取り出した。

「いいか、ぼくたちは三手にわかれる。ぼくは東棟《ひがしとう》、きみは――」ホーソンを指さした。「――西棟《にしとう》だ。モリガン、きみは北棟《きたとう》に行くんだ。狼《おおかみ》を見つけたら、懐中電灯《かいちゅうでんとう》を最強にして照《て》らす。逃《に》がさないようにして、狼《おおかみ》が消えるまで照《て》らしつづけるんだ。

廊下《ろうか》やキッチンみたいなところにはいない。もっと暗いところだ。ほかの影《かげ》も隠《かく》れられるような。もし部屋の隅《すみ》に追いつめて、明かりのスイッチが手に届《とど》くところにあれば、スイッチを入れて部屋全体を明るくすればいい。それができないときは、懐中電灯《かいちゅうでんとう》を使うんだ。それからこれが大事なことだが――見つけるまで、探《さが》すのをやめちゃいけない。たとえ朝までかかったとしても」

モリガンは離《はな》れ離《ばな》れになりたくなかった。凶暴《きょうぼう》な影《かげ》の狼《おおかみ》を探《さが》して、たったひとりで真っ暗ななかを歩くなんて、考えただけでぞっとした。けれど、仕方がない。あれを逃《に》がしたのはあたしなんだから。見つけなくてはいけない。

北棟《きたとう》は驚《おどろ》くほど暗かった。足音をひそめて真っ暗な階段《かいだん》をおり、鍵《かぎ》のかかっていない部屋を探《さが》していった。影《かげ》に物音が聞こえるのかどうかはわからなかったけれど、危険《きけん》をおかしたくはなかった。暗闇《くらやみ》のなかでなにを探《さが》せばいいんだろう？　影《かげ》のなかでどうやって影《かげ》を探《さが》せばいいんだろう？

何時間にも思えるほど探《さが》しつづけ、いいかげんあきらめようかと思いはじめたころ、五階の客間の月明かりに照《て》らされたバルコニーから、なにかが聞こえてきた。だれかがそこで空を見あげながら、小さな声で歌っている。その声が建物《たてもの》のなかまで流れてきて、歌詞《かし》は聞き取れなかったけれど、メロディには聞き覚《おぼ》えがあった。歌っている人物も見たことがある。

モリガンは薄《うす》い白いカーテンを開けて、満月《まんげつ》の青みがかった光に照《て》らされたバルコニーに出た。懐中電灯《かいちゅうでんとう》の明かりに、男性《だんせい》の顔が浮《う》かびあがった。「ミスター・ジョーンズ？」

男性《だんせい》はぎくりとしてわれに返った。「ミス・クロウ！　また会ったね」

「あなたはよくネバームーアに来るのね」

「そうなんだ。ここでちょくちょく仕事があるんでね。それに、友人にも会いたいしね」ミスター・ジョーンズはどこか決まり悪そうに笑《わら》い、片手《かたて》で目を覆《おお》った。モリガンは懐中電灯《かいちゅうでんとう》をおろした。「ウィンターシー党《とう》が認《みと》めるとは思わないが、知らないことはどうにもできないからね。ぼくたちの約束《やくそく》はまだ有効《ゆうこう》かな？　ぼくのことをしゃべっていない？」

「あなたがあたしのことをしゃべらないかぎりは」モリガンはからだを震《ふる》わせた。夜の風は冷《つめ》たい。「ここでなにをしているの？」

「ああ、ちょっと……音楽室を探《さが》していた。ぼくの部屋の近くだと思ったんだが、迷《まよ》ったらしくてね――もう何年も来ているのに、いまだにデュカリオンにはまどわされるよ。ここの前を通りかかったらあんまり美しいもので、星の光を浴《あ》びたくなってね」愁《うれ》いを帯《お》びた声だった。

「本当に美しい夜だ」

「ええ、そうね――」モリガンは居間《いま》でなにかが動くのを視界《しかい》の隅《すみ》でとらえた。カーテンを戻《もど》し、さっと懐中電灯《かいちゅうでんとう》をそちらに向けたが、開いたドアから入ってきた風に小さな鉢植《はちう》えの木の枝《えだ》が揺《ゆ》れているだけだった。「いったいどこなの？」モリガンはつぶやいた。

「なにか探《さが》しているの？」

「ええ……まあ。でも話しても信《しん》じてくれないと思う」

ミスター・ジョーンズはやさしく笑《わら》った。「もちろん信《しん》じるさ」

モリガンは〈影《かげ》の広間〉のことを話した。ミスター・ジョーンズは眉毛《まゆげ》ひとつ動かさなかった。「あたしが作った影《かげ》のひとつが逃《に》げだして、ホテルのどこかを走りまわっているの。だれかを死ぬほど驚《おどろ》かせる前につかまえないと、ジュピターの仕事が全部だめになって破産《はさん》してしまう。影《かげ》を殺《ころ》すたったひとつの方法《ほうほう》は、消えるまで光で照《て》らすことだってジャックが教えてくれた」

ミスター・ジョーンズは笑《わら》わなかったし、モリガンをうそつきよばわりもしなかったし、これっぽっちも驚《おどろ》いた顔をしなかった。「きみが自分でその影《かげ》を作りだしたの？」

「そんな感じ。っていうか……影《かげ》が勝手にできたみたいな」

ミスター・ジョーンズはどういうわけか、感心したような顔をした。「ふむ。おそろしい影《かげ》だと言ったね？」

「どれもこれもこわいの。子猫《こねこ》みたいなかわいらしいものを作っても、人食い虎《とら》とかそんなものに変《か》わってしまう。影《かげ》がこわくなろうとしているみたいに」

「つじつまが合うね」

モリガンは驚《おどろ》いた。「そうなの？」

「影《かげ》は影《かげ》だよ、ミス・クロウ」ミスター・ジョーンズの目が月明かりを反射《はんしゃ》した。「暗いものを好《この》むんだ」

もしここにいるのなら不意《ふい》をついてやるつもりで、モリガンは部屋のなかをやみくもに懐中《かいちゅう》電灯《でんとう》で照《て》らした。光は弱々《よわよわ》しく揺《ゆ》れた。モリガンは懐中電灯《かいちゅうでんとう》をたたいた。「電池がなくなってきているみたい」最後《さいご》に一度またたいて、光が消えた。モリガンはうめいた。

「問題ないと思うよ」ミスター・ジョーンズが言った。「ミス・クロウ、きみの友だち――影《かげ》をどうやって殺《ころ》すかを教えてくれた友だちだが――」

「彼《かれ》は友だちじゃない」

「――きみをからかっただけだと思う」ミスター・ジョーンズが見せた笑顔《えがお》に意地の悪いところは少しもなかった。「逃《に》げた影《かげ》はまずまちがいなく消えている」

モリガンは顔をしかめた。「どうしてわかるの？」

「ぼくはもう長いあいだ、デュカリオンに泊《と》まっているからね。そのあいだに、ホテルの秘密《ひみつ》もいくつか学んだ。〈影《かげ》の広間〉のなかで作られたものはどれも、ただの幻想《げんそう》にすぎないんだよ――劇場《げきじょう》みたいなものだ。だれかを傷《きず》つけることはできない」

「本当に？」

「たしかだ」

モリガンの全身から力が抜《ぬ》けたが、すぐに冷《つめ》たい怒《いか》りがわき起った。あたしは何時間も、ありもしないものを追いかけていたの？　「ジャック、殺《ころ》してやるから」

ミスター・ジョーンズはくすくす笑《わら》った。「本物の狼《おおかみ》を差《さ》し向けて、彼《かれ》に思い知らせてやれないのが残念《ざんねん》だね。さて、ぼくもそろそろ寝《ね》ないと。朝にはチェックアウトするんだ。おやすみ、ミス・クロウ。それから忘《わす》れないで――ぼくの雇《やと》い主の申し出は、いつだって有効《ゆうこう》だからね」

影《かげ》が狼《おおかみ》であることは言わなかったとモリガンが気づいたときには、ミスター・ジョーンズの姿《すがた》はすっかり見えなくなっていた。

「いったいきみはここで――北棟《きたとう》を探《さが》しているはずじゃないか！」

広々《ひろびろ》としたロビーはがらんとして薄暗《うすぐら》かったけれど、ジャックはふたりがけのソファにゆったりともたれて布装《ぬのそう》の本を読んでいた。まだ幼《おさな》いシャンデリア――ごくゆっくりと成長《せいちょう》していた――は頭上で弱々《よわよわ》しくきらめいているだけだ。廊下《ろうか》からロビーへと足を踏《ふ》み入れたモリガンは、ジャックに懐中電灯《かいちゅうでんとう》で顔を照らされて目《て》がくらんだ。

「探《さが》したわよ」モリガンは来た方向を振《ふ》りかえった。「あそこが北棟《きたとう》よ」

「ちがう」ジャックは少しばかりうろたえているようだ。「あれは南棟《みなみとう》だ。改装《かいそう》のために閉鎖《へいさ》されている。危険《きけん》なんだ。どういう事情《じじょう》であれ、入っちゃいけないことになっている。きみは字が読めないのかい？」

ジャックは看板《かんばん》を指さした。改装《かいそう》のため閉鎖《へいさ》。危険《きけん》。いかなる場合であれ、立ち入り禁止《きんし》。

モリガンは看板《かんばん》のすぐ脇《わき》を通りすぎていた。しまった。

「あなたのせいよ！」モリガンは声を荒《あら》らげた。「うそをついたよね、ジャック。最初《さいしょ》から、あのばかげた狼《おおかみ》を探《さが》す必要《ひつよう》なんてなかったんじゃないの」

「あそこにいるところをだれかに見られなかった？　フェネストラは――」

「南棟《みなみとう》なんてどうでもいい。あなたは影《かげ》が勝手に消えることを知っていた。そうだよね？　このうそつき」

　ジャックはいささかもうしろめたそうな様子を見せなかった。「きみがすぐだまされるのは、ぼくのせいじゃない。つぎからは、もう少し頭を働《はたら》かせるんだな」ジャックは顔をしかめて首を振《ふ》った。「きみが〈輝かしき結社《ワンダラス・ソサエティ》〉に入れるとおじさんが考えているのが信《しん》じられないよ。看板《かんばん》すら読めないのに」

「やきもち？　そうなんでしょう？」モリガンはジャックの横に懐中電灯《かいちゅうでんとう》を投げた。「あなたじゃなくてあたしを候補者《こうほしゃ》に選《えら》んだから、やきもちをやいているのね？」

　ジャックが目を細くした。「なにを――きみは――やきもちだって？　きみに？　なんだってきみにやきもちをやくんだ？　きみは天賦《てんぷ》の才すらないじゃないか！　〈影《かげ》の広間〉の外で、自分でそう言って――」

　モリガンは息をのんだ。「盗《ぬす》み聞きしていたのね！」

　ちょうどそのとき、懐中電灯《かいちゅうでんとう》で自分の顔を照《て》らしたホーソーンが、狂気《きょうき》じみた笑《わら》い声をあげながらロビーに入ってきた。

「**はっはっは、わたしはホーソーン。影《かげ》の殺《ころ》し屋だ。影《かげ》の狼《おおかみ》よ、わたしをおそれるがいい。わたしはおまえに破滅《はめつ》をもたらす**」

「手遅《ておく》れよ、影《かげ》の殺《ころ》し屋さん」モリガンはホーソーンの手から懐中電灯《かいちゅうでんとう》を奪《うば》うと、ジャックに向けてほうり投げた。「影《かげ》はもう死んだから」

「そうか」ホーソーンはがっくりと肩《かた》を落とした。「でもたったいま、影《かげ》を打ち負かしたときの勝利《しょうり》の歌が完成《かんせい》したんだ。きみに振《ふ》りつけを教えてあげるよ」

モリガンはホーソーンをつれて金とガラスでできたエレベーターのほうへと歩きながら、ロビーに反響《はんきょう》するくらいの大声で言った。「ジュピターの卑怯《ひきょう》な甥《おい》についての歌詞《かし》に書き換《か》えたらいいんじゃない？　人の話を立ち聞きして、うそをついて、みんなから嫌《きら》われている人の歌に」

「それとも、ジュピターの無能《むのう》な候補者《こうほしゃ》の歌でもいいぞ。影《かげ》がどういうものかも知らない間抜《まぬ》けで、ばかみたいにホテル中を走りまわっていたってね」本を手にしたジャックが、ふたりがけのソファに腰《こし》をおろしながら言い返した。

モリガンは腹《はら》の虫がおさまらないまま、自分の階のボタンを押《お》した。メロディを口ずさんでいたホーソーンは、ドアが閉《し》まるとモリガンに訊《き》いた。

「〝卑怯《ひきょう》な甥《おい》〟と韻《いん》を踏《ふ》む言葉ってあるかな？」

第一三章
追跡審査《ついせきしんさ》

夏は息絶《た》えようとしていたが、戦《たたか》わずして去ることをこばんだ。八月の最後《さいご》の週がネバームーアにつれてきた熱波《ねっぱ》は、うだるような暑さとかりかりする気分をもたらした。

「お願《ねが》いだから、真剣《しんけん》に聞いてもらえる?」モリガンはいらだった口調で言った。「ふたつめの審査《しんさ》は三日後なんだから」

モリガンは一時間以上《いじょう》もジュピターに訴《うった》えていたが、あまりの暑さにジュピターの集中力は蒸発《じょうはつ》してしまっていた。〈パームの中庭〉の木陰《こかげ》に座《すわ》り、桃《もも》のサングリアを飲みながら、パタパタと手で顔をあおいでいる。フェネストラは近くで日光浴《にっこうよく》をしていたし、フランクは巨大《きょだい》なソンブレロの下で静《しず》かにいびきをかいていた。ジュピターは従業員《じゅうぎょういん》全員に、午後の休暇《きゅうか》を与《あた》えた。暑すぎて仕事にならないうえ、午前中はあちこちでいさかいばかり起きていたからだ。

ありがたいことに、ジャックの姿《すがた》は見当たらない。寝室《しんしつ》にこもってチェロの練習をしているのだろうとモリガンは思った。夏のあいだ彼《かれ》は、ほとんどそうやってすごしていた――〈煙《けむり》の応接室《おうせつしつ》〉の一番いい場所からモリガンを追い出したり、食事中にモリガンのテーブルマナーに顔をしかめたり、モリガンのすることにかたっぱしからけちをつけたりしていないときには。モリガンはジャックが学校に戻《もど》る日が待ち遠しくて仕方がなかった。そうすればきっとまた、デュカリオンが自分のもののように感じられるはず。学校の友だちとネバームーア・バザールに行く許可《きょか》が出たときには、ジャックはうっとうしいくらい自慢《じまん》げだった。モリガンはジュピターが連れていってくれるのを夏のあいだ中《じゅう》待ちつづけたけれど、毎週なにか重大なことが起きてジュピターは出かけていった。今年のバザールは終わってしまい、結局《けっきょく》モリガンは行けなかった。そんなこんながあったけれど、夏が終わろうとしているのは喜《よろこ》んでいいのだろう……たとえそれが、神経《しんけい》をすりへらせるつぎの審査《しんさ》を意味しているとしても。

「彼《かれ》はあの下で大丈夫《だいじょうぶ》なんだろうか？」ジュピターは眠《ねむ》たそうに片目《かため》を開けて、フランクを見た。「灰《はい》になったりしないだろうな？　小人のヴァンパイアがどういうふうなのか、ぼくは知らないんだ」

「ヴァンパイアの小人」モリガンは言い直した。「大丈夫《だいじょうぶ》だと思う。それより、お願《ねが》いだから〈追跡審査《ついせきしんさ》〉のことを考えて。あたしは乗り物がいるの。足が四本より多くちゃいけない――それがルールだから」

「そうだね」

「それに飛《と》べないし」

「もちろんきみは飛《と》べないさ」ジュピターはサングリアを飲んだ。「名前はカラス《クロウ》だけれどね」

モリガンはむっとした。「そうじゃなくて、ルールは――」

「かりかりしないで、モグ。ルールはわかっている。空を飛《と》ぶ生き物には乗れない。何年か前、ドラゴンとペリカンが出てきてちょっとした騒《さわ》ぎが起きたんだ。かわいそうなペリカンは、飛《と》び立って三秒後に黒焦《こ》げにされた。ペリカンがパリパリにされたというわけだ」ジュピターはけだるそうに笑《わら》ったが、モリガンのユーモアのセンスはすっかり蒸発《じょうはつ》してしまっていた。「とにかくだ。それ以来《いらい》、飛《と》ぶ生き物は全部禁止《きんし》された。みんな地上から行かなきゃいけなくなった」

〈追跡審査《ついせきしんさ》〉のルールはその前日に届《とど》けられ、モリガンは頭のなかが真っ白になった。この数週間というもの、審査《しんさ》についてほとんどなにも考えていなかったことに気づいてショックを受けた。夏のあいだ、ジャックの存在《そんざい》にいらいらさせられつづけたのは、いいことでもあり悪いことでもあったらしい。言い争《あらそ》ったり、互《たが》いの邪魔《じゃま》をしたりすることに忙《いそが》しくて、迫《せま》りくる審《しん》査《さ》についてあれこれと思い悩《なや》む時間もなかったのだ。

「だから、なにか乗り物。足は四本未満《みまん》」

「以下《いか》」

「足は四本以下《いか》。チャーリーは馬の乗り方を教えてくれるかな？」

「それはどうかと思うね、モグ」ジュピターは、ブーンと音を立てて飛《と》ぶ虫を追い払《はら》った。「ぼくは〈追跡審査《ついせきしんさ》〉を見たことはないが、かなり激《はげ》しいと聞いている。全地形対応《たいおう》の生き物が必要《ひつよう》だ。考えておくよ」

全地形対応《たいおう》の生き物。それってどんな生き物なの？　こんなとんでもない暑さのなかで、ジュピターからまともな説明《せつめい》を聞き出そうとしても無駄《むだ》だ。モリガンはいらだちを発散《はっさん》させようとして、砂岩《さがん》から生えている雑草《ざっそう》を蹴飛《けと》ばした。「お手あげよ。だいたい、〈追跡審査《ついせきしんさ》〉の意味ってなんなの？　だれがレースに勝つかをどうして長老《ちょうろう》たちが気にするわけ？　ばかみたい」

「ふむ、その意気だ」ジュピターはぼんやりと言った。

モリガンはあきらめて小さなプールの縁《ふち》まで歩いていくと足を水に浸《ひた》し、〈輝かしき結社《ワンダラス・ソサエティ》〉からの手紙をポケットから出して、一〇〇回めくらいに読みはじめた。

親愛《しんあい》なるミス・クロウ

〈追跡審査《ついせきしんさ》〉は土曜日の正午より、ネバームーアの中心部オールド・タウン地区の壁《かべ》の内《うち》側《がわ》にて行われます。一般市民《いっぱんしみん》に邪魔《じゃま》されることなく審査《しんさ》を行えるように、オールド・タウンを一時的《てき》に封鎖《ふうさ》する許可《きょか》をネバームーア連合議会《れんごうぎかい》より与《あた》えられています。

一次審査《しんさ》を通過《つうか》した候補者《こうほしゃ》は四つのグループにわけられます。あなたは西ゲートグループです。土曜日の午前11：30までに、オールド・タウンの西ゲートにいる〈輝かしき結《ワンダラス・ソサエ》社《ティ》〉の係員に、出席《しゅっせき》を報告《ほうこく》してください。

ルールが三つあります。

1. すべての候補者《こうほしゃ》は生き物に乗ること。その生き物の脚《あし》は二本より少なくても、四本より多くてもいけない。
2. 空を飛《と》ぶ生き物は禁止《きんし》する。
3. 候補者《こうほしゃ》は必ず、白い服を着ること。

ルールに違反《いはん》した候補者《こうほしゃ》は、その場で失格《しっかく》とする。

この審査《しんさ》は、候補者《こうほしゃ》の勇気《ゆうき》と粘《ねば》り強さと戦略《せんりゃく》に対する直観《ちょっかん》を試《ため》すものです。審査《しんさ》の詳細《しょうさい》は開始直前に説明《せつめい》されます。

G・クイン長老《ちょうろう》、H・ウォン長老《ちょうろう》、A・サガ長老《ちょうろう》
〈プラウドフッド・ハウス〉
ネバームーア、フリー・ステート

地図が同封《どうふう》されていた。中世の石の壁《かべ》に囲《かこ》まれたほぼ円形の地域《ちいき》が、オールド・タウンだ。オールド・タウンは最初《さいしょ》に作られた小さな町で、そこからカビのように不規則《ふきそく》な形に外へ外へと広がっていって、いまのネバームーアができあがったのだという。（デイム・チャンダーから聞いた話だった。素人《しろうと》の歴史家《れきし》である〝木曜日伯爵《はくしゃく》〟から二年前のクリスマスにネバームーア歴史協会《れきしきょうかい》の会員権《かいいんけん》をプレゼントされて、この町の歴史《れきし》に興味《きょうみ》を持ったらしい）

オールド・タウンには入り口が四つあった。四つの巨大《きょだい》な石のアーチで、それぞれがコンパスのように東西南北を示《しめ》していた。

地図には、町の中央にある〈勇気《ゆうき》の広場〉が描《えが》かれていた。高速で移動《いどう》する〈ブロリー・レール〉でその上を通りすぎただけだったけれど、モリガンは店やカフェが立ち並《なら》び、人々《ひとびと》でごった返すにぎやかな広場を覚《おぼ》えていた。

広場はオールド・タウンを十字に横切る二本の道路が交差《こうさ》するところにあった。南北にのびるのがライトウィング・パレードで、北の端《はし》に〈プラウドフット・ハウス〉が、南の端《はし》に〈ロイヤル・ライトウィング宮殿《きゅうでん》〉（フリー・ステートの君主であるカレドニア女王二世の家）がある。東の端《はし》の〈聖《せい》なるものの聖堂《せいどう》〉と西の端《はし》の〈ネバームーア・オペラハウス〉を結《むす》ぶ道がグランド・ブールバードだ。

地図には目印《めじるし》になるほかの場所も記されていた。〈恐怖《きょうふ》と悪意の地下牢《ちかろう》〉、国会議事堂《こっかいぎじどう》、大使館、〈庭園ベルト〉（オールド・タウンの中央部をベルトのようにぐるりと囲《かこ》む植物の輪《わ》がこう呼ばれていた）、〈ゴブリン図書館〉をはじめとする、一〇数か所だ。万一のことを考えて、モリガンはそのすべてを覚《おぼ》えようとした。

「〈恐怖《きょうふ》と悪意の地下牢《ちかろう》〉」目を閉《と》じて、覚《おぼ》えているかどうかをたしかめた。「東地区、ライフキン・ロード。国会議事堂《こっかいぎじどう》、北地区、フラグスタッフ・ウォーク。〈ゴブリン図書館〉、東地区――ちがう、南地区――ううん、ちがう――」

「西地区だよ、おばかだね」けだるそうな声がした。近くの日だまりのなかで、フェネストラがだるそうに毛づくろいをしている。「メイヒュー・ストリート。静《しず》かにおし」

「ありがとう」モリガンはお礼を言った。

ジュピターが横目でフェネストラをながめていることに気づいて、モリガンは改《あらた》めて彼女《かのじょ》をしげしげと見つめた。日光と唾《つば》のせいで、フェンのみすぼらしい灰色《はいいろ》の毛皮は溶《と》けた銀のように見える。歯をむきだしてぐっと伸《の》びをすると、筋肉《きんにく》の発達《はったつ》したその脚《あし》がぶるぶると震《ふる》えた。本当にきれいだと、モリガンは渋々認《しぶしぶみと》めた。おそろしくはあるけれど。

「あんたたち、じろじろ見るのはやめてくれるかい？」フェンはばかにするように言った。「あたしは身づくろいしているんだから。いやらしいね」

〈追跡審査《ついせきしんさ》〉の朝、モリガンはおだやかな気持ちで目をさました。今日がなんの日かを思いだすまでの五秒間だけだったけれど。その後はパニックがやってきた。

ジュピターがどんな生き物を選《えら》んでくれたのか、モリガンは知らなかった。この三日間というもの、ジュピターがほかの従業員《じゅうぎょういん》たちとかわす議論《ぎろん》は白熱《はくねつ》する一方だった。ポニーとラクダの長所を比《くら》べたり、亀《かめ》は現実《げんじつ》でもウサギに勝てるのか、そして実際《じっさい》に試《ため》してみるべきなのか（フランクのアイディアだった）を話し合ったり、飛《と》ぶことはできないけれど羽のあるダチョウは飛《と》ぶ生き物になるのかどうかを考えたりした。どの議論《ぎろん》も結論《けつろん》は出ず、なにひとつとしてモリガンの気持ちを落ち着かせてくれなかった。

のろのろとベッドから出たところでドアがさっと開き、フェネストラが気取った足取りで入ってきたかと思うと、大きな頭を振《ふ》って椅子《いす》に服をのせた。

「それを着るんだよ。廊下《ろうか》に新しいブーツを置《お》いてある。マーサが朝食を持ってくるから、準《じゅん》備《び》をして五分で下におりておいで」

フェネストラは〝おはよう〟の挨拶《あいさつ》もなしにそれだけ言うと、あっという間に部屋を出ていった。

「ええ、今朝の気分は最高《さいこう》よ、フェン。訊《き》いてくれてありがとう」モリガンはフェネストラが持ってきた白いズボンをはきながらつぶやいた。「不安《ふあん》かって？　少しね」シャツを着て、ソックスをはいた――ルールどおりに全部白だ。「あら、温かい言葉をありがとう、フェン。親切なのね。〈追跡審査《ついせきしんさ》〉はきっとうまくいくと思う。きっと、踏《ふ》みつけられたり、逮捕《たいほ》されたり、ネバームーアから追い出されたりはしないはず」

「だれに話しているの、ミス・モリガン？」朝食のトレイを手にしたマーサが戸口に立っていた。モリガンはトーストを一枚《いちまい》つかむと部屋を走り出て、廊下《ろうか》に置《お》かれていたブーツを手に取った。

「だれにも。トーストをありがとう」

「幸運を祈《いの》るわ。気をつけて！」

ロビーにやってきたモリガンを、ジュピターとフェンは上から下まで長々《ながなが》とながめてから、ようやく口を開いた。

「この子はうしろで髪《かみ》を結ぶ必要《ひつよう》があるな」ジュピターが言った。

「この子は口を閉《と》じている必要《ひつよう》があるね」フェンが言った。

「この子はあなたたちの目の前にいるんだけど。ここにいないみたいな話し方はやめてくれる？」モリガンが言った。

「あたしが言ったとおりだろう？」フェネストラが文句《もんく》を言った。「〈追跡審査《ついせきしんさ》〉のあいだ、こんなふうだとごめんだよ。集中できないからね」フェネストラは大きな灰色《はいいろ》の耳をぴんと立てて、ジュピターを見た。「口にテープを貼《は》ってもいいかい？」

「そんなことをしたら、長老《ちょうろう》たちは眉《まゆ》をひそめるだろうね」

モリガンは腕《うで》を組み、けげんそうに訊《き》いた。「いったいなんの話？」

「うん」ジュピターはわくわくした様子で両手をこすり合わせた。「きみが乗るすばらしい生き物を用意したよ」

モリガンとジュピターとフェネストラが一時に西ゲートに到着《とうちゃく》したときには、すでにそこは子供《こども》と後援者《こうえんしゃ》と動物でごったがえしていた。受付《うけつけ》をするときには、この審査《しんさ》で死亡《しぼう》、もしくは怪我《けが》を負うことになっても〈輝かしき結社《ワンダラス・ソサエティ》〉を訴《うった》えないと書かれた証書《しょうしょ》に、モリガンとジュピターの両方がサインしなくてはいけなかった。

「まったくはげみになるったら」モリガンは自分の名前を書きながらつぶやいた。胃《い》がでんぐり返しをしている気がする。

一部の候補者《こうほしゃ》たちが選《えら》んだ生き物を見て、モリガンは驚《おどろ》いた。ほとんどが馬やポニーに乗っていたが、ラクダもたくさんいたし、シマウマやラマも数頭、ダチョウが一羽（あの質問《しつもん》の答えが出たわけだ）、傲慢《ごうまん》そうなユニコーンが二頭、そして大きくて醜《みにく》い豚《ぶた》が一頭いた。ユニコーンを見たときには、おもわず息を飲み、ジュピターの腕《うで》をつかんだ。こわいと思ったのは一瞬《いっしゅん》で、すぐにうれしくてたまらなくなったけれど、ジュピターは少しも感心した様子を見せなかった。

「あのとがった角には気をつけたほうがいい」心配そうに魔法《まほう》の生き物を見ている。

フェネストラの様子がおかしかった。審査《しんさ》会場に来るまで皮肉めいたことは一度も言わなかったし、いまはほかの候補者《こうほしゃ》たちが乗る生き物をにらみつけながら、西ゲートのスタート地点を行ったり来たりしている。ジュピターがそろそろと彼女《かのじょ》に近づいた。

「フェン？」フェネストラはジュピターの呼《よ》びかけを無視《むし》した。ジュピターは少し声を張《は》りあげた。「フェン？　フェニー？　フェネストラ？」

フェンは琥珀色《こはくいろ》の目を細くして、ずっと低《ひく》い声でうなりつづけている。皮の厚《あつ》い大きなサイに気を取られているようだ。

「フェン？」ジュピターはおそるおそる彼女《かのじょ》の肩《かた》を叩《たた》いた。

「あれ」フェネストラは頭でサイを示《しめ》した。「おかしな耳をした、角のあるのろま。あたしの邪魔《じゃま》はしないことだね。そのとがったでかい鼻には気をつけるんだね。でないとあたしが、お見舞《みま》いするよ」

「なにをだい？」

「頭突《つ》きさ。あいつとその背中《せなか》に乗っている小さな悪魔《あくま》に」

ジュピターとモリガンは顔を見合わせた。いったいフェンはどうしたっていうの？

「その……その悪魔《あくま》が子供《こども》だってわかっているかい？」ジュピターが言葉を選《えら》びながら訊《き》いた。

フェンはうなり声で返事をすると、ポニーの手綱《たづな》を不安《ふあん》そうにつかんでいる小柄《こがら》な少年を前足で示《しめ》した。「あいつにも食らわせてやる。あいつとあの地獄《じごく》の生き物にも」

ジュピターは口に手を当て、こみあげてきた笑《わら》いを咳《せき》にしてごまかした。「フェン、あれはポニーだ。ぼくが思うにきみは――」

フェネストラはジュピターにぐいっと顔を寄《よ》せると、うなるような低《ひく》い声で言った。「あいつとぶよぶよした半分サイズの小さな馬がぱかぱかとあたしに近づいてきたら、あいつらはそれで終わりだからね。わかった？」

フェネストラは受付《うけつけ》のまわりをうろうろしている候補者《こうほしゃ》たちに近づいていくと、脅《おど》かすようにその前を歩きはじめた。

ジュピターは落ち着かない様子でモリガンに笑《わら》いかけた。モリガンは、マニフィキャットのフェンがならず者のフェンに変《か》わってしまった理由をジュピターが説明《せつめい》してくれるのを待った。

「フェンは……負けずぎらいなんだ。格闘技《かくとうぎ》選手《せんしゅ》だった時代に戻《もど》ったんだな」

「なんですって？」

「フェンは、〈究極《きゅうきょく》の格闘技《かくとうぎ》〉の世界では有名な選手《せんしゅ》だった。前首相の息子相手の騒《さわ》ぎが起きるまでは、三年連続《れんぞく》でフリー・ステートのチャンピオンだったんだ」

「前首相の息子と――」

「彼《かれ》が先に手を出したんだ。いま彼《かれ》には新しい鼻がついているし、なにも問題はないよ。ほら、きみが呼《よ》ばれている」

スタート地点へと歩いていきながら、ナン・ドーソンはホーソーンにどんな生き物を用意したんだろうとモリガンは考えた。（最後《さいご》にホーソーンと話したときは、きっとチータを用意してくれていると言っていた）探《さが》しても無駄《むだ》なことはわかっていた。ホーソーンは南ゲートのグループだ。

けれど、ほかの人間に気づいた――絶対《ぜったい》に会いたくなかった人間。

「この審査《しんさ》って、だれでも通るわけ？」ノエル・デヴローが、美しい茶色の雌馬《めすうま》の手綱《たづな》を引いてモリガンに近づいてきた。じろじろとモリガンをながめながら言う。「いまも〈輝かしき結社《ワンダラス・ソサエティ》〉っていう名前なの？　それとも〈ばかで醜《みにく》い結社《けっしゃ》〉に変《か》わった？」

友人たちは声をあげて笑《わら》い、ノエルは満足《まんぞく》したように肩《かた》にかかった髪《かみ》をはらった。まわりにはいつもの取り巻《ま》きたちがいたが、黒い三つ編《あ》みの少女だけが見当たらない――〈本の審査《しんさ》〉に通らなかったのだろうかとモリガンは考えた。

「だからあなたはここにいるのね」モリガンが言った。

ノエルの顔がまだらに赤くなった。手綱《たづな》を握《にぎ》る手に力がこもった。「それとも〈不法《ふほう》入国者結社《けっしゃ》〉になっているのかもね」モリガンをにらみつけた。「だからあんたがここにいるんでしょう？」

モリガンの胃《い》がまたでんぐり返った。フリントロック警視《けいし》をホテル・デュカリオンによこしたのは、ノエルとあのいやな後援者《こうえんしゃ》のバズ・チャールトンだったんだ。その瞬間《しゅんかん》、モリガンはノエルを憎《にく》んだ。自分をこんなにおびえさせ、絶望《ぜつぼう》させたノエルを心の底《そこ》から憎《にく》んだ。彼女《かのじょ》とバズは、自分たちがなにをしたのかわかっている？　ジャッカルファックスに送り返されたら、あたしの命が危《あぶ》ないことがわかっている？　ノエルをどなりつけたかったけれど、そんなことをするわけにはいかない。ここでは。

「それのせいで失格《しっかく》になるかもしれない」モリガンはどなる代わりに、ノエルの髪《かみ》を指さした。ノエルはほかの候補者《こうほしゃ》とおなじように、全身を白でまとめていた――おしゃれな象牙色《ぞうげいろ》の乗馬ズボンも、革《かわ》の鞍《くら》と鞭《むち》も白だ。豊《ゆた》かな栗色《くりいろ》の巻《ま》き髪《がみ》を結《むす》ぶ小さな金色のリボン以外《いがい》は。ささいなことだとわかってはいたけれど、モリガンは言わずにはいられなかった。

けれどノエルは心配そうな表情《ひょうじょう》を浮《う》かべることも、リボンをはずすこともなかった。それどころか、リボンを指に巻《ま》きつけてますます得意《とくい》そうな顔をした。モリガンだけに聞こえるように、顔を寄《よ》せて小さな声で言った。「あら、これ？　長老《ちょうろう》たちへのちょっとしたメッセージ。ミスター・チャールトンのアイディアなの。わたしが真剣《しんけん》に勝つつもりでいることがこれでわかるって。わたしは金色を取りに行って、秘密《ひみつ》のディナーに招待《しょうたい》されるつもりだっていうことを長老《ちょうろう》たちに知っておいてもらうのよ」

「秘密《ひみつ》のディナー」モリガンは顔をしかめた。ノエルはあたしをばかにするために、出まかせを言っているに決まっている。「秘密《ひみつ》のディナーってなに？」

ノエルは信《しん》じられないというようにくすくす笑《わら》った。「あんたの後援者《こうえんしゃ》って、なにも話してくれていないのね？　あんたを勝たせたくないみたい」

ノエルはその場を離《はな》れていこうとしたが、振《ふ》り返って言った。「ところで、それがあんたの乗り物？」食べ物を探《さが》してふんふんと地面をかぎまわっている豚《ぶた》を指さした。「すてきね――あんたそっくり」

西ゲートの前で、〈輝かしき結社《ワンダラス・ソサエティ》〉の係員が台にあがって説明《せつめい》をはじめた。

「こちらに集まってください！　いまは乗り物は必要《ひつよう》ありません。静《しず》かにしてください。静《しず》かに！」彼女《かのじょ》はメガホンに向かって叫《さけ》んだ。「よく聞いてください。指示《しじ》は一度しか行いません」

モリガンの心臓《しんぞう》は、係員の声が聞こえなくなるのではないかと思えるくらい、どきんどきんと激《はげ》しく打っていた。

「〈追跡審査《ついせきしんさ》〉は競争《きょうそう》ではありません」その女性《じょせい》の声が大きく響《ひび》いた。「ただ速さを競《きそ》うのではなく、これは戦略《せんりゃく》のゲームです。あなた方にはゴールラインを目指すのではなく、ターゲットを探《さが》してもらいます」

女性《じょせい》が合図をすると、木の枠《わく》に立てかけてあったオールド・タウンの大きな地図を覆《おお》っていた布《ぬの》をもうひとりの係員がはずした。モリガンの手紙に同封《どうふう》してあったものとよく似《に》ていたが、それよりもずっと大きく、様々《さまざま》な色の何十ものターゲットが全体に散《ち》らばっている。ケーキにかける虹色《にじいろ》の粉砂糖《こなざとう》みたいだ。

オールド・タウンには木の年輪《ねんりん》のような九つの同心円が描《えが》かれ、それぞれの輪《わ》は虹《にじ》の色に彩《いろど》られていた。石の壁《かべ》に近い一番外側《そとがわ》の紫色《むらさきいろ》の輪《わ》のなかは、かなりターゲットの数が多い——二〇〜三〇メートルおきにありそうだ。けれど、青色の輪《わ》、エメラルド色の輪《わ》、緑色の輪《わ》、黄色の輪《わ》、オレンジ色の輪《わ》、ピンク色の輪《わ》、赤色の輪《わ》と町の中心に近づくにつれ、ターゲットの数は減《へ》っていき、真ん中の輪《わ》――〈勇気《ゆうき》の広場〉の大部分が占《し》めていた――のなかにある金色のターゲットはわずか五個《こ》しかなかった。

「あなた方に与《あた》えられた課題は」メガホンを持った女性《じょせい》が言った。「ターゲットを手のひらで叩《たた》くことです。ただし、ひとつしか叩《たた》くことはできません。ターゲットを叩《たた》くことができれば、その人の勝利《しょうり》です。つぎの審査《しんさ》に進むことができます」

候補者《こうほしゃ》たちのあいだに不安《ふあん》そうなざわめきが広がった。簡単《かんたん》すぎる。なにか落とし穴《あな》があるはずだとモリガンは思った。

「さて、問題はどのターゲットを叩《たた》くかということです。候補者《こうほしゃ》は三〇〇人いますが、ターゲットは一五〇しかありません。オールド・タウンの一番外にある輪《わ》で、真っ先に目についたものを叩《たた》きますか？　もっともです――ターゲットの数は多いし、見つけやすいところにありますす」

そうよ。もちろん、そこを狙《ねら》う。なかに入って、簡単《かんたん》なターゲットを叩《たた》いて、つぎの審査《しんさ》に進む。ほかの候補者《こうほしゃ》たちのとまどったような顔を見れば、おなじことを考えているのがわかった――簡単《かんたん》なターゲットを狙《ねら》わない理由がある？

「もしくは」女性《じょせい》が言葉を継《つ》いだ。「チャレンジすることもできます」満面《まんめん》に笑《え》みを浮《う》かべながら、彼女《かのじょ》は地図の中央を示《しめ》した。「ここ〈勇気《ゆうき》の広場〉には金色のターゲットが五つあります。それを叩《たた》けば、第三の審査《しんさ》に進めるだけでなく、ごく内輪《うちわ》のいたって特別《とくべつ》なイベント――〈プラウドフッド・ハウス〉の〈長老《ちょうろう》の間〉で行われる長老《ちょうろう》たちとの秘密《ひみつ》のディナーに招待《しょうたい》されます」

候補者《こうほしゃ》たちがどよめいた。「〈長老《ちょうろう》の間〉で？」モリガンの近くに立っていた少年がつぶやいた。「結社《けっしゃ》のメンバーしかあそこには入れないんだ！」

モリガンは前方にいるノエルをちらりと見た。金色を取りに行く、と言っていたのは、そういうことだったのだ。ノエルは腹立《はらだ》たしいくらいうぬぼれた顔で、また金色のリボンを指に巻《ま》きつけている。どうやって知ったんだろう？　ほかの候補者《こうほしゃ》たちはみんな、モリガンとおなじくらい驚《おどろ》いているのに。どうして内輪《うちわ》の情報《じょうほう》を知っているのが、あの憎《にく》たらしいノエルなの？

結社《けっしゃ》の係員は両手をあげて、候補者《こうほしゃ》たちをだまらせようとした。「金色のターゲットはその五つだけでなく、もう五つ、オールド・タウンのどこかにあります。けれどちょっとした仕掛《しか》けがあります――その五つは、見かけは普通《ふつう》の色つきのターゲットとおなじです。くじのようなものです――叩《たた》くまで、それが金色のターゲットなのかどうかはわかりません」

「どうやってわかるんですか？」赤い髪《かみ》の少女が尋《たず》ねた。

「叩《たた》けばわかります」

前にいた少年が手をあげて訊《き》いた。「どうしてぼくたちは白い服なんですか？」

結社《けっしゃ》の係員たちは顔を見合わせて笑《わら》った。「それもいずれわかります」メガホンを持った女性《じょせい》が答えた。「一〇人の候補者《こうほしゃ》とその後援者《こうえんしゃ》だけが、長老《ちょうろう》たちの秘密《ひみつ》のディナーに出席《しゅっせき》することができます。これは、三つめと四つめの審査前《しんさまえ》に長老《ちょうろう》たちと顔を合わせることのできる、たった一度のチャンスです」

ノエルが金色のターゲットを狙《ねら》うとあれほど固《かた》く心を決めている理由がよくわかった。長老《ちょうろう》たちと顔を合わせて印象《いんしょう》づけておけば、〈特技披露審査《とくぎひろうしんさ》〉でものすごく有利《ゆうり》になる。ばかみたいにくすくす笑《わら》うだけの取り巻《ま》きたちを味方につけたみたいに、ノエルが長老《ちょうろう》たちにも魅力《みりょく》を振《ふ》りまくことは予想がついた。モリガンは胸《むね》がむかむかした。

結社《けっしゃ》の係員はさらに言った。「忘《わす》れないでください、ターゲットはひとつしか叩《たた》くことはできません。特権《とっけん》を手に入れるために、ほかの色のターゲットを無視《むし》して、叩《たた》けるかどうかわからない金色のターゲットを狙《ねら》いにいきますか？　それとも最初《さいしょ》に見つけたターゲットを叩《たた》いて、確実《かくじつ》につぎの審査《しんさ》への切符《きっぷ》を手に入れますか？　あなたは野心あふれる冒険家《ぼうけんか》ですか？　それとも冷静《れいせい》で、効率《こうりつ》を優先《ゆうせん》するタイプですか？　その答えがわかります。スタートラインに集まってください。〈追跡審査《ついせきしんさ》〉はちょうど五分後にはじまります」

モリガンがここに来る前から、憎《にく》むべきバズ・チャールトンの憎《にく》むべき候補《こうほ》者《しゃ》は審査《しんさ》について知りつくしていたのだと思うと、いらだたしさに胸《むね》がきりきりした。ジュピターも知っていたの？　もしそうなら、どうして教えてくれなかったの？　ノエルの言葉が頭のなかに響《ひび》いた。

あんたを勝たせたくないみたい。

ジュピターとフェネストラが近づいてきたけれど、尋《たず》ねている時間はなかった。

「モグ、よく聞いて」ジュピターはモリガンをスタートラインに連《つ》れていきながら、急いで言った。「秘密《ひみつ》のディナーのことは忘《わす》れるんだ。どうでもいい。とにかくターゲットを叩《たた》いて、つぎの審査《しんさ》に進むことだ――それ以外《いがい》のことはなにも考えなくていい。紫色《むらさきいろ》と青色のターゲットは――フェン、きみも聞いているか？――素通《すどお》りするんだ。大混乱《だいこんらん》になるはずだ。ほとんどの候補者《こうほしゃ》は最初《さいしょ》に目についたターゲットを狙《ねら》いに行く。その騒《さわ》ぎに巻《ま》きこまれちゃいけない。グランド・ブールバードをまっすぐ進んで、メイヒュー・ストリートを左に曲がる――その先が緑色の地域《ちいき》だ。ターゲットは少なくなるが、早くそこまでたどりつければ、叩《たた》けるチャンスはぐっとあがる。わかったかい？」

モリガンはうなずいた。**グランドをまっすぐ行って、メイヒューを左に曲がる。**ジュピターは結社《けっしゃ》の係員にうながされ、その場を離《はな》れていきながらうしろを振《ふ》り返って、幸運を祈《いの》ると声に出さずに言った。モリガンは心臓《しんぞう》が飛《と》び出してきそうで口を開けることができなかったので、険《けわ》しい顔でうなずき、震《ふる》える手で親指を立てて見せることで、心の内が伝《つた》わるのを祈《いの》るだけだった。

近くでは、ノエルも後援者《こうえんしゃ》と最後《さいご》の言葉を交わしていた。けれどフェネストラが近づいてきて耳元で話しはじめたので、モリガンに聞き取れたのは、**金色**と**ロデリック**（ロデリックってだれだろう？とモリガンは考えた）という言葉だけだった。

「あんたはなにもしなくていい。わかったね？　あたしがターゲットのところまで行くから、あんたはあたしがそう言ったときに叩《たた》けるようにしておくんだ。あたしに指示《しじ》したり、止めたりするんじゃないよ――もし一度でもあたしの横腹《よこばら》を蹴《け》ったりしたら、あんたの部屋に生のイワシを隠《かく》してやるからね。絶対《ぜったい》見つけられないところに。でもそのにおいはあんたの肌《はだ》や服にしみこんで、頭がどうかなるまで夢《ゆめ》を乗っ取るんだ。わかったかい？」

「わかった」西のゲートの上の大きな時計がカウントダウンをはじめた。スタートまで六〇秒。フェネストラの大きな背中《せなか》にどうやって乗ればいいのかわからないことに、モリガンは不意《ふい》に気づいた。「フェン、あたしはどうやって――」

その先を言うより早く、モリガンは首にフェネストラの熱《あつ》い息とひげと毛皮を感じた。フェネストラは鋭《するど》い黄色い歯でモリガンをくわえると、なんなく自分の背中《せなか》にひょいと乗せた。モリガンは馬に乗るみたいに体勢《たいせい》を整えようとしたけれど――そもそも一度も馬になんて乗ったことがなかったから、あくまでも想像《そうぞう》だった――なにもつかまるところがないことに気づいた。柔《やわ》らかい灰色《はいいろ》の毛を両手で握《にぎ》りしめるほかなかった。

カウントダウンがつづくなか、モリガンは不意《ふい》にパニックにかられてフェネストラの首に顔を押《お》しつけて訊《き》いた。

「フェン、落ちたらどうなるの？」

「踏《ふ》みつぶされて死ぬだろうね。だから落ちないようにするんだよ」

モリガンはいっそう手に力をこめて、泣《な》きたくなるのをこらえた。

フェネストラは振《ふ》り返って、少しだけ優《やさ》しい声で言った。「わかったよ、そうしたければあたしの脇腹《わきばら》にかかとをめりこませてもいいよ。そのほうがバランスが取りやすい。とにかく、なにがあってもあたしの毛を放すんじゃないよ」

「うっかり引っこ抜《ぬ》いちゃったらどうする？」

「見たとおり、あたしの毛はたっぷりあるからね。さあ、もうだまって。時間だ」

時計がゼロになり、耳をつんざくクラクションの音が鳴り響《ひび》いたとたん、モリガンはかちゃかちゃという音や、けたたましい足音や、どこかうしろのほうから聞こえる後援者《こうえんしゃ》たちの歓声《かんせい》が入り混《ま》じった大混乱《だいこんらん》にのみこまれていた。ぎゅっと目をつぶり、かなりの速さで進んでいくフェンにしっかりとしがみついた。ちらりと目を開けると、ジュピターの言ったとおりだということがわかった。すぐ前にネバームーア・オペラハウスの大理石の階段《かいだん》があって、そこに置《お》かれているモリガンの頭ほどの大きさの紫色《むらさきいろ》のターゲットに向かって、半分ほどの候補者《こうほしゃ》が突進《とっしん》していた。激《はげ》しい争《あらそ》いになるのはまちがいない。けれどモリガンがそれを見ることはなかった——フェネストラはオペラハウスをぐるりとまわり、グランド・ブールバードに入った。騒動《そうどう》はすでに遠ざかっていた。

バン！

バン！

バン！

振《ふ》り返ると、候補者《こうほしゃ》に叩《たた》かれた紫色《むらさきいろ》のターゲットがあちらこちらで爆発《ばくはつ》しているのが見えた。鮮《あざ》やかな色の粉《こな》を候補者《こうほしゃ》の髪《かみ》や服にまき散《ち》らし、全身を紫色《むらさきいろ》に染《そ》めあげている。あたりはほこりと色と騒音《そうおん》でいっぱいになった。

だから白い服だったんだ。審査《しんさ》が終わったときには、一五〇人の色とりどりの勝者と……一五〇人の真っ白なままのかわいそうな子供《こども》ができあがる。

あたしはそうはならないから。モリガンはフェンにぐっとからだを寄《よ》せながら、心のなかで断言《だんげん》した。あたしは緑色になる。

ふたりは紫色《むらさきいろ》と青色のターゲット――木や標識《ひょうしき》に吊《つ》るされているものもあれば、建物《たてもの》の箇《かん》単《たん》に手が届《とど》くところに貼《は》りつけられているものや、石畳《いしだたみ》の道にただ置《お》かれているものもあった――の海を通りすぎ、すぐにエメラルド色の地域《ちいき》に入った。ターゲットを見つけるのは難《むずか》しくなっていたけれど、それでもまだあちこちにたっぷりとあるのがわかった。

フェンは走るのがとても速くて、候補者《こうほしゃ》たちの半分をほこりのなかに置《お》き去りにしていたけれど、それでも粘《ねば》り強い何人かはついてきていた。そのなかには腹立《はらだ》たしいことにノエル・デヴローがいてモリガンの左側《ひだりがわ》を、フェンが敵《てき》と定めたサイとその乗り手が右側《みぎがわ》を走っていた。

ノエルの茶色い雌馬《めすうま》はまるで宙《ちゅう》を飛《と》んでいるようだった。

サイに気をつけろと言ったフェンの言葉は正しかった。なにを踏《ふ》みつけようが、その危険《きけん》な角がどこに刺《さ》さろうがおかまいなしに右へ左へと方向を変《か》え、ものすごい勢《いきお》いで突進《とっしん》していく。ただ金色のターゲットを目指して走っているだけではなかった。〈勇気《ゆうき》の広場〉にたどり着くまでに、ほかの候補者《こうほしゃ》たちを倒《たお》すつもりでいる。

賢《かしこ》いとモリガンは思った。卑劣《ひれつ》なやり方ではあるけれど、賢《かしこ》い。東、北、南、それぞれのゲートからやってくる五つのターゲットを目指す候補者《こうほしゃ》たちは、おそらくほぼ同時に広場にたどり着くだろう。金色のターゲットは全員の分はない。〈勇気《ゆうき》の広場〉は乱闘状態《らんとうじょうたい》になるはずだ。

モリガンは、緑色を目指すことにしてよかったと思った。

けれどフェネストラは、緑の区域《くいき》に入っても速度を落とさなかった。ジュピターの指示《しじ》どおりに、メイヒュー・ストリートで曲がらなかった。まっすぐに駆《か》け抜《ぬ》け、黄色の区域《くいき》に入っていく。ターゲットの数は減《へ》り、まばらになっていく。早く叩《たた》かないと、叩《たた》きそびれてしまうかもしれない。それでもフェネストラは黄色い区域《くいき》からオレンジ色の区域《くいき》へと、速度を落とす気配もなく走りつづけた。

「フェン！」ついにモリガンは叫《さけ》んだ。「フェン、止まって！　いったいどこに行くの？」

「〈勇気《ゆうき》の広場〉だよ。金色のターゲットを狙《ねら》うんだ！」

顔から血の気が引くのがわかった。フェネストラはなにを考えているの？　頭がどうかしたんだ。格闘技《かくとうぎ》の選手《せんしゅ》としての負けん気に火がついたんだ。

「だめ――フェン、ジュピターは――」

「ジュピターはうるさいからね。あんなものはあたしには雑音《ざつおん》だよ。**しっかりつかまって**」

フェネストラはさらにギアをあげた。ひらりと身をかわし、素早《すばや》くよけ、モリガンが想像《そうぞう》もしていなかった優雅《ゆうが》さで、候補者《こうほしゃ》たちのあいだをすり抜《ぬ》けていく。一度に三、四人の頭上を飛《と》びこえ、ほんのわずかなスペースにしなやかに着地したかと思うと、リズムを崩《くず》すことなく再《ふた》びジャンプした。彼女《かのじょ》はまちがいなく、ジュピターが願《ねが》っていたとおりの〝全地形対応《たいおう》の生き物〟だった。地面から木に飛《と》びあがり、建物《たてもの》の壁《かべ》を蹴《け》る。モリガンはただひたすらしがみついているだけだった。

うしろを振《ふ》り返ると、集団《しゅうだん》にのみこまれたのか、あるいは横道にそれたのか、ノエルと彼女《かのじょ》の馬の姿《すがた》はまったく見えなくなっていたので、モリガンはうれしくなった。

モリガンの胸《むね》に小さな希望《きぼう》が芽《め》を出した。ひょっとしたら、フェンは正しいのかもしれない——ひょっとしたら、金色のターゲットを叩《たた》けるかもしれない。

けれど、暴走《ぼうそう》サイが速度をあげていた。乗っている候補者《こうほしゃ》がはっきり見えて、知っている顔だったことにモリガンは驚《おどろ》いた——ノエルの意地の悪い友だちだ。

けれどいま彼女《かのじょ》の顔に、〈輝《かがや》かしき歓迎会《かんげいかい》〉で見せていたハイエナのような笑《わら》いは浮《う》かんでいなかった。〈本の審査《しんさ》〉のときのように、自慢《じまん》げだったり傲慢《ごうまん》だったりもしない。彼女《かのじょ》は……おびえていた。長く黒い三つ編《あ》みは半分ほどけて乱《みだ》れ、叫《さけ》びながら必死《ひっし》に手綱《たづな》を引っ張《ぱ》っていたけれど、なんの役にも立っていなかった。すっかりサイのコントロールを失《うしな》っている。

(モリガンはそれがどういう気持ちがするものなのかを知っていた)

一方のサイは断固《だんこ》として心を決めていた。最大《さいだい》のライバルがだれであるかを見定め、角を振《ふ》りたててまっすぐに向かってきている。

モリガンはフェネストラの毛を強く引っ張《ぱ》って、脳《のう》みそがつむぎだすことのできた唯一《ゆいいつ》の言葉を彼女《かのじょ》の耳のなかに叫《さけ》んだ。「フェン！　サイ！」

第一四章
最高《さいこう》にすばらしい生き物

「あたしたちに向かってきてる！」

フェネストラは振《ふ》り返ることなくさらに速度をあげると、右へ左へ身をかわしながら、サイを振《ふ》り切ろうとした。サイは遅《おく》れることなくついてきたが、そこには優雅《ゆうが》さのかけらもなかった。ほかの候補者《こうほしゃ》たちにぶつかり、はね飛《と》ばし、どなり声やけたたましい物音を蹴散《けち》らしながら走ってくる。モリガンは振《ふ》り返った。ノエルの友だちは恐怖《きょうふ》に目を見開いて、サイの方向を変《か》えることも速度を落とさせることもできず、ただ落ちないように必死《ひっし》で手綱《たづな》をにぎりしめている。

フェンはますます速度をあげて、ほかの候補者《こうほしゃ》たちとの距離《きょり》を広げた。ならずもののサイだけがぴったりとついてきた。

「先に行かせて！」モリガンは叫《さけ》んだけれど、フェネストラには聞こえなかったようだ。それとも耳を貸《か》す気がないのかもしれない。いまはひとつのことしか頭になくて、ほかのことは考えられないようだ……けれど息を荒《あら》らげている。疲《つか》れてきているのがわかった。

サイが突然《とつぜん》、頭を振《ふ》りながら突進《とっしん》してきてふたりの横に並《なら》んだ。

「気をつけて、フェン！」モリガンが叫《さけ》んだのと、サイが体当たりしてきたのが同時だった。サイに乗っている少女が悲鳴をあげた。モリガンはふさふさしたフェネストラの首にからだをうずめるようにして、必死《ひっし》でしがみついた。フェネストラはつかの間バランスを崩《くず》したけれどすぐに立て直し、前脚《まえあし》でサイに一撃《いちげき》をくらわした。長く鋭《するど》いかぎ爪《づめ》に顔を切り裂《さ》かれ、サイは痛《いた》みにほえた。

背後《はいご》からべつの悲鳴が聞こえて、モリガンは顔をあげた。振《ふ》り返ると、サイがよろめき、少女を振《ふ》り落としたところだった。少女は胸《むね》の悪くなるようなどさりという音とともに地面に倒《たお》れこんだ。サイはぶざまにひっくり返り、ようやくのことで起きあがったかと思うと、近くにあった横道にそそくさと逃《に》げこんだ。金色のターゲットを目指していたことなど、すっかり忘《わす》れてしまったようだ。顔の深い傷《きず》からは血がしたたり、走りながら大声で悲鳴をあげている。あれほどの敵意《てきい》もどう猛《もう》さも、フェネストラの鋭《するど》いかぎ爪《づめ》のひと振《ふ》りですっかり消えてしまっていた。ようやくサイを振《ふ》り切ったフェネストラは、そのまま走りつづけた。

サイに乗っていたノエルの友だちは、グランド・ブールバードの真ん中に残《のこ》されていた。ぼんやりした様子で、頭を振《ふ》っている。じきにほかの候補者《こうほしゃ》たちが追いついてくるだろう。叩《たた》かれたターゲットからたちのぼる鮮《あざ》やかなピンク色や赤色の煙《けむり》が、少女が座《すわ》りこんでいる場所に少しずつ近づいてきていた。

モリガンは前を見た。グランド・ブールバードの一〇〇メートル先に、大きな石畳《いしだたみ》の広場が広がっている。〈勇気《ゆうき》の広場〉だ。その中央に見えた——装飾《そうしょく》をほどこした噴水《ふんすい》のまわりに、四つの金色のターゲットがおなじ間隔《かんかく》を置《お》いて並《なら》んでいる。そして噴水《ふんすい》の中央にある像《ぞう》のてっぺんに、五つめのターゲットがあった。コンクリートの魚にくわえられたターゲットが、日光を浴《あ》びて金色に光っている。

すぐそこだ——すぐ目の前。前にはだれもいない。〈勇気《ゆうき》の広場〉は空だった。勝てる。金色のターゲットを手に入れられる——

けれどモリガンはもう一度振《ふ》り返った。

少女はまだそこに座《すわ》りこんでいた。速度を落とす気配もなく突進《とっしん》してくるひづめの壁《かべ》と、色とりどりの煙《けむり》をぼんやりと見つめたまま、動けずにいる。

モリガンはぎゅっと胸《むね》をつかまれた気がした。

「フェン、戻《もど》って！」モリガンは叫《さけ》んだ。「あの子、踏《ふ》みつぶされちゃう」

フェネストラの耳には届《とど》かなかった。それとも聞こえていたのに、無視《むし》したのかもしれない。

モリガンはフェネストラの耳を乱暴《らんぼう》に引っ張《ぱ》った。「フェン！　あの子、死んじゃうってば！」

フェネストラはうなるように言った。「これが、**競争**《きょうそう》だってわかっているのかい？」それでもフェネストラは向きを変《か》え、自分の脚《あし》をつかんだままなすすべもなく座《すわ》りこんでいる少女に向かって走りだした。

「急いで、フェン！」

フェネストラは一気に加速《かそく》した。候補者《こうほしゃ》たちがやってくる寸前《すんぜん》、サイの少女をくわえてグランド・ブールバードの脇道《わきみち》に飛《と》びのいた。その直後、たったいままで少女が座《すわ》っていたところを、候補者《こうほしゃ》たちはすさまじい勢《いきお》いで駆《か》けぬけていった。

フェネストラは鋭《するど》く首を振《ふ》って、自分の背中《せなか》に少女を放り投げた。モリガンの前に座《すわ》りこんだ少女は、からだを震《ふる》わせながら泣《な》いていた。「泣《な》くんじゃないよ」フェネストラが叱《しか》りつけた。

モリガンは少女の震《ふる》える手を取って、フェネストラの首の毛を握《にぎ》らせた。その横を、最後《さいご》に残《のこ》った数人の候補者《こうほしゃ》たちが土煙《つちけむり》をあげながら突進《とっしん》していき、モリガンはすくみあがった。モリガンとフェンとサイの少女は最後尾《さいこうび》だ。絶望的《ぜつぼうてき》だった。金色のターゲットは数秒のうちになくなるだろう。

「もしかしたら」モリガンは絶望《ぜつぼう》にかられながら言った。「緑色のターゲットに戻《もど》ったら――それとも黄色とか――」

「しっかりおし」フェネストラが言った。

「あきらめるわけにはいかないのよ、フェン！　どこかにひとつくらい残《のこ》って――」

「ばかだね、**あたしの毛をしっかりつかんでいろ**ってことだよ。さあ、行くよ」モリガンが言われたとおりにすると、フェネストラはぐっと腰《こし》をおとした。「これから金を狙《ねら》いに行くよ！」

〈勇気《ゆうき》の広場〉の泉《いずみ》は、まるで黙示録《もくしろく》の一場面のようだった。噴水《ふんすい》のまわりに置《お》かれていた四つの金色のターゲットはすでになかったが、最後《さいご》のひとつがまだ残《のこ》っていた。数メートルの高さの魚の像《ぞう》の口のなかで、手づかずのままきらきらと光っている。その下では乗り物からおりた数十人──一〇〇人近かったかもしれない──の子供《こども》たちが、腰《こし》までの深さの水のなかで必《ひっ》死《し》に像《ぞう》を目指していた。ターゲットを手に入れようと、叫《さけ》んだりわめいたりしながら、水のなかで争《あらそ》っていた。何人かは像《ぞう》にたどり着いて、魚の尾《お》やひれをよじのぼりはじめていて、下からひきずりおろそうとしている者たちを蹴飛《けと》ばしている。悪夢《あくむ》のような光景《こうけい》で、モリガンはそこに加《くわ》わりたくはなかった。

けれどフェネストラが脚《あし》を止めることはなかった。腰《こし》を落として身構《みがま》えたかと思うと、助走をつけてジャンプし、噴水《ふんすい》のまわりに残《のこ》されていた馬やダチョウやシマウマの背中《せなか》を踏《ふ》み石代わりにして進んでいく。そしてそのたくましいうしろ脚《あし》で力強く踏《ふ》み切ると、ほかの競技者《きょうぎしゃ》たちの頭の上を越《こ》えて宙《ちゅう》を飛《と》び、像《ぞう》の上に着地した。魚の頭に脚《あし》を巻《ま》きつけるようにして、爪《つめ》を立てる。

「叩《たた》いて！」フェネストラが叫《さけ》んだ。

モリガンはせいいっぱい手を伸《の》ばした。もう少しで指が届《とど》く……あと少し……

けれどノエルの友だちのほうが近かった。落下のショックから立ち直ったらしく、フェネストラの肩甲骨《けんこうこつ》のあいだに膝《ひざ》をついて、首をよじのぼろうとしている。彼女《かのじょ》が手を伸《の》ばし、モリガンはそのうしろから手を伸《の》ばした。ふたりは、まったく同時にターゲットを叩《たた》いた。

バン！

金色の煙《けむり》が爆発《ばくはつ》して、サイの少女の顔を、白い服を長い三つ編《あ》みを、勝利《しょうり》の色に染《そ》めた……

……モリガンを真っ白なまま残《のこ》して。

「ひとりずつだ。**ひとりずつ！**」困《こま》ったような顔で結社《けっしゃ》の係員が叫《さけ》んだ。「それで、ターゲットを叩《たた》いたのはだれなんだ？　大きな猫《ねこ》に乗っていたのは？」

「あたしです」モリガンと少女が同時に答えた。ふたりはにらみ会った。

「あ、た、しです」モリガンはくりかえした。「大きな猫《ねこ》に乗っていたのはあたしです」

「きみの名前は？」

「カデンス」少女が割《わ》って入った。「あたしの名前はカデンス・ブラックバーン。あ、た、し、が大きな猫《ねこ》に乗っていました。あたしがターゲットを叩《たた》いたんです」

「ちがう、叩《たた》いたのはあたし。あたしはモリガン・クロウ。そしてマニフィキャットはあ、た、し、の乗り物。カデンスが自分のから落ちたから――彼女《かのじょ》はサイに乗っていた――あたしたちは戻《もど》って――」

「あたしは前に座《すわ》っていた」カデンスがさえぎった。「前に座《すわ》っていたんだから、ターゲットを叩《たた》いたのはあたしに決まっている。見てよ、全身金色になっているでしょう！」

係員はモリガンとカデンスを交互《こうご》に見た。「それは本当かね？　前に座《すわ》っていたのは彼女《かのじょ》なのか？」

モリガンはあぜんとした。否定《ひてい》はできない。カデンスが前に座《すわ》っていたのは事実で、だから彼女《かのじょ》は金色の粉《こな》を浴《あ》びた。でもそんなのおかしい！　そんな説明《せつめい》なんて意味がない――あるはずがない。そんなのずるい。

「はい、でも……それはあたしたちが引き返して、彼女《かのじょ》を乗せたからなんです。そうでなきゃ、彼女《かのじょ》は踏《ふ》みつぶされていた」

係員は鼻を鳴らした。「だからきみは〈輝《ワンダラス・ソサエティ》かしき結社〉に入る権利《けんり》があると言いたいのかね？」彼《かれ》は首を振《ふ》った。「どうしてだれもが、勇敢《ゆうかん》さとスポーツマン精神《せいしん》ですべて解決《かいけつ》すると思うのだろう？　われわれが試《ため》しているのは不屈《ふくつ》の精神《せいしん》と野心だ。やさしさじゃない」

「そういうことじゃないんです」モリガンは必死《ひっし》で訴《うった》えた。「マニフィキャットはあたしの乗り物で、あたしのために像《ぞう》にのぼってくれたんです。カデンスのためじゃない。あたしがターゲットを叩《たた》いたんです！　こんなの――」

「ばかばかしい」カデンスは蜂《はち》の羽音のような低《ひく》い声で言った。係員に近づき、彼《かれ》の顔を見あげた。「あの猫《ねこ》はあ、い、い、あたしの乗り物でした。あたしが金色のターゲットを叩《たた》いたんです。つぎの審査《しんさ》に進むのはあたしです」

係員はカデンスに小さな金色の封筒《ふうとう》を渡《わた》した。カデンスは勝ち誇《ほこ》ったような顔でポケットにしまうと、駆《か》けだしていった。

ずるいと叫《さけ》んでもよかったのだろうけれど、モリガンはなにも言えずにいた。そうする代わりに、非難《ひなん》するような冷《つめ》たいまなざしで係員をにらんだ。

「あの猫《ねこ》は彼女《かのじょ》の乗り物だった」彼《かれ》は肩《かた》をすくめた。「彼女《かのじょ》は金色のターゲットを叩《たた》いた。彼《かの》女《じょ》がつぎの審査《しんさ》に進む」

モリガンはパンクした自転車のタイヤみたいにしぼんだ。これまでだ。ゲームは終わり。ちょうどそのとき、友人たちに囲《かこ》まれたノエルがモリガンの横を通り過《す》ぎていった。彼女《かのじょ》もきらきら輝《かがや》く金色の粉《こな》を浴《あ》びていて、トロフィーのように金色の封筒《ふうとう》をかざしていた。「コデリック・ストリートの角でピンク色のターゲットを見つけて、どうしてかはわからないけれど、それを叩《たた》こうって決めたの。わたしの好《す》きな色だったからかもしれない」ノエルが明るい口調で言った。「それが隠《かく》された金色のターゲットだってわかって、どれほどびっくりしたか！　運がよかったのよ」ノエルはモリガンを振《ふ》り返り、真っ白なままの服を見てにんまりと笑《わら》った。

ロデリック・ストリート。ノエルの後援者《こうえんしゃ》がスタートラインで彼女《かのじょ》にささやいていたことを、モリガンは苦々《にがにが》しく思い出した。**ロデリック！**　人の名前じゃなかった。金色のターゲットのありかだった。ノエルは運がよかったわけじゃない——バズ・チャールトンがいんちきをした！　隠《かく》された金色のターゲットがどこにあるのか、彼《かれ》がノエルに教えたんだ。

ノエルだけが秘密《ひみつ》のディナーのことを知っていたのも当然《とうぜん》だ。バズは彼女《かのじょ》に秘密《ひみつ》を教え、審《しん》査《さ》に通るようにおぜん立てをしている。

カデンスへの怒《いか》りと、ノエルのいかさまに対する憤《いきどお》りと、自分が負けたことへの失望《しつぼう》に打ち負かされて、モリガンは噴水《ふんすい》の縁《ふち》にがっくりと座《すわ》りこんだ。あたしはなんてばかなんだろう。けれどそれ以上《いじょう》に、これからなにが起きるのかを思うとおそろしくて仕方がなかった。もちろんあたしはネバームーアを追い出される。そうしたら……そうしたら……

モリガンの頭のなかで〈煙《けむり》と影《かげ》のハンター〉がうしろ脚《あし》で立ちあがった。黒い蜂《はち》の巨大《きょだい》な群《む》れのように太陽の光をさえぎって、あたりが真っ暗になった。

話を聞いたジュピターはあぜんとした。フェネストラは激怒《げきど》した。

「その係員はどこ？」フェネストラは黄色い歯をむき出して、あたりをうろうろと歩きまわっている。「そいつのクリップボードを口に押《お》しこんで――」

「帰らないと」ジュピターがうしろを振《ふ》り返ったかと思うと、不意《ふい》に言った「いますぐ帰らないと。あいつがいる」

「だれが――あ」モリガンはお腹《なか》に重石を入れられた気がした。候補《こうほ》者《しゃ》と後援者《こうえんしゃ》のあいだを縫《ぬ》って、ネバームーアでモリガンが三番めに嫌《きら》いな人間〈カデンス・ブラックバーンとノエル・デヴローのつぎだ〉を先頭にした泥《どろ》色の制服《せいふく》の警察官《けいさつかん》の集団《しゅうだん》が近づいてくる。

ジュピターはモリガンの腕《うで》をつかんで反対方向に進もうとしたが、茶色い制服《せいふく》に行く手をさえぎられた。ふたりは〈カメムシ〉たちに囲《かこ》まれていた。

「その書類《ペーパーズ》とやらを拝見《はいけん》しにきた、ノース大佐《たいさ》」フリントロック警視《けいし》は満足《まんぞく》そうに顔を輝《かがや》かせながら、手を突《つ》き出した。「見せてもらおう」

モリガンは息を止めた。国外に追放される前に、デュカリオンに戻《もど》ることはできる？　あそこにいる人たちにさようならを言って、荷造《にづく》りをして、そして——ホーソーン！　友だちに挨拶《あいさつ》もしないまま、追い出されたりはしないよね？　モリガンは最後《さいご》に彼《かれ》をひと目見ようとして、〈勇気《ゆうき》の広場〉を見まわした。ホーソーンはターゲットを叩《たた》いたんだろうか？

それに〈煙《けむり》と影《かげ》のハンター〉がいる、頭のなかでうろたえたような声がした。国境《こっきょう》であたしを待ち構《かま》えているんだろうか？

「どの新聞《ペーパーズ》がお好《この》みですか、フリントロック警視《けいし》？」ジュピターはにこやかな笑顔《えがお》で訊《き》いた。「朝刊《ちょうかん》ですか？　いまごろは猫《ねこ》のトイレに敷《し》いてあるか、フィッシュ・アンド・チップスの包《つつ》み紙になっているでしょうね。最新《さいしん》の情報《じょうほう》に遅《おく》れを取るまいとするあなたの姿勢《しせい》はすばらしいと言わざるを得《え》ませんね、フリンティ。いいことですよ。なにかわからない言葉が出てきたら、調べるお手伝《てつだ》いをしますよ」

フリントロックのあごがぴくぴく動いたが、その顔から笑《え》みが消えることはなかった。「おもしろいね、ノース。非常《ひじょう》におもしろい。もちろんわたしが言っているのは、きみの……元候《こう》補者《ほしゃ》のフリー・ステートのパスポート、第七地区の居住証明書《きょじゅうしょうめいしょ》、ネバームーアの教育ビザだ。きみの元候補者《こうほしゃ》が、卑怯者《ひきょうもの》たちの共和国《きょうわこく》からこっそりやってきた汚《けが》らわしい不法《ふほう》入国者などではなく、フリー・ステートの第一地区に滞在《たいざい》する権利《けんり》があると、わたしがひと目で納得《なっとく》する書《しょ》

しれない。

「ああ、そっちの書類《しょるい》ですか」ジュピターが言った。「どうしてそう言わなかったんです？」

ジュピターはわざとらしくため息をつきながら、ありもしない書類《しょるい》を探《さが》してジャケットのポケットを叩《たた》いたり、あちらこちらのポケットを裏返《うらがえ》してみたり、その豊《ゆた》かなひげのなかを探《さぐ》ってみせたりした。これが彼女《かのじょ》の人生で最悪《さいあく》の日でなければ、モリガンはそれを見て笑《わら》ったかもしれない。

「いいかげんにしたまえ、ノース」

「すまない、ほらここに――おっと、ちがった、ハンカチだった。もうちょっと待ってくださいね」

この場から逃《に》げられるだろうかとモリガンは考えた。〈カメムシ〉たちがジュピターに気を取られている隙《すき》に、そのあいだをすり抜《ぬ》けることができれば、近くのワンダー地下鉄の駅にたどり着けるかもしれない。

モリガンは試《ため》しに、なにげなく一歩横に移動《いどう》してみた。だれにも腕《うで》をつかまれなかった。〈カメムシ〉たち全員が、書類《しょるい》を探《さが》すジュピターの演技《えんぎ》をじっと見つめているのがわかった。ヒキガエルをぶちまけた現場《げんば》からホーソーンがこっそり逃《に》げだしたときのことを思いだしながら、もう一歩、さらに一歩とあとずさった。あと数歩移動《いどう》すれば、人込《ひとご》みにまぎれて逃《に》げることができる。

「モリガン・クロウ！」大きな声が響《ひび》いた。モリガンはからだを凍《こお》りつかせた。これまでだ。

あたしは逮捕《たいほ》される。バイバイ、ネバームーア。「モリガン・クロウ！　猫《ねこ》に乗っていた女の子だ。どこにいる？　だれかモリガン・クロウを見なかったか？　猫《ねこ》に乗っていた女の子を？」

結社《けっしゃ》の係員だった。彼《かれ》はモリガンを見つけると、象牙色《ぞうげいろ》の封筒《ふうとう》を振《ふ》りながらよたよたと近づいてきた。「ここにいたのか！　見つけられてよかった。さあ、これはきみのものだ」

モリガンは封筒《ふうとう》を受け取った。「これはなんですか？」

「なにに見える？　つぎの審査《しんさ》への招待状《しょうたいじょう》だよ、もちろん」

モリガンは思わずジュピターを見た。ジュピターも彼女《かのじょ》とおなじくらいあぜんとしている。フリントロックの口が開いて、そして閉《と》じたが、声は出てこなかった。水からあげられて、絨《じゅう》毯《たん》の上で空気を求《もと》めて口をパクパクさせている金魚のようだ。

モリガンは自分の耳が信《しん》じられなかった。「でも……あなたは……だってカデンスが――」

「ふむ、そうなんだが、実は……問題があった。少々《しょうしょう》、ばつの悪い話なんだが。あの美しいユニコーンのうちの一頭は、翼《つばさ》をたたんで、頭にアイスクリームのコーンをさかさまにして貼《は》りつけたペガサスだったんだ。すぐに気づくべきだった。ペガサスには残酷《ざんこく》な仕打ちだし、完《かん》全《ぜん》にルールに違反《いはん》している。たとえ翼《つばさ》を使わなかったとしても、〈追跡審査《ついせきしんさ》〉には空を飛《と》ぶ生き物は使えないとルールブックにはっきり書いてある。そういうわけで、その候補者《こうほしゃ》は失格《しっかく》になった。つまり空きがひとつできたわけで……」彼《かれ》は少しきまり悪そうだった。「ええと、その、きみたちの珍しい状況《じょうきょう》を踏《ふ》まえ――えー、ふむ、われわれはこうすることが公平だと考えたわけだ。おめでとう」

係員は足を引きずりながらその場を去っていった。あとに残《のこ》されたモリガンは、ダイヤモンドでできているかのように手のなかの封筒《ふうとう》を大事そうにながめた。金色ではなかったけれど——長老《ちょうろう》たちの秘密《ひみつ》のディナーには出席《しゅっせき》できない——かまわなかった。「通った」小さくつぶやき、もう少し大きな声でくりかえした。「通った！」

封筒《ふうとう》を開け、なかに入っていた手紙を声に出して読んだ。

おめでとう。

あなたは不屈《ふくつ》の精神《せいしん》と野心の持ち主であることを証明《しょうめい》し、〈輝かしき結社《ワンダラス・ソサエティ》〉のユニット九一九の審査《しんさ》のつぎの段階《だんかい》に進む権利《けんり》を得《え》ました。〈恐怖《きょうふ》の審査《しんさ》〉は一の秋に行われます。

日程《にってい》、時間、場所は未定《みてい》です。

ジュピターは声を立てて笑《わら》った——喜《よろこ》びに爆発《ばくはつ》した笑《わら》い声が、モリガンの耳の奥《おく》で反響《はんきょう》した。フェネストラまで喉《のど》を鳴らしながら笑《わら》っている。モリガンは飛《と》びあがりたい気分だった。これほどほっとして、これほどうれしかったことは生まれてはじめてだ。

「すばらしいよ、モグ。すばらしい。悪いね、警視《けいし》。書類《しょるい》は待ってもらわなきゃいけないようだ。現時《げんじ》点《てん》では、モリガン・クロウの市民《しみん》としての権利《けんり》は、〈輝かしき結社《ワンダラス・ソサエティ》〉の内部の問題ということになるね。ハ、ハ、ハ！」

フリントロック警視《けいし》は文字どおり、怒《いか》りのあまり口から泡《あわ》を吹《ふ》いていた。「これで終わりじゃないぞ」脅《おど》すように言うと、その言葉を思い知らせるように警棒《けいぼう》を自分の太腿《ふともも》に叩《たた》きつけた。モリガンは顔をしかめた――痛《いた》いはずだ。「わしがいつも目を光らせているからな、モリガン・クロウ。おまえたちふたりともだ。忘《わす》れるな」

警視《けいし》はくるりときびすを返すと、茶色い制服《せいふく》の警察官《けいさつかん》たちを引き連《つ》れてその場を離れていった。

「ぞっとするね」フェネストラがその背《せ》中《なか》に向かって言った。

第一五章

黒いパレード　一の秋

「あたしはクイーンがほしい」

「どうして?」

「どうしても。いいからちょうだい」

ホーソーンはうんざりしたように大きくため息をつくと、トランプの束《たば》のなかからダイヤのクイーンを探《さが》しだした。「このやり方、まちがってると思うけどな」

ふたりが〈追跡審査《ついせきしんさ》〉を無事《ぶじ》通過《つうか》したあと（ホーソーンはチータではなくラクダに乗って、オレンジ色のターゲットを叩《たた》いていた）、ベッドに入る時間を無視《むし》し、おやつを山ほど食べ、なにかいたずらをするのなら、ハロウマスの夜にデュカリオンにホーソーンに泊まりに来てもらってもいいとジュピターは言った。約束《やくそく》どおり、ふたりはすでにたんまりとお菓子《かし》を食べ、いまは真夜中に〈黒のパレード〉に連《つ》れていってくれることになっているフェネストラを待ちながら、音楽室で自分たちで考えたポーカーをしているところだった。

ハロウマスに敬意《けいい》を表して、音楽室の明かりはすべてろうそくとカボチャちょうちん《ジャック・オ・ランタン》になっていた。ヴァンパイアの小人のフランクが、おそろしい敵の首をはねてその血をのむという内《ない》容《よう》の不気味《ぶきみ》な歌を歌っている。宿泊客《しゅくはくきゃく》たちは、敵がおそろしかろうとなかろうと、こんな小さな男がだれかの首をはねることを考えただけでうっとりして、拍手《はくしゅ》を送った。

　モリガンはテーブルの上で扇《おうぎ》のようにトランプを広げた。「ポーカー！」

　ホーソーンはトランプをながめた。「それはポーカーじゃないよ」

「ポーカーよ。いい、ある日、ダイヤのクイーンは犬――ダイヤのジャックよ――の散歩《さんぽ》に出かけたの。そうしたらハートのキングに会って恋《こい》に落ちた。ふたりは（ハートの）六週間後に結婚して、（ダイヤの）三人の子供《こども》が生まれて、いつまでも幸せに暮《く》らしたのよ」モリガンは得意《とくい》げに笑《わら》った。「ポーカー」

　ホーソーンはうめきながら、自分のトランプを放り投げた。「たしかにポーカーだ。またきみの勝ちだよ」テーブルの上のハロウマスのお菓子《かし》の山をモリガンのほうに押《お》しやった。

「ありがとう、ありがとう、みなさん」ヴァンパイアの小人が言った。「さてつぎですが、失《うしな》った人たちをもっとも近くに感じるハロウマスの夜には――わたしの亡くなった母のために、母の好《す》きだった曲を歌いたいと思います」観客《かんきゃく》たちが気の毒《どく》そうな声をあげた。フランクはピアニストに合図を送った。「ウィルバー、『ぼくの恋人《こいびと》は死刑執行人《しけいしっこうにん》』を二短調で」

「フェンはどうしたんだ？」ホーソーンはだるそうにトランプを切りながら言った。「もう一〇時半だよ！　早く行かないと、いい場所を全部取られちゃうよ」

〝ぼくの恋人《こいびと》は死刑執行人《しけいしっこうにん》。首をしめるのが大好《だいす》き。彼女《かのじょ》の手がぼくの首に巻《ま》きつき、ぼくの心は……〟

秋になってからというもの、ホーソーンは〈黒のパレード〉の話ばかりしていた。〈輝《ワンダラス・》かしき結社《ソサエティ》〉のほかのメンバーたちとパレードですることがあるので、自分の代わりにモリガンとホーソーンをつれていってやってほしいと、ジュピターはフェネストラに頼《たの》んだ。フェネストラは、もしふたりが言うことを聞かなかったら、一か月間、モリガンのベッドに毎晩《まいばん》かゆみ粉《こ》を入れてもいいという約束《やくそく》をジュピターと交わしたあとで、ようやく渋々《しぶしぶ》とうなずいた。

「フェネストラにはフェネストラの時間があるの」モリガンは骸骨《がいこつ》の形のすっぱいお菓子《かし》をかじった。

〝彼女《かのじょ》はそのたくましい腕《うで》に力をこめ、ぼくの視界《しかい》に星がちらつく。ぼくのやせた首は彼女《かのじょ》だけのもの、彼女《かのじょ》の暴力的《ぼうりょくてき》な心はぼくのもの！〟

フランクは大げさな身振《みぶ》りと高音で歌をしめくくり、モリガンとホーソーンは顔をしかめた。ほかの客たちから喝采《かっさい》を浴《あ》び、ヴァンパイアの小人は深々《ふかぶか》とお辞儀《じぎ》をした。

「なにかリクエストは？」フランクが訊《き》いた。

「なにかこわい歌を！」若《わか》い男性《だんせい》が叫んだ。

「おやおや、首をはねてもしめても、まだこわがり足りないというわけですか」フランクの目がきらりと光った。「それでは、こんなのはどうでしょう……〈ワンダー細工師《さいくし》〉の歌は？」

客たちは息をのみ、それから不安《ふあん》そうに笑《わら》った。テーブルの向こうで、ホーソーンがぴたりと動きを止めた。「ロビーで待たない?」

「ここで待っててフェンに言われてる。言いつけを破《やぶ》ったら、怒《おこ》られるよ。どうしたの?」

「その……」ホーソーンはごくりと唾《つば》をのんで、声をひそめた「フランクが〈ワンダー細工《さいく》師《し》〉の歌を歌わないといいいんだけど」

「〈ワンダー細工師《さいくし》〉」モリガンは天井《てんじょう》を仰《あお》いだ。「だいたい、それってなんなの? どうしてみんな、それほどこわがるの?」

ホーソーンが目を見開いた。「〈ワンダー細工師《さいくし》〉を知らないの?」

部屋の向こうから流れていたピアノの音が突然《とつぜん》止まった。「そんなことがあるのか?」フランクがまっすぐにモリガンを見つめている。「〈ワンダー細工師《さいくし》〉の話を聞いたことのない子《こ》供《ども》が、本当にいるのか?」

観客《かんきゃく》たちがぎょっとしたようにモリガンを見た。「そうじゃなくて、彼のことは知っているけれど、ただ……」モリガンは肩《かた》をすくめ、幽霊《ゆうれい》の形のグミの頭をかみ切った。

「そんなことがあるのか?」フランクが声を張《は》りあげた。「〈ネバームーアの殺戮者《さつりくしゃ》〉と呼《よ》ばれた者のことをなにも知らないなんて? 〈首都の呪《のろ》い〉を? 黒ずんだ口とうつろな目の邪《じゃ》悪《あく》な悪魔《あくま》を?」

ホーソーンが首をしめられたような音を立てた。モリガンはため息をついた。「それで結局《けっきょく》、彼《かれ》はなんなの?」モリガンはいらいらと尋《たず》ねた。

「かわいい子よ、いとしい子よ」フランクは芝居《しばい》がかった仕草で、マントをからだに巻きつけた。「知らないほうがいいかもしれない……」

観客《かんきゃく》たちはまんまと引っかかった。「話してやれ、フランク」残酷《ざんこく》な喜《よろこ》びに手を叩きながら叫んだ。「〈ワンダー細工師《さいくし》〉の歌を歌ってくれ！」

「そこまで言うのなら」フランクは渋々《しぶしぶ》といった態度《たいど》を装った。ピアニストがドラマチックな和音を奏《かな》で、モリガンはくすくす笑《わら》った。なんだかばかみたい。

「〈ワンダー細工師《さいくし》〉は何者だ？　人間か、それとも怪物《かいぶつ》か？　わたしたちの想像《そうぞう》のなかにいるのか、それとも闇《やみ》にひそんで……襲《おそ》いかかるときが来るのを待っている？」フランクは女性《じょせい》たちのグループに飛《と》びかかるふりをした。女性《じょせい》たちは悲鳴をあげ、それから笑《わら》いだした。「彼《かれ》は人間なのか？　それとも、かぎ爪《づめ》と歯でわたしたちを引き裂《さ》いて世界を破滅《はめつ》させる野蛮《やばん》な動物だろうか？」フランクが牙《きば》をむきだして見せると、観客《かんきゃく》は息をのんだり、くすくす笑《わら》ったりした。

「〈ワンダー細工師《さいくし》〉はそのすべてだ。闇《やみ》に住む影《かげ》で、いつもわたしたちを見つめている。わたしたちが警戒《けいかい》を解《と》いて、彼《かれ》の来訪《らいほう》をおそれなくなり、彼《かれ》の存在《そんざい》を忘《わす》れてしまうときがくるのを待っている」フランクはろうそくをつかむと、薄気味悪く見えるようにあごの下から自分の顔を照《て》らした。「そのとき、彼《かれ》は戻《もど》ってくるのだ」

「たわごとね」部屋の隅《すみ》からおだやかな声が聞こえた。そちらに目を向けると、デイム・チャンダーがコンシェルジュのケジャリー・バーンズとチェスをしていた。ふたりはじっとチェス盤《ばん》を見つめていて、部屋の向こう側《がわ》で繰り広げられているミュージカルは一切無視《むし》していた。

「そうなの？」モリガンはたずねた。「それじゃあ、〈ワンダー細工師《さいくし》〉は本当はいないの？」

デイム・チャンダーはため息をついた。「いいえ、いるわよ。でも、あそこにいる鋭《するど》い歯をした目立ちたがり屋に、その話を聞こうとは思わないわね」彼女《かのじょ》は、ピアニストの休憩《きゅうけい》中にタップダンスを披露《ひろう》しているフランクを頭で示《しめ》した。「彼《かれ》は〈ワンダー細工師《さいくし》〉と鉢《はち》植えのアガパンサスの区別《くべつ》もつかないわよ。ただ、みんなをこわがらせて楽しんでいるだけ」

モリガンは顔をしかめた。「でも、どうしてみんな、あんなに〈ワンダー細工師《さいくし》〉をこわがるの？　いったいなんなの？」

「とてもいい質問《しつもん》ね」デイム・チャンダーが言った。ケジャリーはだめだというように首を振《ふ》ったが、デイム・チャンダーは彼《かれ》の顔の前でひらひらと手を振《ふ》った。「あら、リーリー、この子はいずれ知ることになるのよ。それなら、どこかのろくでなしからくだらないことを聞かされるよりは、わたしたちが話してあげたほうがいいと思わない？」

ケジャリーは降参《こうさん》して両手をあげた。「わかったよ。だがノースは気に入らないと思うね」

「それならノースが自分で話せばよかったのよ」デイム・チャンダーは言葉を切ると、ケジャリーのナイトを取ってから、ブランデーを口に運んだ。「さてと、フランクはばかなことを言っていたけれど、ひとつ、興味深《きょうみぶか》い質問《しつもん》をしたわね。〈ワンダー細工師《さいくし》〉は人間なのか、それとも怪物《かいぶつ》なのかって？　たしかに彼《かれ》は、かつては人間だった。人間のように見えた。若《わか》いころの写真や肖像画《しょうぞうが》はほとんど残《のこ》っていないけれどね。彼《かれ》は裏返《うらがえ》しになったんだって言う人もいるわ。内側《うちがわ》にある闇《やみ》が外に出てきたんだって。彼《かれ》のからだはぞっとするほど変形《へんけい》していて、歯や口や白目は蜘蛛《くも》みたいに真っ黒になっているし、皮膚《ひふ》は腐《くさ》りかけた自分の魂《たましい》みたいに黒ずんでいるとも言われているの」

「ネバームーアを追放されたって本当？」ホーソーンが訊《き》いた。

「本当よ」デイム・チャンダーはいかめしい顔で答えた。「ネバームーアだけでなく、フリー・ステートの七つの地区すべてへの立ち入りを禁止《きんし》されてから、一〇〇回以上《いじょう》の冬がすぎたわ。現在《げんざい》まで、この国の組織《そしき》が彼《かれ》を入らせないようにしている。〈ロイヤル魔術《まじゅつ》委員会〉と〈超常現象《ちょうじょうげんしょう》サービスユニオン〉が協力《きょうりょく》して警戒《けいかい》しているし、国境《こっきょう》は〈地上部隊《ぶたい》〉が警備《けいび》し、〈空中部隊《ぶたい》〉が監視《かんし》し、警察《けいさつ》が巡回《じゅんかい》し、〈ステルス〉がこっそり見張《みは》っている。それ以外《いがい》にも、〈ワンダー細工師《さいくし》〉からわたしたちを守るためだけに、一〇以上《いじょう》の秘密《ひみつ》の組織《そしき》が存在《そんざい》するのよ。何千人もの人たちが、一〇〇年以上《いじょう》、二四時間休みなしに働《はたら》いている。すべてはひとりの男をここに入れさせないようにするために」

モリガンはごくりと唾《つば》をのんだ。何千人もの人……たったひとりのために？「どうして？彼《かれ》はなにをしたの？」

「彼《かれ》は怪物《かいぶつ》になった人間だ。それが彼《かれ》のしたことだよ」ケジャリーが答えた。「自分のために働《はたら》く怪物《かいぶつ》たちを作りあげた怪物《かいぶつ》だ。とても頭がよかった。とても才能《さいのう》があって、とてもひねくれていた。彼《かれ》は神になろうとしたんだ。おそろしい生き物たちの軍隊《ぐんたい》を作りあげて、それを使ってネバームーアを征服《せいふく》しようとした。この町の人々《ひとびと》を奴隷《どれい》にしようとした」

「どうして?」

ケジャリーは目をぱちくりさせた。「権力《けんりょく》がほしかったんだろう。この町を自分のものにしようとした。そうすることで、世界全体を手に入れようとしたんだ」

「立ちあがって、彼《かれ》を止めようとした人たちがいたの」デイム・チャンダーが言い添《そ》えた。「でも皆殺《みなごろ》しにされたわ。勇敢《ゆうかん》で献身的《けんしんてき》な人たちが、〈ワンダー細工師《さいくし》〉と怪物《かいぶつ》の軍隊《ぐんたい》に殺《ころ》されたの。ここからそれほど遠くないオールド・タウンでのできごとよ。勇敢《ゆうかん》な人たちにちなんで、その場所は〈勇気《ゆうき》の広場〉という名前に変《か》えられたの」

「そこなら行った。〈追跡審査《ついせきしんさ》〉が終わったのがそこだった」モリガンが言い、ホーソーンは険《けわ》しい顔でうなずいた。太陽に照《て》らされたあの石畳《いしだたみ》の広場が血にまみれていたなんて、想像《そうぞう》できなかった。「それに——そうだ! 〈勇気《ゆうき》の広場の大虐殺《だいぎゃくさつ》〉の話なら読んだよね、ホーソーン? 〈本の審査《しんさ》〉の勉強をしていたときに。でも『ネバームーアの蛮行《ばんこう》百科事典《じてん》』には、〈ワンダー細工師《さいくし》〉のことなんてなにも書いていなかった」

「そうだろうね」ケジャリーはあてつけがましく、デイム・チャンダーに向かって眉《まゆ》を吊《つ》りあげて見せた。「歴史《れきし》の本ですら、〈ワンダー細工師《さいくし》〉には触《ふ》れたがらない」

「あの日、〈ワンダー細工師《さいくし》〉になにがあったのかはよくわかっていないのよ」デイム・チャンダーはケジャリーの言葉を無視《むし》して言った。「攻撃《こうげき》を受けて弱ったんだって言う人もいれば、怪物《かいぶつ》たちが脱走《だっそう》したって言う人もいる。死の味を知ってそれが気に入った怪物《かいぶつ》たちはネバームーアのもっとも暗いところに身を隠《かく》して、いまもひとり、またひとりと人々《ひとびと》を殺《ころ》しながら、町を征服《せいふく》するために主人が戻《もど》ってくるのを待っているんだって」

「チャンダー」ケジャリーは意味ありげな顔つきでデイム・チャンダーを見た。

「なに？　そういう話があるでしょう？」

「それは事実じゃない。ただのうわさだ」

「事実だなんてひとことも言っていないわよ、リーリー。そういう話があるって言っただけ」

デイム・チャンダーはむっとしたようだ。「とにかく、その日以来《いらい》ネバームーアは永遠《えいえん》に彼《かれ》を締《し》め出したの。魔術師《まじゅつし》たちが障壁《しょうへき》を強化しているし、警察《けいさつ》もほかの組織《そしき》も目を光らせているけれど、でも〈ワンダー細工師《さいくし》〉を本当に寄《よ》せつけないようにしているのは、ネバームーア自身だっていうことは、みんな知っている」

「どうやって？」モリガンは、音を立てて唾《つば》をのんだホーソーンを見ながら訊《き》いた。気分でも悪いみたいに見える。「〈ワンダー細工師《さいくし》〉が、なかに入る方法《ほうほう》を見つけたら、どうなるの？」

「ここは力のある古代の町だ」ケジャリーが言った。「強力な古代の魔法《まほう》に守られている。どんな〈ワンダー細工師《さいくし》〉よりも強いから、心配する必要《ひつよう》は――」

「フェンが来た！」唐突《とうとつ》にホーソーンが叫《さけ》んだ。モリガンの腕《うで》をつかみ、〈ワンダー細工師《さいくし》〉についての話などもう聞きたくないと言わんばかりに、戸口にいるフェネストラに向って走りだした。

ネバームーアは幽霊《ゆうれい》だらけだった。

ヴァンパイアも狼《おおかみ》人間《にんげん》もプリンセスもかぎ鼻の魔女《まじょ》もいた。妖精《ようせい》も大勢《おおぜい》いたし、ところどころにカボチャもいた。大通りには何千人もの仮装《かそう》した人々《ひとびと》が集まって、ハロウマスの祝祭《しゅくさい》がはじまるのを待っていた。

モリガンは冷《ひ》えた手をこすり合わせ、スカーフをしっかり首に巻《ま》きつけた。きんとした秋の空気に白い息を吐《は》きながら、わくわくしてホーソーンと顔を見合わせた。パレードを見るには一番いい場所だとジュピターが教えてくれたディーコン・ストリートとマクラスキー・アベニューの角まで、人ごみをかきわけてなんとかたどり着いていた。

パレードは、何百年も前に〈輝かしき結社《ワンダラス・ソサエティ》〉がはじめたのだとジュピターは言った。もともとは、前の年に亡《な》くなったメンバーに敬意《けいい》を表するための静《しず》かな行進だったらしい。生きる者と死者のあいだの壁《かべ》がもっとも薄《うす》くなるハロウマスの夜に、残《のこ》った結社《けっしゃ》のメンバーたちが首に金色のWのピンをつけた黒い正式の制服《せいふく》で、九人ずつ列になって通りを歩いたのだという。

やがてネバームーアの人々《ひとびと》は、その無言《むごん》の行進をながめるために集まって哀悼《あいとう》の意を表するようになり、その行進は町のもっとも神聖《しんせい》な伝統《でんとう》のひとつとして、〈黒のパレード〉と呼《よ》ばれるようになった。月日の流れと共《とも》に、パレードはよりにぎやかで華《はな》やかなものに変《か》わっていったが、それでも〈輝かしき結社《ワンダラス・ソサエティ》〉は先頭を行進することで伝統《でんとう》を守りつづけていた。

厳粛《げんしゅく》な顔つきの結社《けっしゃ》のメンバーたちが九人ずつの列を作って進んでいくあいだ、観衆《かんしゅう》は不気《ぶき》味《み》なほど静《しず》かだった。聞こえるのは石畳《いしだたみ》を踏《ふ》みしめる足音だけだ。ジュピターの赤い髪《かみ》が見えたような気がしたけれど、あまりに大勢《おおぜい》のメンバーが足早に行進していくので、はっきりとはわからなかった。全員が重々《おもおも》しい表　情《ひょうじょう》で、じっと前を見つめている。あちらこちらにぽっかりと空いたところがあって、なかにはろうそくを手にしている者もいた。この世を去ったメンバーひとりに対し一本のろうそくなのだとジュピターが言っていた。モリガンよりほんの少しだけ年上らしい一番若《わか》いメンバーが、一番前の列だった。あの人たちがきっとユニット九一八なんだとモリガンは思った。

来年は、ホーソーンとあたしもあそこを歩いている？　ホーソーンがあんなに長いあいだ、真面目な顔をしているところは想像《そうぞう》できないけれど。

うれしくないべつのイメージが浮《う》かんできた。ホーソーンとノエルが並《なら》んで行進している。こっちのほうがありそうだ。モリガンはみじめな気持ちになった。才能《さいのう》のある結社《けっしゃ》のメンバーの一員としてネバームーアの通りを歩くドラゴン乗りと天使の声の持ち主。わくわくしていた思いが少ししぼんだ。

〈輝《ワンダラス・ソサエティ》かしき結社〉の行進が終わると、〝本当のパレード〟（とホーソーンは呼《よ》んだ）がようやくはじまった。音楽が聞こえてくると、期待が波のようにあたりに広がった。

「こんなに前で見るのははじめてだよ！」ホーソーンが言った。

「これまでは、人を追い払《はら》ってくれるフェンがいなかったものね」モリガンはふたりのうしろにいるフェネストラを見あげた。通りすぎる人たちがびくびくしているのがわかる。

いやいや引き受けた子守りのはずなのに、フェネストラはその役割《やくわり》をとても真剣《しんけん》に考えていた。だれかが近くに寄《よ》ってくると、歯をむき出してシューッという音を立てるので、相手は目を丸くしてあとずさる。おかげでモリガンとホーソーンのまわりにはぽっかりと空間ができていた。まるで、毛のある力場《りきば》みたいだ。

パレードの先頭は悪霊《あくりょう》に扮《ふん》したマーチングバンドで、ちらちらと姿《すがた》を見せたり消えたりする亡霊《ぼうれい》が指揮《しき》していた。そのうしろからは、動物の形に刈《か》りこまれ、機械《きかい》となにかの仕掛《しか》けで命を吹《ふ》きこまれた庭の生垣《いけがき》のようなものがついてくる。生垣《いけがき》のマンモスは長い鼻を前後に振《ふ》っていたし、葉っぱが茂《しげ》る緑のライオンは悲鳴をあげる子供《こども》たちに向かってほえていた。

モリガンとホーソーンも通りすぎるパレードをながめながら、悲鳴をあげたり、笑《わら》ったりした。三階分の高さがある狼人間《おおかみにんげん》の人形は、下にいる人々《ひとびと》が長い木の棒《ぼう》を使って操作《そうさ》していた。あごをカチカチ鳴らし、黄色い目をまばたきさせながら通り過《す》ぎていく。

モリガンが気に入ったのは、〈ネバームーアの魔女《まじょ》の集会〉だった。

「今年はありふれた格好《かっこう》にしたんだね」フェネストラは渋々認《しぶしぶみと》めた。魔女《まじょ》たちは黒いとんがり帽子《ぼうし》をかぶり、鼻に作りもののいぼをつけている。黒猫《くろねこ》を抱《だ》いている者や、モーターのついた木のほうきで空を飛《と》んでいる者もいた。笑《わら》い声があたりに満《み》ちた。「いつもは〝わたしたちを型《かた》にはめないでくださいな。ごく普通《ふつう》の人間なんですから〟って言ってるんだけどね。このほうがいいよ。魔法《まほう》を見せておくれ！」

大人たちも子供《こども》とおなじくらい興奮《こうふん》していて、フロートが通りすぎるたびに歓声《かんせい》をあげていた。ひとつをのぞいて。キーキーいうバイオリンと不気味《ぶきみ》なオルガンの音楽と共《とも》に、マントを着た老人《ろうじん》の大きな人形が現《あらわ》れると、人々《ひとびと》は息をのみ、非難《ひなん》めいたまなざしを向けた。狼人間《おおかみにんげん》ほど大きくはなかったし、全然《ぜんぜん》こわくないとモリガンは思ったのに、フロートが通りすぎるときには親たちの多くは険《けわ》しい顔になったし、子供《こども》たちは顔を覆《おお》った。フェネストラでさえ顔をしかめていて、それがいつもの不機嫌《ふきげん》そうな表情《ひょうじょう》なのか、それともいまだけの不機嫌《ふきげん》そうな表情《ひょうじょう》なのか、モリガンにはわからなかった。

「どうして楽しみを台無《だいな》しにするのかしら？」近くにいた女性《じょせい》が、幼《おさな》い息子の目を隠《かく》したまま言った。「いくら〈黒のパレード〉とは言え、あれはおそろしすぎるわ。〈ワンダー細工師《さいくし》〉だなんて」

「あれが〈ワンダー細工師《さいくし》〉なの？」モリガンは笑《わら》いながら、じっと人形を見つめているホーソーンに訊《き》いた。

おそろしくは見えない。鋭《するど》い黒い歯と黒い目とひるがえるマントと長いかぎ爪《つめ》のある手を持った、ただの背中《せなか》のまがった老人《ろうじん》だ。時折《ときおり》、手と目から火を出し、口に取りつけたスピーカーから狂《くる》ったような笑《わら》い声が流れていた。こんなふざけた作りものをだれがこわがるんだろうと考えたところで、〈勇気《ゆうき》の広場の大虐殺《だいぎゃくさつ》〉の話をモリガンは思いだした。ケジャリーの言葉が頭のなかに響《ひび》いた。〝彼《かれ》は怪物《かいぶつ》になった人間だ〟

「来たぞ！」ホーソーンは〈ワンダー細工師《さいくし》〉の人形をあえて見ないようにしていたようだ。

「〈モーデン墓地《ぼち》〉のフロートだ。あれが一番すごいんだ」

本物の墓地《ぼち》に見えるように作られたフロートは白い霧《きり》に覆《おお》われ、その上ではゾンビがうごめいていた。人間がゾンビの格好《かっこう》をしているだけ――緑色のメーキャップをしている――だとわかっていたけれど、堀《ほ》ったばかりの墓《はか》からうめきながらはい出てくるのを見ると、モリガンはぞくりとした。ゾンビたちはフロートを囲《かこ》っている錬鉄《れんてつ》のフェンスの合間から、笑《わら》えばいいのか悲鳴をあげればいいのかわからずにいる子供《こども》たちに襲《おそ》いかかろうとしていた。

ホーソーンの言うとおりだ。これが一番すごい。ほかの人々《ひとびと》もおなじ意見だったようで、もっとよく見ようとしてじりじりと前に押《お》し寄《よ》せてきた。ホーソーンとモリガンの前に立っていた男性《だんせい》が息子を肩車《かたぐるま》したので、ふたりはまったく前が見えなくなった。

ホーソーンがうめいた。「あっちにごみ箱がある。あそこにのぼれば見えるよ」

モリガンはためらった。「でもフェンが――」

「すぐに戻《もど》ってくるさ。ほら、早く。フェンがほかに気を取られているすきに!」フェネストラは、フェンスのあいだから手を伸《の》ばしているゾンビを前足ではたこうとしていた。

「わかった。でもシーツにかゆみ粉《こ》を入れられることになったら、絶対《ぜったい》に……」

路地は汚《きたな》らしく、ごみ箱はひどいにおいがした。まずホーソーンがよじのぼり、モリガンに手を差《さ》し出した。

「助けて」路地の奥《おく》から声がした。だれもいないのに。

「お願《ねが》い、だれか助けて。落ちたの」おびえ切った、弱々《よわよわ》しい老女《ろうじょ》の声だ。モリガンとホーソーンは顔を見合わせた。ホーソーンはもう一度〈モーデン墓地《ぼち》〉のフロートを見たあと、ごみ箱から飛《と》びおりた。

「だれ？　だれかいるの？」モリガンが言った。

「ああ、よかった！　お願《ねが》い、助けてちょうだい。ここに落ちてしまって……ここは暗くて、じめじめしていて、そのうえ足首をくじいてしまったの」

ふたりはそろそろと路地の奥《おく》へとはいっていった。

「どこにいるんだ？」ホーソーンが声をあげた。「見えないよ」

「下よ」

声は足の下から聞こえていた。モリガンはあとずさった。

「マンホールだ」ざわざわとした不安《ふあん》が足元から広がった。本当にだれかがこの下に閉《と》じこめられているの？

ふたりはマンホールのふたをこじ開けた。ぽっかり開いた穴《あな》をのぞいたけれど、見えるのは暗闇《くらやみ》だけだった。「この下にいるの？」

「ああ、よかった！　聞こえたのね。転んでここに落ちて……たぶん足首が折《お》れていると思うの。ひとりじゃあがれない」

「わかった。落ち着いて！」モリガンが叫《さけ》んだ。「助けに行くから」

ホーソーンはモリガンを脇《わき》へひっぱっていくと、心配そうにささやいた。「ぼくはこういうことにくわしいわけじゃないけど、助けに来てくれっていう声が下水道から聞こえたら、助けには……行かないほうがいいんじゃない？」

「ただのおばあさんじゃない」モリガンはホーソーンだけでなく、自分を納得《なっとく》させるように言った。たしかになにかおかしい。「いったいいつからおばあさんをこわがるようになったの？」

「下水道で叫《さけ》ぶ声を聞いたときからさ」

「怪我《けが》をしているのよ」

「フェンを呼《よ》んでくれれば――」

「ふうん、あたしたちだけで暗い路地に入ったことをフェンに教えるんだ。いい考えかもね」

ホーソーンはうめいた。「わかったよ、わかったよ。でもぼくが大きなネズミに生きたまま食べられたり、ネバームーアの恐《おそ》ろしい下水の怪物《かいぶつ》に八つ裂《ざ》きにされたりしたら、母さんはもい、い、いのすごく怒《おこ》るだろうな」

モリガンが下におり、おばあさんがはしごをあがる手助けをすることにした。そうすればホーソーン――ドラゴンに乗っているおかげで、上半身はたくましい――が上から引っ張《ぱ》りあげることができるからだ。

モリガンは緊張《きんちょう》しながらはしごをおりはじめたが、暗いなかをほんの二、三段《さんだん》おりたところで、おそろしくてたまらなくなった。上を見て、ホーソーンがそこにいることをたしかめた。

「本当にいいの？」ホーソーンが訊《き》いた。

下から泣《な》き声が聞こえた。「お願《ねが》い、早くして。もう立っていられない」

モリガンは唾《つば》をのんだ。首の血管《けっかん》がどくどくと脈《みゃく》打っている。はしごに足をのせることだけに意識《いしき》を集中させながら一段《いちだん》、もう一段《いちだん》とおりていき、ようやくのことでかたい地面にたどり着いた。

想像以上《そうぞういじょう》に暗かった。まばたきをして、目が暗さに慣《な》れるのを待った。

「どこ？　見えないの。どこにいるの？」

返事はない。心臓《しんぞう》の鼓動《こどう》が速くなった。「どこ？」モリガンの声が反響《はんきょう》した。「大丈夫《だいじょうぶ》なの？」

上を見た。路地からの明かりが消えている。ホーソーンもいない。モリガンは息をのんで、はしごに手を伸《の》ばした。闇《やみ》のなかを手探《てさぐ》りしたけれど、はしごもなくなっていた。

「どういうこと？」しっかりした声で言おうとしたのに、口から出てきたのはかすれた弱々《よわよわ》しい声だった。

老女《ろうじょ》がけらけらと笑《わら》いだした。「全然《ぜんぜん》おもしろくない」

マッチをする音が聞こえた。黄色い光が灯《とも》り、突然《とつぜん》の明るさにモリガンは目をしばたたいた。

ようやく目が慣《な》れると、そこが下水道ではないことがわかった。

そして、そこにいたのはモリガンと老女《ろうじょ》だけではなかった。

第一六章
明かりを追って

ろうそくに照《て》らされた不気味《ぶきみ》な顔がモリガンを取り囲《かこ》んだ。

モリガンは悲鳴をあげて逃《に》げだしたかったし、ホーソーンに助けを求《もと》めたかったけれど、おそろしさのあまり、からだが凍《こお》りついて動けなかった。

「わたしたちは〈一三の魔女《まじょ》〉。わたしたちは見えないものを見る目。言葉を持たないものの声。わたしたちは意気地なしと勇敢《ゆうかん》さを見わける」

魔女《まじょ》たちは七人いたが、ひとりが話しているみたいに聞こえた。若《わか》い魔女《まじょ》も年寄《としよ》りの魔女《まじょ》もいたけれど、だれもとがった黒い帽子《ぼうし》をかぶっていなかったし、鼻のいぼもない。長袖《ながそで》の黒いワンピースのボタンを首元まで止めて、髪《かみ》はうしろでぴっちりしたお団子《だんご》に結っている。冷酷《れいこく》そうな顔には黒いベールを垂《た》らしていた。本物の魔女《まじょ》はこんなふうにちがいないとモリガンは思った。まったく好《す》きになれなかった。

「なんの用?」モリガンは一瞬《いっしゅん》でも目を離《はな》すのがこわくて、その場でまわりながら順番《じゅんばん》に魔女《まじょ》たちをながめつつ訊《き》いた。

「ハロウマスのイブにふたつの恐怖《きょうふ》が振《ふ》りかかる」魔女《まじょ》たちが声をそろえて言った。「見えるものがひとつ。信《しん》じるものがひとつ。必要《ひつよう》なら逃《に》げるがいい。勇気《ゆうき》があるなら飛《と》びかかればいい。それとも明かりを追っていけば、希望《きぼう》があるかもしれない」

魔女《まじょ》のひとりが象牙色《ぞうげいろ》の小さな封筒《ふうとう》をモリガンに渡《わた》した。なかにはカードが入っていた。

〈恐怖《きょうふ》の審査《しんさ》〉にようこそ

そうしたければこのまま引き返し、〈輝かしき結社《ワンダラス・ソサエティ》〉の入会審査《しんさ》を辞退《じたい》してもかまいません。

つづけるのであれば、わたしたちはその結果《けっか》に責任《せきにん》を負いません。

賢明《けんめい》な選択《せんたく》をしてください。


「〈恐怖《きょうふ》の審査《しんさ》〉」モリガンはつぶやいた。ほっとしたのか、ぞっとしたのか、自分でもわからない。魔女《まじょ》たちに大釜《おおかま》でゆでられたり、イモリに変《か》えられたりしないのはいいことだ。でも…

…ジュピターはなんて言っていた？〈神経衰弱審査《しんけいすいじゃくしんさ》〉？ そのまま回復《かいふく》しなかった候補者《こうほしゃ》もいる。新しい長《ちょうろうひょうぎかい》老評議会がまたこの審査《しんさ》を復活《ふっかつ》させたと知ったら、ジュピターは驚《おどろ》くだろう。

モリガンは唾《つば》をのんだ。〈一三の魔女《まじょ》〉たちは冷《つめ》たく黒い目でじっと彼女《かのじょ》を見つめている。

「わたしたちはあなたの運命を決める魔女《まじょ》。待ち受ける恐怖《きょうふ》と不安《ふあん》を知っている。手遅《ておく》れにならないうちに、引き返すがいい。それともあえてやるのなら――ゲートを開けなさい」

風に吹《ふ》かれたみたいにろうそくの火が消えて、魔女《まじょ》たちも消えた。

闇《やみ》のなかにふたつの明かりが浮《う》かびあがった。右側《みぎがわ》にははしごが再《ふたた》びあらわれて、マンホールの穴《あな》から入ってくる街灯《がいとう》の明かりに照《て》らされている。〈黒のパンード〉を祝《いわ》う声が遠くから聞こえてきて、モリガンはそこに戻《もど》りたくてたまらなかった。

「ホーソーン？」おそるおそる呼《よ》んでみた。「そこにいる？」

返事はなかった。モリガンは胃《い》をぎゅっとつかまれた気がした。ホーソーンはフェンを呼《よ》びに行ったの？ それともどこかべつのところで、〈恐怖の審査《きょうふのしんさ》〉を受けている？

左側《ひだりがわ》の暗闇《くらやみ》のさらに先に、半分影《はんぶんかげ》になったアーチ形の木のゲートがあった。溶《と》けて小さくなったろうそくが一本、その上で弱い光を投げかけている。明かりを追っていけば、希望《きぼう》があるかもしれない。

はしごを選《えら》びたくてたまらなかった。

でも、いまここで審査《しんさ》をやめるなんていうことができる？ ジュピターを思った。フリントロック警視《けいし》やホーソーンやホテル・デュカリオンを思った。なにより、ネバームーアを追い出されたら、再《ふたた》び〈煙《けむり》と影《かげ》のハンター〉に襲《おそ》われるだろう。〈恐怖《きょうふ》の審査《しんさ》〉があれよりおそろしいはずがない。

モリガンは両手をぎゅっと握《にぎ》りしめると、心変《こころが》わりする前にゲートを開けた。

夜のひんやりした風が首をなでた。外だ。

けれどそこは、路地ではなかった。

なだらかに起伏《きふく》する丘《おか》の上に、ぎざぎざした墓石《はかいし》やコンクリートの天使像《てんしぞう》や大きな霊廟《れいびょう》が並《なら》んでいて、そこを満月《まんげつ》の光が照《て》らしていた。頭上の石のアーチには、〈モーデン墓地《ぼち》〉と記されていた。

段《だん》ボールの墓石《はかいし》やクレープペーパーの木でできたパレードのフロートではない。本物の〈モーデン墓地《ぼち》〉だ……それがどこにあるのかは知らないけれど。

いい知らせとは言えない。

もっと悪い知らせは、モリガンがひとりではなかったことだ。

足元の地面からうめき声が聞こえた。ここは墓地《ぼち》で、墓地《ぼち》には死体があって、死体には頭があって、その頭が濡《ぬ》れた地面から不気味《ぶきみ》なうめき声をあげながら出てこようとしていた。

モリガンは悲鳴をあげた。地面からはい出ようとする朽《く》ちかけたがいこつの手が、モリガンの足首をつかんだ。モリガンは倒《たお》れ、そのまま四つんばいで逃《に》げようとしたけれど、足首をつかんだ手は離《はな》れなかった。

死体はそれだけじゃなかった――地面からはい出ようとする音が、あちこちから聞こえてくる。モリガンは芝生《しばふ》のほうに逃《に》げようとして、激《はげ》しく足をばたつかせた。思いっきり蹴飛《けと》ばすと、ゾンビの腕《うで》がからだからはずれ、頭蓋骨《ずがいこつ》が墓地《ぼち》の真ん中あたりまで飛《と》んでいった。モリガンはよろめきながら立ちあがり、ぞっとしながら足首をつかんだままの手をはずした。

「おえっ。むかむかする」つぶやきながら、手に残《のこ》ったぬめぬめする灰色《はいいろ》の肉片《にくへん》をぬぐった。

一〇体を超《こ》えるゾンビが、飢《う》えた白い目でモリガンを見つめながら高波のように押《お》し寄《よ》せてきた。皮膚《ひふ》と筋肉《きんにく》は、腐《くさ》ってだらりと垂《た》れさがっている。埋葬《まいそう》されていたときに来ていた服はぼろぼろで黒ずんでいた。〈黒のパレード〉のフロートに乗っていた、巧《たく》みに破《やぶ》いた服と緑色のメーキャップをほどこしたゾンビとはぜんぜんちがう。ここにいるのは、よみがえった死人だ。それがモリガンに向かってきている。

「わああああああああ！」

こぶしとたいまつを振《ふ》りまわし、大声で叫《さけ》びながらホーソーンがゾンビたちのあいだに飛《と》びこんできた。ゾンビがあとずさった。ホーソーンがこわかったわけではないだろうが、少しは驚《おどろ》いたのかもしれない。

「これでもくらえ、ゾンビめ！」

ホーソーンの服は破《やぶ》れ、髪《かみ》には木の葉や小枝《こえだ》がからまっていた。両手で持った燃《も》え盛《さか》るたいまつを、ゾンビに向かってめちゃくちゃに振《ふ》りまわしている。顔に当たらないように、モリガンも頭をかがめなくてはならなかったけれど、ゾンビたちを食い止めることはできたようだ。

「いったいどこにいたの？」モリガンは生まれてこのかた、だれかに会ってこれほどうれしかったことはなかった。

「ぼく？　きみこそどこにいたのさ？　ずっときみを呼《よ》んでたけど返事がないから、はしごをおりようとしたんだ。そうしたら路地が暗くなって、魔女《まじょ》たちがあらわれて——」

「〈一三の魔女《まじょ》〉！　あたしも会った。すごくこわくて、あたしたちは——」

「ふたつの恐怖《きょうふ》が振《ふ》りかかるっていうんだろう？」ホーソーンはお皿みたいに目を大きく見開くと、たいまつを剣《けん》のように前後に突《つ》きだした。シュッ、シュッ。ゾンビは、下水から出てくるネズミみたいに、つぎつぎと墓《はか》からはい出している。

　モリガンは身震《みぶる》いした。「どうやって逃《に》げればいいの？」

「わからない」シュッ。

「どうやってここに来たの？」

「さあね。トンネルみたいなところにいたんだ。一方の端《はし》には〈黒のパレード〉が見えていた。もう一方にはろうそくがあって、もしパレードのほうに行ったら——」シュッ、シュッ、シュッ。「——審査《しんさ》は終わりだってわかってた。だから……」

「**明かりを追ったの？**」モリガンはホーソーンの肩《かた》をつかんだ。「ホーソーン——ろうそくよ！　**明かりを追え**って魔女《まじょ》は言った。あたしはろうそくを追ってゲートをくぐったら——」

「近づいてきた！」ホーソーンはたいまつを振《ふ》りまわしつづけていた。「逃《に》げないと」シュッ。

「でもどうやって――気をつけて！」危《あや》うくたいまつが頭にぶつかりそうになって、モリガンは首をすくめた。「どこでそれを手に入れたの？」

「納骨用《のうこつよう》の地下室の外にぶらさがっていた。あそこの下……」ホーソーンの言葉が途切《とぎ》れ、突然《とつぜん》その目が輝《かがや》いた。モリガンが彼《かれ》の視線《しせん》をたどると、そこはゆるやかにのぼる丘《おか》の頂《ちょうじょう》上にある、墓地《ぼち》で一番大きな大理石の墓《はか》だった。「……天使の像《ぞう》の下だ。地下室の上にある天使の像《ぞう》がろうそくを持っていた。そうだ、まちがいない」

ふたりで墓地《ぼち》を駆《か》けていきながら、希望《きぼう》と恐怖《きょうふ》の入り混《ま》じった思いにモリガンの胸《むね》は激《はげ》しく打っていた。明かりを追っていけば、希望《きぼう》があるかもしれない。天使――希望《きぼう》――それがヒントだ！　ここからの出口があるとしたら、きっとあの地下室だ。この悪夢《あくむ》から逃《に》げられるか、それともドアの外でゾンビの軍団《ぐんだん》がどんどんと叩《たた》きつづける大理石の箱に閉《と》じこめられるかのどちらかだ。

ホーソーンが先に立ち、山刀《マチェーテ》でジャングルを切り開く探検家《たんけんか》のように、たいまつでゾンビたちのあいだに道を作りながら進んでいく。ゾンビたちは火をおそれて、よろめいたり、かわしたり、どこかに消えたりした。

丘《おか》の頂《ちょうじょう》上に揺《ゆ》らめく明かりが見えた――小さく光るのろしのような明かりがふたりを呼《よ》んでいる。たどり着ける！　地下室はすぐそこだ。すぐ目の前、地下室は――

「鍵《かぎ》がかかっている」ホーソーンがあえぎながら言った。たいまつを放り出し、鉄のドアを力まかせにひっぱった。モリガンも手を貸《か》したけれど、ふたりの力を合わせてもドアはびくともしなかった。

背後《はいご》からうめき声のコーラスが再《ふたた》び聞こえてきた。〈モーデン墓地《ぼち》〉の住人たちがせまってくる。骨《ほね》や肉が砂利《じゃり》の地面をこする音が近づいてくる。ホーソーンは再《ふたた》びたいまつを手に取ると、振《ふ》りまわしはじめた。けれどあせったあまり、力が入りすぎたらしい。最後《さいご》に宙《ちゅう》に弧《こ》を描《えが》いたあと、火が消えた。

これまでだとモリガンは思った。おしまいだ。

絶望《ぜつぼう》にかられて、地下室の上に立つ像《ぞう》を見た。溶《と》けて短くなったろうそくをふっくらした手に持った天使は、からかうようにふたりを見おろしている。

でも……待って。

モリガンはまばたきをした。天使のもう一方の手はふたりの左側《ひだりがわ》の地面を指さしている。掘《ほ》ったばかりのぽっかりと口を開けた墓《はか》を。地面に掘《ほ》られた二メートル弱の穴《あな》を。

これまでとはちがう恐怖《きょうふ》がモリガンの骨《ほね》にじりじりと忍《しの》びこんできた。

ホーソーンは火の消えたたいまつをゾンビたちに向かって振《ふ》りまわしつづけていたけれど、なんの役にも立っていないようだった。最後《さいご》にはどうしようもなくなって、しゃれた装《よそお》いの死体の頭めがけてたいまつを投げつけたが、シルクハットをはじき飛《と》ばしただけだった。「なにか考えはある？」

「ひとつだけ」モリガンはホーソーンの腕《うで》をつかむと、片方《かたほう》の目でゾンビを見つめながら、墓《はか》のほうにじりじりと移動《いどう》しはじめた。

「いい考え？」

「うん」うそだった。ひどい考えだ。最悪《さいあく》だ。けれどそれ以外《いがい》に考えられることはなかった。

「どんな考えか教えてくれる？」

「教えない」

モリガンはホーソーンの腕《うで》をつかんだまま、墓《はか》に飛《と》びこんだ。衝撃《しょうげき》に備《そな》えて身構《みがま》えた。穴《あな》の底《そこ》に落ちて、おそろしい過《あやま》ちをおかしたことに気づいて、ゾンビに頭をかじられる覚悟《かくご》をした。

けれどそのときはやってこなかった。ふたりは悲鳴をあげながら、冷《つめ》たい闇《やみ》のなかを永遠《えいえん》に思えるほどの時間、落ちていった。そしてようやく着地したのは、湿《しめ》った柔《やわ》らかい草の上だった。丸一分その場にぺたりと座《すわ》ったまま、ふたりは荒《あら》い息をつきながらほっとしてばかみたいに笑《わら》い合った。

「どうして」ホーソーンはふうっと息を吐《は》いた。「わかったの？」

「わからなかった。ただの勘《かん》かな」

「いい勘《かん》だったね」

モリガンは立ちあがり、服のほこりをはらった。ふたりがいるのは、高さ六メートルの生垣《いけがき》に囲《かこ》まれた庭園だった。木の葉の合間に小さな金の光がきらめいている。中庭の一方の端《はし》では池がぶくぶくと気持ちのいい音をたて、反対側《はんたいがわ》ではリンゴの木がまだらの赤い実を地面に落としていた。ふたりの左側《ひだりがわ》には生垣《いけがき》にできた緑のアーチがあって、その先は霧《きり》のかかった暗い小道につづいている。右手にある木のゲートは少し開いていて、淡《あわ》い銀色の光を庭園に投げかけていた。

「ここはどこだろう？」ホーソーンが訊《き》いた。

秋の気配が色濃《いろこ》く漂《ただよ》っていた。雨と煙突《えんとつ》からはき出される煙《けむり》と腐《くさ》った木の葉のにおいがした。リンゴと蜜《みつ》ろうのにおいも。月はより明るく、より黄色がかって見えた。まるでだれかが秋の夜を取り出して、数段階《すうだんかい》レベルをあげたみたいに。なにもかもが少しずつ……余計《よけい》だ。

「結社《けっしゃ》の天気」モリガンはつぶやいた。「ホーソーン、ここは〈輝かしき結社《ワンダラス・ソサエティ》〉の庭園だと思う」

「本当に？」ホーソーンは驚《おどろ》いたようだ。「それじゃあ、これで終わり？　ぼくたちは合格《ごうかく》したの？」

「どうかな。ふたつの恐怖《きょうふ》があるんじゃなかった？」

ホーソーンは顔をしかめた。「魔女《まじょ》はひとつとして数えられないのかな」

モリガンは眉間《みけん》にしわを寄《よ》せた。こんなに簡単《かんたん》でいいの？　魔女《まじょ》はたしかに薄気味悪《うすきみわる》かったし、〈モーデン墓地《ぼち》〉には二度と脚《あし》を踏《ふ》み入れたくないけれど、でも……。〈神経衰弱審査《しんけいすいじゃくしんさ》〉と呼《よ》ばれるほどだとは思えない。それともあたしはほかの人よりも、恐怖《きょうふ》に強いの？

ここは平和で安心できた。出ていきたいとは思わない。そのうちだれかがおめでとう、最後《さいご》の審査《しんさ》に進めますよって言いにくるのかもしれない。しばらくここで待っていれば……

モリガンは夢《ゆめ》のなかでふわふわと漂《ただよ》っているみたいに、気持ちのいい水音に引き寄《よ》せられて池に近づいた。水に呼《よ》ばれている気がした。

すると、見えた。水面に金の光が映《うつ》っている。池の中央の石の上に一本のろうそくが立っていて、溶《と》けたろうが川のように水に流れこんでいた。ホーソーンを呼《よ》ぼうとして口を開いたそのとき――

「モリガン、見て!」庭園の向こう側《がわ》から呼《よ》ぶ声がした。「見つけた! つぎのろうそくだ!」

モリガンは、木の下に立って枝《えだ》のあいだを指さしているホーソーンのところまで走っていった。一番上の枝《えだ》の先端《せんたん》に、溶《と》けて小さくなったろうそくが立っている。急いでほかを探《さが》してみると、三本めのろうそくが木のゲートの取っ手に、四番めが緑のアーチの下の芝生《しばふ》の上に見つかった。

「どれを選《えら》べばいいの?」モリガンがつぶやいた。

「わかりきったことじゃないか」ホーソーンはけげんそうな顔をした。

「池」とモリガンが言ったのと、ホーソーンが「リンゴの木」と言ったのが同時だった。

「池だってば」モリガンはゆずらなかった。「わからないの? 池に飛《と》びこまなきゃいけないんだって。だいたい木の上にある光をどうやって追っていくの?」

「のぼるに決まってるじゃないか」

「落ちて脚《あし》を折《お》ったらどうする?」

リンゴの木の上のろうそくを追っていくなんて、どうしてそんなことを考えるわけ? 池のろうそくが正しいに決まっているのに。モリガンにはわかっていた。ろうそくが彼女《かのじょ》を呼《よ》んでいた。

「ひと晩中《ばんちゅう》ここにいるわけにはいかないよ。くじを引こう」

「くじになるものがない」

「じゃあ、じゃんけんだ」

モリガンはいらいらしながら答えた。「わかった」

「あんたたちって、底抜《そこぬ》けのばかなの？」暗がりから声がした。

声のしたほうに視線《しせん》を向けると、浅黒《あさぐろ》い肌《はだ》の少女が生垣《いけがき》にもたれ、地面に足を投げ出して座《すわ》っていた。豊《ゆた》かな長い髪《かみ》を二本のおさげに結《ゆ》い、フランネルのパジャマにバスローブ、縞模様《しまもよう》のウールのソックスという格好《かっこう》だ。〈一三の魔女《まじょ》〉たちは、ベッドにいた彼女《かのじょ》を連《つ》れ出したらしい。

モリガンは彼女《かのじょ》に気づいて、険《けわ》しい表情《ひょうじょう》になった。

「ここでなにをしているの？」

「なんだと思うの？」カデンス・ブラックバーンは天を仰《あお》いだ。「〈恐怖《きょうふ》の審査《しんさ》〉よ。あんたたちとおなじ」

モリガンは顔をしかめた。「あなたはいんちきをしたのよ、カデンス」

「あんたは――」少女の不機嫌《ふきげん》そうな顔に、驚《おどろ》きの表情《ひょうじょう》が浮《う》かんだ。「あたしを覚《おぼ》えているの？」

「覚《おぼ》えているに決まってるでしょう」モリガンの怒《いか》りに再《ふたた》び火がついた。「〈追跡審査《ついせきしんさ》〉であたしの席《せき》を盗《ぬす》んだんだから。それに、長老《ちょうろう》たちの秘密《ひみつ》のディナーの切符《きっぷ》も」

カデンスは小さく口を開けて、だまってモリガンを見つめていた。謝《あやま》るつもりだろうかと思ったけれど、すぐに気を取り直したらしい。「だから？　あんたはここにいるじゃない。ちがう？」

「ディナーには、いんちきするだけの価値《かち》があった？」モリガンは憤然《ふんぜん》として言った。「クイン長老《ちょうろう》と親友になれたんじゃない？」

「ぜんぜん」カデンスは立ちあがり、バスローブをからだに巻《ま》きつけた。泥《どろ》で汚《よご》れているし、髪《かみ》には小枝《こえだ》や木の葉がからみついている。ひとつめの恐怖《きょうふ》はなんだったんだろうとモリガンは考えた。やっぱりゾンビに追いかけられたの？　けれど尋《たず》ねようとは思わなかった。「知りたいなら教えてあげるけど、うんざりした。ノエルがずっとしゃべりっぱなしだったの。だれも口をはさめなかったくらい。長老《ちょうろう》たちはあたしがいたことにも気づいていないと思う」カデンスは不意《ふい》に言葉を切った。彼女《かのじょ》がノエルのことをそんなふうに話すのを聞いて、モリガンは驚《おどろ》いた。カデンスは池の縁《ふち》に近づいた。「とにかく、あんたたちはまだわかってないの？　ばかなんだね」

「なにがわかっていないって？」ホーソーンが訊《き》いた。

「あんたたちは、おなじろうそくを選《えら》んじゃいけないってこと」わかりきったことだと言わんばかりにカデンスは顔をしかめた。「ほかの人たちはみんなあっさりアーチをくぐったり、あの木にのぼったりした。くじを引こうって決めたばかはあんたたちだけよ」

「ほかの人？　何人くらいいたんだ？」

「山ほど。あたしたちはみんなここに連《つ》れてこられて、みんなろうそくのどれかに心を奪《うば》われた。それが審査《しんさ》の一部なの。吸《す》い寄《よ》せられたろうそくを選《えら》ばなきゃいけない。少なくとも」カデンスはどうでもいいことのように肩《かた》をすくめた。「あたしはそう思っている」

「きみがそんなに頭がいいなら、どうしてさっさと選《えら》ばなかったんだ？」ホーソーンが訊《き》いた。

「こわいの？」

カデンスはホーソーンをにらみつけた。「こわいはずないじゃない。あたしはただ――だれもまだ池に飛《と》びこんでいないの。みんなほかの三本に行った。あたしは……」

モリガンはうなるように言った。「そういうことね。あなたはなにが起きるのかをたしかめたかった。最初《さいしょ》に池に飛《と》びこむのはいやだった。なにか悪いことが起きるかもしれないから。あなたはいんちきをするだけじゃなくて、臆病者《おくびょうもの》なんだね。いいよ、あたしはこわくないから」モリガンはうそをついた。池の縁《ふち》に立つと、手の震《ふる》えを隠《かく》すためにワンピースのすそを握《にぎ》りしめた。「ホーソーン」ぎゅっと目を閉《と》じ、実際《じっさい》よりも自信《じしん》に満《み》ちた声に聞こえますようにと思いながら言った。「あなたは木にのぼって。あたしは飛《と》びこむから」

「本当に――」

「一、二の三で」決心がにぶる前にモリガンは言った。「一――」

「三！」カデンスが叫《さけ》びながら、モリガンの背中《せなか》を押《お》した。

モリガンは顔から水に落ち、そのまま深く、深く沈《しず》んでいった。やがて肺《はい》の空気がなくなった。暗い水のなかで目を開けて、水面にあがろうとして足をばたつかせた。ろうそくの光は見えない。なにもかもが黒い。肺《はい》が焼《や》けるようだ。おぼれてしまう、死んでしまう、そして――

静寂《せいじゃく》。

暗い。

乾《かわ》いている。

地面。

モリガンは空っぽの肺《はい》に、ひんやりした甘《あま》い空気を思いっきり吸《す》いこんだ。

地面はかたくてでこぼこしていた。かろうじて膝《ひざ》をつき、それから少しふらつきながら立ちあがった。

静《しず》かだった。冷《つめ》たい風が首をなでた。

道路の標識《ひょうしき》があった。そこは、ディーコン・ストリートとマクラスキー・アベニューの角だった。頭上の金色のガス灯《とう》ががらんとした石畳《いしだたみ》の道に光を投げかけ、モリガンのまわりに丸い輪《わ》を作っていた。さっきまで――何時間前？　それとも何日？――仮装《かそう》して浮《う》かれる人たちや、ばかみたいなパレードのフロートでいっぱいだったところだ。

フェンはどこ？　ホーソーンはどこ？

通りにはだれもいない。

「だれかいるの？」モリガンは小さな声で呼《よ》びかけた。返事を聞くのがこわかったし、なにも聞こえないのがこわかった。

なにかが聞こえた――かすかな羽音。

見あげると、小さなコウモリか大きな蛾《が》のようなものが見えた。ガス灯《とう》の光のなかをふわりとおりてきて、風に震《ふる》えながらモリガンの足元に落ちた。

モリガンの名前が記された黒い封筒《ふうとう》。

身をかがめて拾いあげた。

なかには手紙が入っていた。


　あなたは失格《しっかく》。

　やつらが来る。

　出ていけ。


モリガンは両脚《りょうあし》の筋肉《きんにく》がこわばるのを感じたけれど、どうしても動かすことができなかった。

やつらが来る。その言葉だけが頭のなかで響《ひび》いている。

終わった。あたしは〈恐怖《きょうふ》の審査《しんさ》〉に落ちた。ここまで呪《のろ》いから逃《に》げてきたけれど、ついに追いつかれたのだ。

ハンターのけたたましい角笛の音が、静寂《せいじゃく》を破《やぶ》った。石畳《いしだたみ》を駆《か》けるひづめの音。モリガンの手から手紙が離《はな》れ、スローモーションのようにひらひらと舞《ま》いながら、裏面《うらめん》を上にして地面に落ちた。書かれていたのは、たったひとこと。


逃《に》げろ。


けれどどこにも逃《に》げるところはなかった。気がつけば、闇《やみ》から不意《ふい》にあらわれた〈煙《けむり》と影《かげ》のハンター〉にまわりを囲《かこ》まれていた。光の輪《わ》の縁《ふち》からこちらをうかがっている。光の輪《わ》は縮《ちぢ》まりながら、どんどん暗くなっていく……。

頭の隅《すみ》で、不意《ふい》に聞こえた声があった。

影《かげ》は影《かげ》だよ、ミス・クロウ。

暗いものを好《この》むんだ。

「光」モリガンは震《ふる》える声でつぶやいた。「光のなかにいればいい」〈煙《けむり》と影《かげ》のハンター〉たちの赤く光る目から無理《むり》やり視線《しせん》をそらし、金色のガス灯《とう》の明かりを見あげた。手を伸《の》ばし、ガス灯《とう》の金属《きんぞく》の柱にしがみついてのぼりはじめた。審査《しんさ》には落ちたかもしれない。ネバームーアから追い出されるかもしれない。けれど、ここで〈煙《けむり》と影《かげ》のハンター〉につかまるわけにはいかない。そんなことはさせない。

「光のなかにいればいい」もう一度つぶやくと力が戻《もど》ってきた気がして、片方《かたほう》の手をもう一方の手の上へと伸《の》ばした。足がつるりと滑《すべ》ったけれど、両脚《りょうあし》でぐっと柱をはさみ、必死《ひっし》でしがみついた。光へと近づいていく。下でうなっている狼《おおかみ》たちやかちりというライフルの撃鉄《げきてつ》を引く音は、意識《いしき》の外へ追い出した。光に近づいていく、もっと近くに、もっと、もっと、片手《かたて》をもう一方の手の上に伸《の》ばし、一段《いちだん》のぼって、さらにもう一段《いちだん》、はしごの上まで……はしご……マンホールから射《さ》しこむ丸い光に向かって。下水道の外へ、上へ、上へ、上へ、路地に出て、そしてようやく……ようやく……安全なところへ。

モリガンは路地の塀《へい》にもたれて、息を整えながら向こうの通りに目を向けた。〈黒のパレード〉の色とりどりのざわめきがあった。まるで最初《さいしょ》からずっとここにいたみたいに。〈煙《けむり》と影《かげ》のハンター〉の姿《すがた》はどこにも見えない。悪夢《あくむ》は終わった。モリガンはため息をついて、目を閉《と》じた。

なにもかも〈恐怖《きょうふ》の審査《しんさ》〉の一部だったんだ。ほっとして泣《な》きたくなった。

「脚《あし》なんかなくたって、おまえには負けないぞ！」ホーソーンの興奮《こうふん》した声が聞こえた。目を開けると、上半身だけを使って下水道からのぼってくるホーソーンが見えた。「戻《もど》ってこい、この臆病者《おくびょうもの》め！　脚《あし》なしでおまえと戦《たたか》ってやる！」

「ホーソーン！」モリガンは急いで駆《か》け寄《よ》り、マンホールからホーソーンを引っ張《ぱ》りあげた。

「ホーソーン、それは本物じゃないの。審査《しんさ》は終わったの。脚《あし》はちゃんとあるよ！」

ホーソーンは振《ふ》りまわしていた手を止めた。荒《あら》い息をつきながら、敵《てき》を探《さが》しているみたいに右に左にと視線《しせん》を向けている。しばらくすると落ち着いたらしく、下半身を見おろしながら両手で腿《もも》から爪先《つまさき》まで触《さわ》っていった。「脚《あし》が――脚《あし》がある！」うれしそうに笑《わら》いながら、跳《と》びあがった。「やった！　脚《あし》がある！」

モリガンも笑《わら》った。「脚《あし》がどうなったと思ったの？」

「ドラゴンにかみちぎられたんだ」ホーソーンは笑《わら》っていたけれど、その顔はまだ真っ青だったし、髪《かみ》をかきあげた手は震《ふる》えていた。「でかい醜《みにく》いやつだった」

「それじゃああなたは……ドラゴンと戦《たたか》うつもりだったの？」モリガンはにやにやしながら訊《き》いた。「脚《あし》がないのに？」

ホーソーンが答えるより早く、〈黒のパレード〉の物音と明かりがなにかにのみこまれたみたいに、あたりは再《ふたた》び暗くなって静《しず》けさに包《つつ》まれた。月さえもが消えてしまったみたいに。暗闇《くらやみ》のなかでマッチをする音がして、気がつけばふたりはろうそくの明かりのなかで、ベールで顔を覆《おお》った〈一三の魔女《まじょ》〉たちにかこまれていた。

ホーソーンがモリガンの腕《うで》に爪《つめ》を立てた。「終わったと思ったのに」

「あたしも」

七人が声をそろえて言った。

「わたしたちは〈一三の魔女《まじょ》〉。アビゲイル、アミティ、ステラ、ナディーン、ゾエ、ロザリオ、スウィート・マザー・ネル。（マンホールに落ちたふりをしたおばあさんだった）若《わか》きスウィフトと若《わか》きクロウ、あなたたちは選《えら》ばれました。〈特技披露審査《とくぎひろうしんさ》〉に進めます。ハロウマスの夜に、あなたたちは勇気《ゆうき》と大胆《だいたん》さを証明《しょうめい》しました。ぐずぐず言わずに、わたしたちの祝福《しゅくふく》と共《とも》に先へ進みなさい。『魔女《まじょ》の大釜《おおがま》』で一〇パーセント引きで買い物を楽しめます」

魔女《まじょ》たちはふたりにそれぞれ魔術《まじゅつ》用品店の割引券《わりびきけん》と象牙《ぞうげ》色《いろ》の封筒《ふうとう》を手渡《てわた》した。最後《さいご》の審査《しんさ》――〈特技披露審査《とくぎひろうしんさ》〉――は、一の冬の五番めの土曜日にトロル競技場《きょうぎじょう》で行われると書かれた手紙が入っていた。

〈一三の魔女《まじょ》〉たちはろうそくを吹《ふ》き消し、姿《すがた》を消した。だれかがダイヤルをまわしたみたいに、パレードの光景《こうけい》と音がゆっくりと戻《もど》ってきて、ようやく――ようやく――〈恐怖の審査《きょうふのしんさ》〉が本当に終わった。

モリガンの脚《あし》から力が抜《ぬ》けた。やった。ジュピターに言われたとおり、最初《さいしょ》の三つの審査《しんさ》に合格《ごうかく》した。あとは、ジュピターが約束《やくそく》を守ってくれることを信《しん》じるだけだ。〈特技披露審査《とくぎひろうしんさ》〉にモリガンを合格《ごうかく》させて、〈輝かしき結社《ワンダラス・ソサエティ》〉のメンバーにするという約束《やくそく》を。

とても簡単《かんたん》なことのように思えた。

戻《もど》ったときにはパレードはちょうど終わったところだったので、ホーソーンはおおいにがっかりした。帰っていく人たちのあいだを縫《ぬ》うようにして、ふたりはフェネストラを探《さが》したけれど、どこにも見当たらなかった。

「きっとひどい目にあわされる」モリガンが言った。「ねえ、ワンダー地下鉄の駅に行ってみない？　フェンはあそこであたしたちを探《さが》しているかもしれない」

「でもぼくたちのせいじゃないんだし」ホーソーンは足を速めながら言った。「ゾンビの話を早く母さんに聞かせたいよ。きっとうらやましがるだろうな」

「カデンスはあの中庭を出られたのかな」

「カデンスってだれだい？」

「あたしを池に突《つ》き落とした子――カデンス・ブラックバーンっていうの」コウモリがさっと舞《ま》いおりてきたので、モリガンは頭をかがめた。「池に飛《と》びこめたのかな。まだあそこにいるのかもしれない。臆病者《おくびょうもの》ね」

ホーソーンはきょとんとした顔で訊《き》いた。「いったいなんの話？」

「あたしがいなくなったあと、なにがあったの？　彼女《かのじょ》が飛《と》びこむのを見た？　それとも――

――」

「だれが飛《と》びこんだって？」

「なに言ってるの？　ホーソーン――きゃっ！」カボチャの衣装《いしょう》を着た女性《じょせい》がぶつかってきて、モリガンは地面に前のめりに倒《たお》れた。女性《じょせい》は気づきもせずにそのまま行ってしまった。

「おやおや、ずいぶんと失礼《しつれい》だな」上から声がした。「大丈夫《だいじょうぶ》かい？　手を貸《か》そう」モリガンがいくらかぼうっとしながら顔をあげると、灰色《はいいろ》のオーバーを着て、首と顔の下半分に銀色のスカーフを巻《ま》いた男性《だんせい》が立っていた。手袋《てぶくろ》をした手を差《さ》し出したけれど、ホーソーンが石畳《いしだたみ》からモリガンを助け起こすほうが早かった。

「大丈夫《だいじょうぶ》です、ありがとう」

「おや、きみか」男性《だんせい》がスカーフをはずすと、見慣《みな》れた顔があらわれた。とまどったような笑《え》みを浮《う》かべている。「また会ったね、ミス・クロウ」

「ミスター・ジョーンズ！」モリガンは手についた泥《どろ》をズボンでぬぐった。「ネバームーアでなにをしているの？」

ミスター・ジョーンズは目をぱちくりさせた。「古い友だちに会いに来ただけだ。パレードに出ていたんだ。応援《おうえん》しようと思ってね」

「ホテル・デュカリオンでは見かけなかったけれど、どこかほかのところに泊《と》まっているの？」

ミスター・ジョーンズは少し驚《おどろ》いたようだった。「まさか。わたしはデュカリオン以外《いがい》のところには泊《と》まらないよ。残念《ざんねん》ながら、今回わたしの雇《やと》い主は長い休みをくれなくてね。祝祭《しゅくさい》を見に来ただけなんだ」

「ひと晩《ばん》だけのためにわざわざ遠いところからくるなんて、本当に〈黒のパレード〉が好《す》きなのね」

彼《かれ》はくすくす笑《わら》った。「そうなんだろうね」

「それじゃあ……ハッピー・ハロウマス」ミスター・ジョーンズの肩越《かたご》しにワンダー地下鉄の

ほうをながめたモリガンは、人込《ひとご》みの上から突《つ》き出ているフェネストラのふわふわした灰色《はいいろ》の耳を見た気がした。「あたしたち、もう行かなくちゃ。会えてよかった――」

「後援者《こうえんしゃ》といっしょに来たの？」

「ううん、友だちと。ホーソーンよ」

ミスター・ジョーンズはホーソーンに向って、親しげにうなずいた。値踏《ねぶ》みするようにその目がほんの少しだけ細くなった。「こんばんは」

ホーソーンは気もそぞろで彼《かれ》を見あげた。「どうも。その、えーと、こんばんは。モリガン、もう行かないと。フェンがかんかんになるよ」

「そうね。会えてよかった、ミスター・ジョーンズ」

「ちょっと待って――結社《けっしゃ》の審査《しんさ》はどうなっているのかを訊《き》こうと思っていたんだ」

「うまくいっている！」驚《おどろ》きを隠《かく》せない口調になった。「たったいま終わったところ――〈恐《きょう》怖《ふ》の審査《しんさ》〉が」

「通ったのかい？」

「なんとか」モリガンはにんまりした。突然《とつぜん》、〈煙《けむり》と影《かげ》のハンター〉が迫《せま》ってきたとき、頭のなかでミスター・ジョーンズの声が聞こえたことを思いだした。影《かげ》は影《かげ》だよ、ミス・クロウ。彼《かれ》に話すのって変《へん》？

「おめでとう！」ミスター・ジョーンズが笑顔《えがお》で言った。「三つやっつけた。あとひとつだ。さぞ自分が誇《ほこ》らしいだろうね。それで、天賦《てんぷ》の才がなにかはわかったの？」

モリガンはぎくりとした。顔から笑《え》みが消え、いいえ、まだわからないと答えようとしたとき――

「モリガン」ホーソーンがあてつけがましく言った。「かゆみ粉《こ》」

「もう行ったほうがいい、ミス・クロウ。きみの友だちは急いでいるみたいだ。〈特技披露審《とくぎひろうしん》査《さ》〉の幸運を祈《いの》っているよ」ミスター・ジョーンズは帽子《ぼうし》を軽く持ちあげた。「きみたちふたりともね」

おおいに驚《おどろ》いたことに、必死《ひっし》になって状況《じょうきょう》を説明《せつめい》しようとするふたりを、フェネストラはどうでもいいと言わんばかりに尻尾《しっぽ》をひょいと振《ふ》ってだまらせた。「わかってるよ。〈恐怖《きょうふ》の審査《しんさ》〉だろう。ジュピターから聞いている」

「知っていたの？」ホーソーンが訊《き》いた。

「当たり前じゃないか」フェネストラはぐるりと目をまわした。「あんたたち悪ガキがこっそり逃《に》げだすあいだ、どうしてあたしがほかに気を取られるふりをしていたんだと思うんだ？さあ、急ぐんだよ。最終《さいしゅう》列車に乗りそこねたら、あたしをかついで連《つ》れて帰ってもらうからね」

フェネストラのあとについて、廊下《ろうか》とトンネルでできたどこまでもつづく迷路《めいろ》のような駅のなかを進んでいると、ホーソーンが振《ふ》り返ってモリガンに尋《たず》ねた。「灰色《はいいろ》のオーバーを着ていた変《へん》な人はだれ？」

「ミスター・ジョーンズ」モリガンはスカーフをはずして、ポケットに押《お》しこんだ。「あの人は変《へん》じゃない。いい人よ」

「山ほど質問《しつもん》してきたじゃないか。ずっとあそこにいるつもりなのかと思ったよ。どこで知り合ったの？」

「あたしに入札《にゅうさつ》してくれたの」

ホーソーンの眉《まゆ》が吊《つ》りあがった。「きみはふたつも入札《にゅうさつ》を受けたの？　ぼくはひとつだけでもわくわくしたのに」

「四つあったの」モリガンの顔が真っ赤になった。急いで付《つ》け加《くわ》えた。「でもふたつは偽物《にせもの》だった。いたずらかなにかだったの」

ホーソーンはなにかを考えこむような顔になって、プラットホームに着くまでなにも言わなかった。三人はドアが閉《し》まる直前に、最終《さいしゅう》列車に飛《と》び乗った。

「なんなのか、もうわかった？」ふたつだけ空いていた席《せき》に座《すわ》ったところで、ホーソーンが訊《き》いた。フェネストラは近くの床《ゆか》にぺたりと座《すわ》り、例《れい》によってほかの乗客たちをにらみつけている。

「なんのこと？」ホーソーンがなにを訊《き》いているのかわかっていながら、モリガンは聞き返した。

「きみの天賦《てんぷ》の才さ。ずば抜《ぬ》けてすごいんだろうな。入札《にゅうさつ》が四つもあるなんて」

「ふたつだって」モリガンは自分の靴《くつ》をじっと見つめながら言い直した。「それがなにかわからないんだから、そんなにすごいはずがないよ」

目的地《もくてき》までの七つの駅をすぎるあいだ、ふたりはだまって座《すわ》っていたけれど、ホーソーンがもっとあれこれ訊《き》きたがっているのはわかっていた。列車を降《お》りてひんやりした夜の空気のなかに出たところで、ついに我慢《がまん》できなくなったらしい。

「それで」ホーソーンがモリガンを肘《ひじ》でつついた。「あの灰色《はいいろ》の変人《へんじん》はどこの学校から来たの？」

モリガンは顔をしかめた。「学校じゃない。スコール・インダストリーズっていう会社。それから、彼《かれ》のことそんなふうに呼《よ》ばないで」

「きみを弟子にしたがったわけ？　そのジョーンズって人は？」

「ちがうの。あたしに入札《にゅうさつ》したのは彼《かれ》の雇《やと》い主。エズラ・スコール」

「エズラ・スコール」ホーソーンの眉間《みけん》に深いしわが寄《よ》った。「どこかで――」

「あんたたち、もっとさっさと歩いてくれるかい？」フェネストラは一ブロック近く先を歩いていた。ふたりは走って追いついた。「なにをこそこそと話していたんだね？」

「なんでもない」モリガンが答えたのと同時に、ホーソーンが言った。「エズラ・スコール」

「**エズラ・スコール？**」フェネストラは喉《のど》をつまらせそうになった。「その名前を聞いたのはずいぶんと久《ひさ》しぶりだよ。あんたたち、いったいどこでエズラ・スコールの名前を知ったんだ？」

「あ、あなたはどうしてエズラ・スコールを知っているの？」モリガンが訊《き》いた。「友だち？」

フェネストラはひどく気分を害《がい》したようだった。「冗談《じょうだん》のつもりかい？　いいや、この世に存在《そんざい》するもっとも邪悪《じゃあく》な男は、あたしの友だちじゃないよ。悪いね」

「この世に存在《そんざい》するもっとも邪悪《じゃあく》な男？」モリガンが訊《き》き返した。「いったい――」

「エズラ・スコールの話はおやめ」フェネストラは声をひそめて、あたりを見まわした。これまで見たことがないくらい真剣《しんけん》で、はじめてと言っていいくらい動揺《どうよう》していた。「〈ワンダー細工師《さいくし》〉と友だちだなんていう話は冗談《じょうだん》じゃすまないんだよ。だれかに聞かれでもしたら――」

「〈ワンダー細工師《さいくし》〉？」モリガンは立ち止まった。「エズラ・スコールは――〈ワンダー細工《さいく》師《し》〉なの？」

「だからその男の話はやめろって言っただろう？」フェネストラは驚《おどろ》きのあまり言葉を失《うしな》っているモリガンとホーソーンを残《のこ》して、キャディスフライ・アレーを遠ざかっていった。

モリガンの部屋に帰り、ベッドに（今夜はふたつのハンモックが並《なら》んで吊《つ》るされていた）入ったところで、ふたりはようやく口を開いた。

「きっとべつのスコールだよ」

モリガンは鼻を鳴らした。「そうだね。きっとエズラ・スコールが大勢《おおぜい》いるんだね」

　また数分の沈黙《ちんもく》がつづいた。

「あたしってばかだ」モリガンがぼそりとつぶやいた。「ミスター・ジョーンズが言っていた――エズラ・スコールはワンダーをコントロールできるただひとりの人間だって。そういうことだよね？　〈ワンダー細工師《さいくし》〉ってそういう意味なんだ」

「そうなんだろうね」

「そうに決まってる。あたしって、すごくばか」モリガンはからだを起こし、ハンモックの横に脚《あし》を垂《た》らした。「この世に存在《そんざい》するもっとも邪悪《じゃあく》な男が、どうしてあたしを弟子にしたがるの？　彼《かれ》は……」モリガンは言葉を切って唾《つば》をのんだ。「あたしも邪悪《じゃあく》だと思っているから？」

「本当にきみってばかだよ」ホーソーンもからだを起こした。「きみは邪悪《じゃあく》になる見込《みこ》みはないよ。それだけの度胸《どきょう》がない。い、い、ぼくは邪悪《じゃあく》になれると思うな。ぼくの邪悪《じゃあく》な笑《わら》いはすごいんだよ。**ふぉっほっほっほっほっほっ！**」

「やめて」

「ふぉ～～ほっほっほっ――」ホーソーンは咳《せき》こんだ。「いまのは喉《のど》がちょっと痛《いた》いな。ふぉっほっほっ――」

「ホーソーン、やめてってば。どう思う？　わたしは……」

「なに？　邪悪《じゃあく》かってこと？　まじめに訊《き》いているの？」ホーソーンはぐっと身を乗り出し、月明かりの下でモリガンを見つめた。「いいや。モリガン、もちろんきみは邪悪《じゃあく》なんかじゃない。ばかなこと言うなよ」

「きっと呪《のろ》いと関係《かんけい》あるんだ。そうだってわかっていた。みんなの言うとおりだった」

「だれ？」

「みんな。パパ。アイビー。〈呪《のろ》われた子供《こども》のための登録所《とうろくじょ》〉の人――共和国《きょうわこく》のみんな！　あたしは呪《のろ》われているの。だからきっと――」

「でも、呪《のろ》いとは関係《かんけい》ないってジュピターが言ったって――」

モリガンは聞いていなかった。「――だからきっと呪《のろ》いのせいであたしは邪悪《じゃあく》になるんだ」

「きみは邪悪《じゃあく》じゃないって！」

「それなら、この世に存在《そんざい》するもっとも邪悪《じゃあく》な男がどうしてあたしを弟子にしようとするの？」

ホーソーンは唇《くちびる》をかんでしばらく考えてから、静《しず》かに答えた。「ジュピターなら知っているかもしれない」

「ジュピター」モリガンの心臓《しんぞう》の鼓動《こどう》が激《はげ》しくなった。「それじゃあ……ジュピターに話すべきだと思うの？」

ホーソーンの顔が険《けわ》しくなった。「うん――そうさ。そうだよ、もちろんだ。話さなきゃいけない。〈ワンダー細工師《さいくし》〉のことなんだから」

「でもあたしは彼《かれ》に会ったこともないんだよ！」モリガンは反論《はんろん》した。「彼《かれ》の助手に会っただけ。デイム・チャンダーとケジャリーが言ってたでしょう？　〈ワンダー細工師《さいくし》〉はぜったいにネバームーアに戻《もど》ってこられないって。町が彼《かれ》を入れないって」

「でももし入る方法《ほうほう》を見つけたら？」モリガンは、ホーソーンの顔に広がっていく不安《ふあん》がいやでたまらなかった。それが自分のせいであることがいやでたまらなかった。「ミスター・ジョーンズがここにいるのは、そのためだとしたら？　これは重大だよ、モリガン」

「わかってる！」モリガンは転がり落ちそうになるくらい大きく、ハンモックを揺《ゆ》らした。「フェンの言ったことを聞かなかった？　〝〈ワンダー細工師《さいくし》〉と友だちだなんていう話は冗《じょう》談《だん》じゃすまないんだよ〟あたしがエズラ・スコールと友だちだって、ジュピターに思われたら、どうするの？　もうあたしの後援者《こうえんしゃ》でいたくないって思われたら？　〈カメムシ〉に気づかれたら……」モリガンはフリントロック警視《けいし》のことを考えた。モリガンを共和国《きょうわこく》に追い返すもうひとつの理由ができたと言いだすだろう。「ホーソーン、結社《けっしゃ》に入れなかったら、あたしはネバームーアを追い出されるの」そして〈煙《けむり》と影《かげ》のハンター〉があたしを待っている。けれどその言葉を口にすることはできなかった。

ホーソーンはぎょっとしたような顔になった。「きみは本当に……きみは本当にジュピターが――」

「わからない」モリガンは正直に答えた。ジュピターはあたしを選《えら》んで、助けて、守ってくれた。あたしは呪《のろ》われているのに。でも、もしこの世に存在《そんざい》するもっとも邪悪《じゃあく》な男もあたしを選《えら》んだことを知ったら……そうしたら気が変《か》わるだろうか？　知りたくなかった。

ホーソーンは立ちあがり、不安《ふあん》のかたまりのようになって部屋のなかをうろうろと歩きはじめた。「きみを追い出させるわけにはいかない。ぼくがそんなことはさせない。でもなにか考えないと。

こうしよう。もしきみが今度ミスター・ジョーンズに会ったら、ジュピターにすべて話す。**なにもかも**だ。もし会わなかったら、最後《さいご》の審査《しんさ》が終わるまで待つんだ。ぼくたちふたりとも〈輝かしき結社《ワンダラス・ソサエティ》〉のメンバーになったら、だれもきみを共和国《きょうわこく》に送り返すことはできなくなる。そのあとで、ぼくたちはジュピターに話す。それでいい？」

「わかった」それほど大きな、おそろしい秘密《ひみつ》をジュピターに話さないでおくのだと思うと、気がとがめた。ホーソーンを巻《ま》きこんだことで罪悪感《ざいあくかん》はますます募《つの》った。けれど、彼《かれ》がきみではなくぼくたちと言ってくれた安堵感《あんどかん》は、とてつもなく大きかった。モリガンは大きく息を吸《す》った。「わかった。それまでは――」

「だれにも言わない」ホーソーンは、不安《ふあん》そうだけれど断固《だんこ》とした表情《ひょうじょう》で右手の小指を出した。モリガンは自分の小指をからめた。「約束《やくそく》よ」

第一七章

クリスマスイブの戦《たたか》い

一の冬

一二月はホテルがもっとも忙《いそが》しい月だ。ロビーは、大きな町でクリスマスを過《す》ごすためにフリー・ステート中からやってくる客たちで、いつもごった返していた。

冬のはじめのある寒い朝、モリガンが目をさますと、ホテルは一夜のうちにおとぎの国のクリスマスのようになっていた。廊下《ろうか》はリボンや常緑樹《じょうりょくじゅ》の枝《えだ》で飾《かざ》られ、ロビーには銀色のデコレーションをつけたきらきら揺《ゆ》らめくモミの木がたくさん並《なら》んでいる。〈煙《けむり》の応接室《おうせつしつ》〉は、午前中は松《まつ》の木の香《かお》りがするエメラルドグリーンの煙《けむり》を、午後は赤と白の縞々《しましま》のキャンディーの煙《けむり》を、夜には温かくて香《こう》ばしいジンジャーブレッドの煙《けむり》を吐《は》き出した。

シャンデリアまでがこの季節《きせつ》を歓迎《かんげい》しているようだった。一年かけてゆっくりと成長《せいちょう》してきたシャンデリアはようやく元の大きさにまで戻《もど》っていたけれど、デュカリオンがまだ最終的《さいしゅう》な形を決めかねているのか、この二か月というもの、数日ごとに形を変《か》えていた。今月に入ってからは、ちらちら光るシロクマになり、巨大《きょだい》な緑色のリースになり、青くきらめく飾《かざ》りになり、そしていまは光に輝《かがや》く金色のそりになっていた。

クロウの屋敷《やしき》では、クリスマスにもわずかばかりの豆電球をつけたささやかなツリーを飾《かざ》るだけだった(それも、おばあさんがものすごく浮《う》かれた気分になったときだけで、そんなことはめったになかった)。毎年行われる官庁《かんちょう》のクリスマスパーティーに、コーヴァスがモリガンを連《つ》れていくことがたまにあって、そこでは退屈《たいくつ》な政治家《せいじか》や退屈《たいくつ》なその家族たちがモリガンを見てこそこそと語り合った。

ネバームーアのクリスマスは、休みなくほぼ一か月つづく。毎晩《まいばん》のようにパーティーや食事会が開かれ、ワンダー地下鉄の駅では、聖歌隊《せいかたい》やブラスバンドが演奏《えんそう》した。ジュロ川は完全《かんぜん》に凍《こお》りついて車の通らない高速道路となり、大勢《おおぜい》の人たちがスケートで学校や仕事に通っていた。

町中に善意《ぜんい》があふれていたけれど、この季節《きせつ》はまわりの人よりもクリスマスらしいことをしようとして、友人や隣人《りんじん》たちが妙《みょう》に競争心《きょうそう》を燃《も》やす時期でもあった。ほとんどの家が競《きそ》いあうようにイルミネーションの飾《かざ》りつけをしていて、どの通りも趣味《しゅみ》の悪い派手《はで》なショーを繰《く》り広げてワンダーのエネルギーを無駄《むだ》づかいし、ちかちか点滅《てんめつ》したり、きらきら光ったりして、半《はん》径《けい》一・五キロ以内《いない》にいるすべての人々《ひとびと》の目をくらませていた。けばけばしくて、ばかばかしくて、モリガンはおおいに気に入った。

そんななかでもっともライバル意識《いしき》を燃《も》やすのが、ネバームーアのクリスマスシーズンの象《しょう》徴《ちょう》であるふたりの有名な人物だった。

「そんなのおかしい」ある日の午後、ホーソーンとふたりでポップコーンとクランベリーに釣《つ》り糸を結《むす》びつけながらモリガンは言った。「ひと晩《ばん》のうちに、どうやってこの国全部をまわれるっていうの？　ありえない」

クリスマスツリーの伝統的《でんとうてき》な飾《かざ》りつけを見せるために、ホーソーンが自宅《じたく》にモリガンを招待《しょうたい》してくれたのだ。外は一二月らしくじっとりと冷《ひ》えこんでいたけれど、スウィフト家の居間《いま》にはホットチョコレートが用意され、ラジオからは聖歌《せいか》が流れ、ストーブの上の片手鍋《かたてなべ》のなかでは、トウモロコシの粒《つぶ》が楽しげにぱちぱちとはぜていた。

「ありえなくはないさ――いて」針《はり》で刺《さ》した指の血をなめながらホーソーンが言った。「ワンダーがあるからね」

「でも本当にそりが空を飛《と》ぶの？　鹿《しか》が引いて？」

「トナカイだ」

「そうだった、トナカイね。でもどうやって飛《と》ぶわけ？　翼《つばさ》もないのに。彼《かれ》が魔《ま》法《ほう》をかけるの？」

「知らない。どうしてそんなに気になるの？」

モリガンは顔をしかめて、なにがそんなに変《へん》なのかを正確《せいかく》に説明《せつめい》しようとした。「だって……普通《ふつう》じゃないもの。光る赤い鼻のトナカイはどうなの？　どうして光るの？」モリガンは四つめの飾《かざ》りを作り終え、つぎの釣《つ》り糸に手を伸《の》ばした。「それって、実験《じっけん》なの？　ぞっとする」

「そいつはそんなふうに生まれついたんだと思うよ」

「それじゃあ、ユール女王は？　そんな人のことはじめて聞いた。聖《せい》ニコラスはソフトドリンクやチョコレートの広告《こうこく》にのっているけど」

ホーソーンはポップコーンをまたひとつ口に放りこんだ。せっかく作り終えた飾《かざ》りを、今度はひと口分ずつほどいていっている。「ユール女王はちゃんと評価《ひょうか》されてないって父さんが言ってた。クリスマスのお芝居《しばい》とかそういうものに出ていないからだって。でも雪のないクリスマスなんてごみみたいだからね。雪がどこから来るか知っている？　空から勝手に降《ふ》ってくるわけじゃないんだよ」

「ユール女王が雪を作ってるってこと？」

「まさかっ。ばかなこと言うんじゃないよ」ホーソーンは小さな子供《こども》を相手にしているような口調で言った。「雪を作るのは、スノーハウンド。でもユール女王から命令《めいれい》されなきゃ、彼《かれ》は雪を作らないいんだ」

モリガンはなにがなんだかわけがわからなくなった。「それじゃあ……そのふたり、聖《せい》ニコラスとユール女王はお互《たが》いを殺《ころ》し合うの？」

「え？　ちがうよ。ずいぶんこわいことを言うんだね」ホーソーンは笑《わら》った。「どっちがクリスマスの象徴《しょうちょう》としてふさわしいかを、クリスマスイブに競《きそ》いあうんだ。ユール女王が勝ったら、クリスマスの朝はあたり一面雪で真っ白にして、すべての家に恵《めぐ》みを授《さず》けてくれる」

「聖《せい》ニコラスが勝ったら？」

「すべての靴下《くつした》にプレゼントを、すべての暖炉《だんろ》に火を入れてくれる。きみもどっちかに決めたほうがいいよ。ぼくたちはニックを応援《おうえん》してるんだ。父さんはちょっとだけユール女王のことも好《す》きなんだけどね。隣《となり》のキャンベル一家は昔からユールの支持者《しじしゃ》だよ。緑一色だからわかると思うけど」ホーソーンは窓《まど》を指さした。隣《となり》の家は紋章旗《もんしょうばた》やツタや豆電球など、すべてが緑色で飾《かざ》られていた。

「どうして緑色なの？」

「ユール女王の支持者《しじしゃ》は緑色、聖《せい》ニコラスは赤色なんだ。ほら、これ」ホーソーンは、装飾品《そうしょくひん》が入った箱からなにかを取りだして、モリガンに投げた。モリガンはかろうじて受け止めた。

「これをどうするの？」

「これできみもニックの支持者《しじしゃ》だってわかる。ぼくみたいに」ホーソーンは肩《かた》をすくめた。「プレゼントと暖炉《だんろ》の火――これ以上《いじょう》のものはないだろう？」

それは真っ赤なリボンだった。モリガンはポケットに押《お》しこんだ。「考えておく」

「あなたはだれを支持《しじ》しているの？」その夜、食事をしながらモリガンはジュピターに聞いた。「聖《せい》ニコラス？　それともユール女王？」

「ユール女王だ」マッシュポテトを自分の皿によそいながらジャックが答えた。「わかりきったことだ」

モリガンは顔をしかめた。「あなたに訊《き》いてないけど」

　ジャックは数日前に、クリスマスの休暇《きゅうか》で戻《もど》ってきていた。それ以来《いらい》、モリガンをいらだたせることばかりしている。

「たしかにきみはジョーヴおじさんに訊《き》いた。でもおじさんがユール派《は》だってことがわからないなら、きみは頭が悪いってことだ。底抜《そこぬ》けのばかなのかい？」

「やめなさい、ジャック」ジュピターがちらりとジャックに目を向けた。

「どうしてよ？　ジュピターは緑色のものなんてつけてない。今週は一度もつけてなかった。あなたは両目とも見えてないわけ？」

「そういうことを言うもんじゃないよ、モグ」ジュピターの声には驚《おどろ》きだけでなく、がっかりしたような響《ひび》きがあって、モリガンはちくりと心が痛《いた》んだ。うしろめたさがわき起こって、謝《あやま》るつもりで口を開いたけれど、ジャックは猛然《もうぜん》とまくしたて始めた。モリガンがなにを言おうとまったく気にしていないようだ。

「もちろんおじさんは、緑を身につけるわけにはいかないさ。有名な人たちは中立に見えるようにしてなきゃいけないんだ。それがマナーってやつさ。でもきみに脳《のう》みそが少しでもあれば、ジョーヴおじさんとぼくが消費者主義《しょうひしゃしゅぎ》の派手《はで》な振《ふ》る舞《ま》いよりも、洗練《せんれん》された品のよさを好《この》むとくらいわかるじゃないか。聖《せい》ニコラスは、ただの宣伝《せんでん》上手な資《し》本主義《ほんしゅぎ》の金持ちにすぎない。ユール女王には気品がある」

　彼《かれ》がなにを言っているのか、モリガンにはさっぱりわからなかったけれど、どちらを支持《しじ》すればいいかはすぐにわかった。ポケットから赤いリボンを取り出してポニーテールにしている髪《かみ》に結びつけると、挑《いど》むような目でジャックを見つめた。

「ぼくをおどかしているつもり？」ジャックは笑《わら》った。「夕食の席《せき》で、ぼくに決闘《けっとう》を挑《いど》んでいるの？　夜明けにデザートスプーンで戦《たたか》おうか？」

「ふたりとも……」

モリガンはジャックのしたり顔にデザートスプーンを投げつけてやろうかと思った。「ユール女王がそんなに偉大《いだい》なら、どうしてクリスマスのお芝居《しばい》がないの？　どこの広告《こうこく》にものっていないのはなぜ？　聖《せい》ニコラスの顔はホリー・ジョリー・トフィや、ドクター・ブリンキーズ・ホリデイ・フィズや、トリスタン・レフエーブレのボンボンつきのカシミヤの靴下《くつした》のウィンター・コレクションにのっているのに。どこの広告板《こうこく》にもユール女王なんて見たことない。ぶつかったって、彼女《かのじょ》だなんてわからないから」

ジュピターは椅子《いす》の背《せ》にぐったりともたれた。「どうしてきみたちふたりは仲良《なかよ》くやれないんだ？」

「ユール女王は高潔《こうけつ》だからさ」ジャックはジュピターを無視《むし》して、フォークをモリガンの顔に突《つ》きつけた。「きみのばかでかいだけの友だちと薄汚《うすぎたな》い空飛《と》ぶ獣《けもの》には、これっぽっちも理解《りかい》できないだろうけどね」

「聖《せい》ニコラスは気前がよくて、思いやりの心があって、それに……それにみんなを愉快《ゆかい》にさせるんだから！」

「きみはラジオで聞いたことをくりかえしているだけじゃないか（当たらずといえども遠から

ずだった――箱に聖《せい》ニコラスの写真がついた甘《あま》いシリアルの新聞広告《こうこく》で読んだ文句《もんく》だった)。どうせ、人工的《てき》に鼻を光らせたあのとんでもない実験《じっけん》も、トナカイをより魅力的《みりょくてき》に見せているとでも言いだすんだろう」

モリガンはテーブルに両手を叩《たた》きつけた。「トナカイは魅力的《みりょくてき》よ。あの鼻の子も」乱暴《らんぼう》にお皿を押《お》しやると、立ちあがってつかつかと食堂《しょくどう》をあとにした。「それに、あの子はあんなふうに生まれたの!」

廊下《ろうか》に出たところで、ジュピターがため息をつくのが聞こえた。「ジャック、どうしておまえとモグはいつもそうなんだ? おまえたちの仲裁《ちゅうさい》をするのはいやなんだ。大人になった気がするからな」最後《さいご》の言葉は苦々《にがにが》しげだった。「どうして友だちになれない?」

「と、友だち?」ジャックは食べ物を喉《のど》につまらせたらしかった。モリガンはその様子を想像《そうぞう》してにんまりした。「あいつと? お金をもらったって、ごめんだよ」

ジュピターは静《しず》かな口調で言った。「あの子は家から遠く離《はな》れたところにいるんだ。その気持ちはおまえだってわかるだろう?」

モリガンの顔が険《けわ》しくなった。ジャックはどこから来たんだろう? お父さんとお母さんは? 尋《たず》ねようと思ったことはない……そもそもジャックは立ち入ったことを訊《き》かれるのを嫌《きら》う。

「だって、腹《はら》が立つんだよ。それに正直言って、彼女《かのじょ》がどうして〈輝《ワンダラス・ソサエティ》かしき結社〉に入れるとおじさんが思うのか、ぼくにはわからないよ。だって彼女《かのじょ》は――」

モリガンはそれ以上《いじょう》聞きたくなかった。耳をふさいで廊下《ろうか》を走り、らせん階段《かいだん》をひたすらのぼって自分の部屋に駆《か》けこんだ。ベッド（今週は銀のモールの花飾《かざ》りが巻《ま》かれた四柱式の立派《りっぱ》なベッドだった）に突《つ》っ伏《ぷ》して、枕《まくら》の下に頭をうずめた。

モリガンはぎくりとして目をさました。また〈特技披露審査《とくぎひろうしんさ》〉の夢《ゆめ》を見ていた。長老《ちょうろう》たちの前に立って歌を歌おうとしているのに、耳ざわりなオウムのような声しか出ないという夢《ゆめ》だ。観客《かんきゃく》たちにマッシュポテトを投げつけられた。

ベッドに横たわったまま、デュカリオンがたてる音に耳を澄《す》ました。上の階からフランクの軽いいびきが聞こえてくる。廊下《ろうか》の向こう側《がわ》からフェネストラが寝息《ねいき》でそれに応《こた》え、階下ではパイプがうなる音が響《ひび》いていた。暖炉《だんろ》で薪《まき》がはじけた。モリガンが寝《ね》たあとで、マーサが火を入れてくれたのだろう。

そのすべてを当たり前に受け止めていることに驚《おどろ》いた。いまではこれがごく普通《ふつう》のように感じられる。〈特技披露審査《とくぎひろうしんさ》〉に落ちるかもしれない、数週間後にはネバームーアを出ていかなくてはならないかもしれないと思うと、自分でも意外なくらい胸《むね》が痛《いた》んだ。けれどその屈辱《くつじょく》よりも、ホテル・デュカリオンを出ていくことよりも、なによりもおそろしいのは、共和国《きょうわこく》で待ち受けているものだ。〈煙《けむり》と影《かげ》のハンター〉はいまもまだあそこにいるの？　あたしが生きていることを知ったら、パパたちは喜《よろこ》んでくれる？〈煙《けむり》と影《かげ》のハンター〉がとどめを刺《さ》しに来たら、守ってくれる？

　廊下《ろうか》で物音がして、モリガンはわれに返った。だれかが階段《かいだん》の最後《さいご》でつまづいた音。水をこぼす音。小さく悪態《あくたい》をつく声。モリガンは毛布《もうふ》をはぐと、そっとドアに近づいて開けた。

　廊下《ろうか》の薄暗《うすぐら》い明かりのなかに、空のコップと床《ゆか》にこぼれた牛乳《ぎゅうにゅう》が見えた。ジャックが四つん這《ば》いになって、寝間着《ねまき》のすそで牛乳《ぎゅうにゅう》をふこうとしている。モリガンはバスルームからタオルを取ってくると、だまって手伝《てつだ》いはじめた。

「大丈夫《だいじょうぶ》だ。自分でできる。タオルが汚《よご》れるぞ」

「あなたの寝間着《ねまき》が汚《よご》れるじゃない」モリガンはジャックの手を叩《たた》いて、やめさせた。ジャックはからだを引いて、あとをモリガンにまかせた。

「さあ、これでいい」モリガンはふき終えたところでつぶやいた。「あとはこれを洗濯《せんたく》に——なに？　なにを見ているの？」

　ジャックの表情《ひょうじょう》は見慣《みな》れたものだった。ジャッカルファックスにいたころ、こんな顔はいつもそばにあった。嫌悪《けんお》と不信《ふしん》、ためらいがちの好奇心《こうきしん》、そして絶望的《ぜつぼうてき》な恐怖《きょうふ》、そんなものが混《ま》じった顔だ。けれど、いまモリガンを動揺《どうよう》させたのはそれではなかった。

「あなたの目、普通《ふつう》だ！」声をひそめるのも忘《わす》れ、モリガンは立ちあがって叫《さけ》んだ。ジャックもぎくしゃくと立ちあがった。転びそうになりながら、口を開けたままモリガンの顔を見つめている。黒い革《かわ》の眼帯《がんたい》はどこにもなかった。大きな茶色いふたつの目でじっとモリガンを見ていた。「うそつき。片目《かため》が見えないわけじゃないんだ。どうしてずっとそんなふりをしていたの？　ジュピターは知っているの？」

ジャックはなにも言わなかった。

「じろじろ見るのはやめてよ、ジャック。答えて！」

階段《かいだん》から足音が聞こえたかと思うと、寝乱《ねみだ》れた姿《すがた》のジュピターがあらわれた。「なんの騒《さわ》ぎだ？　ほかの客が――」ジュピターは、モリガンから目を離《はな》せずにいるジャックに気づいた。

「ジャック？」

「知っていたの？」モリガンが訊《き》いた。「ジャックには眼帯《がんたい》なんて必要《ひつよう》ないって知っていたの？」

ジュピターは答えなかった。肩《かた》に手を当ててそっと揺《ゆ》すると、ジャックはようやくわれに返ったらしかった。震《ふる》える手でモリガンを指さしたが、ジュピターがその手を握《にぎ》りしめた。

「お茶でものもうか。おいで」ジュピターはジャックをつれて階段《かいだん》をおりていこうとした。

「ベッドに戻《もど》るんだ、モグ」

モリガンはぽかんと口を開けた。「あたし？　どうしてあたしがベッドに戻《もど》らなきゃいけないの？　片《かた》っぽの目が見えないふりをしていたのはジャックなのに」

ジュピターは鼻からひゅっと息を吸《す》った。不意《ふい》に表情《ひょうじょう》が厳《きび》しくなった。「モリガン！」小さいけれど、険《けわ》しい声だった。「ベッドに戻《もど》るんだ。このことについては、二度と口にしてほしくない。わかったね？　ひとこともだ」

モリガンはたじろいだ。ジュピターがこんなきつい口調になったのははじめてだ。言い返したかったし、ジャックがどうしたのか説明《せつめい》してほしい気持ちもあったけれど、ジュピターの険《けわ》しい顔を見ると、なにも言えなくなった。

階段《かいだん》を半分ほどおりたところでジャックが振《ふ》りかえった。とまどったような顔をしている。

わけがわからないのは、あたしもおなじ、モリガンはみじめな気持ちでドアをしめると、牛乳《ぎゅうにゅう》に濡《ぬ》れたタオルをバスタブに投げ入れて、ベッドに戻《もど》った。


クリスマスイブはきんと冷《ひ》えこんだ気持ちのいい日で、わくわくするような空気がたちこめていた。オールド・タウンの中央にある〈勇気《ゆうき》の広場〉で行われる決闘《けっとう》に備《そな》えて、客も従業員《じゅうぎょういん》もせっせと準備《じゅんび》をしていて、ホテル・デュカリオン全体が興奮《こうふん》に包《つつ》まれていた。

「メリー・クリスマス、ケジャリー」モリガンはコンシェルジュの机《つくえ》を通りすぎざま、ベルを二度鳴らして声をかけた。

「メリー・クリスマス、ミス・モリガン」

ロビーは熱気《ねっき》とざわめきにあふれていた。ジュピターの出発の合図を待ちながら、客たちはラムボールを食べ、エッグノッグをのんでいる。

「リボンだけなの、ミス・モリガン?」デイム・チャンダーが訊《き》いた。デイム・チャンダーは緑色のターバンで髪《かみ》を包《つつ》み、エメラルドのイヤリングを耳からぶらさげ、おそろいのチョーカーを首に巻《ま》き、深緑色のベルベットのマントをまとっていた。モリガンの黒いワンピースと黒いコートと黒い編《あ》みあげブーツを見て、唇《くちびる》をかんだ。「あなたの小さな頭に合いそうな、きれいな真っ赤な帽子《ぼうし》があるわ。ルビーのネックレスでもいいのよ。一二個《こ》持っているの。ひとつあげるわ！」

「せっかくだけど、けっこうです、デイム・チャンダー」赤いリボンだけで十分に華《はな》やかだとモリガンは思っていた。

ホーソーンが決闘《けっとう》を見に来ることができればよかったのにとモリガンが思ったのは、それがはじめてではなかった。スウィフト一家は一年おきにクリスマスをハイランドで過《す》ごしていて、ホーソーンはエズラ・スコールのことはだれにも言わないと改《あらた》めて約束《やくそく》したあと、前日にネバームーアを発《た》っていた。モリガンは、スコールのことは頭から追い出して、クリスマスを楽しもうとかたく心に決めていた。それでも心のどこかには、〈特技披露審査《とくぎひろうしんさ》〉の前にミスター・ジョーンズに二度と会わないようにという祈るような気持ちがあった。

階段《かいだん》の上から従業員《じゅうぎょういん》をながめていたモリガンは、だれもが思いっきり着飾《きかざ》っていることに気づいた。ヴァンパイアの小人のフランクは、裏地《うらじ》の赤いマントに合わせて爪《つめ》を赤く塗《ぬ》っていたし、ケジャリーは赤いタータンチェックときらきらする細いモールに身を包《つつ》んでいた。マーサはおしゃれな緑色のコートとスカーフでユール女王に忠誠《ちゅうせい》を誓《ちか》い、御者《ぎょしゃ》のチャーリーは薄緑《うすみどり》色《いろ》のツイードのジャケットを着て、今夜は休みにもかかわらず御者《ぎょしゃ》の帽子《ぼうし》をかぶっていた。

時計が鳴りはじめると、ジュピターは全員を正面玄関《げんかん》から前庭へと送りだした。豪華《ごうか》な馬車がずらりと並《なら》んで待っている。ジュピターはモリガンを見ると、ウィンクをして軽くつついた。

ジャックとの一件《いっけん》があってから三日がたっていたが、ジュピターはそのことには触《ふ》れようとしなかった。ジャックの眼帯《がんたい》のことを訊《き》きたくてたまらなかったけれど、モリガンは我慢《がまん》していた。

今夜はやめよう。クリスマスイブを台無《だいな》しにしたくない。

〈勇気《ゆうき》の広場〉は赤と緑が渦巻《うずま》く海のようになっているのかと思っていたのに、そこにはふたつの色の大きなかたまりがいくつもできていた。ニックとユールのそれぞれの支持者《しじしゃ》たちが集まって、スローガンを叫《さけ》んだり、相手より大きな声で歌おうとしている。赤の集団《しゅうだん》が『陽気な太っちょ男の歌』や『陽気なクリスマスを楽しもう』といった歌をがなりたてると、その近くにある緑色の集団《しゅうだん》が『クリスマスの聖歌《せいか》』や『緑はわたしの喜《よろこ》びの色』を歌いはじめる。ジュピターは、モリガンとジャックが赤と緑のそれぞれのグループに混《ま》じれるように、ふたつのグループのちょうどまんなかに陣取《じんど》り、いさかいを起こさせないようにふたりのあいだに立った。

「ブロッコリーみたい」モリガンは、ジャックがかぶっている小さな火山が爆発《ばくはつ》しているみたいな形の緑色の帽子《ぼうし》を見て顔をしかめた。もっとはっきりさせておきたくて、さらに言った。

「すごく間抜《まぬ》けなブロッコリーみたい」

「ぼくがユール女王を支持《しじ》していることはひと目でわかるからね」ジャックは左目を覆《おお》っている眼帯《がんたい》を調節《ちょうせつ》しながら言った。モリガンは舌《した》をかんで、両目ともぜんぜん問題なく見えるのにどうして眼帯《がんたい》なんてしているのと聞きたくなるのをぐっとこらえた。あの夜以来《いらい》、ほとんどジャックを見かけることはなかった。彼《かれ》がモリガンを避《さ》けていたのか、それともジュピターがふたりを会わせないようにしていたのかはわからない。「きみはそのみすぼらしいちっぽけなリボンだけなんだな。エルフを奴隷《どれい》にしている病的《びょうてき》な太っちょを支持《しじ》しているのが恥《は》ずかしいからかい？」

「あたしが恥《は》ずかしいのは、そのみっともない帽子《ぼうし》といっしょにいるところを見られることよ」

「はい、そこまでだ」ジュピターは両手でTの字を作り、意味ありげな目つきでジャックを見た。「休戦《きゅうせん》だ。頼《たの》むから——やあ、はじまるぞ！」

あたりが静《しず》かになった。みんなが北の空を指さしている。暗い空から大きな姿《すがた》が見えてきて、モリガンは息をのんだ。ようやくわくわくしてきた。聖《せい》ニコラスが〈勇気《ゆうき》の広場〉に向かって急降下《きゅうこうか》してくると、赤のグループから歓声《かんせい》があがった。九頭の空飛《と》ぶトナカイは見事な宙返《ちゅうがえ》りを披露《ひろう》してから、中央に作られた舞台《ぶたい》にひらりと着地した。ふたりのエルフがそりから飛《と》びおり、トロルの決闘《けっとう》の興行主《こうぎょうぬし》のようにおおげさに手を振《ふ》って人々《ひとびと》をあおりはじめた。いっそう高まる歓声《かんせい》のなか、陽気な白いひげの男が磨《みが》きあげられたマホガニーと赤いベルベットのそりから降《お》り立った。

モリガンの頬《ほお》が緩《ゆる》んだ。聖《せい》ニコラスを支持《しじ》することにしてよかったと思った。立派《りっぱ》なトナカイたちは、足を踏《ふ》み鳴らしながら見事な角を前後に振《ふ》り、鼻から真っ白な息を吐《は》いている。

人々《ひとびと》がニコラスを呼《よ》ぶ声がとどろくなか、エルフたちはぴょんぴょんはねまわり、ニコラスは手を振《ふ》ったり、古い友人を見つけたみたいに観客《かんきゃく》のだれかを適当《てきとう》に指さしたりしていた。そのうちのひとりの男性《だんせい》が興奮《こうふん》のあまり卒倒《そっとう》した。ロックスターみたいだとモリガンは思った。

自慢《じまん》げにジャックの顔を見たけれど、彼《かれ》は肩《かた》をすくめただけだった。

「まあ、見てろって」ジャックは広場の南側《みなみがわ》を見ながらにやりと笑《わら》った。

それほど待つ必要《ひつよう》はなかった。数秒後、人々《ひとびと》の海が割《わ》れたかと思うと、一見霜《いっけんしも》に覆《おお》われた小さな山のようにも見える、高さ三メートルもあるスノーハウンドが、うっとりと見つめる観客《かんきゃく》のあいだを近づいてきた。その背中《せなか》には美しい女性《じょせい》が誇《ほこ》らしげに立ち、静《しず》まりかえった広場を見つめていた。

モリガンは〝うわぁ〟と言いたくなるのをぐっとこらえた。本当だった。ユール女王についてジャックが言っていたことは、全部本当だった。これまで見たなかで、最高《さいこう》に優雅《ゆうが》な女性《じょせい》だ。彼女《かのじょ》には気品がある。

女王の半透明《はんとうめい》の緑色のドレスが、水中で揺《ゆ》れるシルクのようにほのかにはためいていた。腰《こし》の下まであるきらきらと波打つ髪《かみ》は、女王が乗る立派《りっぱ》な犬の毛皮とおなじ、降《ふ》ったばかりの雪の色だ。唇《くちびる》は血の気のない白で、真っ白な歯と瞳《ひとみ》をきらめかせながらほほ笑《え》むと、あたかもそこだけがスポットライトに照《て》らされたみたいに、まわりのものすべてが闇《やみ》に沈《しず》んだ。女王が滑《すべ》るようにして舞台《ぶたい》に近づくと、〈勇気《ゆうき》の広場〉に集まった人々《ひとびと》は感激《かんげき》のあまり、一斉《いっせい》にため息をついた。

ジャックの顔を見るまでもなかった。自慢《じまん》げな空気が伝《つた》わってくる。

ユール女王は舞台《ぶたい》に降《お》り立ち、聖《せい》ニコラスにうなずいた。聖《せい》ニコラスはお辞儀《じぎ》を返した。しばらくはなにも起きなかったが、やがてユール女王が空を見あげ、ぴたりと動きを止めた。

「さあ、はじまる」ジュピターがつぶやいた。

最初《さいしょ》はごくかすかだった。遠くから聞こえる、風鈴《ふうりん》のようなチリンチリンという音。やがて、ネバームーアの上空で光る星のひとつひとつが一段《いちだん》と光を増《ま》し、町の明かりを受けてきらめく何百万という小さな銀色のベルに変《かわ》っていくのを、モリガンはあっけに取られてながめていた。ベルが奏《かな》でる交響曲《こうきょうきょく》があたりに響《ひび》き渡《わた》った。モリガンはすっかり心を奪《うば》われて、息もできずに星のベルに見とれた。そしてすべてのベルが最後《さいご》にチリンと鳴ったかと思うと、遠い星に戻《もど》った。

打たれたような沈黙《ちんもく》が三秒間つづいたあと、緑の支持者《しじしゃ》たちが熱狂的《ねっきょうてき》な喝采《かっさい》を送った。赤のグループのなかにも、渋々《しぶしぶ》ではあったけれど拍手《はくしゅ》をする者がいた。ユール女王の魔法《まほう》にすっかり魅了《みりょう》されたモリガンは歓声《かんせい》をあげたいくらいの気分だったけれど、ジャックを喜《よろこ》ばせたくなかったから、だまったままでいた。

聖《せい》ニコラスが両手をこすりあわせ、〈勇気《ゆうき》の広場〉をぐるりと見まわすと、全員の視線《しせん》が彼《かれ》に注がれた。不規則《ふきそく》にあちらこちらを指さしているので、またロックスターの真似《まね》ごとをしているのかとモリガンは思ったが、やがて観客《かんきゃく》たちのところどころから悲鳴があがり、転ぶ者があらわれた。それぞれの場所からモミの木が顔をのぞかせ、近くにいる人たちを押《お》しのけながら、みるみるうちに大きくなっていく。一メートル、三メートル、五メートル。そして広場には、二〇メートルの高さの一ダースものモミの木が立ち並《なら》んだ。

モリガンは笑《わら》って拍手《はくしゅ》をしたが、これで終わりではなかった。聖《せい》ニコラスがずんぐりした指をパチリと鳴らすと、赤色と金色のぴかぴか輝《かがや》く飾《かざ》りが枝《えだ》に吊《つ》るされ、何千もの豆電球が光を放ちはじめた。赤の支持者《しじしゃ》たちは熱狂《ねっきょう》した。

ジャックはなんの反応《はんのう》も見せなかった。ユール女王を見つめたまま、つぎの魔法《まほう》を待っている。

女王はおだやかにほほ笑《え》むと、それぞれのクリスマスツリーに向かって順番《じゅんばん》になにかの仕草をした。すると何十羽という真っ白な鳩《はと》が枝《えだ》の合間からあらわれ、大きな群《む》れになった。鳩《はと》たちは見事な編隊《へんたい》を組んで、飛《と》びながら雪の結晶《けっしょう》の形を作った。つぎに星を、ベルを、木を、そして最後《さいご》にピースサインを作ると、とどろくような歓声《かんせい》を受けながらどこかへ飛《と》び去っていった。

聖《せい》ニコラスが合図を送ると、エルフたちはそりに飛《と》び乗った。そこには、それぞれ反対方向の観客《かんきゃく》に狙《ねら》いをつけている二門の物騒《ぶっそう》な大砲《たいほう》が据《す》えられていた。モリガンは思わずジュピターの顔を見た。これって違法《いほう》じゃないの？　けれどジュピターは平然《へいぜん》としている。それどころか退屈《たいくつ》しているみたいに見えた。

「去年もおなじことをしたんじゃないか？」ジュピターはジャックに言った。

ジャックは鼻を鳴らした。「ありきたりだな。欲張《よくば》りな大衆《たいしゅう》に迎合《げいごう》してるんだ」

「シーッ」モリガンはジャックをだまらせようとして、あばらを肘《ひじ》でつついた。ふたりは見たことがあるかもしれないけれど、あたしはなにひとつ見逃《みのが》すつもりなんてないんだから。

爆発音《ばくはつおん》と共《とも》に大砲《たいほう》が何度も何度も発射《はっしゃ》された。〈勇気《ゆうき》の広場〉に色とりどりに包《つつ》まれたお菓《か》子《し》が雨のように降《ふ》ってくる。子供《こども》も大人も地面にはいつくばってそれを拾ったり、ジャンプして受け止めたりした。だれもがトフィーをほおばりながら、大歓声《だいかんせい》をあげていた。モリガンもそのひとりだった。

女王がそちらに目を向けると、スノーハウンドはしゃんと頭をあげ、鮮《あざ》やかな青い目で主人を見つめながら堂々《どうどう》とした足取りで舞《ぶ》台《たい》に近づいてきた。女王が手を伸《の》ばして耳のうしろをかいてやると、スノーハウンドは月に向かってほえ始めた。どこか不気味《ぶきみ》な遠吠《とおぼ》えに応《こた》えるようにネバームーア中の犬も遠吠《とおぼ》えをはじめ、この世のものとは思えない狼《おおかみ》のコーラスがあたりを満《み》たした。モリガンはなにかが髪《かみ》に舞《ま》い降《お》りるのを感じた。

「雪」

小さな白い切片《せっぺん》がひらひらと宙《ちゅう》を舞《ま》い、モリガンの鼻や肩《かた》や上にむけた手のひらにそっととまった。本物の雪を見るのははじめてだ。胸《むね》のなかで、喜《よろこ》びが風船のようにふくらんだ。喜《よろこ》びのあまり自分がふわふわと飛《と》んでいきそうで、ジュピターのコートをつかみたくなった。

静《しず》かに息をのむ音とささやき声が聞こえるだけで、しばらくあたりは静《しず》かだった。そしていきなり広場には叫《さけ》び声と拍手《はくしゅ》が爆発《ばくはつ》し、ライバル意識《いしき》はどこかに消えて、赤のグループも緑のグループも一緒《いっしょ》になって歓声《かんせい》をあげた。

聖《せい》ニコラスも拍手《はくしゅ》を送り、笑《わら》いながら舌《した》を出して雪のかけらを受け止めた。ユール女王が声をあげて笑《わら》った。

「さあ、フィナーレの時間だ」ジュピターが言った。「ふたりともろうそくを出して」

モリガンとジャックは、ジュピターからあらかじめ渡《わた》されていた白いろうそくをコートのポケットから出した。モリガンはジャックの真似《まね》をして、ろうそくを高くかかげた。だれもがおなじようにろうそくを持った手をあげると、広場には興奮《こうふん》したようなざわめきが満《み》ちた。

これからなにが起きるのか、みんな知っているようだった。聖《せい》ニコラスが大げさにひげをなでながら、どうすればいいのかわからないといった素振《そぶ》りをして見せると、幼《おさな》い子供《こども》たちはくすくす笑《わら》い、互《たが》いをつつき合った。

思い出したと言わんばかりに聖《せい》ニコラスはうれしそうに両手を叩《たた》くと、大きく腕《うで》を広げ、ぐるぐるとまわり始めた。ひとつ、またひとつとろうそくに火がついていく。まわる速度があがると共《とも》に、ぼっという音がとぎれることなくつづいてつぎつぎに火がともり、やがて〈勇気《ゆうき》の広場〉は笑《わら》い声と金色の光でいっぱいになった。

聖《せい》ニコラスとユール女王は古くからの友だちのように抱《だ》きあい、笑顔《えがお》で互《たが》いの頬《ほお》にキスをした。トナカイたちがスノーハウンドに首をこすりつけると、スノーハウンドは彼《かれ》らの角をかむ真似《まね》をしたり、顔をなめたりした。エルフたちはユール女王の膝《ひざ》に抱《だ》きついた。

赤と緑のグループはひとつに交じりあった。それぞれの支持者《しじしゃ》たちは身につけているものを交換《こうかん》していて——真っ赤なミトンとセージグリーンのスカーフ、赤紫《あかむらさき》のフクシアの花とエメラルド色のニット帽子《ぼうし》――やがて、だれがどちらを支持《しじ》しているのかわからなくなった。マーサは膝《ひざ》をついてフランクにスカーフを差《さ》し出し、フランクはそのお返しにメイドの肩《かた》にモールをかけた。デイム・チャンダーはケジャリーの赤いタータンチェックの蝶《ちょう》ネクタイを受け取り、赤い顔をしている彼《かれ》の首にエメラルドのチョーカーをつけた。

ジャックはばかみたいな帽子《ぼうし》を脱《ぬ》ぐと、肩《かた》をすくめてモリガンに差《さ》し出した。「ろうそくはなかなかよかったと思うよ」

「そうね」モリガンはうなずいた。「でも雪が一番よかった」髪《かみ》を結《むす》んでいた赤いリボンをほどいて、ジャックの手首に結《むす》んだ。ジャックはそれを見てにやりと笑《わら》った。「ちょっと待って。だれがだれを倒《たお》したの？」モリガンが訊《き》いた。

「だれも倒《たお》していないし、倒《たお》されてもいないよ」ジュピターはふたりを広場から連《つ》れ出しながら答えた。「毎年そうしているように、停戦《ていせん》したんだ。いまからそれぞれの仕事をしに行くのさ。フリー・ステート中にプレゼントを配って、雪を降《ふ》らせなきゃいけないからね。さて、砂《さ》糖《とう》づけプラムはどうだい？」ジュピターは屋台に走っていくと、二ダース買って茶色い紙袋《かみぶくろ》に入れてもらった。

「それじゃあ、だれも勝たなかったっていうこと？」モリガンはなんだかごまかされたような気がしていた。

「冗談《じょうだん》だろう？　プレゼントと雪だよ？」ジャックはジュピターの背中《せなか》に雪玉をぶつけながら笑《わら》った。「みんな勝ったのさ」

三人は馬車には乗らず、ホテルまで歩いて帰ることにした。びしょ濡《ぬ》れになって、くたくたになって、それ以上《いじょう》つづけられなくなるまで雪玉をぶつけ合った。その先はジュピターがモリガンをおんぶし、ジャックは凍《こお》った歩道をうれしそうに滑《すべ》ったり転んだりしながらついてきた。三人で甘酸《あまず》っぱい砂糖《さとう》づけプラムを食べつくし、四〇分後にデュカリオンに帰りついたときには、指先はすっかり凍《こご》え、舌《した》は紫色《むらさきいろ》になっていた。

「聖《せい》ニコラスはもう来たと思う？」モリガンは階段《かいだん》をのぼりながらジャックに訊《き》いた。口の端《はし》についた砂糖《さとう》をぺろりと舌《した》でなめた。

「いいや。彼《かれ》はぼくたちが眠《ねむ》っているあいだにしか来ないんだ。忙《いそが》しすぎて、おしゃべりなんてしていられないからね。だからさっさとベッドに入ったほうがいい」ジャックはにやにやしながら、モリガンの背中《せなか》を押《お》した。「おやすみ」

「おやすみなさい、ブロッコリー頭」

ジャックは笑《わら》いながら自分の部屋へと入っていった。

第一八章

楽しくなるはずだった休暇《きゅうか》

クリスマスの朝、モリガンはシナモンと柑橘類《かんきつるい》と薪《まき》の煙《けむり》のにおいで目をさました。暖炉《だんろ》では炎《ほのお》が楽しそうに燃《も》えていて、ベッドのヘッドボードには中身がいっぱいにつまった赤い靴下《くつした》が吊《つ》るされていた。

さかさまにして振《ふ》ると、膝《ひざ》の上に中身があふれた。チョコレート、ミカン、ジンジャーブレッド、つやつやしたピンクのザクロ、キツネの形の毛糸のスカーフ、赤い手袋《てぶくろ》、パカルスキの砂糖《さとう》づけプラムの金色と紫色《むらさきいろ》の缶《かん》、『フィネガンのおとぎ話』というタイトルの小さな布装《ぬのそう》本《ぼん》、裏《うら》が銀色のトランプ、持ち手にバレリーナの絵が描《えが》かれた木製《もくせい》のヘアブラシ。これを全部、あたしに？　聖《せい》ニコラスはなんて気前がいいんだろう。

モリガンは柔《やわ》らかなウールの手袋《てぶくろ》を顔に当て、少しも楽しくなかったいままでのクリスマスのことを思い出した。クロウ家の人間は決して気前がいいとは言えない。ずっと昔、モリガンは勇気《ゆうき》を出して、今年のクリスマスはびっくりさせてもらえるのかとコーヴァスに訊《き》いたことがあった。父がうなずいたので、モリガンは大喜《おおよろこ》びした。期待に満《み》ちた何週間かを過《す》ごしたあと、わくわくしながらクリスマスの朝起きてみると、ベッドの足元に封筒《ふうとう》が置《お》いてあった。その年コーヴァスが、〈呪《のろ》われた子供《こども》のための登録所《とうろくじょ》〉に払《はら》った補償金《ほしょうきん》がこと細かく記された紙が入っていた。

少なくとも、コーヴァスはうそはつかなかった。たしかにびっくりした。

チョコレートの金貨《きんか》の包《つつ》み紙を歯ではがしていると、寝室《しんしつ》のドアがさっと開いて、片手《かたて》に一《いち》枚《まい》の紙を、もう一方の手に靴下《くつした》を持ったジャックがぶらぶらと入ってきた。

「メリー・クリスマス！」モリガンは言い、ちゃんとノックしてから入ってきてと付《つ》け加《くわ》えたくなったけれど、クリスマスの喜《よろこ》びでいっぱいだったから、気にしないでおこうと決めた。

「クリスマスおめでとう」ジャックはモリガンのベッドにどさりと腰《こし》をおろした。持っていた紙を彼女《かのじょ》に渡《わた》してから楽な姿勢《しせい》になって、靴下《くつした》の中身をベッドの上に空けた。ジンジャーブレッドの犬を手に取り、頭をかじった。「全部おめでたいわけじゃないんだ。ジョーヴおじさんが呼《よ》ばれて出かけた」

「クリスマスの朝に？」モリガンはメモを読んだ。

マ・ウェイで緊急《きんきゅう》の用ができた。
昼食には間に合うように帰る。モグをそり遊びに連《つ》れていってやってくれ。

」

「マ・ウェイってなに？」

ジャックは口のなかのジンジャーブレッドを飲みこんだ。「真ん中の世界のひとつさ。またどこかの探検家《たんけんか》が、予定していた出入り口にたどり着けなかったんだろう。おじさんはいつも、間抜《まぬ》けなやつらを助けるためにクリスマスに呼《よ》び出されるんだ。おえっ――これはきみにあげるよ」ジャックはさも嫌《いや》そうな顔で、自分の靴下《くつした》に入っていたザクロをモリガンに差《さ》し出した。モリガンはお返しにミカンをいくつかジャックにあげた。

「そり遊びに連《つ》れていってくれなくてもいいよ」モリガンはチョコレートをもうひと口かじって、肩《かた》をすくめた。「そりなんて持ってないし」

「あれはなにに見えるの？　ポニー？」ジャックは暖炉《だんろ》を頭で示《しめ》した。

ベッドの向こうに目をやると、金のリボンをかけた、つやつや光る緑のそりが置《お》かれていた。カードがついている。メリー・クリスマス、モグ。

「わお」モリガンは言葉もなかった。生まれてこのかた、こんなにたくさんのプレゼントをもらったのははじめてだ。

「ぼくのは赤だ」ジャックは目をぐるりとまわした。「冗談《じょうだん》のつもりなんだろうな」

ジュピターは昼食どころか夕食にも帰ってこず、すまないという伝言《でんごん》をよこしただけだった。本当ならがっかりするのだろうけれど、モリガンは人生最高《さいこう》のクリスマスをひたすら楽しんでいたので、それどころではなかった。

その日はユール女王のおかげで、たっぷりと雪が降《ふ》った。朝のうち、ジャックとモリガンは近くのギャルバリー・ヒルを何度となくそりで滑《すべ》りおり、そのあとは近くの子供《こども》たちと大がかりな雪合戦《ゆきがっせん》をした。

疲《つか》れた足を引きずってデュカリオンに戻《もど》ってみると、ダイニングルームにちょうどランチの用意ができたところだった。長いテーブルは、ずらりと並《なら》ぶ料理《りょうり》の重さにうめいているようだった。マリネしたハム、スモークしたキジ、ガチョウのロースト、芽《め》キャベツとベーコンと栗《くり》の料理《りょうり》、金色にローストしたジャガイモ、パースニップのハチミツがけ、濃《こ》いグレービーソース、ぽろぽろしたチーズと三つ編《あ》みパン、真っ赤なカニの爪《つめ》、氷にのせた牡蠣《かき》。

モリガンとジャックはすべてをひと口ずつ試《ため》してみることに決めた（牡蠣《かき》は食べないかもしれない）ものの、半分ほど食べたところであきらめ、生きているかぎりもう二度となにも食べないと言いながら、〈煙《けむり》の応接室《おうせつしつ》〉（〝消化を助けるため〟のペパーミントの煙《けむり》だった）でごろりと横になった。けれど一五分がたつころには、ジャックはトライフルが山盛《やまも》りになったボウルにちゃっかりと手を伸《の》ばし、さらにミンスパイをふたつ口に放りこんでいたし、一方のモリガンはクリームとブラックベリーがのったふわふわしたメレンゲ菓子《がし》をほおばっていた。ジャックが三度めにダイニングルームに戻《もど》っているあいだ、モリガンが隅《すみ》のソファに横たわってすっとするミントグリーンの煙《けむり》を吸《す》っていると、だれかが部屋に入ってきた。

「彼《かれ》を信用《しんよう》していないわけじゃないんだ」男の声だ。「自分がなにをしているのかわかっているはずだ。あの男は天才なんだから」

モリガンは重たいまぶたを開いた。壁《かべ》から流れ出る濃《こ》い煙《けむり》のなかにふたりの姿《すがた》が見えた――赤と緑の流れるようなシルクのドレスをまとった優雅《ゆうが》なデイム・チャンダーと、クリスマス柄《がら》のキルトを着た、雪のような白髪《しらが》のかくしゃくとしたケジャリーだった。

「頭がよすぎるくらいね。でもだからといって、まちがいをおかさないわけじゃないわ、リーリー。彼《かれ》だって人間なんだから」

あたしがここにいることを教えるべき？　モリガンはぼんやりと考えた。咳払《せきばら》いをしようとしたとき――

「どうしてモリガンなんだ？」ケジャリーが言った。「だれでも候補者《こうほしゃ》を選《えら》べるのに、どうして彼女《かのじょ》を？　彼女《かのじょ》の天賦《てんぷ》の才はなんだ？」

「あの子はいい子よ――」

「わかっているさ。すばらしい子だ。最高《さいこう》だよ。だがジュピターは、彼女《かのじょ》のなにが〈輝《かがや》かしき結社《ワンダラス・ソサエティ》〉にふさわしいと考えたんだろう？」

「ジュピターのことは知っているでしょう？　いつだって、だれも挑《いど》まないようなことをするのよ。〈とんでも山〉に最初《さいしょ》にのぼったのは彼《かれ》だし、〈探検者同盟《たんけんしゃどうめい》〉のだれひとり行こうとしなかったトロルでいっぱいの世界に、三〇メートルの棒《ぼう》を持って飛《と》びこんでいったりもしたわ」

ケジャリーはくすくす笑《わら》った。「それにこのホテル。彼《かれ》が見つけたときは、まさに廃墟《はいきょ》だった。それを趣味《しゅみ》として引き受け、いまではネバームーアでも最高級《さいこう》のホテルだ」彼《かれ》の声が険《けわ》しくなった。「だが趣味《しゅみ》として子供《こども》を引き受けるわけにはいかない」

「もちろんよ。デュカリオンで失敗《しっぱい》したとしても、たいして問題にはならなかったでしょうしね。ホテルは傷《きず》つかないもの」

ふたりはだまりこんだ。モリガンは息を止め、からだを凍《こお》りつかせた。ペパーミントの煙《けむり》ごしに、あたしが見えたんだろうか？

ややあってから、ケジャリーが深々《ふかぶか》とため息をついた。「われわれが余計《よけい》な口を出すことじゃないとわかっているが、わたしはあの子が心配なんだよ。ひどくがっかりさせることになるんじゃないだろうか」

「それだけじゃすまないわ」デイム・チャンダーの声は暗かった。「あの子が不法《ふほう》入国者だっていうことがわかったら、ジュピターがどうなることか。反逆罪《はんぎゃくざい》よ。刑務所《けいむしょ》に行くかもしれない。彼《かれ》の評判《ひょうばん》、キャリア……すべて失《うしな》われる。それだけじゃない――」

「デュカリオンも」ケジャリーが重々《おもおも》しい声であとを引き取った。「気をつけないと、彼《かれ》はデュカリオンを失《うしな》うことになる。そうなったら、われわれはどこに行けばいいんだ？」

その夜遅《よるおそ》く、腹痛《ふくつう》と悪夢《あくむ》を追い払《はら》おうとして、モリガンがホテル・デュカリオンの廊下《ろうか》を歩きまわっていたのは意外なことではなかった。

ジュピターの部屋のドアが少し開いていることに気づいたのは、真夜中すぎだ。そっとなかをのぞいてみた。ジュピターは暖炉《だんろ》のそばの革《かわ》の肘掛《ひじか》け椅子《いす》に座《すわ》り、かたわらのテーブルには湯気をあげる銀のティーポットと絵の描《えが》かれた小さなグラスがふたつ置《お》かれていた。ジュピターは顔をあげることもなく言った。「入っておいで、モグ」

ジュピターは紅茶《こうちゃ》を注ぎ――緑色の葉っぱが入ったミントティーだった――モリガンのグラスには角砂糖《かくざとう》をひとつ入れた。モリガンが向かいの椅子《いす》に座《すわ》ると、ジュピターはちらりと彼女《かのじょ》の顔を見た。疲《つか》れているみたいだとモリガンは思った。

「また悪い夢《ゆめ》を見たんだね」質問《しつもん》ではなかった。「まだ〈特技披露審査《とくぎひろうしんさ》〉の心配をしているのか」

モリガンは紅茶《こうちゃ》をのんだだけで、なにも答えなかった。ジュピターがいつでもなんでも知っていることにも、慣《な》れてきていた。

また失格《しっかく》する夢《ゆめ》を見た。けれど今回は観客《かんきゃく》にののしられて終わるのではなく、こん棒《ぼう》を手にした凶暴《きょうぼう》なトロルたちが列をなしてトロル競技場《きょうぎじょう》にぞろぞろと入っていく場面がつづいていた。モリガンはきっとそこで殴《なぐ》り殺《ころ》されるのだろう。

「審査《しんさ》は来週の土曜日だもの」なにをしなければいけないのか、どんなふうに振《ふ》る舞《ま》えばいいのかをいいかげん教えてくれないかと思いながら、モリガンはあてつけがましく言った。

ジュピターはため息をついた。「そんなに心配しなくていいんだ」

「ずっとそればっかり」

「なにもかもうまくいく」

「それもいつも言っている」

「本当のことだからね」

「でもあたしには才能《さいのう》がないのに！」そう言った拍子《ひょうし》に、ガウンに紅茶《こうちゃ》がこぼれた。「結社《けっしゃ》には絶対《ぜったい》に入れないのに、審査《しんさ》を受ける意味なんてあるの？　あたしはドラゴンには乗れないし、天使みたいに歌うことだってできない。なにもできないのに」一度心配ごとがあふれ出すと、止めることはできなかった。「あたしが違法《いほう》にここにいることが、〈カメムシ〉にわかったらどうするの？　あたしは追い出されて、あなたは刑務所《けいむしょ》に行く。あなたはデュカリオンを失《うしな》って、これまでの評判《ひょうばん》も、キャリアも――」その先の言葉が出てこなかった。「あたしのために、そんなリスクをおかさないでよ！　従業員《じゅうぎょういん》はどうなるの？　ジャックはどうなるの？　刑務《けいむ》所《しょ》に入ったら、ジャックの面倒《めんどう》だって見られなくなる。それに――」モリガンはなにを言っているのかわからなくなって、口ごもった。

ジュピターはモリガンのつぎの言葉をじっと待っている。ミントティーのグラスの向こうからおだやかに微笑《ほほえ》んでいて、モリガンはますますいらだった。あたしが結社《けっしゃ》に入れるかどうかを、ジュピターは本当に気にかけているの？　それとも、ただの暇《ひま》つぶしのためにやっているだけ？　あたしはただの……趣味なの？

胸《むね》のなかでなにかがむくむくと大きくなっていった。追いつめられた動物が逃《に》げ出す機《き》会《かい》をうかがっているみたいに、モリガンのあばらをこじ開けて外に出ようとしている。

「家に帰りたい」

頭で考えるより早く、その言葉が口からこぼれていた。低《ひく》くて暗い声がいつまでも消えずに漂《ただよ》っている。

「家？」

「ジャッカルファックスに戻《もど》りたい」ジュピターが理《り》解《かい》していることはわかっていたけれど、モリガンは改《あらた》めて言った。ジュピターはじっと聞いている。「戻《もど》りたい。いますぐ。今夜中に。生きているってパパたちに言いたい。〈輝かしき結社《ワンダラス・ソサエティ》〉には入りたくないし、それに――」言葉が出てこなかった。抗《あらが》うようにして絞《しぼ》り出した。「もうホテル・デュカリオンでは暮《く》らしたくない」

最後《さいご》の部分は本当ではなかったけれど、ジュピターがそれを信《しん》じてくれれば話は簡《かん》単《たん》だ。

モリガンはデュカリオンが大好《だいす》きだった。けれど、どれほどたくさんの部屋や廊下《ろうか》があっても、〈特技披露審査《とくぎひろうしんさ》〉に対する大きくなる一方の恐怖《きょうふ》をすべてしまいこむのは無理《むり》だ。それは怪物《かいぶつ》のようでもあり、デュカリオンの壁《かべ》にとりついた幽霊《ゆうれい》のようでもあった。まるで冬が骨《ほね》の髄《ずい》までしみこんだみたいに、二度と本当のぬくもりを感じられない気がしていた。

モリガンはジュピターが答えるのを待った。その顔はまったくの無表情《むひょうじょう》で、ぴくりとも動かない。磁器《じき》でできた仮面《かめん》みたいにひび割《わ》れそうだとモリガンは思った。ジュピターは長いあいだ、暖炉《だんろ》の火を見つめていた。

「いいだろう」ようやくそう言ったジュピターの声はおだやかだった。「すぐに出発しよう」

第一九章

〈クモの糸線〉

「まだ遠いの？」

「あと少しだ。がんばって」ジュピターは、オフホワイトのタイルとちかちかする照明《しょうめい》のみすぼらしいトンネルをいつものようにすたすたと歩いていて、それについていくためにモリガンは走らなくてはならなかった。ときおり彼《かれ》の顔にちらりと目を向けたけれど、これといった表《ひょう》情《じょう》は浮《う》かんでいなかった。

　ジュピターはどこに行くのかをフェネストラに告《つ》げただけで、それ以上《いじょう》なにも言わなかった。フェネストラは驚《おどろ》いたような顔でジュピターを見つめ、そして――おおいに意外なことに――悲しそうにモリガンをながめた。だまったままだったけれど、モリガンがジュピターについて正面玄関《げんかん》を出ていこうとしたとき、大きな灰色《はいいろ》の頭を彼女《かのじょ》にこすりつけ、低《ひく》い悲しそうな声で鳴いた。モリガンは必死《ひっし》でまばたきを繰《く》り返し、オイルスキンの傘《かさ》をぎゅっと握《にぎ》りしめた。振《ふ》り返らなかった。

ふたりは暗い通りを進み、〈ブロリー・レール〉を使って一番近い〈ワンダー地下鉄〉の駅まで行くと、迷路《めいろ》のようなトンネルを抜《ぬ》け、階段《かいだん》をおりた。秘密《ひみつ》の出入り口をいくつも通り、薄汚《うすぎたな》い通路を進んだ。モリガンが一度も通ったことのないところだったけれど、ジュピターはよく知っているようだ。

二〇分ばかり、数えきれないほどの角を曲がりながら歩きつづけ、最後《さいご》に急なカーブを曲がると、そこはだれもいないプラットホームだった。壁《かべ》に貼《は》られたポスターはどれも年代物で色あせ、破《やぶ》れかけている。モリガンが聞いたこともない商品ばかりだった。

頭上の標識《ひょうしき》によれば、ここは〈クモの糸線〉の出発点らしかった。

「本当にいいんだね？」ジュピターはタイル張《ば》りの床《ゆか》を見つめたまま、訊《き》いた。ごくひそやかな声だったのに、がらんとした空間に大きく響《ひび》いた。「行かなくてもいいんだよ」

「わかってる」モリガンはホーソーンのことを思った。一番の友だちにおわかれさえ言えなかった。デュカリオンでぐっすり眠《ねむ》っているだろうジャックを思った。目がさめたときにはあたしはいない。不意《ふい》に悲しくなった。その思いをぐっと胸《むね》の奥《おく》に押《お》しこめて、ふたをした。ここに残《のこ》って、あたしのせいでジュピターがなにもかも失《うしな》うのを見るのはごめんだ。「いいの」

ジュピターはうなずき、モリガンの傘《かさ》に手を伸《の》ばした。「持っていちゃだめ――」

「ここに置《お》いておかなきゃいけない。悪いね」

モリガンは手を離《はな》した。ジュピターが傘《かさ》の銀の持ち手をプラットホームにある手すりに引っかけると、怒《いか》りと失望《しつぼう》の混《ま》じった思いがわき起った。これはあたしの誕生日《たんじょうび》プレゼントなのに。

思い出もいっぱいあった。デュカリオンの屋上からこの傘《かさ》を持って飛《と》び降《お》りたこと。〈ブロリー・レール〉でオールド・タウンの上を通ったこと。〈影《かげ》の広間〉の鍵《かぎ》を開けたこと。（その ことを尋《たず》ねると、おもしろいだろうと思ってねとジュピターは答えた。秘《ひ》密《みつ》の部屋の秘《ひ》密《みつ》の鍵《かぎ》を持っていることをモリガンがいつ気づくだろうと、ずっと楽しみにしていたらしい。モリガンがもう少し詮《せん》索《さく》好《ず》きだったら、もっと早くわかっていたはずだとジュピターは言った）

「準《じゅん》備《び》はいい？」ジュピターはモリガンの手を取ると、プラットホームぎりぎりに描《えが》かれた黄色い線の前に立った。「目をつぶって。ずっとつぶっているんだよ」

モリガンは目を閉《と》じた。静《しず》かだ。なんの音もしないまま、長い時間がすぎた。

やがて遠くから聞こえてきた——どんどん大きくなる。列車が速度をあげて近づいてくる。トンネルからひゅっと冷《つめ》たい空気が流れてきたかと思うと、すぐ前で列車が止まり、ドアが開く音がした。

「思い切って踏《ふ》み出して、モリガン・クロウ」ジュピターがモリガンの手を取って、列車に乗せた。

「もう目を開けていい？」

「まだだ」

「どこに行くの？〈クモの糸線〉ってなに？このまま乗っていればジャッカルファックスに着くの？それともどこかで乗り換《か》えるの？」

「シーッ」ジュピターはぎゅっとモリガンの手を握《にぎ》りしめた。

乗っていたのは短い時間だった——ほんの数分だ——けれど、列車がごとごとと横揺《ゆ》れするので、モリガンは胸《むね》がむかむかした。目を開けたかった。

列車が止まった。ドアが開いた。モリガンとジュピターはきんと冷《ひ》えこんだ空気のなかに降《お》り立った。雨と泥《どろ》のにおいがした。

「目を開けて」

目の前に立つクロウの屋敷《やしき》を見て、モリガンは恐怖《きょうふ》にぎゅっと胸《むね》をつかまれた気がした。これがあたしが望《のぞ》んだこと、心のなかでつぶやいた。

ほんの数分で、〈クモの糸線〉はネバームーアからジャッカルファックスまでモリガンを連《つ》れてきたことになる。振《ふ》り返ってみたけれど、列車は消えていた。背後《はいご》には屋敷《やしき》と森を隔《へだ》てる高い鉄のゲートがあるだけだ。モリガンは首を振《ふ》った。ありえない。

カラスの形をした、見慣《みな》れた銀のノッカーがモリガンを見おろしていた。モリガンはノックしようとして手をあげたが、ジュピターはどっしりした木のドアに向かってまっすぐ歩いていき、そのまま消えた。

「ありえない」モリガンは息をのんだ。

ジュピターの手だけがドアから再《ふたた》びあらわれて、モリガンが子供《こども》時代を過《す》ごした家の薄暗《うすぐら》い廊下《ろうか》に彼女《かのじょ》を引っ張《ぱ》りこんだ。

「どうやって——これは——なにが起きたの？」

ジュピターは横目でモリガンを見た。「厳密《げんみつ》に言えば、ぼくたちはまだネバームーアにいる。

少なくとも、ぼくたちのからだは。〈クモの糸線〉は閉鎖《へいさ》されたことになっているんだが、第九レベルの権限《けんげん》を持つ探検家《たんけんか》のぼくには……ある種《しゅ》の特権《とっけん》があるんだ」

そのせいで逮捕《たいほ》される可能性《かのうせい》があるような〝特権《とっけん》〟なんだろうかと、モリガンは考えた。

「まだネバームーアにいるってどういうこと？　こうやっておばあさんの家のなかに立っているのに」

「本当はちがうんだ。ぼくたちは〈クモの糸〉の上を移動《いどう》しているんだよ」

「それ、なに？」

「すべてだ……どう言えばいいだろう？」ジュピターは足を止め、天井《てんじょう》を見あげて大きく息を吸《す》った。前にも〈クモの糸〉のことを説明《せつめい》しようとして、結局《けっきょく》できなかったことをモリガンは思い出した。「ぼくたちはだれもが〈クモの糸〉の一部なんだ。〈クモの糸〉はぼくたちを取り囲《かこ》んでいる。ぼくが見るもの――たとえばきみの悪夢《あくむ》とか、緑色のティーポットの歴史《れきし》とか――はどれも、〈クモの糸〉の上に存在《そんざい》している。あらゆるものをつなぐ広大なクモの巣《す》を作っている、目に見えない細い糸のようなものだ。〈クモの糸線〉を使うことで、その糸を通じて移動《いどう》できる。一三か一四紀元《きげん》前に〈探検者同盟《たんけんしゃどうめい》〉が作り出した、ちがう世界の探査方法《たんさほうほう》の副《ふく》産物だ。からだはネバームーアの安全な場所にとどまったまま、気づかれることなく意識《いしき》だけが共和国《きょうわこく》を旅することができるんだ。とても巧妙《こうみょう》なシステムだよ。それに極秘事項《ごくひじこう》だから、だれにも言っちゃいけないよ。一般《いっぱん》の人には公開されていないんだ。危険《きけん》すぎるからね。軍《ぐん》の最《さい》高幹部《こうかんぶ》でさえ、これに乗るのは禁止《きんし》されている」

「どうして？」

ジュピターは苦い顔をした。「この方法《ほうほう》は万人向きじゃないからだ。〈クモの糸線〉に乗った人のなかには……ちゃんと戻《もど》ってこられない人がいる。一度離《はな》れたからだと心が、きちんと元通りにならないんだ。永遠《えいえん》にばらばらのままで、そのせいで頭がおかしくなってしまう。自分がなにをしているのかちゃんとわかっていないと、とても危険《きけん》なんだよ」

「あたしは自分がなにをしているのかわかってない！」モリガンはパニックを起こしそうになった。「どうしてあたしを乗せたの？」

ジュピターは鼻を鳴らした。「〈クモの糸線〉に乗れる人間がいるとしたら、それはきみだよ」

「どうして？」

「だってきみは……」ジュピターは自分がなにを言っているのかに気づいたみたいに、言葉を切った。「きみは……ぼくといっしょにいるからね」視線《しせん》をそらした。「長くここにいるわけにはいかない。わかったかい？」

モリガンはがっかりしたのか、それともほっとしたのか、よくわからなかった。「でもあたしは、様子を見に来たかったわけじゃない。戻《もど》ってきたかったの」

「きみの期待どおりじゃないのはわかっているが、本当にそれでいいのかどうかをたしかめて――」

「メリー・クリスマス！」アイビーが満面《まんめん》に笑《え》みを浮《う》かべて、廊下《ろうか》を近づいてきた。モリガンは事情《じじょう》を説明《せつめい》しようとして一歩踏《ふ》み出したが、義理《ぎり》の母親はサテンのドレスのこすれる音と甘《あま》ったるい香水《こうすい》のにおいを残《のこ》して、そのまま通り過《す》ぎていった。「みなさん、メリー・クリスマス！」

モリガンはアイビーを追って居間《いま》に入った。そこには大勢《おおぜい》の人がいて、にこやかに微笑《ほほえ》む女主人に向かってグラスをかかげていた。アイビーが合図を送ると、ピアノの前に座《すわ》っていた若《わか》い男性《だんせい》が明るい調子の聖歌《せいか》を弾《ひ》きはじめた。部屋の向こうからコーヴァス——タキシードに身を包《つつ》み、ラペルにバラの花を挿《さ》していた——が妻《つま》に笑《わら》いかけた。

「パーティーをしてる」モリガンはつぶやいた。「一度もしたことなかったのに」

ジュピターはなにも言わなかった。

客たちの拍手《はくしゅ》にあと押《お》しされて、アイビーと父親が即興《そっきょう》でダンスをはじめた。脇《わき》を通りかかった男性《だんせい》がなにかを言ったらしく、コーヴァスは頭をのけぞらせて笑《わら》った。父親があんなふうに笑《わら》うところを見たのは、片手《かたて》で数えられるくらいの回数しかない。それどころか、指一本で数えられる。いまのを入れて。

「あたしが見えるの？」

ジュピターはうしろにさがり、壁際《かべぎわ》に立っていた。「きみがそう望《のぞ》めば」

モリガンは顔をしかめた。「見てほしい」

「そうは思えないけれどね」

アイビーは部屋の模様《もよう》替えをしていた。カーテンと椅子《いす》の張《は》り布《ぬの》（紫《むらさき》がかった淡《あわ》い青色だった）と花柄《はながら》の壁紙《かべがみ》が新しくなっている。なにかを置《お》けるところには、どこもかしこも写真立てが置《お》かれていた。どれも、コーヴァスとアイビーと赤ちゃん――双子《ふたご》だった――の写真だ。母親そっくりの白っぽい金髪《きんぱつ》をした、頰《ほお》の赤いおなじ顔のふたりの赤ちゃん。二枚《にまい》の写真が入る銀の写真立てには、おしゃれな文字でウォルフラムとガントラムという名前が刻《きざ》まれていた。

あたしには弟がいるんだ。モリガンはパーティーのざわめきのなかで、その事実を心に刻《きざ》もうとしたけれど、どうしてもうまくいかなかった。あたしには弟がふたりいる。頭のなかで何度となくくりかえした。あたしには弟がふたりいる。けれどその言葉にはなんの重みも意味もなく、空気のように軽かったので、最後《さいご》にはふわふわと漂《ただよ》うにまかせた。

おばあさんはどこだろうとふと考えたけれど、その答えならわかっていた。

〈死んだクロウ家の人間の部屋〉は暗くて静《しず》かだった。モリガンの記憶《きおく》どおりだ――冷《つめ》たくて、がらんとしていて、かびのにおいがする。ひとつだけ変《か》わっていたことがあった。モリガンの絵が飾《かざ》られていた。

〈死んだクロウ家の人間の部屋〉というのは正式な名前ではない。そう呼《よ》んでいるのはモリガンだけだ。本当は、〈肖像画《しょうぞうが》の部屋〉といういたって退屈《たいくつ》な名前だった。肖像画《しょうぞうが》といってもここにあるのはクロウ家の人間のものだけで、それも死んでからでないと飾《かざ》られることはない。どういうわけか、おばあさんはこの部屋が好《す》きだった。時々《ときどき》、何時間もいなくなることがあって、そんなときはここに来れば見つけることができた。〈死んだクロウ家の人間の部屋〉に立ち、カリオン・クロウ（モリガンのひいひいひいおじいさん——狩《か》りの最中《さいちゅう》に従者《じゅうしゃ》に誤《あやま》って撃《う》たれた）からカマンベール・クロウ（コーヴァスが飼《か》っていた見事なグレイハウンド——石鹸《せっけん》水《すい》の箱をかみ、口から泡《あわ》を吹《ふ》いて死んだ）まで、偉大《いだい》な一族の絵をじっとながめているのだ。

競走馬《きょうそうば》から落ちて死んだ尊敬《そんけい》すべき大おばさんのヴォローナと、幼《おさな》くして熱病《ねつびょう》で命を落としたコーヴァスの弟のバートラムおじさんのあいだという特別《とくべつ》な場所に自分の肖像画《しょうぞうが》が飾《かざ》られていることを知って、モリガンは驚《おどろ》いた。おばあさんはどこにだれの絵を飾《かざ》るかについては、ひどくうるさかったからだ。モリガンの亡《な》くなった母親の絵は、部屋のずっと端《はし》のほうで、あまりかわいがられていなかったペットとまたいとこの子供《こども》にはさまれていた。

モリガンの絵を依頼《いらい》されたのは、クロウ家の人間の絵を六〇年以上《いじょう》も描《えが》いてきた画家だった。つまりとんでもないほど年寄《としよ》りで、いやになるほど手が遅《おそ》いということだ。彼《かれ》が絵筆をよろよろと動かしながら、時折《ときおり》「動くな！」とか「その影《かげ》はどこから来たんだ？」とか「息をしているのが見える」とか「鼻をかくんじゃない、まったく嫌《いや》な子供《こども》だ！」とか叫《さけ》んでいるあいだ、モリガンは何時間もじっと立っていなくてはならなかった。

〈闇宵時《やみよいどき》〉の日、肖像画《しょうぞうが》の最後《さいご》の仕上げをしていたとき、巻《ま》き尺《じゃく》を手にしたアイビーがやってきて、肩《かた》と耳で電話をはさみながらモリガンの寸法《すんぽう》を測《はか》りはじめた。「長さ一二〇センチ……ええ、そう、そうね、少なくとも……いいえ、だめ、それよりもっと幅《はば》がないと。この子はけっこう肩幅《かたはば》があるのよ……マホガニーはおいくらなの？　それならマツ材《ざい》でいいわ。ううん——

──やっぱりだめ、コーヴァスはマホガニーがいいって言うだろうから。安っぽく見えるのはだめよ。もちろん内張《うちばり》はピンクのシルクよ。枕《まくら》はひだ飾《かざ》りのあるものにして、台にはピンクのリボンを巻《ま》いてね。家まで届《とど》けてくれるんでしょうね？　いつですって？　明日の朝一番に決まっているでしょう！」

そしてアイビーはモリガンにも画家にもひとことも声をかけることなく、部屋を出ていった。それがなにについての電話なのかを悟《さと》ったモリガンは、自分の棺《ひつぎ》がピンクのひらひらしたものになることを知って、午後中ずっと不機嫌《ふきげん》だった。そのせいで、いま壁《かべ》に飾《かざ》られている肖像画《しょうぞうが》のモリガンは胸《むね》の前でふてくされたように腕《うで》を組み、しかめっ面をしている。完成《かんせい》した絵を見るのははじめてだった。気に入った。

「だれ？」

おばあさんは廊下《ろうか》のランプの明かりに照《て》らされただけの暗い部屋のなかで、窓《まど》のそばに立っていた。いつものきちんとした黒いドレスを着て、首にはネックレス、濃《こ》い灰色《はいいろ》の髪《かみ》を頭の上のほうでまとめている。森のようなにおいの香水《こうすい》もいつものものだ。

モリガンはそろそろと近づいた。「あたしよ、おばあさん」

おばあさんは暗い部屋を見まわしながら、目をこらした。「そこにだれかいるの？　なんとか言いなさい！」

「どうしてあたしが見えないの？　見てほしいのに」モリガンは小声でジュピターに訊《き》いた。

「つづけてごらん」ジュピターはそっとモリガンの背中《せなか》を押《お》した。

モリガンは深呼吸《しんこきゅう》をすると、両手をぎゅっと握《にぎ》りしめ、心のなかで強く念《ねん》じた——あたしを**見て。お願《ねが》いだから、あたしを見て。**「おばあさん、あたしよ。あたしはここにいるの」

「モリガン？」おばあさんはしわがれた声で言った。目を見開いた。はっきりさせようとするみたいに頭を振《ふ》りながら、モリガンに近づいてくる。「これは……本当に……？」

「あたしが見える？」

オーネリア・クロウのくすんだ青色の目がモリガンの顔をとらえた。モリガンは生まれてはじめて、おばあさんの顔が恐怖《きょうふ》にゆがむのを見た。「いいえ。いいえ、いいえ」

「大丈夫《だいじょうぶ》だから」モリガンはおびえた動物をなだめるときのように、両手を差《さ》し出した。「あたしは幽霊《ゆうれい》じゃないから。本物なの。生きているの。あたしは死ななかったし——」

おばあさんはひたすら首を振《ふ》りつづけている。「モリガン、だめよ。どうしてここにいるの？　どうして共和国《きょうわこく》に戻《もど》ってきたの？　あいつらが来る。〈煙《けむり》と影《かげ》のハンター〉が。あなたをつかまえにくる」

モリガンは氷の破片《はへん》にからだを貫《つらぬ》かれた気がした。両手をポケットに入れて、じっと足元を見つめたままうしろに立っているジュピターを振《ふ》り返った。「どうしておばあさんが〈煙《けむり》と影《かげ》のハンター〉のことを——？」

おばあさんが突然怒《とつぜんいか》りを爆発《ばくはつ》させてジュピターに詰《つ》め寄《よ》った。「あなたね！　なんてばかなことを！　どうしてこの子を戻《もど》したの？　ネバームーアにずっといさせるって約束《やくそく》したのに。フリー・ステートから絶対《ぜったい》に出さないって約束《やくそく》したのに。**ここに来るべきじゃなかったのに**」

「本当にここにいるわけじゃないんです、マダム・クロウ」ジュピターがあわてて答えた、手を伸《の》ばすと、おばあさんのからだを突《つ》き抜《ぬ》けた。おばあさんは身震《みぶる》いしてあとずさった。「ぼくたちは〈クモの糸線〉で来ているんです。からだはここにあるわけじゃ……話すと長くなります。モリガンが来たがったんです。そうしてやるべきだと――」

「二度とこの子をここには戻《もど》さないって約束《やくそく》したはずよ」おばあさんの目が怒《いか》りに燃《も》えていた。「誓《ちか》ったのに。ここは安全じゃない。ここは……モリガン、あなたはすぐに――」

「モ、モリガン？」戸口から声がした。だれかが照明《しょうめい》のスイッチを入れ、〈死んだクロウ家の人間の部屋〉は不意《ふい》に明るくなった。コーヴァスが青い目をぎらつかせながら、つかつかと部屋に入ってきた。モリガンは話しかけようとしたが、コーヴァスは彼女《かのじょ》のからだを通り過《す》ぎて、おばあさんの肩《かた》をつかんで揺《ゆ》すぶった。「母さん、いったいなにをしているんです？　なんだってこんなことを？　よりによって、いま――クリスマスパーティーの最中《さいちゅう》なんですよ」

オーネリア・クロウは息子の肩越《かたご》しに孫娘《まごむすめ》を心配そうに見つめていた。「いえ……なんでもないのよ、コーヴァス。ちょっと考えごとにふけっていただけ」

「あの名前を呼《よ》びましたよね」コーヴァスはささやくようにして言った。怒《いか》りのあまり、声がかすれている。「廊下《ろうか》からでも聞こえたんですよ。客のだれかがここを通りかかって、聞かれたらどうするんです？」

「あれは――なんでもないのよ。だれにも聞かれていない。わたしはただ……ちょっと思い出して……」

「あの名前は二度と口にしないと誓《ちか》ったじゃないですか。誓ったはずですよ、母さん」

モリガンは肺《はい》のなかの空気がすべて出ていってしまった気がした。

「あのこ、い、い、あのことをみんなに思い出されては困《こま》るんです。連邦政府《れんぽうせいふ》に進出しようとしているいまは。ウィンターシー党《とう》のだれかが――」コーヴァスは言葉を切り、唇《くちびる》をぎゅっと結《むす》んだ。「今夜はわたしにとって大事な夜なんですよ、母さん。その名前を口にして、台無《だいな》しにしないでください」

「コーヴァス――」

「その名前は死んだんです」

コーヴァス・クロウはくるりときびすを返すと、彼《かれ》には見えない娘《むすめ》が立ちつくしているまさにその場を通り抜《ぬ》けて、部屋を出ていった。

モリガンは家を出ると、冷《つめ》たい空気に肺《はい》をしめつけられる前にゲートまで一気に走った。前かがみになって、息を整えた。

どうして感じるの？　顔に当たる冷《つめ》たい風や、足の下のかたい地面や、雨や土やおばあさんのにおいを感じるの？　パパは目の前にいるあたしを見ることもできなかったのに。

砂利《じゃり》を踏《ふ》みしめるジュピターの足音がうしろから聞こえてきた。なにか助言をしたり、同情《どうじょう》めいたことを言ったり、〝だから言っただろう〟などと口にしたりすることもなく、ただそこに立って、モリガンがなにか言い出すのを辛抱強《しんぼうづよ》く待っている。モリガンが背筋《せすじ》を伸《の》ばし、震《ふる》えながら大きく息を吸《す》うのを待っている。

「おばあさんは知っていた。あたしが死んでないって知っていた」

「そうだ」

「〈煙《けむり》と影《かげ》のハンター〉のことを知っていた」

「そうだ」

「どうして？」

「ぼくが話した」

「いつ？」

「〈闇宵時《やみよいどき》〉の前に。だれかに契約書《けいやくしょ》にサインしてもらう必要《ひつよう》があった」

そうだったんだ。あの読めなかった名前は、おばあさんのサインだったんだ。〈入札日《にゅうさつび》〉にドアの下から封筒《ふうとう》をすべりこませたのは、おばあさんだったんだ。「どうしておばあさんに？」

「きみのことを好《す》きみたいだったから」

こみあげてきた笑《わら》いで喉《のど》がつまり、モリガンは袖《そで》で鼻を押《お》さえて泣《な》きたくなるのをこらえた。ジュピターは急に自分の靴《くつ》が気になったふりをして、見ないようにしていてくれた。

「ぼくといっしょに帰ろう」やがてジュピターは静《しず》かに言った。「お願《ねが》いだ。きみのおばあさんが言ったとおりだ。ここは安全じゃない。デュカリオンに帰ろう。いまはあそこがきみの家だ。ぼくたちは家族なんだ——ぼく、ジャック、フェン、そしてほかの人たち。きみはぼくたちの一員なんだよ」

「〈輝かしき結社《ワンダラス・ソサエティ》〉の審査《しんさ》に落ちて、追い出されるまでは」モリガンは鼻をすすった。「あなたが反逆罪《はんぎゃくざい》で逮捕《たいほ》されるまでは」

「前にも言ったとおり、それはそうなったときに考えよう」

モリガンはすっかり涙《なみだ》が乾《かわ》くまで、何度も顔をぬぐった。「〈クモの糸線〉はどこから乗るの？」

「どこからでもないよ」ジュピターはほっとしてうれしそうに顔を輝《かがや》かせると、モリガンの背中《せなか》をぽんぽんと叩《たた》いた。モリガンは弱々《よわよわ》しく笑《わら》った。「列車のほうから来てくれる。錨《いかり》はそのためにあるんだ。まずどこかに錨《いかり》をおろしてからでなくては、絶対《ぜったい》に〈クモの糸線〉に乗ってはいけないよ」

「なにを言っているの？　錨《いかり》ってなに？」

「きみがプラットホームに置《お》いてきたものだよ」ジュピターはにやりとした。「出発するときにあそこに残《のこ》してきた、大切なものだ。目に見えない〈クモの糸〉できみをネバームーアにつないでいる。きみを連《つ》れ帰るのを待っているんだ。わかるかい？」

モリガンはつかの間考えた。「それって……傘《かさ》のこと？」

ジュピターはうなずいた。「目を閉《と》じて、手すりにかかっているところをできるだけはっきりと思い浮《う》かべるんだ。細かいところまで。そのイメージをしっかりと持っているんだよ、モグ。できた？」

モリガンは目を閉《と》じて、傘《かさ》を思い浮《う》かべた。つややかなオイルスキンの傘地《かさじ》、銀の線細工の持ち手、小さなオパールの鳥。「うん」

「しっかり思い浮《う》かべているんだよ」

「わかった」

ジュピターの暖《あたた》かい手がモリガンの手を包《つつ》んだ。遠くから列車の音が聞こえてきた。

ホテル・デュカリオンのロビーはいつものように暖《あたた》かかった。たくさんの枕《まくら》とふわふわの布《ふ》団《とん》のことを考えながら自分の部屋へと歩いていると、疲労《ひろう》が脚《あし》にからみついてくるようだった。暖炉《だんろ》の火は消えていないと、どういうわけかわかっていた。

寝室《しんしつ》のドアを開けようとしたとき、骨《ほね》ばった冷《つめ》たい手がモリガンの腕《うで》をつかんだ。モリガンはぎくりとして、飛《と》びのいた。

「あ！　びっくりした。デイム・チャンダー」

「驚《おどろ》かせるつもりじゃなかったのよ。わたしも部屋に戻《もど》るところなの。わたしたちふたりとも宵《よい》っ張《ぱ》りね。クリスマスのごちそうをたっぷりいただいたせいで、あなたも眠《ねむ》れないのね？」

モリガンはぎこちなく笑《わら》った。ケジャリーとデイム・チャンダーのあの腹立《はらだ》たしい会話の一部が、まだ聞こえる気がした。デュカリオンで失敗《しっぱい》したとしても、たいして問題にはならなかったでしょうしね。「ええ、まあ」

「実は眠《ねむ》れなかったから、古い本や記録《きろく》をちょっと探《さが》してみたのよ」デイム・チャンダーはくしゃくしゃになった一枚《いちまい》の紙を取り出し、そっとしわを伸《の》ばした。「あなたが見たがるんじゃないかと思ったの。わたしにもそういうところがあるのよ。もちろん最近《さいきん》のものじゃないわ。彼《かれ》が二〇代か三〇代のころでしょうね。いまは優《ゆう》に一〇〇歳は超《こ》えているから。ハンサムな若《わか》者《もの》よね、悪名高きエズラ・スコール。そんなこと大声では言えないけれど。お願《ねが》いだから、わたしが大量殺人者《たいりょうさつじんしゃ》をハンサムって言ったことはだれにも言わないでちょうだいね。たいまつと大きな熊手《くまで》を持った人たちに追いかけられるのはごめんだもの」デイム・チャンダーは秘密《ひみつ》めかしてモリガンに微笑《ほほえ》みかけた。「これはあげるわ。元の油絵を写真に撮《と》ったものよ。あなたがネバームーアの歴史《れきし》に興味《きょうみ》を持ってくれてうれしいわ。このころは、とりわけおそろしい時期だったけれどね。おやすみなさい、ミス・モリガン。クリスマスおめでとう」デイム・チャンダーはモリガンの手をぎゅっと握《にぎ》ると、まるで〈輝かしき結社《ワンダラス・ソサエティ》〉に入るチャンスのないかわいそうな少女になにかしてあげたいとでもいうように、やさしそうなまなざしでしばらく彼《かの》女《じょ》を見つめてからその場を去っていった。

けれど今回ばかりは、モリガンの頭から審査《しんさ》のことは消えていた。言葉を失《うしな》っていた。喉《のど》をしめつけられている気がした。

その絵のなかの男性《だんせい》はおだやかに微笑《ほほえ》んでいた。灰色《はいいろ》がかった茶色の髪《かみ》をうしろに撫《な》でつけ、いかにも高価《こうか》そうな古風なスーツはしわひとつない。黒い目、透《す》き通りそうなくらい白い肌《はだ》、ピンク色の薄《うす》い唇《くちびる》、角ばった顔つき、どれも最後《さいご》に見たとおりだ。そしてあの傷《きず》。片方《かたほう》の眉《まゆ》の中央を横切る、細い白い線……その傷《きず》なら知っていた。この男なら知っていた。

ミスター・ジョーンズだった。

第二〇章
失踪《しっそう》

クリスマスから数日のうちに、ネバームーアを覆《おお》っていた雪の白い毛布《もうふ》はべちゃべちゃした灰色《はいいろ》のぬかるみに変《か》わった。雨がホテル・デュカリオンの窓《まど》を打っている。クリスマス前の陽気な空気はどんよりしたものに変《か》わり、刻々《こっこく》と時がすぎるごとに、この一年、モリガンがずっと恐《おそ》れていたもの――〈特技披露審査《とくぎひろうしんさ》〉――が近づいてきていた。

けれど信《しん》じられないことに、いまのモリガンにとって〈特技披露審査《とくぎひろうしんさ》〉は一番の心配ごとではなかった。

クリスマスからの二日間、モリガンはエズラ・スコールとミスター・ジョーンズのことをジュピターに打ち明ける勇気《ゆうき》をなんとかかき集めようとしていた。けれど、スコールの写真を手が白くなるほど握《にぎ》りしめて、ジュピターの部屋のドアをノックしようとするたびに、勇気《ゆうき》はどこかへ逃《に》げていった。

ジュピターに打ち明けたくてたまらなかった。けれど、なんて言えばいい？　どうすれば説《せつ》明《めい》できる？　どう思う、ジュピター？　この世に存在《そんざい》したもっとも邪悪《じゃあく》な男は、あたしがすばらしい弟子になると思ったのよ。この何か月か、ネバームーアまであたしに会いに来ていたの。つまりあたしはこの町全体を危険《きけん》にさらしていたってこと。あなたに話さなかったばかりに。

いまはとにかくホーソーンと話がしたかった。おそろしい真実がぶくぶくと泡立《あわだ》って、いまにも溶岩《ようがん》のようにふき出しそうになったころ、ようやくホーソーンはハイランドから帰ってきた。

「まちがいない？」ホーソーンは写真をじっと見つめた。いちるの望《のぞ》みにしがみつくように言った。「彼《かれ》のおじいさんとか？」

モリガンはいらいらして、その日の午後一〇〇回めくらいに天井《てんじょう》を仰《あお》いだ。あれからほとんど眠《ねむ》っていないうえ、部屋のなかをずっと行ったり来たりしていたから床《ゆか》に溝《みぞ》ができそうだ（寝室《しんしつ》はそのことを面白がっているらしく、壁《かべ》と壁《かべ》の距離《きょり》をどんどん離《はな》していたから、向きを変《か》えるごとに歩く距離《きょり》が長くなった）。

「言ったよね——彼《かれ》だってば。絶対《ぜったい》におなじ人。おなじ傷《きず》があるし、唇《くちびる》の上におなじしみがある。鼻もなにもかもおなじ。これがミスター・ジョーンズじゃなかったら、あたしはモリガン・クロウじゃない」

「でもそれじゃあどうして彼《かれ》は自分の助手のふりをしていたんだ？」

「ほぼ一〇〇年前にこの肖像画《しょうぞうが》が描《えが》かれてから、まったく年を取っていないからだと思う」モリガンは写真をホーソーンの鼻の前に突《つ》きつけた。「よく見てよ。ハロウマスの日にあなただって会ってるじゃない――よく見て」

ホーソーンは唇《くちびる》を結《むす》び、写真を顔から遠ざけてしげしげとながめた。やがて深々《ふかぶか》と息を吐《は》きながら、仕方なさそうにうなずいた。「彼《かれ》だ。まちがいない。この傷《きず》――」

「そういうこと」

ホーソーンは顔をしかめた。「でもデイム・チャンダーは彼《かれ》が――」

「フリー・ステートから追放されたって言っていた。古代の魔法《まほう》で町そのものが彼《かれ》を入らせないようにしてるって、ケジャリーは言った」

「そうだ。それに国境《こっきょう》を警備《けいび》している人たちはどうなんだ？〈空中部隊《ぶたい》〉や〈ロイヤル魔術《まじゅつ》委員会〉や〈魔女同盟《まじょどうめい》〉。だれもあそこをすり抜《ぬ》けることなんてできないよ。たとえ〈ワンダー細工師《さいくし》〉だって」

モリガンは肘《ひじ》掛け椅子《いす》にどさりと座《すわ》りこみ、クッションを胸《むね》にかかえた。「でもミスター・ジョーンズ――スコール――はここにいたんだよ、ホーソーン。見たんだもの。あなただって見てる。全然《ぜんぜん》わけがわからない」

ふたりは窓《まど》ガラスを叩《たた》く雨の音を聞きながら、しばらくだまって座《すわ》っていた。日が暮《く》れかかっていた。

ホーソーンがため息をついた。「もう帰らないと。暗くなる前に帰るって、父さんに約束《やくそく》したんだ。〈特技披露審査《とくぎひろうしんさ》〉は明日だよ――忘《わす》れないようにしないと」ホーソーンは半分冗談《じょうだん》で言った。結社《けっしゃ》に入るための最終審査《さいしゅうしんさ》のことを忘《わす》れられるみたいに。もう何か月も夢《ゆめ》に見てうなされていたその日をモリガンが忘《わす》れられるみたいに。

重苦しい沈黙《ちんもく》のなか、ホーソーンは長いあいだモリガンを見つめていた。「モリガン、やっぱり――」

「わかってる」モリガンは薄暗《うすぐら》い窓《まど》の外に顔を向けて、静《しず》かに言った。「ジュピターに話さなきゃいけない」


モリガンはジュピターの書斎《しょさい》のドアをおそるおそるノックした。

「なんだい？」返ってきたのは、ジュピターのものではない声だった。ドアを開けると、フェネストラが暖炉《だんろ》の前の敷物《しきもの》の上で伸《の》びをしていた。フェネストラは大きくあくびをすると、眠《ねむ》たそうな黄色い目をモリガンに向けた。「なんの用だい？」

「彼《かれ》はどこ？　会わなきゃいけない。緊急《きんきゅう》なの」

「だれに？」

「ジュピター」モリガンはいらだちを隠《かく》そうともしなかった。

「ここにはいないよ」

「見ればわかる」モリガンは空っぽの部屋を示《しめ》した。「どこにいるの？　〈煙《けむり》の応接室《おうせつしつ》〉？　食堂《しょくどう》？　フェン、大事なことなの」

「ジュピターはここ、に、はいない。ホテルにいない」

「え？」

「出かけた」

モリガンの心臓《しんぞう》が喉《のど》までせりあがってきた。「どこに出かけたの？」

フェネストラは肩《かた》をすくめ、肉球をなめた。「さあねえ」

「いつ戻《もど》るの？」

「言ってなかったね」

「でも――最後《さいご》の審査《しんさ》は明日なのに」モリガンの声がうわずった。「それまでには戻《もど》ってくるよね？」

フェネストラはごろりと横になると、敷物《しきもの》に爪《つめ》を立て、それからものうげに耳をかいた。

モリガンはぞっとした。ジュピターが出かけたときは、数時間で戻《もど》ることもあるけれど、数日、ときには数週間も留守《るす》にすることもある。いつ帰ってくるのか、だれも知らなかった。〈特技披露審査《とくぎひろうしんさ》〉までに帰ってこなかったらと思うと、冷《つめ》たい恐怖《きょうふ》で胸《むね》がいっぱいになった。

ジュピターは約束《やくそく》した。約束した。

ネバームーア・バザールに連《つ》れていくって約束《やくそく》したみたいに。頭のなかで小さくささやく声がした。結局《けっきょく》、どうなった？

でもこれはちがう。これは審査だ。一番大事な審査《しんさ》――彼《かれ》がどうにかすると約束《やくそく》した審査《しんさ》。

モリガンはなにも考えなくていいと言っていた審査《しんさ》。その言葉どおり、モリガンはできるだけ考えないようにしてきた。なのに、どうすればいい？　ひとりでは審査《しんさ》を受けられない。自分の天賦《てんぷ》の才がなんなのかすら知らないのだ。

「フェネストラ、お願《ねが》い！」モリガンの叫《さけ》ぶような声に、フェネストラは視線《しせん》を彼女《かのじょ》に向けた。「彼《かれ》はなにをしているの？　どこに行ったの？」

「なにか大切な仕事があるって言っていたね。それしか知らないよ」

モリガンの心は沈《しず》んだ。あたしの人生で一番大切な日よりも大切なこと？　約束《やくそく》を守るより大切なこと？

不意《ふい》打ちを食わされた気分だった。思いもかけなかった恐怖《きょうふ》に襲《おそ》われて、そもそもどうしてジュピターを探《さが》していたのかはすっかり頭から消えていた。

あたしはひとりだ。ジュピターのいないところで〈特技披露審査《とくぎひろうしんさ》〉を受けなくてはいけない。あたしはひ、ひ、ひとりだ。

モリガンは暖炉《だんろ》のそばの革《かわ》の肘掛《ひじか》け椅子《いす》にぐったりと座《すわ》りこんだ。からだ全体が鉛《なまり》になった気がした。

フェネストラが突然《とつぜん》立ちあがってモリガンの前にやってくると、その押《お》しつぶしたような大きな顔が彼女《かのじょ》の目の高さになるようにからだをかがめた。「あんたの審査《しんさ》にはいっしょに行くってジュピターは言ったのかい？」

モリガンは涙《なみだ》がこみあげるのを感じた。「うん。でも――」

「彼《かれ》がなんとかするって言ったのかい？」

「うん。でも――」

「なにもかも大丈夫《だいじょうぶ》だって言ったのかい？」

モリガンの頰《ほお》を熱《あつ》い涙《なみだ》が伝《つた》った。「うん。でも――」

「それなら問題ないね」大きな琥珀色《こはくいろ》の目でゆっくりとまばたきをすると、フェネストラは一度だけうなずいた。「あんたの審査《しんさ》までには帰ってくるよ。彼《かれ》がなんとかしてくれる。なにもかも大丈夫《だいじょうぶ》だ」

モリガンは洟《はな》をすすり、シャツの袖《そで》で鼻をぬぐった。ぎゅっと目をつぶって、首を振《ふ》った。

「どうしてわかるの？」

「ジュピターはあたしの友だちだからね。友だちのことはわかっている」

フェネストラはそのあとしばらくなにも言わなかったので、立ったまま寝《ね》てしまったのかとモリガンは思った。するとなにか温かくて、湿《しめ》っていて、ざらざらしたものが顔の右側《みぎがわ》全体をぺろりとなめるのを感じた。もう一度洟《はな》をすすると、フェネストラが大きな灰色《はいいろ》の頭を親しみをこめてモリガンの肩《かた》にこすりつけた。

「ありがとう、フェン」モリガンは小さな声で言った。フェネストラはドアのほうへとゆっくり歩いていく。「フェン？」

「ん？」

「あなたの唾《つば》はサーディンのにおいがした」

「そうだろうね。あたしは猫《ねこ》だからね」

「あたしの顔までサーディンのにおいになってる」

「どうでもいいことさ。あたしは猫だから」

「おやすみなさい、フェン」

「おやすみ、モリガン」

第二一章

〈特技披露審査《とくぎひろうしんさ》〉

「あ、綿菓子《わたがし》だ」ホーソーンは、トロル競技場《きょうぎじょう》の制服を着た従業員《じゅうぎょういん》がお菓子《かし》を売っているのを見つけて言った。「ほしい？　おばあちゃんから、クリスマスのお小遣《こづか》いをもらったんだ」

モリガンは首を振《ふ》った。もともと胃《い》はそれほど大きなほうではないのに、いまはそこも不安《ふあん》と吐《は》き気と、今日が人生最悪《さいあく》の屈辱的《くつじょくてき》な日になるという確信《かくしん》でいっぱいだ。「不安《ふあん》じゃないの？」

ホーソーンは綿菓子《わたがし》をたっぷりと歯でちぎりながら、肩《かた》をすくめた。「ちょっとはそうかな。でも、今日はべつに新しい技《わざ》をするわけじゃないから。ぼくの一番得意《とくい》なことだけにしたほうがいいって、ナンは考えてる。どのドラゴンに乗るのかを自分で選《えら》べたらいいんだけどね」

「自分のドラゴンに乗るんじゃないの？」

ホーソーンは短い笑《わら》い声をあげた。「自分のドラゴン？　頭がどうかしたんじゃない？　自分のドラゴンなんて持ってないよ。どこの親が子供《こども》にドラゴンを買えるっていうんだ？」指についたべたべたするピンク色の綿菓子《わたがし》をなめながら、ホーソーンが言った。「技《わざ》をするときは、〈ジュニアドラゴン乗り連盟《れんめい》〉のすごく軽いドラゴンに乗るんだ。たいていは、『捨《す》てられたお菓子《かし》の包装紙《ほうそうし》みたいに軽々《かるがる》と飛《と》ぶ風の背中《せなか》』か、『海を漂《ただよ》う油膜《ゆまく》のような太陽のきらめき』かな。一番よく訓練《くんれん》されているのは『油膜《ゆまく》』だけど、『お菓子《かし》の包装紙《ほうそうし》』のほうがずっと勇敢《ゆうかん》なんだ。急降下《きゅうこうか》のあと急上昇《きゅうじょうしょう》するのが上手なんだよ」

「どうしてそのどっちかに乗らないの？」

「結社《けっしゃ》がどんなものか、きみだってわかっているだろう？」モリガンは、共和国《きょうわこく》育ちだからわからないとは言わなかった。「自分たちのドラゴンのほうが、連盟《れんめい》のドラゴンより優秀《ゆうしゅう》だって思っているのさ。反論《はんろん》しないほうがいいってナンが言うんだ。せめて、ハイランド種じゃないといいんだけどなぁ。あいつら、すごくでかいんだよ。ちゃんと方向転換《てんかん》できた例《ため》しがないんだ。おっと、はじまるぞ」

長老《ちょうろう》たちがトロル競技場《きょうぎじょう》に入ってくるのをながめながら、ついいにとモリガンは心のなかでつぶやいた。観客席《かんきゃくせき》から歓声《かんせい》があがる。クイン長老《ちょうろう》が手をあげてそれをだまらせ、マイクに向かって口を開いた。

「ユニット九一九のための〈輝かしき結社《ワンダラス・ソサエティ》〉の最終審査《さいしゅうしんさ》にようこそ」

再《ふたた》び歓声《かんせい》。耳鳴りがするほどだ。競技場《きょうぎじょう》はこれまで残《のこ》っている候補者《こうほしゃ》だけでなく、その後援者《こうえんしゃ》、新しい才能《さいのう》を自分の目で見届《みとど》けようとする結社《けっしゃ》のほかのメンバー、そしてもちろん友人や家族たちでいっぱいだった。ホーソーンの両親もどこかにいるはずだ。そしてモリガンを応援《おうえん》するために――とても意外だったけれど、心がじんとした――わざわざこの週末《しゅうまつ》に戻《もど》ってきたジャックも。トロル競技場《きょうぎじょう》にはお祭りのような空気が漂《ただよ》っていた。まるで今日は普通《ふつう》の外出日で、互《たが》いの頭を殴《なぐ》り合うふたりのトロルを観戦《かんせん》しようとしているかのようだ。

「名誉《めいよ》ある結社《けっしゃ》のメンバーのみなさん、ようこそ。後援者《こうえんしゃ》のみなさん、ようこそ。そしてなにより、多くの困難《こんなん》を乗り越《こ》えてここまで残《のこ》った七五名の勇敢《ゆうかん》な候補者《こうほしゃ》のみなさんを心から歓迎《かんげい》します。仲間《なかま》の長老《ちょうろう》たちもわたくしも、あなたがたをとても誇《ほこ》らしく思います。

みなさんには、審査《しんさ》の順番《じゅんばん》を決定する番号が無作為《むさくい》に割《わ》り当てられています。係員が五人ごとにあなたがたを迎《むか》えに行きますから、番号が呼《よ》ばれたら速やかにその場から立ち、係員のあとについてゲートに向かってください。後援者《こうえんしゃ》がそこで待っていますから、いっしょにアリーナに入ってください」

「運がよければね」モリガンがつぶやき、ホーソーンが鼻を鳴らしながら、気の毒《どく》そうな笑《え》みを彼女《かのじょ》に向けた。ホーソーンは一一番目だが、モリガンに割《わ》り当てられた番号は七三だった。最初《さいしょ》はついていないと思った。それだけ長く不安《ふあん》を抱《かか》えて待たなければならないからだ。けれどホーソーンが言うとおり、順番《じゅんばん》が遅《おそ》ければ遅《おそ》いほど、ジュピターが間に合うように来てくれる可能性《かのうせい》は高くなる。

「審査《しんさ》が終わったあとで」クイン長老《ちょうろう》が言葉を継《つ》いだ。「上位《じょうい》九名のうちに入っていれば、あなたがたの名前が順位表《じゅんいひょう》に表示《ひょうじ》されます。入っていないときは……新天地での成功《せいこう》と幸運を祈《いの》ることになります。がんばってください、みなさん。さあ、はじめましょう」

アリーナに入ってきたひとりめの候補者《こうほしゃ》は、ダスティ・ジャンクションのディナ・キルバーンだった。彼女《かのじょ》が待っているあいだに、後援者《こうえんしゃ》がせっせと椅子《いす》やテーブルやはしごを積《つ》みあげて、間に合わせのジャングルジムのようなものを作った。

ディナはすばらしかった。身軽にするするとジャングルジムをのぼっていき、見事なアクロバットを披露《ひろう》する。けれどモリガンはあるものを見つけてショックを受けた。

「猿？」

ホーソーンはぷっとふきだしたあと、うしろめたそうにあたりを見まわした。「モリガン、そんなことを言っちゃだめだ。本物の猿《さる》じゃないんだから。ただ尻尾《しっぽ》があるだけだ」

ディナはひとつのタワーからべつのタワーへとひらりと飛《と》び移《うつ》ったり、てっぺんでバランスを取ったり、尻尾《しっぽ》でさかさまにぶらさがったりしたあと、完璧《かんぺき》な着地を見せた。だが長老《ちょうろう》たちは一分もしないうちに採点《さいてん》を終え、トロル競技場《きょうぎじょう》から出ていくようにとディナをうながした。

順位表《じゅんいひょう》に彼女《かのじょ》の名前がのることはなかった。ディナはがっくりと肩《かた》を落とした。

「わお」ホーソーンは縮《ちぢ》みあがった。「厳《きび》しいな」

モリガンは困惑《こんわく》していた。長老《ちょうろう》たちはなにを求《もと》めているの？　どんな人間が〈輝かしき結社《ワンダラス・ソサエティ》〉にふさわしいと考えているの？　知っている数少ない結社《けっしゃ》のメンバーを思い浮《う》かべてみた。ジュピターは、ほかのだれにも見えないものを見ることができる。デイム・チャンダー・カーリーは賞《しょう》を取っているオペラ歌手で、森の小型《こがた》動物を集めることができる。一一歳《さい》だったころのふたりは、猿《さる》の尻尾《しっぽ》を持ったすばらしい曲芸師《きょくげいし》のディナ・キルバーンよりも、もっと見事な技《わざ》を持っていたの？　それとも長老《ちょうろう》たちはなにかもっとちがうものを探《さが》しているのだろうか？〈輝かしき結社《ワンダラス・ソサエティ》〉のメンバーに必要《ひつよう》な、言葉では説明《せつめい》できない能力《のうりょく》とか？

その後は低調《ていちょう》だった。

つづく四人の候補者《こうほしゃ》――風景《ふうけい》画家、ハードル選手《せんしゅ》、奇術師《きじゅつし》、ウクレレを演奏《えんそう》した少年――はいずれも、上位《じょうい》九人に入ることができなかった。二番めのグループが集められたとき、順位表《じゅんいひょう》はまだ空欄《くうらん》のままだった。

それどころか、九番目の候補者《こうほしゃ》シェファード・ジョーンズ――犬と話ができるという少年――の番になるまで、そこにはだれの名前も記されることはなかった。シェファードは、大型《おおがた》、小型《こがた》取りまぜた一ダースの犬を相手に、すばらしい芸《げい》を披露《ひろう》した。彼《かれ》の指示《しじ》に従《したが》って犬たちがジャンプして輪《わ》をくぐったり、立ちあがってうしろ向きに歩いたり、ダンスをしたりするのを見て、観客《かんきゃく》たちは拍手喝采《はくしゅかっさい》を送った。けれど長老《ちょうろう》たちは疑《うたが》っている様子だった。

「一匹《いっぴき》をわたしのところによこしなさい」クイン長老《ちょうろう》が命じた。シェファードが青い牧畜犬《ぼくちくけん》になにごとかをささやくと、犬は観客席《かんきゃくせき》のクイン長老《ちょうろう》のところに駆《か》けていった。クイン長老《ちょうろう》はハンドバッグの中身を犬に見せてから、シェファードのもとに返した。「犬が見たものを教えてください」

シェファードは膝《ひざ》をつき、犬と手短に言葉を交わした。「小銭《こぜに》入れ、ハムサンドイッチ、傘《かさ》、口紅《くちべに》、丸めた新聞紙、読書用メガネ、鉛筆《えんぴつ》です」犬がもう一度ほえた。「あ、それからチーズ」

クイン長老《ちょうろう》はうなずき、観客《かんきゃく》が拍手《はくしゅ》した。

犬が二度、ほえた。シェファードは恥《は》ずかしそうにクイン長老《ちょうろう》を見あげた。「その――ハムサンドイッチをもらえないかって、彼《かれ》が言っているんですけど」

クイン長老《ちょうろう》はにこやかに微笑《ほほえ》むと、シェファードにサンドイッチを放《ほお》った。「どうぞ。チーズもあげましょう」

犬は小さくくーんと鳴いてから、三度ほえた。シェファードの顔が赤くそまった。「そんなことは言えないよ」小さくつぶやいた。

「彼《かれ》はなんと言ったんだね？」ウォン長老《ちょうろう》が訊《き》いた。

シェファード・ジョーンズは地面を見つめながら、頭をぼりぼりとかいた。「チーズを食べると便秘《べんぴ》になるって言っています」

シェファード・ジョーンズは順位表《じゅんいひょう》に名前がのった最初《さいしょ》の候補者《こうほしゃ》になった。トロル競技場《きょうぎじょう》の両側《りょうがわ》にあるふたつの大きなスクリーンにシェファード・ジョーンズの名前が表示《ひょうじ》されると、観客《かんきゃく》は歓声《かんせい》をあげた。

だが一〇人目の候補者《こうほしゃ》――ミラドール・ウェストという少女は一一分のあいだに見事な帽子《ぼうし》を三つ作り、それぞれを長老《ちょうろう》たちに贈《おく》った――は、名前を残《のこ》すことはできなかった。

つぎはホーソーンの番だ。つぎのグループの五人がアリーナに向かうのを見ながら、モリガンは彼《かれ》の幸運を祈《いの》った。頭のてっぺんから爪先《つまさき》まで柔《やわ》らかい茶色の革《かわ》の衣装《いしょう》に身を包《つつ》んだホーソーンは、ナン・ドーソンが彼《かれ》を紹介《しょうかい》しているあいだに（〝ネバームーアのホーソーン・スウイフトです！〟〉むこうずね当てと手首のサポーターとヘルメットをつけた。〈輝かしき結社《ワンダラス・ソサエティ》〉のドラゴン使いが、玉虫色のうろこと宝石《ほうせき》のように輝《かがや》く長い尾《お》を持った六メートルの高さのドラゴンをつれてくると、観客《かんきゃく》は息をのんだ。

　モリガンももちろん、写真でなら見たことがあった。（ドラゴンは危険度《きけんど》A級最上位捕食《さいじょういほしょく》生物で、共和国《きょうわこく》の自然《しぜん》の均衡《きんこう》を壊《こわ》す危険《きけん》生物だと考えられていた。除去《じょきょ》シーズンには、ドラゴンの巣《す》を破壊《はかい》したとか、もしくはドラゴンに顔を焼《や》かれたといった〈危険《きけん》野生生物根絶局《こんぜつきょく》〉のニュースがしばしば見出しを飾《かざ》った）けれど本物とは比較《ひかく》にならなかった。訓練《くんれん》中にだれかをつれていくことは禁《きん》じられていたから、ホーソーンは夜中にこっそりドラゴンの厩舎《きゅうしゃ》に行こうと何度かモリガンを誘《さそ》った。けれどジュピターが許《ゆる》さなかった。モリガンの手足が胴体《どうたい》についたままでいてほしかったからだ。

　ドラゴンは細長い鼻の穴《あな》から蒸気《じょうき》が出そうなほど熱《あつ》い息を吐《は》き出しながら、左から右へと頭を振《ふ》った。観客《かんきゃく》たちは椅子《いす》の上でからだをのけぞらせた。

　ひとつまちがえば、全身かりかりに焦《こ》げてしまうというのに、そんな生き物のそばにいてもホーソーンはまったく動じなかった。時間をかけてドラゴンと知り合いになり、彼《かれ》の存在《そんざい》に慣《な》れてもらおうとしている。ドラゴンの脇腹《わきばら》をやさしく、けれどしっかりとした手つきで叩《たた》いた。ドラゴンは炎《ほのお》のようなオレンジ色の片方《かたほう》の目で、じっとホーソーンを見つめていた。

　ホーソーンはドラゴンのざらざらしたうろこに手を触《ふ》れたまま、反対側《はんたいがわ》に移動《いどう》した。そうすれば彼《かれ》がどこにいるかがわかるから、ドラゴンを驚《おどろ》かせずにすむ。モリガンはクロウの屋敷《やしき》で、父親の馬車馬を相手に馬丁がおなじようにしているのを見たことがあった。長老《ちょうろう》たちは身を乗りだし、ホーソーンとドラゴンの無言《むごん》のやりとりをながめていた。ウォン長老《ちょうろう》はとりわけ興味《きょうみ》を引かれたらしく、クイン長老《ちょうろう》をつつきながら耳元でなにかをささやいていた。

ホーソーンは〈輝かしき結社《ワンダラス・ソサエティ》〉のドラゴン使いから大きな生肉の塊《かたまり》を受け取り、ドラゴンに与《あた》えた。今度は首のあたりをさっきよりも乱暴《らんぼう》に叩《たた》いたかと思うと、ついに――なんのためらいもなく――ひらりと飛《と》びあがって、ドラゴンの肩甲骨《けんこうこつ》のあいだに取りつけられていた鞍《くら》にまたがった。ホーソーンが革《かわ》の手綱《たづな》をぴしりと打って前かがみになると、巨大《きょだい》な緑色の爬虫類《はちゅうるい》は翼《つばさ》をはばたかせ、空へと舞《ま》いあがった。

ホーソーンとドラゴンはアリーナの上空でひとつ大きな円を描《えが》いてから、本格的《ほんかくてき》に技《わざ》を開始した。ホーソーンが大きな声でなにかを命令《めいれい》し、ドラゴンの脇腹《わきばら》にかかとを食いこませたのが合図だった。何度か宙返《ちゅうがえ》りをしたあと、観客席《かんきゃくせき》すれすれを飛《と》び、地面に向かって急降下《きゅうこうか》してきたかと思うと、激突寸前《げきとつすんぜん》で引き返す。翼《つばさ》を大きく広げたドラゴンの背中《せなか》で、ホーソーンもまるで自分が飛《と》んでいるかのように両手を広げ、一直線に飛《と》んでいく。ホーソーンが不意《ふい》に鞍《くら》に腰《こし》をおろして命令《めいれい》をくだすと、ドラゴンは翼《つばさ》をたたみ、ぐるりと三六〇度回転してから再《ふたた》び翼《つばさ》を広げた。少しも高度は落ちていなかった。

モリガンはこんなホーソーンを見たことがなかった。まるでそのために生まれてきたかのように、自信《じしん》たっぷりにドラゴンを扱《あつか》っている。胸《むね》を張《は》り、まっすぐ前を見つめて。堂々《どうどう》とドラゴンに命令《めいれい》をくだすさまは、自分のからだの一部を扱《あつか》っているようだ。ナン・ドーソンの言葉どおりの英雄《えいゆう》だった。

観客《かんきゃく》の反応《はんのう》もそれを裏《うら》づけていた。だれもが——長老《ちょうろう》たちを含《ふく》め——ホーソーンに心を奪《うば》われていた。彼《かれ》が急降下《きゅうこうか》してくると息をのんで悲鳴をあげ、再《ふた》び急上昇《きゅうじょうしょう》したり、頭上からほんの数センチのところを滑空《かっくう》したりしたときには、歓声《かんせい》をあげた。

モリガンは、友人の才能《さいのう》に驚嘆《きょうたん》していた。ホーソーンの能力《のうりょく》を信《しん》じていなかったわけではないけれど、落ち着き払《はら》ったすばらしいドラゴン乗りと、脇《わき》の下を使っておならの音を出す方法《ほうほう》を教えてくれた少年がなかなか結びつかなかったからだ。

ホーソーンは締《し》めくくりとして、ドラゴンの炎《ほのお》の息を使って空に煙《けむり》で自分のイニシャルを書いてみせてから、アリーナにふわりと着地した。

観客《かんきゃく》と長老《ちょうろう》たちは立ちあがり、ドラゴンの背中《せなか》からおりてお辞儀《じぎ》をしたホーソーンに喝采《かっさい》を浴《あ》びせた。モリガンの歓声《かんせい》はだれよりも大きかった。

長老《ちょうろう》たちの話し合いの時間は短かったけれど、すぐに意見は一致《いっち》したらしかった。ホーソーンの名前は順位表《じゅんいひょう》の一番上に表示《ひょうじ》された。

だがその後の審査《しんさ》は再《ふた》び低調《ていちょう》になり、つづく三つのグループから順位表《じゅんいひょう》に名前が出た者はいなかった。

そしてようやく、モリガンがずっと待っていた候補者《こうほしゃ》の番がやってきた。バズ・チャールトンが〝シルバー地区のノエル・デヴロー〟と名前を告《つ》げると、宮廷《きゅうてい》にやってきた女王のような態度《たいど》でノエルがアリーナにあらわれた。一分ほど身づくろいをしたあとで、ノエルは歌いはじめた。それはあたかも天使の歌声が響《ひび》きわたり、トロル競技場《きょうぎじょう》に星屑《ほしくず》が散《ち》りばめられたかのようだった。

その歌に歌詞《かし》はなかった。メロディの雲――透《す》き通った心地のいい子守歌を聞いていると、モリガンはふわふわしたシャボン玉にすっぽりと包《つつ》まれた気がした。ざっとあたりを見まわすと、そう感じているのは自分だけでないことがわかった。ノエルの声がこのうえなく幸せな呪《じゅ》文《もん》をかけたかのように、だれもがとろんとした目をしておだやかな笑《え》みを浮《う》かべている。いつまでもこの歌がつづいてほしいとモリガンは思った。ノエルの特技《とくぎ》は息をのむほどすばらしいと認《みと》めるほかはなかった。

しゃくにさわるけれど。

ノエルが膝《ひざ》を曲げて優雅《ゆうが》にお辞儀《じぎ》をし、観客《かんきゃく》に投げキスをし、長老《ちょうろう》たちににこやかに微笑《ほほえ》みかけると、競技場《きょうぎじょう》にいる人間すべてが――モリガンも――熱狂的《ねっきょうてき》に拍手《はくしゅ》をした。ホーソーンがモリガンをつついて、おえっと吐《は》くような音を立ててみせたけれど手遅《ておく》れだった。歌が終わったとき、彼《かれ》がこっそり涙《なみだ》をぬぐったのをモリガンは見ていたから。

クイン長老《ちょうろう》が順位表《じゅんいひょう》に向かって華奢《きゃしゃ》な手を振《ふ》ると、名前が書き替《か》えられた。歌姫《うたひめ》ノエルがホーソーンにつづいて二位《い》になり、そのあとを犬使いのシェファードが追っている。一位《い》じゃなかったことにがっかりしたのか、ノエルの顔が一瞬曇《いっしゅんくも》ったが、すぐに冷静《れいせい》さを取り戻《もど》し、つんと顎《あご》をあげてアリーナを出ていった。

モリガンはお腹《なか》に重石を入れられた気がした。ノエルは結社《けっしゃ》に入るだろう。人気も才能《さいのう》もあるノエルは、ホーソーンといっしょにユニット九一九の一員になって、ふたりはきっと仲のいい友だちになる。ホーソーンはモリガンのことなどすっかり忘《わす》れてしまい、モリガンはジュピターやホテル・デュカリオンの友だちをみんなあとに残《のこ》し、ネバームーアを出ていかなくてはならない。二度と彼《かれ》らには会えないのだ。そうなるとわかっていた。その確信《かくしん》が強すぎて、落ちこんだ大きな象《ぞう》が胸《むね》の上に座《すわ》ったみたいに息ができなくなった。

ホーソーンにはモリガンの考えていることがわかっているようだった。〈落ちこんだ象《ぞう》の部分はべつとして〉

「最初《さいしょ》にやるほうが、上に行くのは簡単《かんたん》なんだ」ペパーミントソーダをずずっと吸《す》いこみながら、ホーソーンは肘《ひじ》でモリガンのあばらをつついた。「まだいっぱいいるから、ノエルはきっと落っこちるさ。ぼくも落っこちるかもしれないけどね」

ホーソーンはただ謙遜《けんそん》しているだけだとわかっていたが、それでもその言葉はうれしかった。

「残《のこ》るってわかってるくせに」彼《かれ》のあばらをつつき返す。「すばらしかったもの」

審査《しんさ》が進むにつれ、ホーソーンの予想がはずれそうなことがわかってきた。シェファードは早々《そうそう》に上位《じょうい》九人から脱落《だつらく》したが、ノエルはふたつ落ちただけだった。その上には二位《い》になったホーソーンがいて、長い演劇《えんげき》の台詞《せりふ》を三七か国語で言ってのけ、クイン長老《ちょうろう》に「完璧《かんぺき》なイントネーションね」と言わしめたマヒア・イブラヒムという少年が三位《い》に入った。

現在《げんざい》のトップはアナという名の金色の巻《ま》き毛のぽっちゃりしたかわいらしい少女で、モリガンは〈輝《かがや》かしき歓迎会《かんげいかい》〉で見かけたことを覚《おぼ》えていた。淡《あわ》い黄色のワンピースにエナメル革《かわ》の靴《くつ》を履《は》き、うしろで髪《かみ》を結んだアナは、これから日曜学校にでも行くように見えた。そのせいもあって、彼女《かのじょ》が並外《なみはず》れた能力《のうりょく》を披露《ひろう》するとはまったく予想していなかった。アナの後援者《こうえんしゃ》のスマティ・ミシュラという女性《じょせい》は、彼女《かのじょ》が人間のからだを熟知《じゅくち》していると言って自慢《じまん》した。それを証明《しょうめい》するため、スマティは自ら金属製《きんぞくせい》の手術台《しゅじゅつだい》に横たわった。アナがメスで彼女《かのじょ》のからだを切り開いて盲腸《もうちょう》を切り取り、手際《てぎわ》よく縫《ぬ》い合わせた。なにより人々《ひとびと》を驚《おどろ》かせたのが、アナはそのすべてを目隠《めかく》しして行ったということだった。

アナの名前が順位表《じゅんいひょう》の一番上に表示《ひょうじ》され、自分が四位《い》に落ちたことを知ったノエル・デヴローのがっかりした顔を見て、モリガンは心の底から満足《まんぞく》した。

候補者《こうほしゃ》たちが緊張《きんちょう》した足取りでつぎつぎとアリーナの中央に出ていき、審査《しんさ》は進んだ。厚《あつ》かましいくらい自信《じしん》たっぷりな者もいれば、アリーナの床《ゆか》がぽっかりと口を開けて自分をのみこんでくれないだろうかと思っているような者もいた。

ひとりの少女は怯《おび》え切ってひどく震《ふる》えていたので、いまにも空気中に溶《と》けてしまいそうに見えた。人前に立つ緊張《きんちょう》のせいで幽霊《ゆうれい》になってしまったみたいだ。幸いなことに、それが彼女《かのじょ》の特技《とくぎ》だった――幽霊《ゆうれい》になることが。真珠《しんじゅ》のような乳白色《にゅうはくしょく》の幽霊《ゆうれい》になった彼女《かのじょ》は日光のなかで揺《ゆ》らめきながら、実体がなくなったことを証明《しょうめい》するため、長老《ちょうろう》たちのテーブルをすり抜《ぬ》けた。観客《かんきゃく》は感心し、少女は徐々《じょじょ》に自信《じしん》を取り戻《もど》していった。

けれど残念《ざんねん》なことに、彼女《かのじょ》の能力《のうりょく》は恐怖《きょうふ》から生まれるものだったらしい。落ち着きを取り戻《もど》し、人々《ひとびと》の注目を浴《あ》びることを楽しみはじめるにつれ、そのからだは形を取り戻《もど》していった。

再《ふたた》び長老《ちょうろう》たちのテーブルをすり抜《ぬ》けようとしたときには、派手《はで》にぶつかり、ウォン長老《ちょうろう》に水さしの水をぶちまける結果《けっか》になった。彼女《かのじょ》の名前が順位表《じゅんいひょう》にのることはなかった。

そのあいだもモリガンは、みぞおちのあたりで大きくなる一方の不安《ふあん》をどうにかしておさえこもうとしていた。候補者《こうほしゃ》たちが特技《とくぎ》を披露《ひろう》する合間には、後援者《こうえんしゃ》の列をながめた。

「ジュピターはどこなの？」

「来るさ」ホーソーンはポップコーンを差《さ》し出したが、モリガンは首を振《ふ》った。「きみの最終《さいしゅう》試験《しけん》には絶対《ぜったい》に来る」

「もし間に合わなかったら？」

「間に合うよ」

「間に合わなかったら？」モリガンは観客《かんきゃく》の歓声《かんせい》に負けないように声を張《は》りあげ、おなじ言葉をくりかえした。リン・メイリンはトロル競技場《きょうぎじょう》を一二秒で一周《しゅう》したが、長老《ちょうろう》たちがやさしく手を振《ふ》って帰るようにうながすと、怒《おこ》ったように足を踏《ふ》み鳴らした。観客《かんきゃく》は気の毒《どく》そうな声をあげた。「あたしは自分の特技《とくぎ》がなんなのかさえ知らないんだよ！　ジュピターがいなかったら、どうやって審査《しんさ》を受ければいいの？」

「きっと間に合うって。もし間に合わなかったら……」ホーソーンは首を伸《の》ばして、競技場《きょうぎじょう》のなかを見まわした。「もし間に合わなかったら、ぼくがいっしょにアリーナに行くよ。そうしたら、なにか考えよう」

モリガンは片方《かたほう》の眉《まゆ》を吊《つ》りあげた。「たとえば？」

ホーソーンはポップコーンを食べながら、少しのあいだ真剣《しんけん》に考えていた。「脇《わき》の下でおならの音を出せるかい?」

太陽がトロル競技場《きょうぎじょう》の観客席《かんきゃくせき》の向こうに沈《しず》み、照明《しょうめい》が灯《とも》された。モリガンにはそれが、これだけの人の前で恥《はじ》をかく彼女《かのじょ》をくっきりと照《て》らしだすための巨大《きょだい》なスポットライトのように見えた。

順位《じゅんい》はつぎつぎと変《か》わり、上位《じょうい》九人に入っている候補者《こうほしゃ》たちは不安《ふあん》そうに順位表《じゅんいひょう》をながめた。新しい候補者《こうほしゃ》の名前がそこに記されるたびに、押《お》し出された候補者《こうほしゃ》はうめいたり、涙《なみだ》をこぼしたり、かんしゃくを爆発《ばくはつ》させたりした。

モリガンは二列下に座《すわ》っているノエルを見た。爪《つめ》をかみながら、五秒ごとに順位表《じゅんいひょう》をながめている。いま彼女《かのじょ》は七番目だった。

ノエルのすぐ上にいるのは、〈本の審査《しんさ》〉で見かけたフランシス・フィッツウィリアムという少年で、彼《かれ》は長老《ちょうろう》たちに七皿のディナーを振《ふ》る舞《ま》った。ひと皿ごとに長老《ちょうろう》たちの感情《かんじょう》はジェットコースターみたいに大きく変《か》わり、それをながめているのは妙《みょう》な気分だった。網焼《あみや》きにしたタコを食べたあとはひどい被害妄想《ひがいもうそう》に陥《おちい》り、ブルーベリーのスフレのあとはうれしくてたまらないみたいに笑《わら》いが止まらなくなった。

五番めはハイランドから来たたくましい赤毛の少女、サディア・マクリードで、大人のトロルを一対一の決闘《けっとう》で負かしてみせた。

ホーソーンは四番めに落ちていて、すぐ上にいるのがアーチャン・テイトという小柄《こがら》で天使のような顔をした少年だった。アーチャンはバイオリニストで、競技場《きょうぎじょう》の観客席《かんきゃくせき》をきびきびした足取りでまわりながら演奏《えんそう》するあいだ、一か所もまちがわなかった。とても上手な演奏《えんそう》だったけれど、長老《ちょうろう》たちは彼《かれ》を順位表《じゅんいひょう》にのせるつもりはないようだった――愛《あい》らしい顔立ちのアーチャンが本当の才能《さいのう》を明らかにするまでは。彼《かれ》はどこか恥《は》ずかしそうに笑《わら》いながら、ポケットに入っているものをずらりと並《なら》べていった。たくさんの宝石《ほうせき》や財布《さいふ》や時計は、どれもバイオリンを弾《ひ》きながら観客《かんきゃく》から盗《ぬす》んだものだ。すごい。モリガンはおおいに感心した。そのなかには、クイン長老《ちょうろう》が耳につけていたイヤリングもあった。

すりのアーチャンが自分より上になっても、ホーソーンはまったく気にしていないようだった。それどころか、アーチャンの天賦《てんぷ》の才に大喜《おおよろこ》びしている。彼《かれ》がひとつずつ持ち主に返している盗品《とうひん》の山のなかに、自分の革《かわ》のドラゴン乗り用手袋《てぶくろ》があることがわかっても、それは変《か》わらなかった。「いったい、どうやったんだろう？」ホーソーンは何度もくりかえし、そこにヒントが隠《かく》されているかのように手袋《てぶくろ》をしげしげとながめた。

〝あたしにはわからないから、もう訊《き》かないで〟と二七回めにモリガンが言おうとしたところで、ノエルの仲間《なかま》がバズ・チャールトンにつれられて競技場《きょうぎじょう》に姿《すがた》を見せた。

「あの子だ」モリガンはホーソーンをつついた。「〈恐怖《きょうふ》の審査《しんさ》〉のとき、庭園で会った子。覚《おぼ》えている？　名前はなんだっけ……？」

彼女《かのじょ》は、その日ミスター・チャールトンがつれてきた八人めの候補者《こうほしゃ》だった。そのなかでいま一番上にいるのがノエルだ。ノエルはほかの候補者《こうほしゃ》を見るときとおなじような、なんの興味《きょうみ》もないような顔で友だちを見つめていた。

ホーソーンは首を振《ふ》った。「いったいなんの話？」

「彼女《かのじょ》を覚《おぼ》えていないの？」

「だれのこと？」

バズ・チャールトンがネバームーアのカデンス・ブラックバーンを紹介《しょうかい》したが、候補者《こうほしゃ》たちは退屈《たいくつ》そうにざわついただけだったし、落ち着きのない観客《かんきゃく》たちのおしゃべりにその声はほとんどかき消されてしまっていた。けれどモリガンだけはじっと彼女《かのじょ》を見つめていた。

「カデンス！　そうよ、そんな名前だった。どうして忘《わす》れていたんだろう？」モリガンの言葉にホーソーンは肩《かた》をすくめた。

「はじめてください」クイン長老《ちょうろう》が紅茶《こうちゃ》を注ぎながら言った。審査《しんさ》は何時間もつづいていたから、長老《ちょうろう》たちも疲《つか》れを見せはじめている。ちらりと腕時計《うでどけい》を見たり、頰杖《ほおづえ》をついたり、長いあくびをしたりしていた。

バズ・チャールトンは、観客席《かんきゃくせき》の一番上にある小さな窓《まど》のついた部屋にいるだれかに合図を送った。照明《しょうめい》が落ちて競技場《きょうぎじょう》が暗くなり、大きなスクリーンに映像《えいぞう》が映《うつ》しだされた。

第二二章
催眠術師《さいみんじゅつし》

　はじまった映像《えいぞう》は見覚《みおぼ》えのあるものだった。〈輝《かがや》かしき歓迎会《かんげいかい》〉の日の〈プラウドフッド・ハウス〉の庭園だ。カメラは日当たりのいい芝生《しばふ》からデザートのビュッフェに並《なら》ぶ人々《ひとびと》を映《うつ》したあと、ふたりの人物にズームした。ノエルとカデンス。ふたりは巨大《きょだい》な緑色のゼリーの像《ぞう》の前に立っていた。それにも見覚《みおぼ》えがある。その数歩うしろにホーソーンがいて、予想どおりケーキやペストリーをお皿に山盛《やまも》りにしていた。

「趣味《しゅみ》が悪い」画面のなかのノエルが言った。顔をしかめてゼリーをつついている。「ぞっとする。いったいだれがパーティーにこんなものを出すんだか。幼稚園《ようちえん》でもないのに」

「そうね」カデンスは巨大《きょだい》な緑のゼリーを囲《かこ》むように並《なら》べられた小さなゼリーを取ろうとしていたが、ぎりぎりのところでその手を止めて、ブレッドプディングを自分のお皿によそいはじめた。

「お母さまが見たら、ひきつけを起こすわ」ノエルはカデンスに話しつづけている。「自分で食べ物を取らなきゃいけないなんて、信《しん》じられる、ケイティ？」

「カデンスよ」カデンスの顔が曇《くも》った。「忘《わす》れちゃった？」

「〈輝《ワンダラス・ソサエティ》かしき結社〉に何人の従業員《じゅうぎょういん》がいるか知っている？」ノエルはカデンスの言葉が聞こえなかったように、さらに言った。「それなのにビュッフェ？　ビュッフェは貧《まず》しい人たちのものだってこと、知らないのかしら」

カデンスの目のなかで、ほんの一瞬《いっしゅん》なにかが揺《ゆ》らめいた。「ええ、そうね」急に自信《じしん》が持てなくなったみたいに、スプーンを持つ手が止まった。

「そんなの食べないで。行きましょう」ノエルはテーブルの真ん中に自分のお皿を置《お》くと、ブレッドプディングの乗ったお皿をカデンスの手から奪《うば》い取り、おいしそうなチョコレートファッジケーキの上にさかさまにして置《お》いた。カデンスがついてくることを疑《うたが》いもせずに、さっさとテントを出ていった。

カデンスは台無《だいな》しになったプディングを名残惜《なごりお》しそうにちらりと見てから、大きく息を吸《す》った。いきなり振《ふ》り返って、最初《さいしょ》からふたりのやりとりを聞いて笑《わら》いをこらえていたホーソーンの顔を見た。

カデンスはホーソーンに近づくと、〈本の審査《しんさ》〉で双子《ふたご》に話しかけたときや、〈追跡審査《ついせきしんさ》〉で結社《けっしゃ》の係員に訴《うった》えたときとおなじ、あの抑揚《よくよう》のないしゃがれた声で言った。

「だれかが彼女《かのじょ》の頭の上にあの大きな緑色のゼリーを落とすべきだとは思わない？」

ホーソーンは真面目な顔でうなずいた。

モリガンは隣《となり》に座《すわ》っている本物のホーソーンを見た。わけがわからないといった顔をしている。「覚《おぼ》えてないよ」

場面は、〈プラウドフッド・ハウス〉の建物《たてもの》の前の階段《かいだん》に集まっているノエル、カデンス、ほかの子供《こども》たち——モリガンもいた——に変《か》わった。ところどころ、緑色の木の葉に邪魔《じゃま》されている。木の陰《かげ》から撮影《さつえい》していたのだろうとモリガンは思った。

「それがあなたの天賦《てんぷ》の才？」画面のなかのノエルがモリガンに言った。「大きな口をきくことが？」

スクリーンのなかのカデンスはがまんできずにくすくすと笑《わら》っていた。けれどそれは、あのときモリガンが思ったみたいに、ノエルの意地悪さを楽しんでいるのではなかった。ちらちらと上を見ている。その視線《しせん》の先には、ホーソーンがゼリーを落とそうとして身構《みがま》えている窓《まど》があった。カデンスは、これからノエルに起きようとしていることを思って笑《わら》っていた。

「てっきりひどい格好《かっこう》をすることか、どぶねずみみたいに醜《みにく》いことがそうなのかと思ったわ」

トロル競技場《きょうぎじょう》の観客席《かんきゃくせき》にいる本物のモリガンは顔が真っ赤になった。十数人の知らない人たちの前ではじめてこう言われたときも恥《は》ずかしくてたまらなかったけれど、こうやって何百人もの人がいるところで聞くのは、ほとんど拷問《ごうもん》だった。モリガンは消えてしまいたいと思いながら、椅子《いす》の上で小さくなった。

映像《えいぞう》はモリガンの記憶《きおく》どおりに進んでいき、ホーソーンの落としたゼリーが見事にノエルの頭を直撃《ちょくげき》したところで、トロル競技場《きょうぎじょう》の人々《ひとびと》はどっと笑《わら》った。ホーソーンはモリガンを見てにやりとした。

「ぼくの考えついたことじゃなかったかもしれないけど、やっぱり最高《さいこう》だな」

ふたりの数列前では、ノエルが首を振《ふ》りながらスクリーンをにらみつけていた。目がものすごく細くなっている。ずいぶんとショックを受けているようだ。友だちということになっていた少女の天賦《てんぷ》の才を知らなかったことはまちがいない。

映像《えいぞう》はつぎに、高級住宅街《じゅうたくがい》を歩いているカデンスを映《うつ》しだした。立ち並《なら》ぶ家々《いえいえ》の汚《よご》れひとつない真っ白な玄関《げんかん》に、真っ赤なペイントスプレーで下品な言葉や絵をつぎつぎと落書きしていく。茶色い上着を着た〈カメムシ〉がやってきたときには、その通りは端《はし》から端《はし》までほぼすべてが台無《だいな》しにされていた。

「やめなさい！　いったいなにをしているの？」

「アートよ」カデンスは淡々《たんたん》と答えた。

「これが？」女性警官《じょせいけいかん》の眉毛《まゆげ》が髪《かみ》の生え際《ぎわ》近くまで吊《つ》りあがった。「わたしには犯罪に見えるけどね。手錠《てじょう》をかけたほうがよさそうね」

「自分の手に手錠《てじょう》をかけるべきでしょうね」カデンスが言うと、女性警官《じょせいけいかん》はなんのためらいもなく自分の手に手錠《てじょう》をかけた。

カデンスはその手にペイントスプレーの缶《かん》を握《にぎ》らせた。「一二番の家はもう少し赤くする必《ひつ》要《よう》があると思う。いい一日を」

「あなたもいい一日を」うつろな声でそうくりかえした女性警官《じょせいけいかん》の視《し》線《せん》は、水の上に油を流したみたいにするりとカデンスを通り過《す》ぎて、一二番の家のつやつやした白いドアに止まった。すぐにそこは白くなくなったけれど。

カデンスの能力《のうりょく》は驚《おどろ》くべきものだった。いいことでも正しいことでもないけれど、でもすごいとモリガンは思った。

カデンスの映像《えいぞう》が〈追跡審査《ついせきしんさ》〉の様子を映《うつ》しだすと、モリガンは大きなスクリーンのなかの自分を見て落ち着かない気持ちになった。サイの暴走《ぼうそう》、フェネストラが引き返してカデンスを助けたこと、そして〈恐怖《きょうふ》の審査《しんさ》〉に進むのはモリガンではなく自分だとカデンスが係員に思わせたことまで、そこにはしっかりと映《うつ》っていた。

けれど、それで終わりではなかった。べつのやりとりも収《おさ》められていた。ユニコーンの一頭が、実は変装《へんそう》したペガサスだとカデンスが係員に思いこませているところだ。カデンスは銀色の輝《かがや》く角――文句《もんく》のつけようがない本物のユニコーンの角だった――を指さし、〝ほらね？だれかがアイスクリームのコーンをさかさまにして頭にくっつけたの。いままで気づかなかったなんて信《しん》じられない。それに翼《つばさ》はたたまれている〟カデンスはユニコーンのなめらかな白い背中《せなか》を示《しめ》した。もちろんそこには翼《つばさ》などない。

モリガンはあんぐりと口を開けた。〈恐怖《きょうふ》の審査《しんさ》〉にあたしを進めてくれたのはカデンスだったんだ。あたしの席《せき》を奪《うば》っておいて、今度はそれを返している。どうして？　悪いと思ったから？

その後も、他人を操作《そうさ》する場面がつぎつぎと映《うつ》しだされた。〈プラウドフッド・ハウス〉で行われた最初《さいしょ》の審査《しんさ》で、ハイタッチをしていた双子《ふたご》が審査《しんさ》を辞退《じたい》するように仕向けたのはカデンスだった。〈本の審査《しんさ》〉では、ウォン長老《ちょうろう》にまで鶏《とり》の真似《まね》をさせていた（ウォン長老《ちょうろう》をのぞく全員が爆笑《ばくしょう》した）。

長老《ちょうろう》たちの反応《はんのう》は複雑《ふくざつ》だったし、観客《かんきゃく》のなかにも非難《ひなん》するような顔はたくさんあったけれど、答えはひとつしかなかった。カデンス・ブラックバーンにあるのは、ただの天賦《てんぷ》の才ではない。これは神から与《あた》えられた特別《とくべつ》な才能《さいのう》だった。風変《ふうがわ》りで卑劣《ひれつ》な才能《さいのう》だ。それでも才能《さいのう》であることに変《か》わりはない。

「トップだ！」カデンスの名前が順位表《じゅんいひょう》の一番上に表示《ひょうじ》されると、ホーソーンが叫《さけ》んだ。アナが二番、ホーソーンが五番、ノエルが八番になった。

残《のこ》っているのは、五人のグループがあと三つだけだった。モリガンはジュピターを探《さが》すのをあきらめて、逃《に》げ道を探《さが》しはじめていた。〈特技披露審査《とくぎひろうしんさ》〉で失敗《しっぱい》して大恥《おおはじ》をかいたらすぐに、ここを逃《に》げ出さなくてはいけない。

その姿《すがた》を見てはいないけれど、競技場《きょうぎじょう》のどこかにフリントロック警視《けいし》がいることはわかっていた。すかさず逮捕《たいほ》するつもりで、モリガンが無残《むざん》に失敗《しっぱい》するのを待っている。

そしてついに、最後《さいご》のグループが呼《よ》ばれた。モリガンはほかの四人の候補者《こうほしゃ》といっしょに、競技場《きょうぎじょう》に向かった。ホーソーンがいっしょに行こうとしたけれど、クリップボードを手にした係員に止められて、自分の席《せき》に戻《もど》った。

モリガンはひとりだった。

最初《さいしょ》の三人が特技《とくぎ》を披露《ひろう》しているあいだ、モリガンはだまってそこに立っていた。ものすごく長い髪《かみ》をした少女が競技場《きょうぎじょう》に立ち、耳のすぐ上で――観客《かんきゃく》たちは息をのんだ――その髪《かみ》をざっくりと切った。すぐにその髪《かみ》は伸《の》びはじめ、ほんの数分後には元通りの長さになっていた。モリガンも観客《かんきゃく》たちも目を丸くしたが、長老《ちょうろう》たちはさほど感心しなかったようだ。ずっと前、〈輝《かがや》かしき歓迎会《かんげいかい》〉でジュピターが予測《よそく》したとおり、彼女《かのじょ》が上位《じょうい》九人に入ることはなかった。彼女《かのじょ》は髪《かみ》の山を――床《ゆか》に落ちた分と頭から生えている分の両方――台車に乗せると、とぼとぼとトロル競技場《きょうぎじょう》を出ていった。

バレリーナ。順位表《じゅんいひょう》にはのらなかった。

水中で呼吸《こきゅう》ができる少年。順位表《じゅんいひょう》にはのらなかった。

そしてモリガンの番になった。係員がゲートを開けて待っている。いまなら逃《に》げられる。雷《かみなり》に打たれたみたいに、そんな考えが浮《う》かんだ。向きを変《か》えて、出ていけばいい。これが、恥《はじ》をかかずにすむ（そしてネバームーアから追放されて、その先にはまちがいなく死が待っているけれど）最後《さいご》のチャンスだ。そうすれば、まちがいなく人生で最《さい》悪《あく》の瞬間《しゅんかん》から逃《に》げることができる――向きを変《か》えて出ていくだけで。

そうしよう。モリガンは思った。逃《に》げよう。

「用意はいいかい？」

耳元で声がした。肩《かた》をつかまれた。モリガンは顔をあげた。

赤い髪《かみ》。きらきらした青い瞳《ひとみ》。ウィンク。

「うん」モリガンは一瞬《いっしゅん》ためらったあと、急いで尋《たず》ねた。トロル競技場《きょうぎじょう》にいるすべての人に知られる前に、なんとしても訊《き》いておかなくてはならない。「なんなの、ジュピター？　あたしの天賦《てんぷ》の才はなに？」

「ああ、そのことか」ジュピターはこれ以上《いじょう》つまらない質問《しつもん》はないとでもいわんばかりに、ふくろうみたいに目をぱちくりさせた。「きみに天賦《てんぷ》の才はないよ」

そう言うと、モリガンがついてくることを疑《うたが》いもせず、競技場《きょうぎじょう》に堂々《どうどう》とした足取りで入っていった。

「ジュピター・ノース大佐《たいさ》が紹介《しょうかい》するのは、ネバームーアのモリガン・クロウです」

第二三章
反則《はんそく》

ジュピターが競技場《きょうぎじょう》に入っていくと、トロル競技場《きょうぎじょう》の空気が変《か》わった。退屈《たいくつ》そうなおしゃべりが好奇心《こうきしん》いっぱいのざわめきになり、観客《かんきゃく》は背筋《せすじ》を伸《の》ばした。〈輝かしき結社《ワンダラス・ソサエティ》〉のもっとも有名なメンバーのひとりが、ついに候補者《こうほしゃ》を選《えら》んだのだ。偉大《いだい》なジュピター・ノースに支援《しえん》しようと思わせたこの少女にいったいどんな天賦《てんぷ》の才があるのか、観客《かんきゃく》たちは早く見たくてうずうずしていた。

モリガンもうずうずしていた。

逃《に》げだしたくてうずうずしていた。隠《かく》れたくてうずうずしていた。競技場《きょうぎじょう》の地面が火山みたいに爆発《ばくはつ》して、ここが全部溶岩《ようがん》にのみこまれてしまえばいいと心から願《ねが》った。なにかに襲《おそ》いかかろうとしているみたいに、胸《むね》のなかで心臓《しんぞう》が激《はげ》しく打っていた。

なにかじゃない。だれかに。

どうしてジュピターはこんなことができるの？　モリガンはずっと彼《かれ》を信《しん》じてきた。自分の天賦《てんぷ》の才がなんであれ、ジュピターは知っているのだと思っていた。心配しなくていい、すべてうまくいく、彼《かれ》はそう言った……それなのに最後《さいご》の最後《さいご》で裏切《うらぎ》ったのだ。あたしに天賦《てんぷ》の才はない。最初《さいしょ》から思っていたとおりに。

怒《いか》りのあまり涙《なみだ》がこみあげてきた。いまにもこぼれそうだ。どうして？

「ちょっとよろしいでしょうか？」ジュピターが長老《ちょうろう》たちに訊《き》いた。七〇人以上《いじょう》の候補者《こうほしゃ》を見ていたから、これが異例《いれい》なことであるのはモリガンにもわかっていた。けれどクイン長老《ちょうろう》はジュピターを手招《てまね》きした。

ジュピターが静《しず》かな口調で長老《ちょうろう》たちと話をしているあいだ、モリガンは静《しず》まりかえった競技《きょうぎ》場《じょう》の中央にひとりで立っていた。観客席《かんきゃくせき》の好奇《こうき》心《しん》に満《み》ちた顔を見まわしながら、これが全部冗談《じょうだん》で、ネバームーアのモリガン・クロウにはなんの才能《さいのう》もないことがわかったら、彼《かれ》らはどれほど笑《わら》うだろうと考えた。それとも笑《わら》うだけじゃすまないかもしれない。時間を無駄《むだ》にさせたといって、ジュピターに怒《いか》りを向けるかもしれない。

でも一番怒《おこ》っているのはあたし。

やがてジュピターは妙《みょう》なことをした。

ひとりずつ順番《じゅんばん》に三人の長老《ちょうろう》の肩《かた》をつかみ、彼《かれ》らの額《ひたい》に自分の額《ひたい》を押《お》し当てていった。長老《ちょうろう》たちはまず目をしばたたき、それから茫然《ぼうぜん》とし、目を覆《おお》い、最後《さいご》に信《しん》じられないというように無《む》言《ごん》でまじまじとモリガンを見つめた。

そして、モリガンの名前が順位表《じゅんいひょう》の一番上に記された。

トロル競技場《きょうぎじょう》に怒《いか》りが爆発《ばくはつ》した。観客《かんきゃく》は立ちあがり、長老《ちょうろう》たちに向かって叫《さけ》び、このとんでもない事態《じたい》の説明《せつめい》を求《もと》め、モリガン・クロウの天賦《てんぷ》の才を見せろと要求《ようきゅう》した。ジュピターへの怒《いか》りもどこかへ消えてしまうくらい、モリガンもまたあっけに取られていた。

観客《かんきゃく》たちの怒《いか》りを浴《あ》びながら、凍《こお》りついたようにただその場に立ちつくした。

えこひいきだ、いんちきだという怒号《どごう》が競技場《きょうぎじょう》に響《ひび》きわたった。バズ・チャールトンがなにかわけのわからないことを叫《さけ》びながら、二段飛《にだんと》ばしで階段《かいだん》を駆《か》けおりてくるのが見えた。どこを見ても、人々《ひとびと》はモリガンをにらみつけている。モリガンはそのなかにホーソーンを探《さが》した。

ホーソーンも怒《おこ》っている？　あたしがいんちきをしたって思っている？

ジュピターがすたすたと戻《もど》ってくると、モリガンの手を取り、競技場《きょうぎじょう》の裏《うら》のドアから彼女《かのじょ》を外へと連《つ》れ出した。

「行こう、モグ。怒《おこ》りっぽいやつらは勝手に怒《おこ》らせておこう」

舞台裏《ぶたいうら》の控室《ひかえしつ》はありがたいことに空っぽだった。長椅子《ながいす》がひとつと、まずそうなサンドイッチがのったトレイと水っぽいレモネードが入った水差《みずさ》しがあるだけだ。壁《かべ》のあちらこちらに、トロルのレスリングやドラゴン乗り選手権《せんしゅけん》の昔のポスターが貼《は》られていた。パンパイプの音楽が背後《はいご》で静《しず》かに流れている。

控室《ひかえしつ》の案内係《あんないがかり》はトロル競技場《きょうぎじょう》の制服《せいふく》を着た若《わか》い男性《だんせい》で、半分トロルの血が流れているらしかった（手が地面に届《とど》いていた）。ふたりが入っていくと、トレイを差《さ》し出して言った。「サニッチ？」

「いや、けっこうだ。ありがとう」ジュピターが答え、モリガンは首を振《ふ》った。彼《かれ》は興味《きょうみ》をなくして、どこかへ去っていった。

モリガンが大きく息を吸《す》って両手をぎゅっと握《にぎ》りしめ、怒《いか》りをあらわすのにふさわしい言葉を探《さが》していると、ジュピターが先に切りだした。「わかっている――わかっている。悪かった。頼《たの》むよ、モグ、本当にすまなかった。きみがどれほど混乱《こんらん》しているかはよくわかっている」ジュピターは後悔《こうかい》の色を目に浮《う》かべ、身を守ろうとするみたいに――傷《きず》つけないでくれ、撃《う》たないでくれ――両手を前に突《つ》きだし、モリガンをなだめようとした。「でも聞いてほしい。事態《じたい》はこれからもっと複雑《ふくざつ》になるし、いまきちんと説明《せつめい》している時間はない。でも、これが片付《かたづ》いたら、きみの質問《しつもん》のひとつひとつにこれでもかっていうくらいくわしく答えると誓《ちか》うよ。だがいまは我慢《がまん》して、ぼくを信《しん》じてもらわなきゃならない。ぼくにそれだけの価値《かち》はないと思っているかもしれないけれど、あと少しだけ我慢《がまん》してほしいんだ。いいかい？」

モリガンはジュピターに向かってわめきたかった。いやよ、ぜんぜんよくない、まったくよくないと言いたかったけれど、言わなかった。そうする代わりに、無理《むり》やりジュピターの小指に自分の小指をからませて、真剣《しんけん》な顔で彼《かれ》の目をのぞきこんだ。「知りたいこと全部。これでもかっていうくらいくわしく。小指の約束《やくそく》よ」

「小指の約束《やくそく》だ」

その数秒後、ドアが勢《いきお》いよく開いて、長老《ちょうろう》たちがマントをたなびかせながらさっそうと入ってきた。毅然《きぜん》とした顔に表《ひょう》情《じょう》はなく、襟《えり》には金色のWのピンが留《と》められている。

「いつから知っていたんです？」クイン長老《ちょうろう》が尋《たず》ねた。「もちろん〈闇宵時《やみよいどき》〉の前ですね。でもどれくらい前から？　何週間？　何か月？　何年？」

ジュピターは両手をあげた。「クイン長老《ちょうろう》、驚《おどろ》いたとは思いますが――」

「驚《おどろ》いた？　**驚《おどろ》いたですって？**」小柄《こがら》な老女《ろうじょ》がジュピターをにらみつけ、顔に指を突《つ》きつけると、一〇センチくらい背《せ》が伸《の》びたように見えた。モリガンは彼女《かのじょ》を応援《おうえん》したくなった。**そうよ、もっと言ってやって。**「ジュピター・アマンティウス・ノース、わたくしはあなたの後援者《こうえんしゃ》を教えました。後援者《こうえんしゃ》の後援者《こうえんしゃ》も！　あなたが一一歳《さい》のころから知っているし、除名《じょめい》になるのを幾度《いくど》となく助けてきた――〈探検者同盟《たんけんしゃどうめい》〉に推薦《すいせん》までしたんですよ。**そのお礼がこれですか？**」

「すみません。でも、話していれば結果《けっか》がちがっていましたか？」ジュピターは片手《かたて》で髪《かみ》をかきあげた。クイン長老《ちょうろう》が荒々《あらあら》しい足取りで彼《かれ》の前を行ったり来たりしはじめると、少しその背《せ》が縮《ちぢ》んだみたいに見えた。「なにができたと言うんです？　なにかを変《か》えることができましたか？」

クイン長老《ちょうろう》は足を止めた。「それは――もちろんなにもできなかったけれど、でもひとことあってもよかったと思いますけれどね！　わたくしは年寄《としよ》りなんですよ、ノース。あの場で心《しん》臓発作《ぞうほっさ》を起こしていたかもしれない」

心臓発作《しんぞうほっさ》？　モリガンとジュピターの目が合った。いったいジュピターは長老《ちょうろう》に、それほどショックを与《あた》えるようななにを見せたの？

ジュピターは申し訳《わけ》なさそうな顔になった。「すみません、クイン長老《ちょうろう》。ただ、招《まね》き寄《よ》せを邪魔《じゃま》する可能性《かのうせい》のあることは、なにひとつしたくなかったんです。ひょっとしたら——どういうものなのか……」ジュピターは言葉を濁《にご》し、力なく肩《かた》をすくめた。「ぼくにもはじめてのことでしたから」

「招《まね》き寄《よ》せはいつはじまったんだね？」ウォン長老《ちょうろう》がモリガンを見つめながら訊《き》いた。

「はっきりとはわかりません。一年か二年前でしょうか。一〇の冬か一一の春？　ぼくは、クロウ家に関《かか》わる人間に金を払《はら》って情報《じょうほう》を集めていました。家庭教師《きょうし》や掃除人《そうじにん》とかそういった者たちです。問題は彼《かれ》らがものすごく迷信《めいしん》深くて、ばかげた話とワンダーによる実際《じっさい》のできごとを区別《くべつ》するのが難《むずか》しいことでした。料理人《りょうりにん》は、モリガンがくしゃみをして庭師《にわし》を殺《ころ》したと信《しん》じていたくらいです。ばかげてますよね」

「ほかにはいるの？」クイン長老《ちょうろう》が聞いた。

「ほか？」ジュピターは驚《おどろ》いて訊《き》き返した。

クイン長老《ちょうろう》は片方《かたほう》の眉《まゆ》を吊《つ》りあげた。「わたくしが言っている意味はわかっているはずですよ、ノース」

「ええ、ほかですね」ジュピターは咳払《せきばら》いをした。「ほかに三人が登録《とうろく》されていました」

「その人たちは……」

「なにもそういう兆候《ちょうこう》はありませんでした」ジュピターはきっぱりと答えた。「追いかける価《か》値《ち》はなかった」モリガンは眉《まゆ》をひそめた。ほかに三人が登録《とうろく》されていた……。それって、〈呪《のろ》われた子供《こども》の登録所《とうろくじょ》〉に登録《とうろく》されていたほかの三人のこと？　ジュピターはモリガンだけを助けて、ほかの三人は〈煙《けむり》と影《かげ》のハンター〉に襲《おそ》われるままにしたの？　彼《かれ》らに〝追いかける価《か》値《ち》がなかった〟から？　信《しん》じたくなかった。

「それでノース、きみの迷信《めいしん》深いスパイたち以外《いがい》にはっきりした証拠《しょうこ》はあるのかね？」ウォン長老《ちょうろう》が聞いた。

「『ウィンターシー・ニューズ・ネットワーク』によれば、サウスライトとファー・イースト・サンのワンダー不足《ぶそく》はだいたい一八か月前にはじまっています。けれど一〇の冬から一一の冬にかけて、モリガンの住んでいた町はワンダー濃度《のうど》が記録的《きろくてき》に高く、共和国《きょうわこく》のエネルギー危《き》機《き》とは無縁《むえん》でした。〈闇宵時《やみよいどき》〉までの話ですが。その日を境《さかい》に、ジャッカルファックスのワンダー値《ち》は急激《きゅうげき》にさがっています」ジュピターはちらりとモリガンを見た。「正確《せいかく》に言えば、〈闇宵時《やみよいどき》〉の夜九時前後からです」

ジュピターがあたしの命を助けてくれたときだ。〈空模様《そらもよう》時計〉を通ってジャッカルファックスを逃《に》げだしたときだ。ワンダー不足《ぶそく》とあたしにいったいなんの関係《かんけい》があるの？

「いったいあなたはどうやって彼女《かのじょ》をフリー・ステートに連《つ》れてきたんです？」クイン長老《ちょうろう》はそう尋《たず》ねてから、すぐに言い直した。「いいえ、忘《わす》れてちょうだい。知りたくない。どうせなにか違法《いほう》なやり方ね」

ジュピターは唇《くちびる》を結《むす》び、鼻から大きく息を吸《す》った。「話さなかったのは、悪かったと思っています、クイン長老《ちょうろう》。ですが、なにか余計《よけい》なことをして招《まね》き寄《よ》せを邪魔《じゃま》するのがこわかったんです――ばかげているのはわかっていますが、クロウ家の料理人《りょうりにん》とおなじくらい、ぼくも迷信《めいしん》深くなっていたんです。声に出して言ってしまうと、こわがらせて……逃《に》げられてしまうんじゃないかと思って」

「そのほうがよかったかもしれないな」毛むくじゃらの大きな雄牛《おうし》、サガ長老《ちょうろう》が言った。クイン長老《ちょうろう》がそれ以上《いじょう》なにも言わせないように、彼《かれ》をぎろりとにらみつけた。モリガンは、長老《ちょうろう》たちの話がはじまってから頭のなかでぐるぐる渦巻《うずま》いている千もの質問《しつもん》が口から出てこないように、舌《した》をかんでいなくてはならなかった。

「だからだれにも言いませんでした」ジュピターは足元を見つめた。「モリガンにさえも」

長老《ちょうろう》たちがだまりこんだ。クイン長老《ちょうろう》はぞっとしたような顔でジュピターからモリガンに視《し》線《せん》を移《うつ》し、再《ふたた》びジュピターを見つめた。「まさか――この子は知らないと――」

「これは容認《ようにん》できないぞ、ノース。結社《けっしゃ》の規則《きそく》に完全《かんぜん》に反している」サガ長老《ちょうろう》が怒鳴《どな》った。「理由を知らせずに子供《こども》に審査《しんさ》を受けさせるなど――聞いたことがない！　きみの後援者《こうえんしゃ》がここにいたら――」

「安全協定《きょうてい》はどうなるのだ？」ウォン長老《ちょうろう》がさえぎった。「われわれは危険《きけん》な生き物を町に入れてしまったのに、だれも安全について考えていない」

「あたしは危険《きけん》じゃありません」モリガンは思わず反論《はんろん》したが、頭のすみでささやく小さな声があった……いいえ、危険《きけん》よ。あなたは呪《のろ》われている。長老《ちょうろう》たちが話しているのはそのこと？　ジュピターはずっと前に、あたしは呪《のろ》われていない、呪《のろ》われていたことはないって言ったけれど、あれもうそだったの？

「まったくとんでもない事態《じたい》だ。グレゴリア、アリオス——われわれは頭がどうかしたのか？　いったいなにをしてしまったというのだ？」ウォン長老《ちょうろう》は両手をあげた。「世界中探《せかいじゅうさが》しても、こんな協定《きょうてい》に署名《しょめい》をしてくれる人間がいるはずもない。それも、信頼《しんらい》できる正直な人間が三人などと——」

「三人？」サガ長老《ちょうろう》の声がとどろいた。「ありえん。台風使いや催眠術師《さいみんじゅつし》やごく当たり前の危《き》険《けん》な生き物なら、三人が署名《しょめい》した協定《きょうてい》でもいい。だが今回は五人の署名《しょめい》が必要《ひつよう》だ」

危《き》険《けん》な生き物。その言い方はやめてほしいとモリガンは思った。

「九人」クイン長老《ちょうろう》の言葉に、サガ長老《ちょうろう》とウォン長老《ちょうろう》は驚《おどろ》いた。「交渉《こうしょう》の余地《よち》はありません、ノース大佐《たいさ》。九人以下《いか》では認《みと》めません。この——」彼女《かのじょ》は言葉を切り、難《むつか》しい顔でモリガンを見た。「今回は」

「この場で、順位表《じゅんいひょう》からこの子の名前を消したほうがよさそうだ」ウォン長老《ちょうろう》が言った。「九人も集められるはずがない」

「いまのところ七人集まっています」

長老《ちょうろう》たちはあっけに取られた。ジュピターは巻物《まきもの》をコートから取り出して、彼《かれ》らに渡《わた》した。モリガンはのぞこうとしたけれど、ジュピターの動きは素早《すばや》かった。

その紙に目を通したクイン長老《ちょうろう》の眉《まゆ》が吊《つ》りあがった。「シルバーバック上院議員《ぎいん》？　クイーン・カル？　あなたにはずいぶんと地位《ちい》のある友だちがいるようですね。この人たちは知っているんですか——？」

「それなりに警戒《けいかい》するくらいにはわかっています」ジュピターの声にわずかに疑念《ぎねん》の響《ひび》きが混《ま》じっているような気がした。「ですが……くわしい話はしていません」

「でも、この子には会っているんですね？」

「会わせます。近いうちに。約束《やくそく》します」

「この人たちは、あなたのことを信用《しんよう》しているようですね。それに少なくとも、資格《しかく》は満《み》たしているようです」クイン長老はリストを指でたどった。

「なんの資格《しかく》ですか？」それ以上《いじょう》だまっていられなくなってモリガンが聞いた。けれど、その声が聞こえていたとしても、だれも注意を払《はら》おうとはしなかった。

サガ長老《ちょうろう》がジュピターに向き直った。「だがこんなものに意味はないぞ、ノース。八人めと九人めを見つけないかぎり」

ジュピターはため息をつき、首のうしろをなでた。「探《さが》しているところです。今日、審査《しんさ》に遅《おく》れたのはそのせいなんです。八人めを見つけたと思ったんですが、だめでした。もう何日か時間をもらえれば——」

「わたくしが署名《しょめい》しましょう」クイン長老《ちょうろう》が言うと、ほかのふたりは驚《おどろ》いたように彼女《かのじょ》を見た。

「規則《きそく》には反していません」

「だが、きわめて異例《いれい》だ、グレゴリア」ウォン長老《ちょうろう》が言った。「本気かね？」

「本気ですとも」クイン長老《ちょうろう》はマントのひだからペンを取り出すと、巻物《まきもの》の一番下に手早く自分の名前を書いた。「これでこのリストには、自分がなにに足を踏《ふ》み入れたのかを承知《しょうち》している人間がいることになります。今夜中に書類《しょるい》を送ってください、ノース」

ジュピターはあんぐりと口を開け、しばし言葉を失《うしな》っていた。「ぼくは――あ、ありがとうございます、クイン長老《ちょうろう》。本当に感謝《かんしゃ》します。後悔《こうかい》はさせません」

クイン長老《ちょうろう》は深いため息をついた。「それはどうかしらね。とにかく、ミス・クロウが〈結団《けつだん》の日〉まで時間をあげましょう。それまでに九人めを見つけられなければ、ミス・クロウがユニット九一九に入る権利《けんり》は失《うしな》われます。これがわたしにできるせいいっぱいです」

ふたりは古いポスターや有名なトロルレスリングの写真が貼《は》られた、迷路《めいろ》のような廊下《ろうか》を進んだ。モリガンは、足早に歩くジュピターに懸命《けんめい》についていった。

「きみとジャックにはフェネストラといっしょにデュカリオンに帰ってもらうよ、モグ」ジュピターは三、四歩前を進んでいた。「最後《さいご》に署名《しょめい》してくれる人間を見つけなきゃいけない。もう候補《こうほ》がいないんだ。ひとりいることはいるが、望《のぞ》みは薄《うす》いし、それに――」

「でも話してくれるって約束《やくそく》したのに――」

「わかっている。話すよ。でも――」

「あそこだ！　見つけたぞ！」

バズ・チャールトンが廊下《ろうか》をどたどたと近づいてきた。怒《いか》りに身を震《ふる》わせているノエル・デヴローと退屈《たいくつ》そうな表《ひょう》情《じょう》のカデンス・ブラックバーン、そしてネバームーア中でもっともきざなひげの持ち主、フリントロック警視《けいし》をうしろに従《したが》えている。さらに泥《どろ》の色の制服《せいふく》の一〇数人の〈カメムシ〉警官《けいかん》たちもいた。

「反則《はんそく》だ！」ミスター・チャールトンがジュピターを指さした。ひとりよがりの怒《いか》りにからだを震《ふる》わせている。「ふたりを逮捕《たいほ》しろ、警視《けいし》！　反則《はんそく》だ！　あれはなんだ？　長老《ちょうろう》たちにいったいなにをした？　魔法《まほう》かなにかか？」

ジュピターは彼《かれ》を押《お》しのけようとした。「いまはだめだ、バズ。きみのくだらない話につきあっている暇《ひま》はない」

「いいや、わたしのくだらない話につきあってもらうよ」ミスター・チャールトンはジュピターの行く手をふさいだ。「長老《ちょうろう》たちはだませても、わたしの目はごまかせないぞ、ノース。あんたたちはおれの候補者《こうほしゃ》のノエルの権利《けんり》をうばったんだ」彼《かれ》はモリガンに人差《ひとさ》し指を突《つ》きつけた。最後《さいご》に見たときノエルは順位表《じゅんいひょう》の九番めにいたから、モリガンは驚《おどろ》いた。残《のこ》っていたふたりの候補者《こうほしゃ》のどちらかが、ノエルを押《お》しだしたらしい。笑《わら》いたくなるのをこらえた。「この黒目のチビすけは結社《けっしゃ》にふさわしくない。おれが長老《ちょうろう》に言ってやる。彼女《かのじょ》は――」

「汚《けが》らわしい不《ふ》法《ほう》入国者だ」フリントロック警視《けいし》が彼《かれ》をさえぎって言った。ズボンをぐいっと引っ張《ぱ》りあげ、胸《むね》を張《は》る。ちらりと振《ふ》り返って、ほかの警官《けいかん》たちが自分に注目していることをたしかめた。彼《かれ》の見せ場がやってきたのだ。うんと楽しむつもりらしい。「共和国《きょうわこく》から不法《ふほう》入国して、犯罪《はんざい》分子のアジトに違法《いほう》に滞在《たいざい》していた」

ジュピターはうれしそうな顔をした。「犯罪《はんざい》分子と呼《よ》ばれたのははじめてだ。わくわくするね」

「だまれ」フリントロックはジャケットから一枚《いちまい》の紙を取り出し、みんなに見えるように掲《かか》げた。「令状《れいじょう》が出ている。彼女《かのじょ》がきみの言うとおりフリー・ステートの住人で、われわれの親切心を利用《りよう》しようとしている共和国《きょうわこく》のくずではないことを証明《しょうめい》するたしかな証拠《しょうこ》を出してもらおう。それどころかウィンターシー党《とう》のスパイかもしれない」

「いいかげんにしてほしいな、フリンティ。見苦しいぞ」ジュピターはいらだたしげに言った。「このあいだも言ったじゃないか――〈輝かしき結社《ワンダラス・ソサエティ》〉のメンバーに、きみの権限《けんげん》は及《およ》ばない。こんなことをすると、きみは仕事をくびになりかねないぞ」

「たしかにそのとおりだ。審査《しんさ》が終わっていなければね」フリントロックはひどくうれしそうな顔をした。もう一枚《いちまい》の紙を取り出して、読みはじめた。「あんたは〈輝かしき結社《ワンダラス・ソサエティ》〉法《ほう》を読み直したほうがいいようだな、ノース。〝第《だい》九七条Ｈ項《じょうエイチこう》：合格《ごうかく》した候補者《こうほしゃ》は、ユニットの結《けっ》団式《だんしき》において金のピンを受け取るまで〈輝かしき結社《ワンダラス・ソサエティ》〉の正式なメンバーではない。それ以前《いぜん》は、長老評議会《ちょうろうひょうぎかい》が必要《ひつよう》とみなせば、適正手続《てきせいてつづ》きを取ることなくその者のメンバーとしての権《けん》利《り》を取り消すことができる〟」

ジュピターはため息をついて首を振《ふ》った。「この話は終わったはずだ、警視《けいし》。〝第《だい》九七条Ｆ《じょうエフ》

項《こう》：〝〈輝かしき結社《ワンダラス・ソサエティ》〉の入会審査《しんさ》に登録《とうろく》している子供《こども》は——〟」

「〝当該審査《とうがいしんさ》の期間中、もしくは彼《かれ》または彼女《かのじょ》が審査《しんさ》の過程《かてい》から除外《じょがい》されるまでは、あらゆる法律上《ほうりつじょう》において〈輝かしき結社《ワンダラス・ソサエティ》〉の一員とみなされる〟」フリントロックはジュピターの声にかぶせるようにして言った。「**当該審査《とうがいしんさ》の期間中**だ、ノース。審査《しんさ》は終わった。順位表《じゅんいひょう》は埋《う》まった。長老《ちょうろう》たちは家に帰った」

「そして結団式《けつだんしき》は何週間も先だ」ミスター・チャールトンはほくそ笑《え》んだ。

「つまり、あんたの哀《あわ》れな密航者《みっこうしゃ》にはまちがいなくわたしの権限《けんげん》が及《およ》ぶということだ」フリントロックは興奮《こうふん》に目を輝《かがや》かせた。ひげがぴくぴく震《ふる》えている。片手《かたて》を突《つ》きだした。「さて、書《しょ》類《るい》を見せてもらおうか、ノース大佐《たいさ》」

　ジュピターはなにも言わなかった。どうするべきかを考えているのだとモリガンにはわかっていた。取り囲《かこ》む警官《けいかん》たちの数を数え、脱出《だっしゅつ》ルートを探《さが》している。沈黙《ちんもく》がつづき、フリントロックは手を突《つ》きだしたまま、そのいやらしい顔を勝ち誇《ほこ》ったように輝《かがや》かせながら辛抱強《しんぼうづよ》く待っていた。

　モリガンはぐったりと壁《かべ》にもたれた。終わりだ。もう少しだったのに——あとほんの少しだったのに。すべて終わってしまった。あたしは、なにも答えを教えてもらわないまま死んでいくんだ。目を閉《と》じて、手錠《てじょう》をされて連行《れんこう》されるのを待った。

「ほら、これよ」

カデンス・ブラックバーンの声が廊下《ろうか》に響《ひび》いた。モリガンは片目《かため》を開けた。隅《すみ》のひとつがちぎれているすり切れた紙を、カデンスがフリントロックの鼻先に突《つ》きつけている。

「これはなんだ？」フリントロックはまごついていた。「わたしが見ているのはなんだ？」

それはトロルレスリングの古いポスターだった。クローフロージェンのオルグ対ハージェングロージェンフラットのマーク・ロークの〝最高《さいこう》にむごたらしい戦《たたか》い〟の宣伝《せんでん》で、あきれるほど醜《みにく》いふたりのトロルが互《たが》いに歯をむいている写真に、ビールは半額《はんがく》、すばらしいハーフタイム・ショー、トロルの血が流れていることを証明《しょうめい》できた人は入場料無料《にゅうじょうりょうむりょう》という派手《はで》な文句《もんく》がおどっていた。

「彼女《かのじょ》の書類《しょるい》」カデンスは抑揚《よくよう》のない低《ひく》い声で言った。「ほらね？　ここに書いてある。モリガン・クロウはフリー・ステートの住人だって」

フリントロックはなにかを振《ふ》り落そうとするかのように、ぼんやりと頭を振《ふ》った。「これは――なんだって？　どこに――？」

「ここよ」カデンスはなにも指さすこともなくくりかえした。どこか退屈《たいくつ》そうな声だった。

「〝モリガン・クロウはフリー・ステートの住人で、不法《ふほう》入国者ではない。だからこのことはさっさと忘《わす》れて、それぞれの暮《く》らしに戻《もど》りなさい〟。ここに政府《せいふ》の標章《ひょうしょう》がある」

バズ・チャールトンが彼女《かのじょ》の手からポスターを奪《うば》い取った。「見せろ」

ノエルとフリントロックが寄《よ》ってきて、三人はあばただらけでよだれを垂《た》らしているオルグとマーク・ロークの写真に目をこらした。

バズは眉間《みけん》にしわを寄《よ》せて、まばたきをくりかえしている。「これは――ちがう――これはトロルレスリングの――」

「いいえ、そうじゃない。これはパスポート。モリガン・クロウのフリー・ステートのパスポート」

「ちがう――これはトロルの――これは……モリガン・クロウのフリー・ステートのパスポート」バズの目はどんよりと曇《くも》った。

「なにも問題はない」カデンスの声はミツバチの群《む》れの羽音のようだった。「だからあなたたちは家に帰る」

「なにも問題はない」フリントロックがくりかえした。「だからわれわれは家に帰る」

フリントロックが廊下《ろうか》をつかつかと遠ざかっていき、バズとノエルが無言《むごん》でそのあとを追っていくと、ポスターがひらひらと床《ゆか》に落ちた。ネバームーアの警官《けいかん》たちは事態《じたい》の奇妙《きみょう》な展開《てんかい》にまったくわけがわからずとまどっていたが、やがて上司《じょうし》のあとをおとなしくついていった。

カデンスはモリガンに向き直った。「あんたに貸《か》しができたね」

「どうしてあたしを助けてくれたの?」

「それは……」カデンスはためらった。「ノエルが大嫌《だいきら》いだから。あんたのこともそれほど好《す》きじゃないけど、ノエルのことは本当に嫌《きら》いなの。それに……」カデンスの声が小さくなった。

「あんたはわたしを覚《おぼ》えていた。そうでしょう? 〈追跡審査《ついせきしんさ》〉のことを覚《おぼ》えていた」

「もう少しであたしを失格《しっかく》にするところだった」

「それにハロウマスの夜。あのときのことも覚《おぼ》えているよね?」

モリガンは彼女《かのじょ》をにらみつけた。「あなたはあたしを池に突《つ》き落とした。忘《わす》れるはずが——

——」

「だれもわたしのことを覚《おぼ》えていないの」カデンスは急いで言った。妙《みょう》な目つきでモリガンをながめる。「みんな、催眠術師《さいみんじゅつし》のことは忘《わす》れる。そういうものだから。でもあんたは覚《おぼ》えていた」カデンスは廊下《ろうか》に目を向けた。「行かなくちゃ」カデンスは後援者《こうえんしゃ》を追いかけて走っていき、なんて言えばいいのだろうとモリガンが考えているあいだに角を曲がって見えなくなった。

「変《か》わった子だな」ジュピターがカデンスのうしろ姿《すがた》をながめながら、困惑《こんわく》したように眉《まゆ》を寄《よ》せた。「だれだい？」

「カデンス・ブラックバーン」モリガンは捨《す》てられたポスターを拾いあげると、折《お》りたたんでポケットにしまった。「本当に変《か》わっている」

「え？」ジュピターは夢《ゆめ》からさめたように首を振《ふ》ると、モリガンに視線《しせん》を向けた。

「変《か》わっているって言ったの」

「だれが？」

「カデンス」

「カデンスってだれだい？」

モリガンはため息をついた。「本気で言ってる？　もういい、忘《わす》れて」

第二四章
バトル・ストリート

ジュピターに呼《よ》ばれて渋々《しぶしぶ》やってきたフェネストラと待ち合わせたのは、ワンダー地下鉄のバトル・ストリート駅の入り口だった。ジュピターが安全協定《きょうてい》とやらのことでまたどこかに出かけるので、フェネストラがモリガンとジャックとホーソーンを連《つ》れてデュカリオンに帰ることになったのだ。

「三人から目を離《はな》さないでほしい」切符《きっぷ》売り場から戻《もど》ってきたジュピターは、何度めかわからないくらいおなじ言葉をくりかえした。「まわり道も気分転換《てんかん》もだめだ。どこにも寄《よ》らずに、まっすぐホテルに帰るんだ。わかったかい？」

フェネストラはぐるりと目をまわした。「アイスクリームと子犬を買って帰ろうと思っていたんだけどね」

「フェネストラ……」警告《けいこく》するようなジュピターの口ぶりだった。

「わかったよ、そんな顔しなくてもいい」

ジュピターは今度はモリガンとホーソーンとジャックに言った。「いいかい、この先は混雑《こんざつ》している。フェンから離《はな》れないようにするんだぞ。フェン、〈ラッシュ線〉でリリス・ゲートまで行って、そこで〈センテナリー線〉に乗り換《か》えるのが一番いい。アイランド・イン・ザ・リバーで降《お》りて、そこから〈ブロリー・レール〉でキャディスフライ・アレーに戻《もど》るんだ。三人は——傘《かさ》を持っているね？」

子供《こども》たちはうなずいた。

「でも〈バイキング線〉ならアイランド・イン・ザ・リバーまで一本なのに」フェネストラが反論《はんろん》した。

ジュピターは首を振《ふ》った。「トンネルのひとつで海賊《バイキング》たちの襲撃《しゅうげき》があったせいで、遅《おく》れが出ていると切符《きっぷ》売り場で聞いた。片付《かたづ》くまで何時間もかかりそうだ」

「それなら〈ラッシュ線〉だね」フェネストラはうなずいた。「さあ、あんたたち、行くよ」

一行は混雑《こんざつ》する駅をおり、改札機《かいさつき》を抜《ぬ》けた。フェネストラは大きすぎて通れなかったので、上を飛《と》び越《こ》えた。改札係《かいさつ》が怒《おこ》って戻《もど》れと言ったけれど、フェネストラがシューッと毛を逆立《さかだ》てると、たちまち自分の仕事に戻《もど》っていった。

トンネルと階段《かいだん》を進みながら、ホーソーンは何度もモリガンの顔を見た。審査《しんさ》のことを訊《き》きたがっているのはわかっていたけれど、あたりはあまりにもうるさすぎた。モリガンは肩《かた》をすくめ、声に出さずにわからないと口を動かした。

ようやくプラットホームにたどり着くと、フェネストラは麦畑の真ん中を歩いていくみたいに、そこにいる大勢《おおぜい》の人を押《お》しのけて黄色い線の前まで進んだ。ホーソーンとモリガンとジャックはまわりの人々《ひとびと》に謝《あやま》りながら、彼女《かのじょ》の毛をつかんではぐれないようについていった。

「フェン、もっとゆっくり」ジャックが言った。「だれかを踏《ふ》みつけてしまうぞ」

「あたしの邪魔《じゃま》をする人間は踏《ふ》みつけられても仕方ないんだよ」フェネストラは文句《もんく》を言った。「まったく最高《さいこう》だね。ひどい一日を過《す》ごしたあとで、混雑《こんざつ》するワンダー地下鉄に子供《こども》三人つれて乗らなきゃいけないとはね。今日一日、デュカリオンは大変《たいへん》だったんだよ。人が大勢《おおぜい》出入りするし、うるさいし。南棟《みなみとう》の配線を調べてもらうために業者に来てもらったんだ。それにケジャリーはまた、あのばかばかしい幽霊《ゆうれい》ハンターを呼《よ》ばなきゃならなかった」

「幽霊《ゆうれい》ハンター！」ホーソーンが興奮《こうふん》した声をあげた。

「幽霊《ゆうれい》は退治《たいじ》したんだと思ったけど」モリガンが言った。「夏のあいだに。幽霊払《ゆうれいばら》いをしたでしょう？」

「最高級《さいこう》のセージを振《ふ》り回してくれたけれど」フェネストラはそっけなく言った。「灰色《はいいろ》の男はまだ南棟《みなみとう》をうろついて、みんなをこわがらせているんだよ。壁《かべ》をすり抜《ぬ》けたり、角を曲がって姿《すがた》を消したり。従業員《じゅうぎょういん》はおかしなあだ名をつけたくらいだ——えーと、なんて言ったっけね？」

「あたしは灰色《はいいろ》の男なんて見たことない」モリガンが言った。

「そうだろうとも。改築中《かいちくちゅう》の南棟《みなみとう》に行く理由がないからね」モリガンはうしろめたそうな顔でホーソーンとジャックを見たけれど、なにも言わなかった。影《かげ》が逃《に》げだした夜、モリガンがうっかり南棟《みなみとう》に入ってしまったことは、まだだれにも話していない。「建築業者《けんちくぎょうしゃ》なんだよ、ずっと文句《もんく》を言っているのは。隣《となり》の部屋から声が聞こえるっていうんだ。急いで行ってみると、かすみみたいに消えている」

「なにが聞こえたんだ?」ジャックが聞いた。

「歌っているらしいよ——っていうか、ハミングしているらしい。だからあだ名がついた。ハミングマンってね。ばかばかしいったら」

階段《かいだん》を踏《ふ》みはずしたみたいに、ぐらりとモリガンのからだが揺《ゆ》れた。灰色《はいいろ》の男。ハミングマン。南棟《みなみとう》の壁《かべ》をすり抜《ぬ》ける。かすみみたいに消える。幽霊《ゆうれい》のように。

エズラ・スコールがどうやってネバームーアに入ってきたのかを、モリガンは不意《ふい》に悟《さと》った。頭のなかの明かりのスイッチが入って、ようやくあたりが見えるようになった気分だ。

「〈クモの糸線〉!」モリガンは叫《さけ》んだ。

「なんだって?」ホーソーンが訊《き》き返した。

「〈クモの糸線〉——それを使ってたのよ。それを使ってネバームーアに入っていたのよ」

「だれがどうやってネバームーアに入ったって?」ジャックが訊《き》いた。「なんの話だ?」

「ミスター・ジョーンズ——エズラ・スコール——灰色《はいいろ》の男、ハミングしていた男! だからみんな幽霊《ゆうれい》がいると思った——彼《かれ》は〈クモの糸線〉でここに来ていた。彼《かれ》は壁《かべ》をすり抜《ぬ》けられるの!」

ちょうど列車がホームに入ってきて、甲高《かんだか》い警笛《けいてき》と空気を切る音にモリガンの声はかき消された。フェネストラは苦い顔でモリガンたちをぐいっと押《お》して、一両目の車両に乗せた。黄色い目の大きなマニフィキャットに近づくまいとしてほかの乗客たちは反対側《はんたいがわ》に集まったので、座《すわ》るところは簡単《かんたん》に見つかった。

三人が腰《こし》をおろしたところで、フェネストラは大きな灰色《はいいろ》の頭をぐいっと近づけて言った。

「人が大勢《おおぜい》いるワンダー地下鉄の駅では、口に気をつけるんだよ。〈クモの糸線〉は極秘事項《ごくひじこう》なんだから」

「でもエズラ・スコールが使っているんだってば」モリガンはあたりを見回してだれも聞いていないことをたしかめてから、声をひそめて言った。「ジュピターに言わないと。幽霊《ゆうれい》じゃない。エズラ・スコール――彼が灰色《はいいろ》の男なの！」

「エズラ・スコール？」フェネストラはさらに声を落とした。「〈ワンダー細工師《さいくし》〉のエズラ・スコール？　ばかばかしい。彼《かれ》はもう遠い遠い昔にネバームーアから追放されたんだ」

「ばかばかしくない！　あたしは彼《かれ》に会ったんだから。シャンデリアが落ちた日、ロビーにいた。夏の夜には、南棟《みなみとう》で話もしたし――」

「南棟《みなみとう》でいったいなにをしていたんだい？」

「ハロウマスには〈黒のパレード〉を見に来てきた」

「本当だよ」ホーソーンが熱心《ねっしん》にうなずいた。「あそこにいた。ぼくも見たんだ」

「デイム・チャンダーが、一〇〇年前のスコールの写真を見せてくれた。彼《かれ》だった。全然変《ぜんぜんか》わっていなかった。全然《ぜんぜん》年を取っていなかった！　そうやって入ってきていたのよ。共和国《きょうわこく》にかってていなかった。

らだを残《のこ》したままで。国境《こっきょう》の警備兵《けいびへい》も地上部隊《ちじょうぶたい》も〈ロイヤル魔術《まじゅつ》委員会〉もだれも、ネバームーアをうろついている彼《かれ》に気づかなかったのは、実際《じっさい》には彼《かれ》がここにいなかったからなんだ」

「それが本当だとしたら」ジャックは眉間《みけん》に深いしわを寄《よ》せた。「本当に彼《かれ》が〈ワンダー細工《さいく》師《し》〉で、〈クモの糸線〉でネバームーアに入ってきているとしたら……理由は？」用心深いまなざしをモリガンに向ける。「なにが目的《もくてき》なんだ？」

「弱点を探《さが》しているのかもしれない」ホーソーンが言った。「ネバームーアに入れそうなところを」ホーソーンは意味ありげな顔をモリガンに向け、スコールが彼女《かのじょ》に入札《にゅうさつ》したことを話すべきだと無言《むごん》でうながした。ホーソーンの言うとおりだとモリガンは思った。だれかに話さなきゃいけない。ジュピターがいつ帰ってくるかなんて、だれにもわからないんだから。

「フェン、彼《かれ》の目的《もくてき》は――」モリガンは静《しず》かに話しはじめたが、フェネストラはそれをさえぎった。

「くだらない！　たとえ彼《かれ》が〈クモの糸線〉に乗ってきたとしても、だれも傷《きず》つけることはできないんだよ。だれにも触《さわ》れないんだから。〈クモの糸〉ごしに、なにかに触《さわ》ることは不可能《ふかのう》なんだ」

「フェン、聞いて。あたしはスコールが――」

「彼《かれ》は〈ワンダー細工《さいく》師《し》〉なんだぞ、フェン」今度はジャックだった。「ほかの人ができないことでも、彼《かれ》にできることはたくさんある」

「言っただろう、不可能《ふかのう》だ」

「フェン、聞いてってば！」モリガンは叫《さけ》んだ。

突然《とつぜん》、車両内の照明《しょうめい》がまたたいたかと思うと、列車は速度を落とし、やがて止まった。乗客たちからうめき声があがった。

「どうして止まったの、父さん？」真ん中あたりから幼《おさな》い少年の声がした。「どうしてドアが開かないの？」

「またいつもの遅《おく》れだよ」ベテランの通勤客《つうきんきゃく》らしいあきらめたようなため息をつきながら、父親が答えた。「線路にネズミがいたとか、そういうことだろう」

照明《しょうめい》が再《ふたた》びまたたいて消え、やがてぼんやりと灯《とも》った。キーキーと機械《きかい》がきしむような音がして、拡声装置《かくせいそうち》から案内《あんない》の声が聞こえてきた。

「乗客のみなさま、なにか信号《しんごう》の干渉《かんしょう》らしいものが起きたようです。運行再開《さいかい》までそれほどかからないと思われます。もうしばらくお待ちください」

再度《さいど》、照明《しょうめい》がまたたいた。座席《ざせき》が震《ふる》え、手すりが揺《ゆ》れた。

モリガンは車内を見まわした——だれも気づいていないようだ。トンネルからなにか音がする。立ちあがって車両のうしろに行き、壁《かべ》に耳を押《お》し当てた。

「なにをしているんだい？」フェネストラが訊《き》いた。

「聞こえない？」

「なにが？」ホーソーンが訊《き》き返した。

「あれはまるで……まるで……」

ひづめのようだ。ワンダー地下鉄の線路を踏《ふ》みつけるひづめの音が、トンネルに響《ひび》いているみたいに聞こえる――そして馬のいななき、猟犬《りょうけん》の吠《ほ》える声、銃声《じゅうせい》。

モリガンはよろめきながらあとずさり、座席《ざせき》に倒《たお》れこんだ。「逃《に》げて！　みんな逃《に》げて。あいつらが来る！」

けれど逃《に》げる場所などどこにもなかった。車両は満員《まんいん》で、列車はトンネルの真ん中で止まっている。モリガンは自分を取り巻《ま》く大勢《おおぜい》の人たちをながめた。いくつものけげんそうな顔――ホーソーンもフェネストラもジャックも心配そうに彼女《かのじょ》を見ている。

「モリガン、なにを言っているんだ？」ホーソーンの声が遠くに聞こえた。雷《かみなり》のように響《ひび》く〈煙《けむり》と影《かげ》のハンター〉の足音に比《くら》べると、あまりにも小さい。「ぼくにはなにも――」

そして不意《ふい》にあたりのものが消えた。煙以外《けむりいがい》、なにもなくなった。渦巻《うずま》く濃《こ》い影《かげ》がモリガンを包《つつ》み、煙《けむり》が肺《はい》を満《み》たした。足をなにかにすくわれて、モリガンのからだが持ちあがった。ハンターにさらわれていく。勝ち誇《ほこ》ったような角笛の音がとどろいた。モリガンはそれが地面につなぎとめてくれるとでもいうように、黒い傘《かさ》をしっかりと握《にぎ》りしめた。

モリガンは海を知らなかった。これまで一度も見たことはないけれど、溺《おぼ》れるのはこういう感じなんだろうと思った。激《はげ》しい波にさらわれて、何度も、何度も、何度も転がされ、やがてまわりはなにもなくなって、ただ闇《やみ》と影《かげ》と黒、黒、黒……

第二五章

師匠《ししょう》と弟子《でし》

目覚《めざ》めたところはがらんとしたプラットホームだった。冷《つめ》たいコンクリートの上でからだを起こそうとしたモリガンは、脇腹《わきばら》に刺《さ》しこむような痛《いた》みを感じてうめいた。胃《い》がむかむかした。まばたきをして焦点《しょうてん》を合わせると、壁《かべ》に古めかしいポスターや広告《こうこく》がずらりと並《なら》んでいるのが見えた。〈クモの糸線〉のプラットホームだ。オイルスキンの傘《かさ》を手に取って、ふらつきながら立ちあがった。ありがたくないものが目に入った。そこにいるのはモリガンだけではなかった。

プラットホームの四〇メートルほど先にある木のベンチに、ミスター・ジョーンズが座《すわ》っている。

ちがう、ミスター・ジョーンズじゃない。エズラ・スコール。〈ワンダー細工師《さいくし》〉

彼《かれ》は線路の向こうのトンネルの壁《かべ》を見つめ、物思いにふけりながらいつもの妙《みょう》なメロディを口ずさんでいた。童謡《どうよう》のように聞こえるけれど、でもちがう。

モリガンの心臓《しんぞう》は早鐘《はやがね》のように打っていた。

低《ひく》いうなり声が聞こえる。ぽっかりと口を開けたトンネルから、黒い煙《けむり》の筋《すじ》が細くたなびいていたし、赤い光の点がいくつも闇《やみ》のなかに浮《う》かんでいた。甲高《かんだか》いいななきが空気を切り裂《さ》き、モリガンは飛《と》びあがった。〈煙《けむり》と影《かげ》のハンター〉が闇《やみ》のなかでじっと待っている……なにを？　主人である〈ワンダー細工師《さいくし》〉の命令《めいれい》？

出口はひとつしかなかった。

モリガンはプラットホームをゆっくり歩いた。足音が反響《はんきょう》する。エズラ・スコールは不安《ふあん》になるほど動かない。ただトンネルの壁《かべ》を見つめながら、ハミングをつづけていた。

彼《かれ》の前を通り過《す》ぎることさえできれば、ひょっとしたら逃《に》げられるかもしれないとモリガンは思った。迷路《めいろ》のような階段《かいだん》をひたすらのぼり、ワンダー地下鉄の通路のどこかに隠《かく》れてネバームーア交通局の係員か親切な通行人に会うのを待つか、それともどうにかして外に出るのだ。にぎやかで明るくて安全な土曜の夜のネバームーアに。

モリガンはおそるおそる一歩踏《ふ》みだした。さらにもう一歩。

「小さなカラス、小さなカラス、ボタンのような黒い目」スコールが小さな声で歌っている。その顔にかすかな笑《え》みがゆっくりと広がったけれど、目だけは笑《わら》っていなかった。

「ウサギがみんな隠《かく》れてる野原に向かって一直線」

モリガンは立ち止まった。この歌を前にも聞いたことがある？　呪《のろ》われているからといって追い出される前に、幼稚園《ようちえん》で習ったんだろうか？　スコールの声は高くて澄《す》んでいた。美しさのなかの邪悪《じゃあく》。

「**小さなウサギ、小さなウサギ、ママから離《はな》れちゃいけないよ**」彼《かれ》がモリガンに視線《しせん》を向けた。その動きに合わせるように、プラットホームの壁《かべ》の緑色と白色のタイルが一枚《いちまい》、また一枚《いちまい》とつややかな黒に変《か》わっていく。まるで無《む》言《ごん》の命令《めいれい》を受けたみたいだ。

「**でないと小さなカラスに目玉をつつき出されるぞ**」

歌は終わったが、ぞっとするような笑《わら》みはそのままだった。「ミス・クロウ。なにかに気づいたみたいだね」

モリガンはなにも言わなかった。

「言ってごらん」ささやくような声で彼《かれ》は言った。「きみがどれくらい賢《かしこ》いのか教えてくれるかい」

「あなたは……あんたはエズラ・スコールね。〈ワンダー細工師《さいくし》〉ね。ミスター・ジョーンズじゃない。全部うそだった」

「正解《せいかい》だ」彼《かれ》はうなずいた。「すばらしいね。ほかには？」

モリガンはごくりと唾《つば》をのんだ。「〈勇気《ゆうき》の広場の大虐殺《だいぎゃくさつ》〉——あれはあんたがやったこと。あんたが殺《ころ》した」

彼《かれ》はわからないくらい小さくうなずいた。「そのとおり。ほかには？」

「〈煙《けむり》と影《かげ》のハンター〉にあたしを襲《おそ》わせたのもあんた」プラットホームの明かりがまたたいた。黒い煙《けむり》の筋《すじ》がトンネルから延《の》びてきて、壁《かべ》と天井《てんじょう》で渦《うず》巻《ま》きながら明かりをさえぎった。モリガンは身震《みぶる》いした。暗闇《くらやみ》に自分までのみこまれてしまいそうな気がした。

「正解《せいかい》だ。きみたちは不運《ふうん》なことに〈闇宵時《やみよいどき》〉に生まれた。あれは慈悲《じひ》だよ」

「慈悲？　あたしを殺《ころ》そうとしたくせに！」

彼《かれ》はがっかりしたように目を閉《と》じた。「まちがいだ。わたしはだれかを殺《ころ》そうとはしないよ、ミス・クロウ。ただ殺《ころ》すだけだ。だがきみは、自分がいまも生きていることに気づいているはずだ。言っておくが、ノース大佐《たいさ》が果敢《かかん》にきみを助けたからではないよ。わたしがきみを生かしておくことにしたからだ」

「うそつき！」

「そう、わたしはうそつきだ。だがいつもではないし、いま言ったことはうそではない」彼《かれ》は立ちあがり、一歩モリガンに近づいた。「きみは半分だけ正しい。〈煙《けむり》と影《かげ》のハンター〉を行かせたのはわたしだが、きみを殺《ころ》すためではない」

彼《かれ》がその名前を口にすると、黒い煙《けむり》の猟犬《りょうけん》が地面をはうようにしてトンネルからあらわれた。そのうしろには、馬にまたがったハンターの一団《いちだん》。夢《ゆめ》のなかにいるようなゆっくりした動きで、攻撃《こうげき》の合図を待っている。

モリガンはあとずさった。

「走ってはいけない」スコールが警告《けいこく》した。「彼《かれ》らは走っている子供《こども》が好《す》きなんだ」

モリガンは動きを止めた。〈煙《けむり》と影《かげ》のハンター〉から目を離《はな》すことができない。全身がどくどくと激《はげ》しく脈打《みゃくう》っていた。

「たしかにとてもおそろしいね」彼《かれ》はちらりとうしろを振《ふ》り返った。「わたしの作品のなかでも傑作《けっさく》のひとつだ。完璧《かんぺき》な殺人《さつじん》マシンだよ――冷酷《れいこく》で、感情《かんじょう》がなくて、止められない。いいかい、ミス・クロウ、もしわたしがきみを殺《ころ》すように命令《めいれい》していたなら、きみは〈闇宵時《やみよいどき》〉を生きのびることはできなかっただろう。ひと握《にぎ》りの灰《はい》になっていただろうね。わたしがくだしたのは、きみを殺《ころ》せという命令《めいれい》ではないよ。つれてこいと言ったんだ」

スコールはにやりとした。モリガンの首に鳥肌《とりはだ》が立った。その一瞬《いっしゅん》、ほんのつかの間、彼《かれ》の顔に〈ワンダー細工師《さいくし》〉の影《かげ》を見たと思った。黒い目と黒い口と鋭《するど》い歯。人でも怪物《かいぶつ》でもない、想像《そうぞう》したくもない生き物のこけた顔。

「一度めは失敗《しっぱい》した。あの憎《にく》むべき赤毛が、ばかげた機械《きかい》の蜘蛛《くも》できみをさらうのを許《ゆる》してしまった。だが二度と失敗《しっぱい》しないことはわかっている。利用《りよう》できる〈クモの糸線〉の弱点をようやく見つけたからね。ほぼ一年を費《つい》やし、ワンダー地下鉄でちょっとした事故《じこ》を二度起こして――」

「あれもあんただったのね」モリガンの声は震《ふる》えていた。「あの脱線事故《だっせんじこ》。みんな〈ワンダー細工師《さいくし》〉のしわざだって言ってたけど、そのとおりだった。あんたがふたりを殺《ころ》した！」

「試行錯誤《しこうさくご》というやつだ」スコールは肩《かた》をすくめた。「さあ、おちびちゃん、家に帰る時間だよ」

スコールはモリガンに手を差《さ》しだした。遠くから列車の音が聞こえてきた。

モリガンはさらに一歩あとずさった。「あんたとなんか、どこにも行かない」

「それはどうかと思うね」

列車が速度をあげたのがわかった。トンネルの奥《おく》から白みを帯《お》びた金色の光が見えてきたかと思うと、どんどん明るくなって〈煙《けむり》と影《かげ》のハンター〉の黒い壁《かべ》を切り裂《さ》き、やがて美しいけれど恐《おそ》ろしくて見ていられない、揺《ゆ》らめく真珠《しんじゅ》のような光になった。

ちぎれて消えた〈煙《けむり》と影《かげ》のハンター〉は、つぎの瞬間《しゅんかん》、プラットホームにあらわれて、モリガンを中心にして竜巻《たつまき》のようにまわりはじめた。モリガンの手から傘《かさ》がはじけ飛《と》んだ。影《かげ》と煙《けむり》の黒いロープはぐるぐるとまわりながらモリガンの自由を奪《うば》い、まばゆい金色に輝《かがや》く〈クモの糸線〉の列車のなかへとひきずりこんだ。

警笛《けいてき》が鳴った。列車が走りはじめた。


空気は冷《つめ》たかった。〈クモの糸〉ごしでも、それを感じることができた。クロウの屋敷《やしき》の外は寒かった。芝生《しばふ》は霜《しも》に覆《おお》われている。背《せ》の高い鉄のゲートの向こうで、暗い空を背景《はいけい》に建物《たてもの》の黒い輪郭《りんかく》が浮《う》かびあがっていた。

スコールがゲートに近づき、期待に目をぎらつかせながら建物《たてもの》を見あげた。「さあ、訪問《ほうもん》しようか」

〈ワンダー細工師《さいくし》〉はからだを持たない存在《そんざい》ではなくなっていた。〈クモの糸〉の上を移動《いどう》するだけで、まわりにあるものに対してなにもできなかったときとはちがう。共和国《きょうわこく》に戻《もど》った彼《かれ》は、自分のからだを取り戻《もど》し、自由を楽しんでいた。

彼《かれ》がポキポキと指を鳴らし、大きく伸《の》びをしてから、手首をひょいと曲げると、ゲートが開いた――ちがう、開いたわけじゃない。目に見えない巨人《きょじん》の手で無理《むり》やり曲げられているみたいに、鉄の棒《ぼう》がきしみながら内側《うちがわ》に折《お》れていった。

物音を聞きつけた犬たちが、家の横から激《はげ》しく吠《ほ》えながら走ってきた。

「ワン！　ウウー、ワン！」スコールが、気が狂《くる》ったみたいに犬たちに向かって吠《ほ》えた。犬たちはだれかに投げられたようにうしろに吹《ふ》き飛《と》ばされて、芝生《しばふ》にどさりと落ちた。きゃんきゃんと鳴きながら逃《に》げていく。

「これがどれほど苦しいものなのか、きみにはわからないだろう」スコールは砂利《じゃり》の私道《しどう》を歩きながら、モリガンを振《ふ》り返った。「自分の町――わたしが愛《あい》するネバームーア――のただなかにいながら、なにひとつ、できないのが、どういうものなのか。自分の才能《さいのう》を使えない、まわりにあるものに対してなにもできない……触《さわ》ることさえできないんだ」スコールは遠くを見つめた。「〈クモの糸線〉はすばらしいよ、ミス・クロウ――もちろん、わかっていたことさ、わたしが作ったんだからね――でも、牢屋《ろうや》のようでもある」彼《かれ》は顔を輝《かがや》かせた。「どんなふうに感じるのか、きみにも見せてあげよう」

スコールは家に向き直ると、オーケストラの指揮者《しきしゃ》のように両手を高くあげた。

クロウの屋敷《やしき》を形作っているレンガや石が動きはじめた。こすれあい、土煙《つちけむり》を巻《ま》きあげながら移動《いどう》し、新たに組み合わされ、やがてモリガンが育った家はまったく見たこともないものに変《か》わっていた。ゴシック建築《けんちく》の大聖堂《だいせいどう》のような建物《たてもの》になって、おそろしげに彼女《かのじょ》を見おろしている。

「よくなっただろう?」スコールは咳《せ》きこみ、顔の前のほこりを手で払《はら》った。

「やめて」

「まだはじまったばかりだ」

パチンと彼《かれ》が指を鳴らすと、建物《たてもの》の濃《こ》い灰色《はいいろ》の石に何百万もの金色の豆電球が灯《とも》った。きれいだ。

これって、どういうこと? モリガンは、うさんくさそうにスコールを見た。スコールは両手を広げ、〝いいだろう?〟とでも言いたげな顔をしている。

「これが、きみの望《のぞ》んだことじゃないのかい、ミス・クロウ?」再《ふたた》び指を鳴らすと、一番高い尖塔《せんとう》から旗竿《はたざお》がにょきにょきと生え、モリガンの顔が描《えが》かれた黒い旗が誇《ほこ》らしげにひるがえった。「きみが見栄《みえ》っ張《ぱ》りの間抜《まぬ》けと彼《かれ》の〈輝かしき結社《ワンダラス・ソサエティ》〉を選《えら》んで、アナクニポッドに乗り、〈有明時《ありあけどき》〉に屋上から飛《と》びおりたのは、これが望《のぞ》みだったからじゃないのかい?」

スコールが手首をひょいと曲げると、〝モリガンランドにようこそ〟とでかでかと書かれたまばゆいばかりのネオンサインが屋根にあらわれた。

これほどおびえていなければ、笑《わら》っていたかもしれない。これまで存在《そんざい》したもっとも邪悪《じゃあく》な男エズラ・スコールは、モリガンの育った家をモリガン・クロウのテーマパークに変《か》えてしまったのだ。

「形ばかりで中身がない。それがジュピター・ノースという男だ。彼《かれ》はもう話したかい？」

「なにを？」

「そうだろうな、もちろん話してなどいない。だがきみはその小さな頭のなかに、なかなかいい脳《のう》みそを持っている。もう気づいているはずだ」スコールは話しながら指をひらひらさせて噴水《ふんすい》から水を勢《いきお》いよくふき出させると、まるで氷の彫刻《ちょうこく》のように空中で凍《こお》らせた。そちらに目を向けようともしなかったから、自分がしていることに気づいているんだろうかとモリガンはいぶかった。「教えてくれるかい、モリガン・クロウ。どうしてぼくがきみを弟子にしようとしたと思う？」

モリガンは唾《つば》をのんだ。「わからない」

「そんなはずはない」彼《かれ》は静《しず》かに言い、片手《かたて》をあげて宙《ちゅう》に模様《もよう》を描《えが》いた。ネオンサインと豆電球がまたたいて消えた。尖塔《せんとう》が崩《くず》れていく。灰色《はいいろ》の石が数個《すうこ》、地面に転がり落ちた。「言ってごらん」

「わからない」モリガンはくりかえした。大きな石の塊《かたまり》が落ちてきたので、脇《わき》に飛《と》びのいた。

「考えるんだ」

考えられなかった。目の前でクロウの屋敷《やしき》が崩《くず》れていく。外側《そとがわ》の壁《かべ》が瓦礫《がれき》の山になって、その向こうに温かそうな明かりに包《つつ》まれた部屋のなかが見えた。クロウ一家の平穏《へいおん》な暮《く》らしがそこにあった。

屋敷《やしき》が崩壊《ほうかい》していることに気づく様子もなく、父親と義理《ぎり》の母親と祖母《そぼ》が応接室《おうせつしつ》の心地よさそうな椅子《いす》に座《すわ》っていた。アイビーは双子《ふたご》のひとりにミルクをあげていて、コーヴァスがもうひとりを抱《だ》いて眠《ねむ》らせている。おばあさんは本を読んでいる。暖炉《だんろ》では火が燃《も》えていた。

「わたしが教えなければいけないかい？」スコールはおもしろがっているような表情《ひょうじょう》でモリガンの隣《となり》に立った。「ミス・クロウ、きみは〈ワンダー細工師《さいくし》〉だ。わたしのような」

モリガンはぞくりとした。氷の指で背中《せなか》を撫《な》でられたみたいに、背筋《せすじ》を冷《つめ》たいものが駆《か》けおりた。全身に鳥肌《とりはだ》が立った。

きみは〈ワンダー細工師《さいくし》〉だ。わたしのような。

「ちがう」かすれる声で言い、それからもっとしっかりした声でくりかえした。「ちがう！」

「そうだな、きみの言うとおりだ」スコールは小さく首をかしげた。「わたしとまったくおなじというわけではない。だがいつか――一生懸命努力《いっしょうけんめいどりょく》すれば――近づけるかもしれない」

モリガンは両手をぎゅっと握《にぎ》りしめた。「あたしは絶対《ぜったい》にあんたみたいにはならない」

「自分でどうにかできると思っているところが、なんともかわいいね。だがきみはそういうふうに生まれついたんだよ、ミス・クロウ。きみは分かれ道のない道に立っているんだ」

「あたしは絶対《ぜったい》にあんたみたいにはならない。絶対《ぜったい》に人殺《ひとごろ》しにはならない！」

スコールはくすくす笑《わら》った。「きみは〈ワンダー細工師《さいくし》〉をそんなふうに考えているんだね？　死をもたらす道具？　半分正しいかもしれないな。破壊《はかい》と創造《そうぞう》。死と生。使い方さえわかれば、きみの手のなかにあらゆる道具があるんだ」

「あたしはそんなもの使いたくない」モリガンは食いしばった歯のあいだから言った。

「きみはうそがとんでもなく下手だね。もっとうまくごまかすことを覚《おぼ》えなきゃいけないな、ミス・クロウ。ほかにも学ばなくてはいけないことがある。熟達《じゅくたつ》した〈ワンダー細工師《さいくし》〉の人でなしの技《わざ》とでも呼《よ》ぼうか？　わたしが喜《よろこ》んで教えるよ。まずはレッスン一からだ」

スコールは部屋のなかに足を踏《ふ》み入れると、モリガンには聞こえないような声でなにかをつぶやいた。暖炉《だんろ》のなかの炎《ほのお》があっという間に広がって、クロウ一家を取り囲《かこ》んだ。一瞬《いっしゅん》のうちに、応接室《おうせつしつ》はカーテンから絨毯《じゅうたん》まで炎《ほのお》に包《つつ》まれていた。モリガンの家族は迫《せま》る危険《きけん》にもまったく気づくことなく、座《すわ》ったままだ。

「やめて！」モリガンはうなりをあげる炎《ほのお》に負けじと叫《さけ》んだ。「お願《ねが》いだから、あの人たちに手を出さないで！」

「どうして気にかけるんだ？」スコールはあざ笑《わら》った。「彼《かれ》らはきみを憎《にく》んでいたんだよ、ミス・クロウ。自分たちの人生でうまくいかないことを、全部きみのせいにした。きみが死んだとき――死んだと信《しん》じたとき――彼《かれ》らはほっとしたんだ。なぜだ？」

炎《ほのお》がじりじりとクロウ家の人たちに迫《せま》っていた。額《ひたい》を汗《あせ》が流れているのに、アイビーはなにも感じていないみたいだ。モリガンは危険《きけん》を教えるために、なにか――なんでもいい、小石でもレンガのかけらでも――を拾って、アイビーかコーヴァスかおばあさんに向かって投げようとした。けれどなにもつかめなかった。手がすり抜《ぬ》けてしまう。

「呪《のろ》いのせいだ。存在《そんざい》すらしなかった呪《のろ》いのせいだ」

モリガンは炎《ほのお》ごしにスコールを見つめた。「どういうこと？　存在《そんざい》しないって？」

スコールは笑《わら》った。「〈闇宵時《やみよいどき》〉に生まれた子供《こども》は、面倒《めんどう》を起こす年齢《ねんれい》になる前に全員が死んでしまう。きみたちがわたしの貴重《きちょう》なワンダーを奪《うば》う前にね。〝呪《のろ》い〟というのは、その理由を説明《せつめい》するために考えられただけだ。きみたちのなかには避雷針《ひらいしん》みたいにワンダーを呼《よ》び寄《よ》せて、吸収《きゅうしゅう》する者がいる。わたしにとんでもないほどの富《とみ》と力を与《あた》えてくれるエネルギー源《げん》が薄《うす》まっては困《こま》るだろう？　ワンダーを指揮《しき》するのがわたしだけであれば、その力もすべてわたしのものになる。だからもちろん、脅威《きょうい》になりそうなものは排除《はいじょ》しなくてはならなかった。わたしを責《せ》めることはできないよ。それがビジネス感覚《かんかく》というものだ」

「呪《のろ》いは存在《そんざい》しない」モリガンはようやく理解《りかい》した。ジュピターがおなじことを言ったけれど、そのときは信《しん》じていなかった。心からは。「あんたが呪《のろ》いよ」

モリガンの言葉が聞こえなかったかのように、スコールはさらに言った。「年月と共《とも》に、呪《のろ》いはひとり歩きしはじめた。人間というのは、ずいぶんとドラマチックなものだね。かつては、ごく幼《おさな》いころに短い人生を終えてしまうと言って、きみのような気の毒《どく》な子供《こども》は同情《どうじょう》されていた。だがいつしか、人間の邪悪《じゃあく》な本質《ほんしつ》が芽《め》を出したんだ。呪《のろ》われた子供《こども》は、都合のいい身代わりになると気づいたんだな。なにかがうまくいかなかったときに、責任《せきにん》を押《お》しつける人間ができたわけだ。おれの穀物《こくもつ》が不作《ふさく》だったのはなぜだ？　呪《のろ》われた子供《こども》のせいだ。仕事を失《うしな》ったのはなぜだ？　呪《のろ》われた子供《こども》のせいだ。やがて呪《のろ》われた子供《こども》は、ありとあらゆる損害《そんがい》や対立の責《せき》任《にん》を押《お》しつけられるようになった。話はどんどん広まって、呪《のろ》われた子供《こども》はその家族の不幸《ふこう》というだけではすまなくなった。すべての人々《ひとびと》にとっての苦しみの原因《げんいん》になったんだ」

スコールはコーヴァスの腕《うで》のなかの赤ん坊《ぼう》を抱《だ》きあげた。コーヴァスは動かなかった。ガラスのような目はなにも見ておらず、鮮《あざ》やかなオレンジ色に燃《も》える火を映《うつ》しているだけだ。応接《おうせつ》室《しつ》はまるでかまどのなかのようで、炎《ほのお》からはもくもくと煙《けむり》がたちのぼっている。煙《けむり》は渦巻《うずま》きながら黒い形を作り、炎《ほのお》のなかを出たり入ったりしていた。犬の鳴き声が聞こえて、モリガンは身震《みぶる》いした。

赤ん坊《ぼう》はぽっちゃりした小さい手でスコールの鼻をつかもうとした。スコールがおかしな顔をすると、雪のような髪《かみ》をした赤ん坊《ぼう》は笑《わら》い声をあげた。

「つまりね、ミス・クロウ、きみの家族がきみを嫌《きら》ったのはわたしのせいではないということだ。彼《かれ》らが勝手にしたことなんだよ」スコールは赤ん坊《ぼう》の手を持って、モリガンに向かって振《ふ》った。「彼《かれ》らを殺《ころ》そうか？」

「だめ！」モリガンは叫《さけ》んだ。「お願《ねが》い——やめて！」スコールは赤ん坊《ぼう》から手を離《はな》したが、赤ん坊《ぼう》は落ちることなく、ふわふわとゆっくり床《ゆか》に着地した。なにかしなければ。どうにかして彼《かれ》を止めなければ。でもどうやって？〈クモの糸〉の上にいるあたしになにができる？

モリガンは無力《むりょく》だった。

「だめ？　本気かい？　ちょっと信《しん》じられないな」スコールは唇《くちびる》にからかうような笑《え》みを浮《う》かべてモリガンを見つめた。「教えてくれるかい、小さなカラス。どうしてわたしがきみを生かしておいたと思う？」

モリガンはなにも言わなかった。〈煙《けむり》と影《かげ》のハンター〉が父親たちのまわりに集まっている。

うなり声をあげる猟犬《りょうけん》と馬にまたがった顔のない男たちが炎《ほのお》からあらわれて、無防備《むぼうび》な彼女《かのじょ》の家族を取り囲《かこ》んだ。じりじりと迫《せま》りながら、スコールの命令《めいれい》を待っている。殺《ころ》すのを待っている。

「ほかの子供《こども》たちはみんな殺《ころ》した。そしてずっと辛抱強《しんぼうづよ》く、ふさわしい者があらわれるのを待った。わたしでなければあきらめていただろう。だがわたしにはわかっていた……きみがあらわれることはわかっていた。いつの日か、わたしのあとを継《つ》ぐ子供《こども》が〈闇宵時《やみよいどき》〉に生まれることが。闇《やみ》を抱《かか》えた子供《こども》、わたし自身の姿《すがた》がその目のなかに見える子供《こども》。わたしの継承者《けいしょうしゃ》」スコールはモリガンと顔の高さがおなじになるように、膝《ひざ》をついた。その声はとてもやさしくて、偽《いつわ》りのない笑顔《えがお》を浮《う》かべていたので、モリガンは闇《やみ》が刻《きざ》まれた狂人《きょうじん》の顔のなかに、つかの間ミスター・ジョーンズを見た気がした。「見えるよ、モリガン・クロウ」スコールの目がきらりと光った。「きみの心臓《しんぞう》には黒い氷がある」

「やめて！」モリガンは叫《さけ》んだ。打ち寄《よ》せる前の波が沖《おき》に引いていくように、彼女《かのじょ》のなかでなにかが遠ざかった。そして突然《とつぜん》、モリガンは怒《いか》りと恐怖《きょうふ》の高波と化した。あたしは彼《かれ》とはちがう、あたしは絶対《ぜったい》に彼《かれ》みたいにはならない！

モリガンはよろめきながらあとずさり、内からの波にからだを預《あず》けるかのようにとっさに両手をあげた。

目がくらむほどのまばゆい光が部屋を満《み》たし、〈煙《けむり》と影《かげ》のハンター〉が消滅《しょうめつ》した。火も消えた。その金色がかった白い光は数秒つづいたあと――数日だったかもしれないし、生きている

めていた。

あいだずっとかもしれない――消えた。

あとに残《のこ》ったのは、静《しず》けさだった。

クロウ家の人々《ひとびと》は相変《あいか》わらずなにも気づかないまま、なにも見えていない目でなにかを見つめていた。

スコールはだれかに放り投げられたみたいに、目を見開いて地面に大の字になって倒《たお》れていた。たったいまはじめて目が見えるようになったかのように、モリガンを見つめている。

モリガンもまた震《ふる》えていた……いまのはなに？

あたしは〈煙《けむり》と影《かげ》のハンター〉を倒《たお》した。倒《たお》していないかもしれないけれど、追い払《はら》った。いまはそれで充分《じゅうぶん》だった。なにをしたのか、どうやって光を作ったのか、さっぱりわからなかったけれど、モリガンはあの目のくらむような数秒のあいだに、夏にスコールから聞いた言葉を再《ふたた》び思い出していた。影《かげ》は影《かげ》だよ。暗いものを好《この》むんだ。

起きあがったスコールは、ようやく口を開いた。

「いいかい、ミス・クロウ」警戒《けいかい》しているような目でモリガンを見た。「きみはわたしの申し出を受けるべきだった。だが実を言えば、その必要《ひつよう》はないんだ。一一歳《さい》の誕生日《たんじょうび》を生き延《の》びたことで、きみはすでにわたしの弟子になっているんだよ。招《まね》き寄《よ》せははじまっている。ワンダーはきみに気づいた。きみはワンダーの言いなりだ」

「どういう意味？　招《まね》き寄《よ》せってなに？」

「きみは〈ワンダー細工師《さいくし》〉として生まれた。だがワンダーを制御《せいぎょ》する方法《ほうほう》を学ばなければ、きみがワンダーに制御《せいぎょ》される。ワンダーをコントロールする方法《ほうほう》を学ばなければ、きみがコントロールされるんだ。ワンダーはきみをゆっくりと内側《うちがわ》から燃《も》やしていって、最後《さいご》には……壊《こわ》してしまう」スコールは首を振《ふ》り、口の片側《かたがわ》で悲しそうな笑《え》みを作った。「言っただろう？　慈悲《じひ》だったんだ。〈煙《けむり》と影《かげ》のハンター〉にきみを殺《ころ》させようとしたのは。だが、悲しいかな、きみはやつらを追い払《はら》ってしまった。とりあえず、いまは。まあ、いい。今夜はきみやきみの家族を傷《きず》つけるためにここに連《つ》れてきたわけじゃない」

「じゃあ、どうしてあたしをさらったの？」

「さらった？」スコールはおもしろがる半面、その言葉に少し気分を害したようだった。「さらうというのは、盗《ぬす》むのとおなじことだ。わたしは泥棒《どろぼう》ではないよ。これは誘拐《ゆうかい》じゃない。〈ワンダー細工師《さいくし》〉になるための、きみの最初《さいしょ》のレッスンだ。特別講師《とくべつこうし》による特別《とくべつ》レッスン。きみが望《のぞ》むなら、すぐにレッスン二をはじめよう」

モリガンは首を振《ふ》った。冗談《じょうだん》でしょう？　それとも頭がおかしいの？「あたしはあんたになにひとつ頼《たの》んだりしないから。あんたがあたしに教えられることなんてなにもない」

スコールは小さく笑《わら》い、灰《はい》や火花を巻《ま》き散《ち》らしながら消えかかった燃《も》えさしのなかを進んだ。「知るべきことをきみに教えられるのはわたしだけだよ。いずれ、それもごく近いうちに、きみはおそろしい事実を心の底《そこ》から理解《りかい》することになるだろう。わたしとわたしの怪物《かいぶつ》たちが、きみにそれをわからせるよ」スコールは顔を傾《かたむ》けた。暗い底《そこ》なしの瞳《ひとみ》から、笑《わら》いはすっかり消えていた。

「そのときまでおわかれだ、小さいカラス」

スコールは振《ふ》り返ることもなく、長い砂利《じゃり》の私道《しどう》を去っていき、闇《やみ》のなかに姿《すがた》を消した。彼《かれ》が見えなくなると同時に、残《のこ》っていた火は静《しず》かに消え、カーテンや家具は燃《も》える前の姿《すがた》に戻《もど》り、割《わ》れた窓《まど》は元通りになり、クロウの屋敷《やしき》の石の壁《かべ》は以前《いぜん》の姿《すがた》になり、ねじ曲がった鉄のゲートはまっすぐになって、カシャンという小さな音を立てて閉《と》じた。

モリガンは無傷《むきず》のままの応接室《おうせつしつ》の真ん中に立っていた。なにも気づいていないクロウ家の人々《ひとびと》を見つめていると、いてもたってもいられないほど家が恋《こい》しくなった。けれどそれはここではない。ここにいる人たちではない。

モリガンは目を閉《と》じた。彼女《かのじょ》の手から落ちてワンダー地下鉄のプラットホームに転がっている、小さなオパールの鳥がついた銀の取っ手の傘《かさ》を思い浮《う》かべた。

モリガンは待った。〈クモの糸〉列車の警笛《けいてき》が聞こえてきた。そしてモリガンは家に帰った。

第二六章
W

モリガンは最初《さいしょ》、目が見えなくなったのかと思った。

「ゆ、っ、く、りと言っただろう」ジュピターが言った。つかんでいたモリガンの肩《かた》から手を放して、一歩あとずさった。「ゆっくり目を開けて」

ここがデュカリオンであることはわかっていた。ジュピターの書斎《しょさい》にいることはわかっているのに、まるで……太陽の表面にいるみたいだ。世界が白くなっている。なにもかもが日光にさらされたみたいに、まぶしいくらいに真っ白に光っている。目を細めたら、鏡《かがみ》に映《うつ》る自分の輪郭《りんかく》がかろうじて見えるかもしれない。ジュピターは本当にいつもあたしをこんなふうに見ていたの？

「長く見すぎちゃだめだ」ジュピターが注意した。

その輝《かがや》きは、ひとつの大きな光源《こうげん》が発しているのではなかった。クロウの屋敷《やしき》で見たのとおなじ金色っぽい白い光の小さな点が、何千、何万――数百万かもしれない、数十億《おく》かもしれない——も集まっていた。モリガンのまわりにほこりのようなごく小さな粒《つぶ》が集まって、それぞれが日光を受けてきらめいている。ちがう、ほこりじゃない——なにか生きているもの。炎《ほのお》に集まる蛾《が》のように。

「これは……？」

「ワンダーだ。いいものだろう？」

いいいいものというのはふさわしい言葉ではなかった。美しいけれど、いいものとは言えない。その言葉とは反対のなにかを感じさせるところがあった。おそれと期待とパニックと喜《よろこ》びととても大きいものととても小さいものと悲鳴とささやきとそして**ほかのもの**が入り混《ま》じったなにか。

「これ、なにをしているの？」

「待っているんだ」

「なにを？」

「きみを」

「あたしがなにをするのを待っているの？」

長い沈黙《ちんもく》のあとでジュピターは言った。「そのうちわかるだろう」

ジュピターはモリガンの肩《かた》をつかむと、〈特技披露審査《とくぎひろうしんさ》〉で長老《ちょうろう》たちにしたように、また額《ひたい》と額《ひたい》をくっつけた。あのときは、なにが起きているのかわからなかった。ジュピターが、自分が見ている世界を人にも見せる——ほんのつかの間であっても——ことができるとは知らなかった。

世界がまた平凡《へいぼん》なものになったので、モリガンはおおいにがっかりすると同時に、ほっとした。

鏡《かがみ》のなかにいるのは――黒髪《くろかみ》、黒い目、曲がった鼻――当たり前の少女だった。ごく普通《ふつう》だ。

「あたしは彼《かれ》みたいだって言われた」心のなかの恐怖《きょうふ》を口に出したのはこれがはじめてだった。「本当なの？　招《まね》き寄《よ》せってそういうことだよね？　これでしょう？　あたしのまわりに集まっているワンダー。これってつまり……あたしが〈ワンダー細工師《さいくし》〉ってことだよね？」モリガンはごくりと唾《つば》をのんだ。その言葉自体に味がある気がした。

「そうだ」ジュピターは重々《おもおも》しく答えた。「でも、わかってほしい。〈ワンダー細工師《さいくし》〉っていう言葉は、昔から邪悪《じゃあく》を意味していたわけじゃないんだよ、モグ」

「そうなの？」

「もちろんだ。遠い昔、〈ワンダー細工師《さいくし》〉がとても敬意《けいい》を払《はら》われていた時代がネバームーアにはあった」

「〈輝かしき結社《ワンダラス・ソサエティ》〉のメンバーみたいに？」

「それ以上《いじょう》だ。〈ワンダー細工師《さいくし》〉は願《ねが》いをかなえる者であり、庇護者《ひごしゃ》でもあった。彼《かれ》らはその力を使って、世界をよくしていたんだ。〈ワンダー細工師《さいくし》〉は怪物《かいぶつ》という意味でも殺人者《さつじんしゃ》という意味でもない。スコールがそう思わせてしまっただけだ。彼《かれ》は許《ゆる》されないことをした。人々《ひとびと》と町を裏切《うらぎ》った。自分の力を悪用した。〈ワンダー細工師《さいくし》〉を邪悪《じゃあく》でおそろしい言葉にしてしまったが、昔はそうじゃなかった。きみがまたその意味を変《か》えることができるんだよ、モグ」ジュピターはにこやかに笑《わら》いかけた。「きみはきっとそうするだろう。ぼくにはわかっている。きみに天賦《てんぷ》の才はないと言ったのは本当だ。きみが持っているものはそれ以上《いじょう》だからだよ。きみには神から与《あた》えられた才能《さいのう》がある。使命だ。それがなにを意味するかを決めるのはきみなんだ。ほかのだれでもない」

目が慣《な》れてきて、ジュピターの書斎《しょさい》にゆっくりと焦点《しょうてん》が合いはじめた。壁《かべ》の写真、棚《たな》の本、ジュピターの顔――きらきら光る青い目と鮮《あざ》やかな赤いひげ。モリガンは革《かわ》の肘《ひじ》掛《か》け椅子《いす》にどさりと座《すわ》ると、フットレストの上で足首を組んだ。

「あたしがなんなのか、最初《さいしょ》から知っていたのね？」

ジュピターはうなずいた。

「スコールも？　彼《かれ》もあたしに入札《にゅうさつ》したこと、知っていたんでしょう？」

「ああ」

モリガンはため息をついた。ジュピターにスコールのことを話すべきかどうか、思い悩《なや》んでいたのはまったくの無駄《むだ》だったということだ。ばかみたい。「それなら、どうしてあたしに審《しん》査《さ》を受けさせたの？　長老《ちょうろう》に言えば、それでよかったんじゃないの？」

「〈ワンダー細工師《さいくし》〉であることが、きみの一番重要《じゅうよう》なことだと思っている？」

「そうじゃないの？」

「全然《ぜんぜん》ちがう。それが一番重要《じゅうよう》なことなら、どうして〈特技披露審査《とくぎひろうしんさ》〉を最初《さいしょ》にやらないんだ？　考えてごらん。だれが正直で機転《きてん》がきくかを見るために、まず〈本の審査《しんさ》〉があった。それから〈追跡審査《ついせきしんさ》〉で、粘《ねば》り強くて戦略的《せんりゃくてき》な人間を見つけだした。〈恐怖《きょうふ》の審査《しんさ》〉は勇敢《ゆうかん》さと問題解決能力《かいけつのうりょく》を調べるためだ。最初《さいしょ》の三つの審査《しんさ》で失格《しっかく》した者のなかに、とても興味《きょうみ》をそそる天賦《てんぷ》の才の持ち主がいたかもしれないとは思わないかい？　もちろんいただろう。もっとも才能《さいのう》のある者が、〈特技披露審査《とくぎひろうしんさ》〉にたどり着く前にふるい落とされていたかもしれない。

　大切なのは――結社《けっしゃ》が考えるかぎり――正直で、確固《かっこ》たる決意があって、勇敢《ゆうかん》でなければ、どれほど才能《さいのう》があっても意味はないということなんだ。きみは四つの審査《しんさ》全部に合格《ごうかく》する必要《ひつよう》があった。きみがどんな人間かを長老《ちょうろう》たちにわかってもらわなければいけなかったからだ。まずきみを……」ジュピターは言葉を切り、唾《つば》をのんでから静《しず》かに言い添《そ》えた。「まずきみをひとりの人間として見てもらい、そのあとで〈ワンダー細工師《さいくし》〉として見てもらえるように」

「〈ワンダー細工師《さいくし》〉はおとぎ話で迷信《めいしん》だったって、あなたは言った」

　ジュピターはうなずいた。「そうだね。うそをついて悪かった。でもある意味では事実だ――〈ワンダー細工師《さいくし》〉の歴史《れきし》は、神話や作り話とあまりにかたく結《むす》びつけられているせいで、ほとんどの人はなにが本当なのかわかっていない。あれは半分だけうそだったんだ。でも、謝《あやま》るよ」

「どうしてうそをついたの？」

「そうすることが正しいと思ったからだ。きみに〈ワンダー細工師《さいくし》〉のことをあまり考えてほしくなかった。心配ごとを増《ふ》やすだけだろう？　まずは結社《けっしゃ》に入ることを考えて、あとはそれからでいいと思ったんだ」

「ほかの人たちは？」

「ほかの人？」

「登録《とうろく》されていた三人……〈呪《のろ》われた子供《こども》のための登録所《とうろくじょ》〉のことだよね？　その子たちも〈ワンダー細工師《さいくし》〉なの？」

「ちがう」

モリガンはそのつづきを待ったが、ジュピターはなにも言おうとはしなかった。「その子たちはどうなったの？　助けたの？　それとも……」

ジュピターは少しだけ答えた。「無事《ぶじ》だよ。エズラ・スコールや〈煙《けむり》と影《かげ》のハンター〉のことなどなにも知らずに、遠いところで元気にしている」

彼《かれ》らは幸せだとモリガンは思った。

スコールと会ったのは二日前のことだ。あの日、モリガンを乗せた列車が〈クモの糸線〉のプラットホームに着いたのと、息を切らし、パニックになったフェネストラとジャックとホーソーンが駆《か》けこんできたのがほぼ同時だった。モリガンがどこに消えたのか見当をつけ、ジュピターを連《つ》れてきたのだ。

一番早くモリガンに駆《か》け寄《よ》ったのがジャックだった。真っ青な顔をして、安堵《あんど》のあまり言葉をなくしていた。ジュピターは息ができなくなりそうなくらい強くモリガンを抱《だ》きしめたし、フェネストラは彼女《かのじょ》の髪《かみ》の毛が立つくらいぺろぺろとなめつづけた。何度も話を聞きたがるホーソーンのために、モリガンはおなじ話を少なくとも一二回はくりかえし、そのたびごとにホーソーンは息をのんだり、歓声《かんせい》をあげたりした。

モリガンが〈煙《けむり》と影《かげ》のハンター〉にもう少しで襲《おそ》われるところだったという話はデュカリオン中に広まったが、〈ワンダー細工師《さいくし》〉のことについてはだまっているようにと、ジュピターはフェンとジャックとモリガンとホーソーンに命じた。ジャックは憤然《ふんぜん》として応《おう》じた。「とっくに約束《やくそく》したじゃないか」

モリガンはいまになって、ようやくジャックのその言葉の意味を理解《りかい》した。ジャックがおののいたように自分を見つめていたクリスマスイブの夜のことを、不意《ふい》に思いだした。ジャックは知っていたんだ。ちがう？　クリスマスから知っていた。ジャックはあなたとおなじだから。ジャックは
「〈目撃者《もくげきしゃ》〉だ」ジュピターはモリガンの向かいの椅子《いす》に腰《こし》をおろした。「そうだ。ジャックはすごくいやがっている」

「どうしていやがるの？」モリガンはびっくりした。「なんでも知っているっていうことでしょう？　ジャックはそういうのが好《す》きなんだと思っていたのに」

ジュピターはくすくす笑《わら》った。なにかを考えるような顔になってモリガンを見つめた。「そういうこともあるかもしれないな。でもいつもじゃない。〈クモの糸〉にすら見えないことはあるからね」

「あたしは〈目撃者《もくげきしゃ》〉になりたいな」

「それはどうかと思うね」ジュピターは顔をしかめた。「隠《かく》してあるものが見えるんだぞ？　いつもいつも。だれかがうそをつくたびに、その顔に黒いしみみたいにそれが見える。悲しみは、死体のまわりを飛《と》びかうハエみたいにその人にまとわりついている。痛《いた》み、怒《いか》り、裏切《うらぎ》り――そんなものがいつも、そこら中にあるんだ。ほとんどの目撃者《もくげきしゃ》は、こういう場所では生きられない。頭がおかしくなってしまうんだよ」

「デュカリオンみたいな場所っていうこと？」

「ネバームーアっていう意味だ。もしくは何百万という人々《ひとびと》が集まるところ。目に見えない人々《ひとびと》の痕跡《こんせき》が何百万、何千万、何億《おく》という糸になって、わけのわからないタペストリーを織《お》りあげているんだ。人間はあらゆるところに自分の一部を残《のこ》しているんだよ、モリガン。すべての争《あらそ》い、すべての苦しみ、愛《あい》や喜《よろこ》び、善行《ぜんこう》も悪行も」ジュピターは疲《つか》れた様子で顔をなでた。

「ぼくはフィルターをかけることを覚《おぼ》えた。大切なことだけを見るようにした。折《お》り重なったものやねじれた糸をほどいて、意味のあるものにできるようになったんだ。でもそれには何年もかかったよ。長いあいだの訓練《くんれん》が必要《ひつよう》だった。ジャックはまだそれができない。できるようになるには、時間が必要《ひつよう》だ。いまは眼帯《がんたい》がフィルターの役目をしてくれている。眼帯《がんたい》をつけていれば、ジャックはきみやほかの人が見ているものしか見えないんだ。そうでなければ、彼《かれ》は頭がおかしくなってしまうだろうね」

ジュピターのような才能《さいのう》に不都合《ふつごう》な点があるとは、考えたこともなかった。ジャックがあれほど不機嫌《ふきげん》なのは、そのせいかもしれない。

「どうしてジャックは話してくれなかったの？」

ジュピターは自分の手を見つめ、肩《かた》をすくめた。「恥《は》ずかしかったんじゃないかな。〈目撃者《もくげきしゃ》〉は嫌《きら》われることが多いからね。自分の秘密《ひみつ》を見ることのできる人間とは、なかなか友だちになれないもんだ」

「そんなのおかしい」モリガンはジュピターの大勢《おおぜい》の友だちや崇拝者《すうはいしゃ》を思いながら言った。「全世界の人はあなたのことが好《す》きなのに」

ジュピターは涙《なみだ》が出るほど——いかにも楽しそうに——笑《わら》った。「きみの言う〝全世界〟は完全《かんぜん》にどうかしているね、モリガン・クロウ。きみのそういうところが、ぼくは気に入っているんだけどね。

そういえば——今日、あるものが届《とど》いたよ」ジュピターは立ちあがり、モリガンを手招《てまね》きした。机《つくえ》の引き出しの鍵《かぎ》を開け、取り出した小さな木の箱を差《さ》し出した。「結団式《けつだんしき》の日まで渡《わた》しちゃいけないことになっているんだが、今週はひどい一週間だったことを考えれば、いま開けてもいいと思うね」

箱を開けると、赤いベルベットのクッションの上にWの形の小さな金色のピンがのっていた。

モリガンは息をのんだ。「あたしのピン！　これって——見つけたの？　最後《さいご》に署名《しょめい》してくれる人……安全協定《きょうてい》とかいうやつに？」

ジュピターの顔が少し曇《くも》った。「それは……まだだ。だがなんとかするよ。約束《やくそく》する」ジュピターはモリガンの襟《えり》にピンを止めた。「さあ、これでいい。ワンダー地下鉄の指定席《せき》の切符《きっぷ》だ。それだけの価値《かち》があることを祈《いの》るよ」

モリガンは笑《わら》った。この一年のあいだに起きたことが本当とは思えない——死を偽装《ぎそう》し、審査《しんさ》に参加《さんか》し、フリントロックとスコールと〈煙《けむり》と影《かげ》のハンター〉と対決し、ほかにもいろいろな辛《つら》い目にあってきた。この小さなピンを手に入れるために。

けれど、この小さなピンは小さくない。とても大きな約束《やくそく》を意味していた。家族、居場所《いばしょ》、友情《ゆうじょう》を約束《やくそく》してくれていた。

でも不思議《ふしぎ》……この数週間のホテル・デュカリオンでの暮《く》らしを振《ふ》り返ったモリガンは思った。どれもあたしはもう手に入れている。

シャンデリアはついに完成《かんせい》した。

賭《か》けに勝ったのはフランクだった。クジャクではないが、鳥だったからだ。ある角度から見ると虹色《にじいろ》に輝《かがや》く大きな黒い鳥で、ホテル・デュカリオンとそこの住人を守るかのようにロビーの上に翼《つばさ》を広げている。それとも、ロビーにいる人めがけて急降下《きゅうこうか》しようと身構《みがま》えているのかもしれない。見る人しだいだ。

ピンク色の帆船《はんせん》よりも好《す》きだとジュピターは言った。

数日後、ジュピターとナンは遅《おく》れてのお祝《いわ》いに候補者《こうほしゃ》たちを連《つ》れだした。〈勇気《ゆうき》の広場〉にある居心地《いごこち》のいいパブで、子羊のすね肉とジンジャー・ビールでモリガンとホーソーンの合格《ごうかく》を祝《いわ》った。

ふたりの後援者《こうえんしゃ》は、〈輝かしき結社《ワンダラス・ソサエティ》〉で過《す》ごした日々を振《ふ》り返り、その一年目のわくわくするようなできごとをあれこれと語って聞かせた。ナンの話の多くはドラゴンに関《かん》することだったし、ジュピターはとんでもない規則破《きそくやぶ》りの話がほとんどだったが、ホーソーンがメモを取っているのを見て話題を変《か》えた。

ホテルに戻《もど》るときには、モリガンは積《つ》もった雪を蹴飛《けと》ばしながら歩いた。身を切るように寒かったけれど、ごく当たり前の冬の一日がいつにも増《ま》してきらきらしているように思えた。

なにもかもがちがって感じられた。

通りにいる人たちは、ふたりを見ると笑《わら》いかけた。あたしはもう、悪いことが起きるのを待っている呪《のろ》われた子供《こども》じゃない。だれかに責《せ》められるのを待たなくていい。それでも、心の片隅《かたすみ》にはまだ、暗くておそろしいものがひそんでいた。

〈ブロリー・レール〉のプラットホームまでやってくると、ジュピターがモリガンをつついた。

「なにを考えているんだい？」

「あの人、戻《もど》ってくるよね？」モリガンは静《しず》かに聞いた。「スコール。きっと戻《もど》ってくる。怪物《かいぶつ》といっしょに」

ジュピターの顔が険《けわ》しくなった。「そうだろうね」

モリガンはうなずいた。傘《かさ》をしっかりと握《にぎ》りしめ、先端《せんたん》の小さなオパールの鳥を指先で撫《な》でた。「それなら、準備《じゅんび》をしておかないと」

〈ブロリー・レール〉に傘《かさ》の取っ手を引っかけて頭上を通りすぎていくモリガンとジュピターを、近くにいた子供《こども》たちが首を伸《の》ばして見あげながらささやきあっている。子供《こども》たちが見ていたのはジュピターだけではなかった。ジュピターとモリガンを、誇《ほこ》らしげにきらめいている金色のWのピンを見つめている。

後援者《こうえんしゃ》と候補者《こうほしゃ》を。赤毛の男と黒い目の変《か》わった少女を。

訳者あとがき

『ネバームーア　モリガン・クロウの挑戦』をお届けできることをうれしく思います。

モリガンは、呪われた子供のひとりでした。その世界では、〈闇宵時《やみよいどき》〉と呼ばれる最悪の運勢の日に生まれた子供は、不運を周辺にまき散らすのだと考えられていました。突然の雹《ひょう》で建物に被害が出たのは、モリガンがこの町はお天気に恵まれていると言ったから。庭師の老人が心臓発作で亡くなったのは、一年前にモリガンが彼に花壇がきれいねと言ったせい。本当にそれがモリガンのせいなのかどうかはだれにもわかりません。なかにはどう考えても、モリガンに責任をなすりつけているとしか考えられないようなこともあったのですが、モリガンにはどうすることもできませんでした。

モリガンが呪われているのはそれだけではありません。呪われた子供たちは、次の〈闇宵時〉の夜に死ぬ運命でした。それまであと一年あるはずだったのに、どういうわけかその日が突然やってきます。モリガンは自分の運命はわかっていたし、覚悟もできていたはずですが、それでもわずか一一歳で死にたい人などいません。なにより辛かったのが、家族のだれもモリガンが死ぬのを悲しんでくれていないことでした。モリガンの父親は大臣で、次の選挙のことで頭がいっぱいでした。不運を振りまく娘を持ちながら、人々の支持を失わずにいるのは大変なことです。それでもモリガンは父親が自分を大切に思ってくれていると信じていたのですが、運命のときを目前にして、父のなかでは自分はとっくに死んでいたことを知ります。いっしょにテーブルを囲む最後の食事の場だというのに、義理の母親も祖母も温かい言葉をかけてくれることはありませんでした。

そこに現れたのが、ジュピターでした。彼はネバームーアに行こうとモリガンを誘います。ネバームーア？　聞いたこともない場所です。けれど迷っている暇はありません。恐ろしい〈煙《けむり》と影《かげ》のハンター〉がすぐそこまで迫ってきていました。追いつかれれば、殺されてしまいます。そしてモリガンはジュピターと共にネバームーアへと向かうのですが、そこはこれまで想像もしたことのないような素晴らしいところでした。モリガンはすぐにネバームーアを大好きになりますが、彼女がここにいるのは違法でした。ジュピターがこっそりとモリガンを密入国させていたのです。このままネバームーアにとどまるためには、〈輝《かが》かしき結社《けっしゃ》〉と呼ばれる組織に入らなければなりません。そこの一員になれば、警察の手が届かなくなるからです。けれどそのためには、四つの厳しい試験を突破する必要がありました。もし試験に落ちてネバームーアを追い出されれば、すぐに〈煙《けむり》と影《かげ》のハンター〉が襲ってくるでしょう。助かるためには、なんとしても試験に合格しなくてはならないのです。

作者のジェシカ・タウンゼントはオーストラリアの作家で、本書がデビュー作になります。発表後、瞬《また》く間に評判になり、オーストラリアの書籍産業賞の年間最優秀賞をはじめとしていくつもの賞を受賞しました。すでに世界三〇カ国以上で版権が取得されていますし、映画化の話もあるようです。各国の雑誌や新聞の書評では、〈ハリー・ポッター〉シリーズと比較しているものが少なくありませんが、確かに一一歳の誕生日に自分が何者かを知らされて、これまでとはまったく違う世界に連れていかれるという本書の設定は、〈ハリー・ポッター〉とよく似ています。けれど、まったく二番煎じという印象を受けないのは、ネバームーアという確たる世界ができあがっているからでしょう。ここは本当に魅力的な世界です。不思議に満ちていて、読みながらもっと隅々まで探検したくなります。どんな不思議があるのかはここでは触れずにおきますが、次作ではおそらくもっとよくわかるはず。ネバームーアの魅力はまだまだこれからです。

自分のものではない経験ができるのが読書の魅力のひとつですが、ファンタジーではそこに自由に空想の翼をはばたかせるというおまけがつきます。こんなことができたらいいな、あんなものがあったらいいな、子供のころにだれもが考えた夢を本のなかで経験することができるのです。ハリー・ポッターのようにほうきにまたがって空を飛びましょうか？　それともアラジンのように魔法の絨毯のほうがいいですか？　ドラゴンにまたがるのもいいかもしれません。さて、ネバームーアではどんな経験ができるでしょうか？

本書では、ネバームーアとモリガンの秘密が少しだけ明らかになりましたが、わかっていないことはまだまだたくさんありそうです。次は、どんな冒険がモリガンを待ち受けているでしょうか。次作は来年度に刊行予定です。どうぞお楽しみに。

訳者略歴　翻訳家　ロンドン大学社会心理学科卒業，訳書に『ドレスデン・ファイル』ブッチャー，『鉄《くろがね》の魔道僧』ハーン，『太陽の召喚者』バーデュゴ（以上早川書房刊），〈トゥルーブラッド〉シリーズ　ハリス，『貧乏お嬢さま、イタリアへ』ボウエン，他多数

ネバームーア
モリガン・クロウの挑戦《ちようせん》

2019年12月10日　初版印刷
2019年12月15日　初版発行

著者　ジェシカ・タウンゼント
訳者　田辺《たなべ》千幸《ちゆき》
発行者　早川　浩
発行所　株式会社早川書房
東京都千代田区神田多町2－2
電話　03－3252－3111
振替　00160－3－47799
https://www.hayakawa-online.co.jp

印刷所　株式会社亨有堂印刷所
製本所　大口製本印刷株式会社

Printed and bound in Japan

ISBN978-4-15-209905-1 C0097